光文社文庫

文庫書下ろし

秘密

異形コレクションLI

井上雅彦 監修

光　文　社

この作品は光文社文庫のために書下ろされました。

秘密
CONTENTS

L I FREAK OUT COLLECTION

CONTENTS

編集序文

井上雅彦

闇を愛する皆様。

闇のなかで、ふたたび燦めきはじめた「想像の力」を愛してくださる皆様。

幻想と怪奇、恐怖と戦慄、驚異と空想、人外の唯美、奇妙な味……。

のみならず……ありとあらゆる「枠」に収まりきれぬ「《異形》の短篇小説」を愛してくださる読者と作者の皆々様。

復刊三冊目——五十一冊目の《異形コレクション》をお届けします。

少しお待たせしてしまいました。

全篇新作書き下ろし、毎回テーマ別のアンソロジー叢書《異形コレクション》——あの宵闇色の伝説が九年ぶりの「復活」を遂げ、第49巻『ダーク・ロマンス』、第50巻『蠱惑の本』

と二か月連続刊行してから……季節はさらに進みました。

今も進行しつつある異常事態で、まだまだ世界の混迷は続いており、出版状況にも影を落としておりますが、《異形》の創り手としては、できうることからしっかりと、やりたいことを貪欲に追求して、一冊、一冊、真剣に、贅沢に、創っていきたいと思っております。

《異形コレクション》の「復活」に際しては、読者と作家の双方から、本当に大きな反響とご声援を戴き、本当に強く励まされました。あらためて感謝をいたします。

十代の頃に読んでいたので復活がうれしい、と声をお挙げになる方々も多くおられました。

一方、『ダーク・ロマンス』ではじめて《異形コレクション》を知って、バックナンバーを集めはじめたと仰る方々もいらっしゃいました。

さらには、「序文を読んで、泣いてしまった」と仰る方が少なからずいらっしゃったこと、実に思いがけない反応に驚きながらも、こちらの涙腺も緩んでしまいそうになりました。

これからも、新しい歴史を刻んでいければと思います。

そのためには、これまでの《異形》の前例にこだわらず、新しい実験に取り組んで行くことだと思っております。それでこそ、《異形コレクション》が《異形コレクション》らしく続いていくのだろうと考えております。

さて、五十一冊目の《異形コレクション》。

今回のテーマは、私たちの最も身近な存在です。

それは……

秘密――。

そう。ここだけの〈秘密〉。口に出せない〈秘密〉。過去の〈秘密〉。秘め事の〈秘密〉。最高機密の〈秘密〉。黙秘権、守秘義務の〈秘密〉。暴かれ、露見し、漏洩（ろうえい）する〈秘密〉。

〈秘密〉――それは、おそらく、私たちの誰にとっても、ひとつや、ふたつは、密かに持っているものでしょう。誰もが知っている〈秘密〉の味。そう……それは、ヒ・ミ・ツ……。

だからこそ、〈秘密〉をめぐる物語は、魅力的です。思いついたものを挙げよと言われれば、それぞれの読書傾向によって、挙げる作品は多種多様なものになる筈です。

たとえば――根っこに怪奇と幻想が横たわっている私の場合は、真っ先に、あの妖美な存在の物語を思い浮かべてしまいます。

雪女……小泉八雲（ラフカディオ・ハーン）の『怪談 Ｋｗａｉｄａｎ』で世界的に有名になった、日本の説話を元にしたという物語。

武蔵国（むさしのくに）の二人の木こり。その年かさの師匠に、白い息を吹きかけて凍死させた「雪おんな」が一部始終を目撃していた若い木こりの命を助けてやるというかわりに、

「今夜おまえが見たことは、だれにも言ってはいけないよ」（平井呈一（ひらいていいち）訳）

この「雪女」は、約束した〈秘密〉とその暴露の間で揺れ動く生身の人間の葛藤を、幻想

怪奇（超自然ホラー）の文法から描きだしているのですが、この幻想怪奇の文法は、人間や社会から隠された〈秘密〉の存在を、実に効果的に描き出してくれるものです。

たとえば——小松左京の「くだんのはは」。大家に隠されていた〈秘密〉の存在が、じわじわと、そして、ラストですべてが明らかになるときの恐怖。「くだんのはは」は、日本特有の舞台に展開していく物語ですが、闇と陰影のなかで彷徨いながら〈秘密〉の存在と遭遇していくというこのスリルは、まさに〈ゴシック・ロマンス〉そのものの手法です。

ゴシック・ロマンスは、十八世紀に生まれた文学様式（嚆矢はホレス・ウォルポール『オトラント城奇譚』（一七六四）——同時期に、日本でも上田秋成が「雨月物語」（一七六八〜）を書き始めています）なのですが、十八世紀の「近代人」から見ると、「暗黒時代」の中世に建てられたゴシック様式の城や館、不気味な建造物の〈闇〉に隠された空間に、幽霊や妄執や怪物など、さまざまな〈秘密〉の存在が閉じ込められているという世界観でした。

この〈ゴシック・ロマンス〉が、英国や欧州でやがて怪奇小説へと発展し、現代のホラー・フィクションにまで繋がっていくわけなのですが……その中心に隠された〈秘密〉の存在があることは極めて意義深いのです。

やがて、この〈ゴシック・ロマンス〉が、欧州や英国のみならず、新大陸に渡って、アメリカン・ゴシックや南部ゴシックといった物語へと変遷し、上流階級の〈秘密〉や、村の〈秘密〉を題材にしはじめるわけですが……そのなかから、一人の宵闇色の作家が登場します。

その名は、エドガー・アラン・ポオ。

彼じしんもまた謎めいた作家なのですが、「アッシャー家の崩壊」のような幻想怪奇的なゴシック譚のみならず、一風変わった方法で〈秘密〉と対峙することになるのです。

密室で惨殺された女性の謎。すなわち、殺人現場に隠された〈秘密〉の真相を解き明かす物語──「モルグ街の殺人」は、文学史上初の〈本格推理小説〉として、異彩を放ちました。

さらには──自分自身が犯した殺人の〈秘密〉を自ら暴露したくてならないという男……〈秘密〉に対する異様な心理を追及した「告げ口心臓」は、文学史上初の〈倒叙式推理小説〉と呼ばれています（同じモチーフで、より怪奇幻想性を帯びた作品が「黒猫」でした）。

このように〈秘密〉を巡る物語とは、幻想怪奇と推理小説の双方を産み出す土壌だったと思われるのですが……そのひとつの証拠が、「古語」なのです。

〈秘密〉を意味する古代ギリシャ語は、「ミューステリオン」。

とりわけ、想像を絶する秘密、神秘、人智を超えた〈秘密〉を意味する言葉です。

これが、ラテン語に変ずると「ミステリウム」。

秘儀、奥義の意味となるこの古語は、そのままエリック・マコーマックの不思議な長篇小説（増田まもる訳、国書刊行会）のタイトルにも使われているのですが、もうお察しの通りです。この言葉は、「ミステリー」の語源となるのです。推理小説のタイトルなどで、MYSTERYは「秘密」とも「謎」とも訳されますが、そもそも「ミステリー」という単語は推理小説の意味だけに限定されず、それ以前の「ゴシック・ロマンス」の時代から、怪奇現象や不可思議な事象をも指す単語でもあったわけなのです。

〈秘密〉が、非日常を想起させる言葉であることは確かです。

古語といえば、もうひとつ。これも非日常を感じさせる言葉である「オカルト」。この語源もラテン語のオカルタ(occulta)が「隠されたもの」を意味する言葉であり、これも〈秘密〉を意味するものです。

魔術や妖術、呪法や風水、伝奇的な論理などもまた、〈秘密〉の産物というわけです。

その一方で……ジャンルとなった「ミステリー」は、〈秘密〉の秘匿のためのトリックと、それを暴こうとする探偵の推理でした。

さらには——探偵とは別の手法で、この世界の〈秘密〉に挑戦した分野も登場します。

これも〈ゴシック・ロマンス〉から生まれた女性作家の傑作。生命の〈秘密〉を解き明かそうとしたフランケンシュタイン博士と彼の造った怪物……。この怪奇な物語がSFに発展していくわけですから、〈秘密〉こそ、まさに物語を産みだす秘密の源泉といえるのです。

さて、そして……今。

あらためて〈秘密〉をテーマに据えた《異形》の物語が揃いました。

あらゆるジャンルを超えた《異形コレクション》という秘密の隠れ家で語られる極上の物語。心ゆくまでご堪能ください。——あなたの新しい「密かな愉しみ」となりますように。

織守きょうや

壁の中

●『壁の中』織守(おりがみ)きょうや

よくできた小説のプロットには興味深い〈秘密〉が込められているものだが、小説家たるもの、その取り扱いには注意しなければならない。まれに、その秘密が、小説家じしんに恐怖をもたらす場合があるからなのだ。本書の巻頭を飾る本作のように。

L・P・ハートリーからスティーヴン・キングに至るまで、ホラー作家にとっても最も怖ろしいものともなりえるこの題材を、最も現実的に「ありえるかもしれない」状況として描き出したところが、本作「壁の中」の実に巧妙で、新しいところなのである。

この怖ろしい物語の作者は、《異形コレクション》初登場となる織守きょうや。

織守きょうやは、《異形コレクション》休眠中に、宵闇色の世界を彩(いろど)ってきた実力派。2012年に『霊感検定』で第14回講談社BOX新人賞〝Powers〟を受賞し、2015年に『記憶屋』で第22回日本ホラー小説大賞読者賞を受賞。それぞれはシリーズ化され、多くの読者の支持を得ている。『記憶屋』は、2020年『記憶屋　あなたを忘れない』として映画化された。最新刊は、特殊能力者を描く『幻視者の曇り空』(二見書房)。また、澤村伊智たちプロ作家ばかりで創っていた同人誌「ゆびさき怪談」の商業版もPHP研究所から発売されるという。

ホラーとミステリ双方の分野で活躍する織守きょうやの筆力は、まるで「ヒッチコック劇場」さながらのスリルとサスペンスが展開するこの作品でも、たっぷりと堪能(たんのう)できる筈である。

配線を直したばかりの呼び鈴が鳴った。注文した資料が遅れて届いたのかと出てみたら、玄関先には知らない女が立っていた。

「こんばんは、九堂先生」

美しい女だった。年齢は二十代半ばだろうか。ショートパンツにジャケットと服装はカジュアルだが、長く豊かな黒髪が華奢な肩をふんわりと包み込み、華やかな印象だ。

「私、あなたの秘密を知っているのよ」

どなたですかと私が尋ねるより早く、女はそう言った。

そして、西園流華と名乗った。

偽名だろう。それは、私九堂尊のデビュー作であり、最大のヒット作でもある小説『流れる華』のヒロインの名前だ。

私の作品の、熱心なファンだろうか。しかし、私はもちろん自宅の住所を公開していない。しかも、この家には先月移り住んだばかりで、荷物もまだ完全には片付いていないし、一部、自分でリフォームした壁の塗料が乾ききっていないところもあるほどだ。つきあいのある出版社くらいにしか、新しい住所は伝えていないのに。

玄関に置いてある時計を見ると、すでに午後十時を回っていた。初対面の相手の家を訪ねるには、いささか非常識な時間だ。そもそも、宅配便が来るような時間ではない。確認せずにドアを開けたのが間違いだったか。

「秘密って？」

女の言うことを真に受けたわけではないが、一応訊いてみる。

彼女は意味ありげな笑みを浮かべるだけで応えなかった。

適当なことを言って私の気を引こうとしているだけなのだろう。ファンは大事にしたかったが、作家の自宅まで来るのはマナー違反だ。さてどうするか。丁寧に諭して、帰ってもらうべきなのはわかっているが――。

入れてくださらない、と芝居がかった口調で女が言うので、私は少し考えて、彼女を招き入れた。

追い返してもよかったが、彼女の言う秘密というのが何なのか、少し気になった。どうせまったくのでたらめか、何か知っているとしても大したことではないのだろうが、このまま追い返して、変な噂をたてられてもかなわない。

それに、何かのネタになるかもしれないと思ったのだ。

あなたの秘密を知っている。

それはいかにも西園流華が口にしそうなセリフだった。たとえば、己の罪をひた隠す犯罪者を前にして。

私はちょうど、今夜から、西園流華の登場するシリーズの二作目の構想を練り始めたところだった。

大手出版社の主催するミステリーの新人賞を受賞して華々しくデビューしたはいいものの、なかなか二作目のプロットが通らず、デビューから二年半後にようやく上梓（じょうし）したノンシリーズの長編は鳴かず飛ばず。それから二年の間に短編を三本書いたが、短編集にまとまる予定はない。

それでも、デビュー作が映画化され、大ヒットしてくれたおかげで、また、そのタイミングで文庫化もされた際の印税がかなりまとまった額になったおかげで、今のところ生活に不自由はない。それどころか、中古とはいえ土地つきの二階建て（地下室もある）の一軒家を購入することができた。これで、これから先書けなくなっても、住処（すみか）だけはあると思うと少し安心できたが、このままでは作家とは名乗れなくなってしまう。

スランプなんて誰にでもありますよと、デビュー作の版元の担当者は励ましてくれるが、これがいつかは抜け出せる停滞期なのか、わからないから不安だった。

私に、書く力はもうなくなってしまったのか。それとも、最初から、私にはそんなものはなかったのか——。

デビューできて、名前が売れて、後はどんどん書くだけだと思っていた。受賞作はきっかけにすぎず、そこから大きく飛躍していけるはずだと。

しかし、結局のところ、私は世間では、『流れる華』の作者として名前を知られているだけだった。同じ作家の作品だからというだけで売れるほど、この世界は甘くなかった。受賞後第一作の長編に重版はかからず、三作目にいたっては、プロットすら通っていない状態だ。

今はまだいくらか蓄えもあるが、いつまでも、『流れる華』の印税だけで食っていけるとは思えない。

『流れる華』は一作で完結させたつもりだった。版元に続編をと言われても、頑なに断ってきた。にもかかわらず、結局その二作目を書くしかないところまで、状況はひっ迫していた。

誰よりも私自身が、作家としての私の今後に危機感を感じていたのだ。

ネタになるかもしれない、というだけで、突然の訪問者を招き入れてしまうほど。

彼女をソファのあるリビングへと通し、キッチンでコーヒーを淹れようとして、思い出す。

私が仕事中に飲むのはコーヒーばかりだが、西園流華は紅茶党だ。少なくとも、私の小説の中では。

幸い、棚の奥に、以前読者から送られてきたプレゼントの紅茶があった。私はその封を切り、電気ケトルで湯を沸かして、この家に引っ越してきて初めて紅茶を淹れた。来客用のカップの用意はないので、予備のマグカップだ。

面倒なので、自分の分も紅茶にして、カップを二つ持ってリビングへと戻る。

流華を名乗った女は、優雅にソファに腰掛けていた。すんなりとした脚が斜めに流されている。一応、玄関で来客用のスリッパを出したのだが、彼女は見向きもしなかった。ストッキングごしに、薄く透けた爪先の桃色が見える。

「紅茶でいいかな」

「ありがとう。コーヒーは飲まないの」

「西園流華と同じだね」

「西園流華は私よ」

打ち合わせ用に、ソファは一人掛けと二人掛けが直角の位置に置いてある。私は一人掛けのほうに座った。女の足の先が、私のほうへ向いている。

映画の中で女優が演じた流華よりも、今目の前にいる女のほうが流華らしかった。私の中のヒロインのイメージ、そのままだ。挿絵もない本の登場人物を、ここまで作者のイメージ通りに再現できるものだろうか。

髪型、服装、スタイルやしぐさ。耳たぶには、赤い石のピアスが見えた。何もかも作品に忠実なら、左耳の下に黒子（ほくろ）があるはずだが、髪に隠れて見えない。

小説の中の西園流華と同じように、彼女は左手でカップを持った。

動作にぎこちなさはないから、本当に左利きのようだ。

「趣味は旅行で、合気道の有段者で、フランスへの留学経験があって、高級マンションに一人暮らししている？」

「そうよ。知っているでしょう」

「お父さんは警視総監？」

「それは盛りすぎ。警察官なのは元彼よ。警視総監じゃないし」

ぞわりと、背中を冷たいもので撫でられた気がした。

「まさか」と「やはり」が同時にあった。

彼女は、西園流華になりきっているファンなどではない。彼女は、本来の西園流華を知っている——本当に、私の秘密を知っているのだ。

元交際相手が警察官、という西園流華の設定は、華やかな彼女の経歴に似合わない気がして、また、ヒロインに昔の男の影はないほうがいいだろうと判断して、私が変更したものだった。元交際相手の存在を消し、作中で彼女に協力する警察内部の人間を出すために、より派手な設定をと、実父が警視総監であることにした。変更前の初期設定は、誰も知らないはずだ。

私と、三島佑太を除いては。

三島佑太とは、八年前に図書館で知り合った。

二人して、同じ資料を——ほかに誰も読まないような、マイナーな本を探していたのがきっかけだった。

何度か顔を合わせるうちに、話をするようになった。

二人とも推理小説の読者で、自分でも小説を書いているとわかり、急速に距離は縮まった。三島には身寄りがなく、私も家出同然に東京へ出てきた人間で、互いのほかに頼るものがなかったというのもある。金がないので外では飲めず、互いの家を行き来して、ときには泊まりこんで語りあった。話題はいつも、互いの作品のことだ。

いつか必ずデビューする、すごい作品を書いて世に出して、皆をあっと言わせてやると、夢のようなことばかり話した。私たちは、それを夢だとは思っていなかった。

三島には才能があったと思う。文章は装飾的すぎて若干読みにくかったが、アイディアには光るものがあった。どんどん書いて、アイディアの見せ方、料理の仕方を学んでいけば、いつかきっと賞をとってデビューできただろう。

しかし、知り合って一年が経ったころ、三島は心筋梗塞で急死した。もともと身体が強くなかったうえ、夜遅くまで働いて、帰宅したら小説を書いて、という日を続けていた無理がたたったのだろう。

彼がずっとあたためてきた勝負作の長編小説のアイディアがようやくまとまり、いよいよ書き始めようとしていた矢先のことだった。

私自身も生活は苦しかったが、役所や病院、自宅の管理会社とのやりとりなど、身寄りのない彼のためにできるだけのことをしてやり、わずかな遺品の中から、小説の構想をまとめたノートを引き取った。

夢を実現できずに死んだ三島のためにも、私は書き続けなければならないと思った。なんとしてでもデビューしたかった。

しかしそれから二年たっても、私の作品は、新人賞にかすりもしなかった。

そんなとき、私は、以前三島から聞いていた小説のことを思い出し、彼の残したノートを手にとった。

創作のヒントになればという気持ちがあったことは否定できないが、その時点では、どん詰まりを抜け出すきっかけになれば、と思っただけで、誓ってアイディアをそのまま盗用しようなどとは考えていなかった。

しかし、ノートに書かれたあらすじとトリック、そして、西園流華というヒロインの設定を読んだだけで、私はその物語に魅せられてしまった。

ざっと目を通しただけで、私の中に文章が溢れ、書き出しの一文、クライマックスでの流華のセリフ、物語を締めくくる最後の一行まで、あっというまに決まった。書かなくては、と思ったのだ。

この物語を、このヒロインを、世に出さなくては。

絶対にすごいものになる、そう確信した。

私は夢中でパソコンに向かい、一か月で長編を書き上げた。

そして、新人賞を獲って、デビューした。


三島は、西園流華を書く前に死んだ。流華は、三島の頭の中にしかいないヒロインだった。私が書くまで。

三島は内向的な性格で、バイト先の人間ともプライベートなつきあいはないと言っていた。創作について話せる友人が初めてできて嬉しいとも言っていたから、自分の小説の構想を私以外に話していたとも思えない。

私が引き取ったノートのほかにも、彼は、メモか何かを残していたのだろうか？　彼女はそれを読んだのか。しかし、三島には身寄りがないはずだ。

それとも、彼女は三島の恋人だったのだろうか。三島は、彼女にだけは、構想中の小説のことを話していたのか？

もしや三島は、彼女をモデルにしてヒロインを作ったのだろうか。名前もそっくりそのまま、実在の知人のそれをつけたのか。

彼が話さなくても、モデルになった本人なら、『流れる華』のヒロインが自分であることに気づいただろう。そして、あの小説は、九堂尊ではなく、三島佑太の作品なのではないかと勘づいた——。

西園流華、という大仰な名前が、目の前にいる彼女の本名だとしたら、なおさら、偶然だという言い逃れはできない。

名前なんて変えて書けばよかったのに、その名前がヒロインのイメージにぴったりだったからそのまま使ってしまったのだ。失敗だった。

彼女の名前が西園流華であることは、それだけで、私がアイディアを盗用したことの裏付けになるだろう。

「君は誰だ？」

マグカップを優雅に手にとった女に、私は尋ねた。

本当は、「何を知っている？」と訊きたかったが、それではやましいことがあると自分で認めたことになる。相手の目的がわからない以上、うかつなことは言えない。

彼女は私の質問には答えず、まっすぐに私を見て「レモンをいただける？」と言った。

こうして人の話の流れに乗らず、自分のペースに持ち込むというのは、三島と私が流華に設定した彼女のやり方だ。こんなところも設定に忠実なのかと思うと、怒ることもできない。

そんなものこの家には、と言いかけて、ついこの間、担当編集者が私の食生活を心配して果物を差し入れてくれたことを思い出した。

「オレンジならある」

「素敵。薄く切って持ってきてくださる？」

私はキッチンへ向かう。逆らえるはずもない。

人気作家としての地位も、この家も、すべて『流れる華』によって得たものなのだ。アイディア自体は著作権法上の保護対象ではなく、私の行為は法的には罪にならないはずだが、盗用が表沙汰になれば、私の作家としてのキャリアはおしまいだ。

まずは、彼女がどこまで知っているかを探る。それから、目的を聞き出そう。私を糾弾するつもりなのか、それとも、真相について知りたいと思って訪ねて来ただけなのか。

彼女がすべてを知っているとして、脅迫し、金をせびるつもりならまだいい。もしも彼女が、ただ私を糾弾し、真実を世の中に知らしめたいと言い出したら。

私は冷蔵庫の野菜室から出したオレンジを輪切りにし、食器棚から出した皿の上に並べた。彼女が、小説の中で描かれているとおりの、正義感が強く、金で動かないタイプだった場合が一番厄介だ。

このキッチンに手ごろな毒でもあれば、彼女のカップに入れていたかもしれない。睡眠導入剤ならば、以前医者に処方されたものがあったが、紅茶に入れれば味が変わってしまうだろうし、彼女が眠ったところで、手にかける勇気もなかった。

『流れる華』は私の作品で、三島は関係がない、名前の一致は偶然だ、と言い張れるだろうか。無理があるか。それなら、彼女の名前をどこかで聞いて、ヒロインのイメージに合うと思って使わせてもらったと言い訳するのはどうだ。

彼女が三島から小説の内容を聞いていなければ、それでごまかせるかもしれないが、これは甘い考えだろう。家を調べてまで訪ねてきたということは、はっきりとした目的と、相当な覚悟があるはずだ。

三島は私の友人だった。それは嘘ではない。三島が書けなかった物語を形にすることが供養になると、世に出したほうが三島も喜んでくれるのではないかと思ったのだと、そう説明すれば納得してくれるだろうか。

彼女が納得せず、争いになった場合はどうするか。

あまりに強硬な姿勢だった場合は、私のほうが先にアイディアを思いつき、盗用しようとしたのは三島のほうだと主張することも考えなければならない。共作として書く予定だった、ということにしてもいい。

問題は、彼女が、何か証拠になるようなものを所持しているような場合だ……。

包丁を洗い場に置いて、私はキッチンから出る。

腹立たしいほど爽やかなオレンジの香りが、自分の指先から香った。

なんとか彼女を丸めこみたい。そのためにはまず、毅然とした態度でいることだ。自分に言い聞かせ、背すじを伸ばす。

ゆっくりと、しかし大股で姿勢よく、私は短い廊下を歩いた。

リビングへ行くと、女は死んでいた。

＊＊＊

何故こんなことになったのか、わからなかった。

ソファに座っていたはずの女はなぜか、床の上に倒れていた。見開いたままの両目、口は半開きになっていて、黒髪が床に広がっている。

一見したところ外傷はなさそうで、マグカップはテーブルの上に置かれたままだった。誰かが侵入したような痕跡はないし、彼女が苦しんだ様子もない。第一、リビングとキッチンは薄い壁で隣り合わせになっていて、彼女が誰かに襲われたり、発作を起こしてもがくなりすれば、気配くらいは感じるはずだった。しかし、私がキッチンにいる間、悲鳴も物音も聞こえなかった。

そっと近づいて脈をはかり、口元に手をやってみた。脈はよくわからなかったが、息をしていないのは確かだ。薄い茶色の目を覗き込むと、瞳孔（どうこう）が開いている。間違いなく死んでいる。

救急車を呼ぶべきかと、スマートフォンを手にとったが、タップする前にやめた。明らかに死んでいるのに、救急車を呼ぶ意味があるとも思えない。

それに、救急車を呼べば、いずれ警察も来る。これはいわゆる不審死だ。

彼女はいったい誰なのか、彼女が何故ここにいるのか、まずそこから説明できない。

私は彼女のことを何も知らないのだ。わかっているのは、本人の名乗った、本名かどうかわからない名前だけだ。

彼女は、鞄を持っていなかった。免許証でもあればと、倒れた身体を探ってみたが、服にはポケットがついておらず、財布やスマートフォンは見つからない。交通機関のＩＣカードすら持たず、どうやってここへ来たのだろう。

素性を確認するため、ＳＮＳをやっていないかと「西園流華」で検索してみたが、少なくともフルネームではヒットしなかった。出てきたのは、私の作品の感想や情報くらいだ。

今となっては、それが本当の名前かもわからない。

自分の家で人が死んでいるのに、それが誰かわからないなんて、信じてもらえるだろうか。

この状況で私がどれだけ怪しく見えるか、どんなに混乱した頭でも、それくらいはわかる。

ファンを名乗る女性が突然訪ねてきた、と言うのが、一番真実に近い。それでいきなり家へあげたのか、と不審に思う者もいるだろうが、嘘だと言うこともできないはずだ。

商売女を連れ込んだのではないかと、あらぬ疑いをかけられるかもしれないが、それくらいなら甘んじて受けるつもりはある。

しかし――怖いのは、彼女が、私が三島のアイディアを盗用したという証拠を持っていて、どこかに隠しているかもしれないことだ。

見ず知らずの男の家で女が変死したとなれば、警察は彼女の身辺も私の身辺も調査するだろう。その結果、彼女がどこかに隠していた、盗用に関する証拠が出てきたら――私の作家としてのキャリアが終わるだけではない。口封じのため、私が彼女を殺したのだと疑われかねない。

それを避けるためには、この女が私の家で死んだこと自体を隠すしかない。

――そんなことが、許されるのか。

私は、目を見開いたままの女を見やった。

まぶたを閉じてやるべきだろうかと思ったが、死体に直接触ることに抵抗があった。

この家には地下室がある。書庫にするつもりで、本を詰めた段ボールを運び込んであったが、居住空間を優先させたせいで、リフォームは後回しになっていた。

本棚を運び込んで組み立てたり本を詰めたりする作業が必要なだけで、地下室自体に手を加えるところはあまりなかったが、一か所だけレンガ作りの壁にひびの入っている部分があったから、一度その部分のレンガを外して組みなおして、上から塗ってしまおうと思っていたのだ。

経済的な理由で、この家のリフォームはほとんど自分でやった。小説家になる前は、左官屋でアルバイトをしていたこともあったから、それが役に立った。ハンマーやつるはしやレンガ、塗料も、地下室に置いてある。

おあつらえむき、だった。

私は寝室から予備のシーツを持って来て、死体をくるんだ。

この時点では、埋めよう、と決めたわけではなかった。ただ、死体を見ていたくなかった。見えなくするために、覆い隠しただけだ。

その後、同じ空間に死体があるのが怖くなって、私はシーツにくるんだ死体を引きずり、地下室へ下りた。

とりあえずここに置いておけば、と思ったが、いつまでも放置しておくわけにもいかない。いずれ死体は腐り、におい始めるだろう。埋めなければ、土の中か、水の底か、どこか誰にも見つからない場所に、私の目にも入らないところに——。

地下室には亀裂の入った壁と、つるはしと、新しいレンガと塗料があった。

つるはしを手にとり、ひびの入った部分から壁のレンガを割ると、ちょうどその奥に、数十センチの空間があった。この家を買ったとき、壁の中に空洞があるとは聞いていた。レンガ造りの部屋は冷えるから、この中に断熱材を入れようか迷ったが、地下室に長居することもないだろうと経費削減してしまったのだ。

そこには、死体を埋めるのに十分なスペースがあった。

そうしろと誰かに言われているような気がした。

そして、そうするほか、私には方法もなかった。

私はレンガを壊し、一晩かけて、シーツにくるんだ女の死体を壁の中に埋めた。

＊＊＊

女を埋めて二日後、塗料の乾き具合を見るために地下室へ下りた。

あの夜のことは夢だったのでは、と思いたかったが、つるはしやハンマーをふるった両手にはまめができ、皮が破れた部分はまだ痛む。夢などではなかった。しかし、一瞬夢ではと思うほど、この家に女の痕跡は何も残っていなかった。すべて壁の中だ。

レンガは隙間なく積んで、間を埋めてあるし、上から塗料も塗っているから大丈夫だと思うが、コンクリートでも流して固めたほうがいいだろうか。どうしてもにおいがするような場合は、地下室そのものを埋めてしまってもいい……そう思っていたが、問題はなさそうだ。においはない。

彼女が、私に会いに行くと家族や友人に話していたら、彼女が帰らないことを不審に思った誰かが探しにくるかもしれない。しかし、これなら気づかれる心配はないだろう。

完全に塗料が乾いたら、壁の前に棚を置いて、本を詰めてしまおうと思っていた。今日からとりかかろう。

工具を持ってこようと壁に背を向けかけたとき、壁の中から、こつ、と音がした。

はっとして振り返る。まさか。

もしや、あの女は生きているのか？ あれから二日。埋められたときは気絶していただけだったなら、まだ息があったとしてもおかしくはない。私は、生きた人間を壁の中に埋めてしまったのか？

まだ生きているのなら、今すぐ壁を壊せば助かるかもしれない。

壁の向こうに声をかけてみようとして、躊躇（ちゅうちょ）する。返事が聞こえたら、いよいよ判断を迫られることになる。聞かなかったふりはできなくなる。

いや、確かにあのとき、女は死んでいたはずだ――。

そっと壁に耳をつけてみたが、声も物音もしなかった。

きっと気のせいだ。もしくは、レンガの向こうは空洞だから、中でレンガのかけらでも落ちたのかもしれない。

ポーの「黒猫」では、壁の中に死体を埋めたとき、猫が隙間に入りこんだのに気づかなかったせいで警察に殺人が露見する。しかし、私は動物は飼っていないし、この近くで野良猫を見かけたこともない。壁の中に生き物が入り込んだなどということはありえない。

壁の中から猫の鳴き声がしたならさすがにぞっとするが、かすかな音がしただけだ。水道管か何かだろう。熱や振動による軋み(きし)が、壁を通して響くこともあるらしい。

背を向けて歩き出したとき、また背後で、こつ、と小さな音が聞こえた気がしたが、無視して階段を上がり、地下室の扉を閉めた。

きっと気のせいだ。

もしそうでないとしても、そのうち鳴らなくなるだろう。

＊＊＊

私が地下室へ行くたび、壁のどこかから音は鳴った。

もしもあのとき、彼女がまだ生きていたのだとしたら、私は人殺しだ。今救い出せば、間に合うかもしれない。そう思って、最初の数日は悩んだ。

今は、音は気のせいだとわかっている。彼女は確かに死んでいた。壁の中で生きているなどということはありえない。

その証拠に、あれから一月たつのに、私が地下室へ行くと、まだ音が鳴る。

彼女がたてている音だとしたら、これほど続くわけがなかった。

月が替わっても、女を探しに誰かが訪ねてくることはなかった。

どうやら、彼女は誰にも、私に会いに行くとは話していなかったようだ。私は少し安堵した。

流華を名乗ったあの女が誰だったのか、今となってはわからない。彼女が何を知っていて、何のために私を訪ねてきたのかも。それならそれでかまわない。

秘密は壁の中に埋まっている。

＊＊＊

死体を埋めてから二年が過ぎた。

音はまだ続いていた。

私は地下室を使わなくなった。

＊＊＊

「何か、顔色悪いですよ。家にこもっているのがよくないんじゃないですか」

芹沢が言った。長いつきあいの担当編集者だ。新刊の出ない私を見捨てず、手土産を持って、よく訪ねてきてくれる。家に一人でいるのは気が滅入るから、ありがたかった。

「うーん、なかなか進みませんね。こういうのはひらめきですからね……気分転換が必要なんじゃないですか。旅行とか……」

「どうかな……まだ、舞台をどこにしようとか、そのあたりすら明確に見えてきていないから」

買い物くらいならともかく、長くこの家を空けることは不安で、二年間取材旅行にも行けていない。

地下室へ行くのはおそろしいのに、においがしてきていないか、異常がないか、毎日覗いて確認しなければ安心できない。いや、確認したところで、安心はできないのだが——。

壁の前に立って様子を確かめるだけの短い間に、たいてい、一度か二度は音が鳴り、私はそのたびにびくついて地下室を後にした。

この家は手放せない。私は一生、この家から離れることはできない。

「何か必要な資料とかあったら、こちらでも探しますよ。前に話した新書、取り寄せましょうか」

「ああ、いや、あの本ならうちにあるんだ。ずいぶん前に買って、……地下の段ボールの、どれかの中に」

一日に一度、数秒間だけ、異常がないかを確認する以外、なるべく地下室に近づかないようにしていた。長居するなどもってのほかだ。

書庫として使う予定だった地下室には、本の詰まった段ボールが放置されている。

「どの箱に入っているかわからないから、時間がかかりそうで。寒いから、この季節は、地下で長い間作業するのはちょっとね」

「なんだ、じゃあ、僕がとってきますよ」

芹沢がぱっとソファから立ち上がる。

一瞬どきりとしたが、地下室の様子は今朝確かめたばかりだ。異常はなかった。疑われるようなことは何もない。

任せてもよかったが、誰かと一緒でも、音は聞こえるのだろうか、とふと興味が湧いた。二人で探せば早い、と理由をつけて、私も同行することにする。

初めて地下室に入った芹沢は、ほとんど何もない空間を物珍しそうに見回し、私の許可をとってすぐに段ボールを開け始める。

「ここだけ壁、ちょっと色違いますよね」

「ああ、引っ越してきたとき、そこだけ脆(もろ)くなってて、ねずみの穴もできてたから修繕したんだ」

「へー、すごいですね、全部自分でできるって」

こういうときに限って、音は鳴らない。

いや、そもそも、本当に音は鳴っていたのだろうか。私にだけ聞こえていたのではないだろうか。

すべては私の考えすぎ、幻聴だったのか？

箱から出した本を床に積みあげていた芹沢がふと手を止めて、周囲を見回した。

「どうかした？」

「何か物音がした気がしたんです。ねずみですかね？」

私には何も聞こえなかった。


資料を見つけて居間へと戻り、芹沢と淹れなおしたコーヒーを飲んでいるとき、こつ、とどこかで音がした。

私は顔をあげ、振り向いたが、背後には壁があるだけだ。

ぞっとした。

居間にいるときに音が聞こえるのは、初めてだった。……幻聴だろうか。

「今の、聞こえた？」

何がですか、と芹沢は不思議そうにしている。

＊＊＊

その日を境に、音は、地下室でなくても、家のそこここで鳴るようになった。

どこかの軋みや振動で鳴った音が、配管を伝って響いているだけなら、建物のどこで聞こえてもおかしくはない。自分にそう言い聞かせたが、まるで、少しずつこの家が侵食されているかのようだった。何にかはわからない。

音は本当に鳴っているのだろうか。私がおかしいのだろうか。

＊＊＊

壁が鳴る現象は家中に広まり、今や音の鳴らない場所を探す方が難しかった。

一人でいるときでも、誰かと——この家を訪ねてくるのは芹沢くらいだったが——一緒にいるときでも関係なく、こつこつと、内側から壁を叩くような音がする。芹沢には聞こえないようだ。

耳のせいかと耳鼻科にも行ってみたが、異常は見つからなかった。

ということは、おかしいのは耳ではないのだろう。

とうとう、買い物に行った先の店や、気分転換で入った喫茶店でさえ、音が聞こえるようになった。家にいるときよりはいくらかましだが、あまり長く外にいると、思い出させるかのようにこつっと鳴る。

できるだけ何でもない風を装って芹沢に相談したが、「気にしすぎじゃないですか」と言われて終わってしまった。

「建物から音がするっていうのは、結構あることみたいですよ。皆気にしてないだけで……家で一人だと音が響くから気にするようになっちゃって、それで、別の建物の音にも敏感になってるとか」

「そうだね、たぶん、ちょっとした軋みか何かだと思う。特にこの家は、古い家だからね。表面はリフォームしたけど、中の木材やら配管やらは古くなっているのかもしれない。大雨が降ると、雨漏りでもするんじゃないかって不安になるよ」

「いっそ、ネタにしちゃえばいいんじゃないですか。家の中から謎の音がする……っていうところから始まる小説とかどうです。ミステリーとして解き明かしていくんでもいいし、ホラーにもなりそうですよね」

長編のプロットは行き詰っていた。

気分転換に、短編を書いてみるのもいいかもしれない。女を地下室の壁に埋めた作家の話を──もしかしたら、書くことで吹っ切れるかもしれない。

「家にこもっていないで、外で仕事をしてみるとかどうですか？　うちの保養所を使いますか」

芹沢は、一作目が奇跡的に大ヒットしただけで、現在は版元に貢献できているとは言い難い私を「一発屋」と切り捨てずにこうして気遣ってくれる。

ありがたいし、報いたいと思った。報いなければという使命感は、重荷でもあったが、動力にもなってくれるはずだ。

「やっぱり、息抜きが必要ですよ。取材費を出してもらえるように上に話をつけますから、考えてみてくださいね。海外とかは無理ですけど」

それも悪くないような気がしてきた。

最初のうちは、家を空けているうちに誰かに地下室を調べられたら……などと考えて怖くなることもあったが、壁はしっかり塗られていて、一見して怪しまれるようなことはない。第一、寒くて何もない地下室に、わざわざ入る人間もいないだろう。客にしても、空き巣にしても。

こうして気遣ってくれる彼のためにも、どうにか吹っ切って、前を向かなければ。

「そうだね……瀬戸内のあたりとか、いいかもしれないな」

「あ、いいじゃないですか」

私はその夜から、見知らぬ女を壁に埋めることになってしまった作家の話を書き始めた。

女は、作家の代表作のヒロインの名前を名乗り、その言動をなぞるかのようにふるまう。作家の秘密を知っていると言う女に、作家は恐怖を覚えるが、彼女は突然、糸の切れた人形のように死んでしまう――。

スランプだったのが嘘のようにするすると筆が進んだが、書き上げたところで、こんな話はどこにも出せない。

短編を書いている間も、ときどき、思い出したように部屋の壁は鳴った。

芹沢が勧めてくれたように、旅行へ行こう、と決める。旅行先へも、音は追ってくるだろうか。

短編小説は、追い詰められた作家が壁の音に耐えながら実体験を書いているところまで進んだ。

結末はまだ思いつかない。

＊＊＊

二泊三日の瀬戸内旅行の予定を入れていた当日、間の悪いことに、冬の嵐が関東を襲った。いっそ雪なら風情もあったのだろうが、気温はそこまで下がらず、冷たい雨が叩きつけるように降っている。

雨以上に、風のほうが問題だった。予約していた飛行機便はキャンセルとなり、調べたところによると、新幹線も止まっているらしい。移動手段を変更してホテルへ向かうのも無理そうだ。

私はキャリーバッグを引いて、大雨の中、空港から自宅へと引き返した。

タクシーを前の道につけてもらい、車を降りると、家の窓に明かりがついている。

つけっぱなしで出かけてしまったのだろうか？　いや、そんなはずはない。玄関だけでなく、居間の電気もついているようだ。

こんな嵐の日に、空き巣でも入ったのか。私は急いで鍵を出し、玄関のドアを開ける。

三和土（たたき）には、見覚えのある靴が脱いであった。私のものではない。芹沢がいつも履いているスニーカーだ。以前、限定モデルだと言って自慢されたことがあったから憶えていた。靴箱の横には、芹沢のものらしき濡れた鞄も置いてある。

そういえば、引っ越したばかりのころ、忘れ物を自宅に取りに行ってもらったことがあり、そのときに合い鍵の隠し場所を教えたのを思い出した。

雨宿りに寄ったのか、もしくは、今日旅行に出ることは伝えてあるから、大雨で雨漏りしているのではと気にして見にきてくれたのかもしれない。

もしや、と気づいてスマートフォンを見ると、メッセージアプリに、「雨すごいんで様子見てきますね」とメッセージが届いていた。送信時間は、二時間ほど前だ。さらにその三十分ほど後には、「二階の窓開いてるっぽいんで入ります！」というメッセージ。気づかなかった。

二階へ続く階段の電気は消えている。

電気のついている居間を覗いたが、芹沢は見当たらなかった。

声をかけながら部屋を見て回る。天井に水の滲みている箇所はなく、雨漏りの心配はないようだったが、二階にも彼の姿はない。

書斎の電気をつけてみると、窓から雨が降り込んだ形跡があった。換気のために細く開けておいたのを、すっかり忘れて出かけてしまったようだ。窓枠や周囲の床が湿ってはいたが、水滴はついていなかった。芹沢が窓を閉めた後、拭いてくれたのかもしれない。

電気を消そうとしたとき、こつ、とまた壁が鳴った。私はどきりとして振り向いて、窓とは反対側にあるデスクの上に、出したままになっていた原稿に気がつく。結末だけが決まっていない短編小説。書けたところまでを出力して、出発する直前まで、推敲のために読み直していたものだ。

——芹沢は、これを見つけただろうか。

一階にも二階にもいなかった芹沢が今どこにいるのか、思い当たって私は階段を駆け下りる。

果たして、彼はそこにいた。

地下室の壁の前に——私が置いたままにしていたつるはしを手に持って。

「あ、九堂さん。やっぱり飛行機飛ばなかったんですね」

芹沢は私を見て、すぐにつるはしを置き、何事もなかったかのように言った。

「すみません、勝手に。こないだ、雨漏りしそうって言ってたの思い出して、気になっちゃって……すごい雨だったんで。ちょうど近くにいたんですよ」

地下も、地中の水が滲みることがあるって聞いて……でも大丈夫でした。ここ寒いっすね。

いつもの調子でそう話す彼の声が、膜一枚隔てたようにぼんやり聞こえる。

「あの小説、読んだの？」

私が尋ねると、

「あ、書斎にあったやつですか？　すみません、ちょっとだけ読んじゃいました」

芹沢はあっさりと認める。

「結構おもしろかったですよ。ありがちといえばありがちですけど、先生のこと知ってる人が読むと、にやにやしちゃうんじゃないですか」

彼は、彼の会社で出している電子雑誌の名前を挙げ、完成したら、そのホラー特集号に掲載を考えましょう、と言った。私に背を向け、寒そうに自分の腕をこする。

やはり、彼はあの小説を読んだのだ。

そのうえで、つるはしを持って地下室にいた。

私が来なかったら、どうするつもりだったのか。壁を壊すつもりだったのではないのか。壁の中に何があるのか、彼は、気づいているのではないか。

今は私に怪しまれないよう、何もなかったような顔をしているが、この後警察に通報しようと考えているかもしれない。もしくは、これから先、私の留守を狙って忍びこみ、壁を壊すつもりでいるのか。

この地下室から出たら。

私はつるはしをとる。そして、こちらに背を向けている芹沢に近づく。

こつ、と壁が鳴った。

階段の一段目に足をかけていた芹沢は、後ろを振り返る。

やっぱり、彼にも聞こえていたのだ。この音が。壁の中の女は、芹沢に、壁を壊せと囁きかけている。

地下室に入れたのが間違いだった。彼はこの家に、地下室に、壁の女に魅入られてしまった。

私はつるはしを振り下ろした。

＊＊＊

警察が訪ねてきたのは、私がＤＩＹ用の通信販売のサイトを見ていたときだった。

芹沢を女と一緒に壁に埋めようと思い、つるはしで壁を壊しかけたのだが、埋め直すにはレンガが足りないことに気がついたのだ。追加のレンガをショッピングカートに入れ、「購入」のボタンを押そうとしたところで、呼び鈴が鳴った。

芹沢の家族から、彼が大雨の中出かけて戻らない、と警察に連絡があったらしい。

「顔色がよくないですよ。大丈夫ですか？」

二人連れの警察官は、私を見るなり厳しい表情になった。

私は、仕事がなかなか進まず、寝不足で、と答える。

「芹沢さんは、出先から移動する際、こちらのお宅の様子を見に行くと言っていたそうなんですが……」

私は、芹沢は来ていないと答えた。

昨夜は大雨だった。外を歩いている人間はほとんどいなかったし、いたとしても、他人のことなど誰も気にしていなかったはずだ。見られているとは思えない。大丈夫だ。

芹沢の遺体は、シーツにくるみ、まだ地下室に置いてあった。玄関に置いたままだった鞄も、地下室に運んである。

こつ、と背にした壁が鳴った。私はびくりとして、思わず振り向きそうになり、なんとか思いとどまる。

背後には地下室への入り口がある。警察官たちの意識を、そちらへ向けるわけにはいかない。

「私は旅行に行く予定で、帰ってきたのも遅かったので……行き違いになったのかもしれません。彼とは会っていません」

玄関先に立った警察官が、ちらりと三和土に脱がれた靴に目をやった。芹沢の靴だ。隠すのを忘れていた。

男の一人暮らしの家に、男物の靴があっても、何もおかしくはないはず——私は怪しまれないよう、意識して胸を張ったが、心臓がドキドキし始めていた。

芹沢の靴は、靴先が家の中を向いている。

彼はいつも靴のかかとを家の中へ向け、端にそろえてあがっていたが、昨夜は私の留守中にちょっとあがるだけのつもりだったから、わざわざそろえなかったのだろう。

いや、私が昨日履いていた靴も、同じように脱ぎ捨てられている。自宅で靴をそろえる習慣のない男だと、警察がそう思ってくれれば、別段怪しまれることもないはずだ——。

昨日私が履いていた靴と芹沢の靴とを、警察官が見比べている。サイズが違うことに、一目で気づくものだろうか。

私は背中に汗をかいていた。

「芹沢さんの車が、家の前に駐まっているんですけどね。芹沢さん、訪ねていらっしゃいませんでしたか？」

私は思わず警察官の背後に目をやる。

しまった。昨夜は大雨で、家に明かりがついていることにばかり意識が行って、周囲のことなど気にしていなかった。

しかし私の位置からは、芹沢の車は確認できなかった。

二人の警察官は、まるで私を逃がすまいとするかのように、並んで私の前に立ちはだかっている。そして、有無を言わせない口調で言った。

「家の中を確認させていただけますか？」


逃げないようにと思われたのか、私も同行するよう言われ、二人の警察官に挟まれて階段を下りた。

私はもう観念していた。

先に下りた警察官がシーツにくるまれた遺体を発見し、慌てた様子でどこかに電話をかけ始める。

部屋の隅には血のついたつるはしも置いたままで、言い逃れはできなかった。

もう一つの死体にも、彼らはすぐに気づくだろう。

壁の中の女のほうは、私が殺したわけではないが、信じてもらえるかはわからない。私はどうなるのだろう。少なくとも、文壇に戻れるとは思えない。

すべてあの女の――西園流華を名乗る女のせいだ。

もしや、最初から、これが目的だったのだろうか。私を陥れるため、わざわざ家まであがりこみ、自ら命を絶ったのか。私が席を外している間に、隠し持っていた薬でも飲んで。

三島の作品を奪った私への、命をかけた復讐だったのか？

そして、霊になった今も彼女はこの家にいて、私を追い込み、芹沢を地下室へと呼び寄せた……。

「その壁は、どうして崩れているんですか？」

階段を背にして立ち、警察官が訊いた。

私は女を埋めた壁を見ないようにしていた。

昨夜、芹沢を埋めようと、混乱した頭で思いついて穴をあけてしまったが、そこにはあの女、西園流華が埋まっているのだ。

この後、彼女の死体は壁から掘り出されることになるだろう。

腐り果てた死体を見たくはない。早くここから連れ出して、警察署へでもどこへでも連れて行ってほしい。

二年も経てば、骨になっているだろうか。いや、もしかしたらあの女は、腐ることもなく、あの夜と同じ姿のままで、壁の中から現れるのではないか――。

警察官が壁に近づき、昨夜私が明けた穴を覗き込もうとする。

彼がそっと壁に触れると――軽く手が触れただけに見えたが――亀裂の入っていた箇所から崩れ、穴はレンガ数個分の大きさに広がった。わっと声をあげて、警察官が飛びのく。

私は思わず壁のほうを見てしまった。

そこに遺体はなかった。

空洞だけだった。

「危ないな。ここ、崩れかけてたのか」

警察官は壁から離れ、「近づくなよ、脆くなってるみたいだ」と相棒に声をかけている。

それから一度だけ、実況見分のために私は地下室へ入ったが、壁を叩く音は二度と聞こえなかった。

動機を尋ねられて黙っていると、書きかけの原稿を読んだらしい警察官に、これはフィクションですかと尋ねられた。私は黙秘を続けた。

私が空けた穴から、地下室の壁の中も調べられたが、女の死体は出てこなかったそうだ。

埃まみれのシーツだけが、下の方に丸まって落ちていたと、取調室で警察官が教えてくれた。

坂入慎一

私の座敷童子

●『私の座敷童子』坂入慎一

密かに力を蓄えてきた知られざる短篇小説の名手が《異形コレクション》に初登場である。

坂入慎一は２００２年『シャープ・エッジ―stand on the edge』で第９回電撃ゲーム小説大賞選考委員奨励賞を受賞しデビュー。ライトノベルの老舗・電撃文庫を舞台に受賞作のシリーズ全３巻を上梓したのち、新シリーズ『Ｆ』の２巻目（２００６年）を最後に沈黙——と思われてきた。

商業市場への再登場は光文社文庫のサイト《Yomeba!》で行われたショートショート公募への応募。坂入慎一は立て続けに入選し、『ショートショートの宝箱』にも収録されるや、独自の感性で描きだす綺想に注目が集まった。実は、それ以前より坂入慎一はショートショートの枚数の瑞々しい作品を小説投稿サイト「カクヨム」で発表し続けており、短い枚数の作品に、自身の可能性を研ぎ澄ましていたのだった。電撃文庫刊の『Ｆ』（実はＦＲＥＡＫのＦでもある）で坂入慎一が追求していたテーマは「死」なのだが、実は裏テーマのように描かれていた「生」が「カクヨム」作品群に引き継がれていると読むこともできる。作家・坂入慎一は不屈の生を続けていた。本作は、坂入慎一の綺想が堪能できる作品である。旧家に戻ってきた主人公が、さまざまな疑惑におののきながら、蔵に隠された〈秘密〉を探っていく本作は、日本独特のゴシック・ロマンスというべき世界観に、衝撃の結末を潜ませた忘れがたい作品となるだろう。

「どうも物忘れが酷くなってるみたいなのよ」

数年振りにかかってきた親戚からの電話は、父の近況を伝えるものだった。

父も高齢なので人の名前が思い出せなかったり約束を忘れてしまうことはたまにあったが、最近はそれが酷くなってきたのだという。この前は外出先で道がわからなくなって迷子になり、警察に保護されたそうだ。

親戚は口に出して言わなかったが認知症ではないかと疑っているようだった。

「やっぱりあの広い家で一人暮らしだと寂しいんじゃないのかしら」

だから一人娘であるあなたが実家に帰り父親の世話をするべきなのではないか、という趣旨のことをかなり回りくどい言い方で伝えられた。そのときは言葉を濁して返答を避けたが、やはり放ってはおけず、一週間後には実家に戻ることを決めた。

そうして私は毎日終電まで働かされていたブラック企業を辞め、事あるごとに暴言を浴びせてくるＤＶ彼氏とも別れ、住んでいたマンションを引き払い、電車とバスを乗り継いで帰郷した。

山に囲まれた片田舎にある無駄に広い敷地の家、それが私の実家だ。敷地には高い塀が巡らせてあり、外から中の様子はわからないようになっている。正面の数寄屋門をくぐると植込みと石灯籠の遠く向こうに玄関が見えた。庭は年二回業者が手入れをしているので私が実家を出たときとたいして変わりはないようだった。

長い小道を歩いて玄関に辿り着くと、少し離れた場所に父がいることに気づいた。父は植込みの前に佇み、何もない空間に視線をさまよわせていた。

私が歩いて近づくと父も私のことに気づき、驚いた顔をして睨めるように私のことを見る。

「………」

父はしばらく無言で私を見ていたが、やがてはっと気づいた顔をすると「アヤノか？」と私の名を呼んだ。

「ただいま、父さん」

父は「そういえば今日、帰ってくるんだったな」と呟き、ばつの悪そうな顔をした。

私がこんなところで何をしていたのかと訊くと、父は周囲を見回し、戸惑いの表情を浮かべる。まるで自分が何故ここにいるのかわかっていないかのような挙動だった。

「とりあえず中に入らない？」

そう言って家に戻るよう促すと、父は案外素直に従ってくれた。聞いていたよりも父の症状は深刻なのかもしれない、と思った。

父が家に戻ったのを見届けると私は振り返り、家から離れた場所にある蔵を見た。実家の建物は古びた造りのものばかりだけど、その中でも一際年季が入っているのがあの蔵だ。曾祖父の時代には蔵の中に貴重な品々が保管されていたらしいが、そういったものは既に処分され今ではゴミとガラクタしかないと聞いている。

「…………」

私はあの蔵で、座敷童子に会ったことがある。

蔵にはいつも大きな錠前がかけられていて、入ることはおろか近づくことも父に禁止されていた。けれど小学生の頃、私は父に連れられて一度だけ蔵の中に入ったことがある。

初めて入った蔵は、ただただ真っ暗なだけの場所だった。私はその何も見えない暗闇が恐ろしく足がすくんでしまったが、父は私の手を握ると半ば私を引きずるように歩き始めた。

父は懐中電灯を持っていたが、それは足下をかろうじて照らすぐらいのか細い光で、かえって闇を色濃くしていた。目の前にいるはずの父の姿すら見失いそうなほど深い暗闇の中をしばらく歩くと、地下へと続く階段があった。階段の下は更に闇が深く、私はいやいやするように頭を何度も振る。しかし父は有無を言わせず私の手を引っ張りながら階段を下りていった。

何度も転びそうになりながらも階段を下りきると、そこは家の居間ほどの広さの地下室だった。部屋の隅に燭台(しょくだい)があり、父がマッチで火を灯すと何もない空間がぼんやりと浮かび上がる。

父は私の手を離し、懐中電灯で奥を照らした。そこに見慣れぬものが見えた。それは牢、だった。

地下室の奥が座敷牢になっていて、そこに一人の男が入っていた。

若いようにも年老いたようにも見える奇妙な印象の男だった。薄汚れた服装で地べたに座っており、顔にはなんの感情もなく、熱のない双眸(そうぼう)で私達のことを見ていた。いや、私達のことを見ているというよりはただ機械的に顔を向けているだけのように思えた。

「あれは座敷童子だ」

父は持っていたビニール袋からコンビニ弁当を取り出すと牢に近づき、差し入れ口からそのコンビニ弁当を中に入れた。すると男は獣のように跳躍し、コンビニ弁当に飛びつくとそのまま手を使わず動物のようにがつがつと食べ始めた。

食べる、というよりは貪(むさぼ)る、と形容するのが相応(ふさわ)しい。男は飢えた野良犬さながらの勢いで弁当を貪り食い、あっという間に平らげてしまった。

「座敷童子がいる家は栄えるが、座敷童子が出て行ってしまうとその家は没落する。だから繁栄を続けるためには座敷童子をつなぎ止めておく必要がある」

食べ終えた男が元の位置に戻るのを見ながら父が言った。

「大人になったら、これの世話はお前がするんだ」

振り向き、父は私の目を睨むように見つめる。地下室にいる父は、いつもとは違う生き物のように見えた。

「座敷童子のことは誰にも言うな。誰にも気づかれるな。絶対にだ、いいな」

私は父を見て、それから牢の中にいる男のことを見た。

父が座敷童子というその男は、私にはただの人間の男にしか見えなかった。


蔵の地下にいた座敷童子のことは小学生だった私にはたいそう恐ろしい体験だったらしく、私は蔵に行った翌日に高熱を出して寝込んでしまった。

熱で朦朧とする中、蔵の座敷童子を思い出してはうなされ、やっと眠れたと思ったら座敷童子が出てくる悪夢を見てしまいやはりうなされた。そうやって三日三晩悪夢に苛まれながら寝込んだ結果、熱は下がったが、私は蔵の地下にいた座敷童子が現実にあったことなのか夢で見たことなのかわからなくなっていた。

父と一緒に座敷童子に会った記憶はあるのだが、現実にあったと考えるにはあまりにも非現実的すぎた。それに私が蔵の中に入ったのはあのときの一回だけで、それ以来父が座敷童子の話をすることは一度もなく、私の方から父に座敷童子について訊くこともなかった。

なので次第にあれは当時見た悪夢か何かだったのだろうと思うようになった。就職を機に家を出てからは一度も実家に帰らず、会社で残業漬けの日々を送る内に、蔵の地下にいた座敷童子を思い出すこともなくなっていった。

しかし、こうして実家に帰ってきて蔵を目の当たりにしてしまえば否応（いやおう）なく思い出してしまう。父の容体を考えると、あの男が本当にいたのかどうか確かめる必要があった。

それでもまだ、私は座敷童子のことを父に訊くことができなかった。今の父に訊いてもまともな答えが返ってくるかあやしいというのもあるが、それ以上に訊いてしまうことによって私の中にある不安が具体的な形を得てしまうことを恐れたのだ。

だから私はただ、父に蔵の鍵について尋ねた。何か訊かれるかと思ったが、父は何も言わず私に鍵の保管場所を教えると、その中から蔵の鍵を差し出した。それから父は「冷蔵庫に弁当が入っている」とだけ言った。

何故今、弁当の話をするのかと尋ねることはしなかった。私は冷蔵庫からコンビニ弁当を取り出し、蔵に向かい、鍵を開け、中に入る。蔵の中の空気はひんやりとしていて、カビと埃（ほこり）の臭いがした。

蔵に電気は通っておらず、明かり窓も閉まっていたので中は昼間とは思えないほどの暗さだった。私は持ってきた懐中電灯をつけると、おそるおそる奥へと進む。蔵の中には家具やよくわからない置物が無造作に並べられており、私は埃をかぶったそれらの間を縫うように歩いた。そうして蔵の一番奥まで行くと、隠されるように地下への階段があった。

「…………」

極力何も考えないようにしながら階段を下りると、そこは昔の記憶の通り居間ぐらいの広さの地下室だった。地下は上階よりもカビの臭いが強く、冷気と湿度を感じる。半ば腐っている板張りの壁を見るだけでこの地下室がかなり昔からあるものだとわかった。

備えられたマッチで燭台に火を灯すと、奥にある座敷牢が見えた。

懐中電灯で牢を照らす。果たして男はそこにいた。

男を最後に見たのは十年以上前のことだったが、男はそのときと同じく薄汚れた服を着ていて、同じ体勢で地べたに座っている。小学生の頃のおぼろげな記憶しかなかったが、それでもあのとき牢の中にいた男と同一人物だとわかった。

男が本当にいたこと、昔の記憶が夢ではなく現実だったことに少なからずショックを受けたが、気を取り直すと私は牢の前まで近づく。

小学生の頃に来たときは離れた場所から見ていただけだったので、男の顔をまじまじと見るのは初めてだった。若いようにも年老いているようにも見えるという印象は変わらなかったが、よく見ると男の顔を何処(どこ)かで見たことがあるような気がした。けれど、思い出せない。確かに見覚えがある顔なのに。何処かで見たはずなのに。

「……あなた、誰なの？」

そう尋ねたが、男から返答はなかった。質問を変えて幾つか問いかけてみても何の返事もなく、耳が聞こえないのかと思い身振り手振りで尋ねてみたがやはり何の反応もなかった。男は私の方に顔を向けているし、目が見えているのは確かだ。しかし何の反応もしてくれないのではどうしようもない。男が何者なのかを本人から聞き出すのは難しそうに思えた。

どうしたものかと考えていると、男が見ているのは私ではなく、私の持っている弁当だと気づく。今更ながら弁当のことを思い出した私は牢の差し入れ口から弁当を中に入れた。すると男は昔の記憶と同じく弁当に飛びつき、がつがつと食べ始める。

器ごと食べそうな勢いで弁当を貪るその異様な姿はまさしく獣のそれで、座敷童子のイメージからはかけ離れていた。

これではただの飢えた人間ではないかと思ったが、すぐにそんなわけはないと打ち消す。もしこの男が座敷童子ではなく普通の人間だとしたら、父は男を監禁している犯罪者ということになってしまう。

そんなわけがない、父がそんなことをするはずがないと、自分に言い聞かせるように何度も心の中で繰り返した。

「座敷童子は主に東北地方で伝承される妖怪の一種ね。一般的に子供の姿をしていて、座敷童子がいる家は繁栄すると言われてるわ」

その手の話に詳しい友人に電話で座敷童子について尋ねると、自分の趣味に興味を持ってくれたことに気をよくしたのか二つ返事で教えてくれた。

「でも座敷童子が出て行ってしまうとその家は没落するの。だから妖怪だけど大切に扱われることが多いのよ」

「そこら辺は聞いたことあるわね。ところで大人の座敷童子っているの？」

「童子なんだから子供しかいないんじゃないのかしら。少なくとも私は聞いたことがないわ」

蔵の地下にいる男はどう見ても子供というような年齢ではない。しかし妖怪を人間と同じ尺度で考えていいものだろうか、妖怪からすればあれは子供なのかもしれない、と自分を納得させた。

「あと座敷童子はその家で死んだ子供の霊だ、って説があるわね」

何気なく発せられた友人の言葉に引っかかりを覚えた私は食い気味に言う。

「それ、詳しく聞かせて」

「そう言われても私もちゃんと覚えてるわけじゃないのよね。たしか座敷童子はその家で死んだ子供の霊だからちゃんと供養してあげれば家に繁栄をもたらし、ぞんざいに扱うと祟られてしまう、みたいな話だったと思う」

「…………」

友人の話を聞き、私は自分に兄がいたことを思い出した。

それは私が父に連れられて蔵に行った一年か二年くらい前のこと、生まれる前に死んでしまったけれど私には二つ上の兄がいたのだと母から聞いたことがある。今までそんな話を聞いたことがなかったので驚いたが、母が嘘を吐いているようには見えなかった。

産んであげたかった、とだけ呟き、母はそれきり兄の話をすることはなかった。母が今でも兄のことで心を痛めていることを察した私は何も言えず、その話をした数日後に母が失踪したので兄のことは聞けずじまいだった。

「ところで急に座敷童子に興味を持つなんてどうしたの？　今までこの手の話は興味なかったじゃない」

友人のもっともな疑問をどう誤魔化そうかと考えたが、どうせ信じないだろうと思い正直に話すことにした。

「実家に座敷童子がいるから調べてみようと思ったのよ」

「ああ、そういえばあんたの家って旧家だっけ。それじゃあ座敷童子ぐらいいてもおかしくないわね。座敷童子は小豆飯が好物らしいから供えてあげなさい」

冗談と受け取ったのか友人は笑いながらそう言ったので「ありがとう、考えとく」とだけ返した。

それから少し雑談をしてから電話を切り、洗面所へ向かった。備え付けの鏡に手をつき、鏡に映った自分の顔をじっと見つめる。

蔵の地下にいる男の顔を何処かで見たことがあると思っていたが、ようやくわかった。

あの男の顔は、私と似ているのだ。

実家に戻り父と暮らし始めて数日が経ったが、父の症状は状態が良いときと悪いときを繰り返していた。良いときは意識もはっきりしているが、悪いときは自分が何処にいるのかもわからず、私のことが思い出せないときもあった。

父は元来無口で気難しい性格のため、話しかけるまでは状態が良いのか悪いのかの判別ができなかった。そのため父に話しかけるときは奇妙な緊張感が生まれ、意識せず腫れ物にさわるような態度になってしまった。

病院に行くよう何度も言っているのだが、状態が良いときでも悪いときでも私の話には耳を貸さず、病院には行かないの一点張りだった。そのことについて電話で親戚に相談すると、

「あの人は昔からそういう人だから」

という諦めの言葉が返ってきた。

父がそういう人なのは私もよく知っているので何も言えず、代わりにそれとなく兄につい

て尋ねると、私が兄について知っていることに驚いていた。

「……そう、知ってたのね。辛い出来事だったからあなたには話してないと思ってたんだけど」

話を聞くと確かに私には兄がいたということだった。死産だったため戸籍にも載っておらず、知っている人の間でも兄の話をすることは避けられていたらしい。

「ずっと子供ができなかったから妊娠したときはすごく喜んでたのよ。だから死産だったときの落ち込みようは酷くてね、見ていられなかったわ」

母は精神的なショックもあってか体調を崩し、しばらく入院していたのだという。

「最初の頃はこっちが話しかけてもろくに返事もできないぐらい落ち込んでたんだけど、しばらくすると体調も良くなってきて、退院する頃には笑顔を見せることもあったわ。そうしてまた妊娠して、あなたを産んだときにはもうすっかり元の明るい性格に戻っていたから安心したのよ」

親戚はそう言ったが、その母は私が幼い頃に失踪したのだから、本当に元の性格に戻っていたのかはわからない。

母が失踪した後、父は固く口を閉ざし母について何かを語ることは一切なかった。兄についても昔、父にそれとなく訊いたことがあったが「その話は二度とするな」とだけ言われて終わった。

亡くなった兄のこと、失踪した母のこと、それらについて口を閉ざす父のこと、蔵の地下の男のこと。私にはわからないことばかりだった。何もわからない。本当に、わからない。

別の日、友人から電話がかかってきた。

「タクヤ君から電話が来たわよ」

それを聞いて私は顔をしかめる。タクヤは別れた彼氏の名前だ。電話で別れ話を切り出したときはかなり激しく罵倒され、いくら言っても別れることに納得してもらえなかった。最後は一方的に電話を切り着信拒否にしたことで関係は終わったと思っていたが、タクヤはそう思っていない可能性は充分ある。

「あなたの実家の住所を知らないかって訊かれたわ」

「まさか教えたの？」

「そんなわけないでしょ、住所は知らないし連絡先もわからないって言っておいた。でも手当たり次第に訊き回ってるみたいだから気をつけた方がいいと思う」

「……ありがとう、注意するわ」

電話を切り、大きくため息を吐いた。とりあえずタクヤに連絡先を教えないよう友人知人に周知する必要がある。その手間のことを差し引いてもタクヤのことを考えると気が滅入った。

蔵の地下にいる男のことを父は座敷童子だと言っていた。座敷童子の住む家は繁栄するとか見た人に幸運をもたらすと言われているが、ブラック企業に就職してしまいDV彼氏に今も悩まされている私はとても幸運とは思えなかった。

しかし考えてみると、それらの不幸は全て実家を出た後に起こったものだ。ずっと実家にいて旅行にすら行ったことがない父からは、二束三文で買った土地に鉄道が通って地価が高騰したとか、株を買った新興企業が画期的な技術を開発してストップ高になったなどという話をよく聞いた。

もしかしてこの家にいることで幸運になるのだろうか？　しかし実家を出る前の私が幸運だったかと言われればそんなことはないと思う。幸運でも不幸でもなく、普通の生活を送っていた。

ふと思いついて私は棚からお菓子を取り出した。そのお菓子にはクジがついていて、大当たり一枚、もしくは当たりを十枚そろえて応募すると景品がもらえるという代物だった。私はこのお菓子が好きでよく買っていたが大当たりが出たことは一度もなく、当たりは十枚そろう前にいつもなくしてしまっていた。

もし、この家に住むことで幸運が得られるのなら私にも影響はあるはずだ。ならばこのクジが当たっていればあの男が座敷童子という話にも信憑性が出てくる。

私は期待を込めてお菓子のクジを取り出し、開く。そこにはただ簡潔に、ハズレ、とだけ書かれていた。

実家に戻ってからの私はそれなりに忙しかった。

父の状態が悪い日は勝手に外出しないよう目を光らせながら家事を行い、父の状態が良い日には家のことを訊いて滞(とどこお)っていた手続きなどを済ませる。無駄に広い家に加え父の不動産も私が管理する必要が出てきたため、慌ただしい日々が続いていた。

そして、蔵の男の世話をすることも忘れなかった。

世話と言っても牢の中の男に食事を差し入れるだけなのだが、弁当を貪る男の姿はいつ見ても不気味で、慣れることはできない。

男が座敷童子だというのなら食事を与えずとも大丈夫なのではないかと思ったが、食事の差し入れをやめる勇気は持てなかった。私はまだこの男が座敷童子だと信じ切ることができず、食事を与えず放置することもできなかった。

男が何者なのか、男の顔は私に似ているがそれは何故なのか、亡くなった兄と男は何か関係があるのか、疑問に思うことは多いがどうすればいいのかわからない。

父に蔵の男について訊くことは考えた。しかし、訊けなかった。たとえ訊けたとしても状態が悪いときの父だった場合、要領のある答えは返ってこないだろう。だがそれよりも、状態が良いときの父だった場合、私の質問に正しく答えてしまうことが恐ろしかった。

そう、恐ろしいのだ。私はあの蔵の地下にいる男のことを、ただただ、恐ろしいと思っている。

あの男に初めて会ったときから、あれは知らない方がいいものだと感じていた。だから私はあの男について何も聞きたくはないし、見たくもなかった。父があの男の詳細を私に話し、あの男という存在を理解してしまうこと。私はそれを何よりも恐れていた。

しかし、それでも、知らなくてはいけないこともわかっている。家の敷地で男が牢に閉じ込められているのだ、知らないままでいることなど許されない。私はそれがわかっていながら、わかっているのに、ずるずると先延ばしにしてしまう。

だがある日、一枚の写真を見つけた。

それは家の片付けをしていたときに見つけたもので、木製の箱に収められたアルバムの中にあった。

そのアルバムには父と母の若い頃の写真が収められていた。母は私が幼い頃に失踪したためおぼろげな記憶しかなく、写真もろくに残っていないと言われていたので、思いがけず出てきた何枚もの母の写真に見入ってしまう。

写真の中の母は女の私から見ても美人だった。上品に笑っている写真が多く、母が笑っているとそれだけで絵になっている。そんな母につられたのか写真の中の父もよく笑っていた。私の知っている父は気難しく常に不機嫌な顔をしていたので、こんなにも快活に笑うことができるのかと驚いた。

そうやってしばらくアルバムを眺めていたが、片付けの途中だったことを思い出したのでアルバムを閉じ、また後で見ようと思い箱にしまった。しまってから違和感に気づいた。よく見てみると箱の大きさに比べ、中のスペースが小さいのだ。

箱からアルバムを取りだして中を調べると、どうも上げ底のような構造になっているようだった。ためしに底板を外してみるとそこは秘密のスペースになっていて、小さなアルバムが一冊収められていた。

私はその隠されていたアルバムを手に取り、開く。母と若い男の写真が貼ってあった。写真の中の母は入院着でベッドに座っていた。背景から見ておそらく場所は病院だろう。入院中に撮った写真だと思われた。

その母の隣に立つ男は白衣を着ていて、母とは親しげな様子だった。おそらく医者であろうその男は、蔵の地下にいる男にそっくりだった。

「…………」

蔵の地下にいる男はほとんど無表情で、人間らしい感情を見せたことはない。しかし写真の中の男は顔こそそっくりだが人の好さそうな笑みを浮かべている。日付を見ると兄が亡くなった年に撮られたものだった。

アルバムにある他の写真も確認したが、その全ての写真に男が写っていた。母と一緒に写っているものが多いが、男だけで撮られたものもある。場所は病院だけではなく外で撮られたものも多く、旅行先で撮影したと思しきものも何枚かあった。

　私は、父とは似ていないとよく言われていた。父を知る人からは母親似なのねと言われ、母の顔をよく覚えていなかった私はそういうものかと思っていた。しかしこうやって何枚もの母の写真を見たからわかるが、私と母は似ていない。私は父とも母とも似ておらず、ただこの写真の男に、蔵の地下にいるあの男によく似ていた。

　この男が、私の本当の父親なのではないだろうか？

　蔵の地下の男は座敷童子などではなく、もっとおぞましいものなのではないだろうか？

　その可能性に気がつくと私は吐き気を覚え、口を押さえる。私はよろめきながら立ち上がるとトイレに行って少し吐いた。

　便座にもたれかかりながら乱れた呼吸を整えていると、玄関のチャイムが鳴った。来客の予定はなかったので不思議に思いながら立ち上がり、洗面所で口をゆすいでから玄関に向かう。父が勝手に外出しないよう玄関の鍵は閉めていたのでまずそれを開け、それから引き戸を開けた。

「……タクヤ？」

　外にはジャケットを着た男がいた。それは私の別れた彼氏、タクヤだった。

　タクヤは私を見ると不機嫌さを隠そうともせずわざとらしく舌打ちをして、言った。

「帰るぞ」

「えっ、帰るって、私達もう別れて……」

「うるせえよ！　誰に断って口きいてんだ！」

いきなり怒鳴りつけられ、私の体は硬直する。

タクヤは自分の思い通りにならないことがあると、怒鳴りつけることで相手を従わせようとするタイプの人間だった。その矛先は恋人だった私にも度々向けられ、こちらが全面的に非を認め謝罪するまで罵倒され続けるのが常だった。

「どれだけ俺に迷惑かければ気が済むんだ！　これ以上俺に恥かかせるんじゃねえよ！」

一度怒鳴りつける態勢に入ると、タクヤはあらん限りの罵倒の言葉でがなり立てる。こうなってしまうと私はその言葉の暴力に萎縮してしまい、ただうつむくことしかできない。

もはやタクヤが何を言っているかも聞き取れず、ただ恐ろしさだけが募っていく。体の芯から冷えていく感覚があり、体が震えてろくに動かせない。何か反論しようにも口を開くことすらできず、ただ、涙がこぼれた。

私が泣き出したのを見るとそれで溜飲が少し下がったのか、タクヤは怒鳴るのをやめると低い声で私に言った。

「ああ、もういいわ。とっとと帰るぞ」

「帰るって……いきなり言われても……」

「いいから帰るんだよ!」

タクヤは私の腕を掴み、強引に連れて行こうとしたので私はとっさにその手を振り払った。抵抗されると思っていなかったのかタクヤはバランスを崩し、その場で尻餅をついた。

何が起こったのかわからないといった顔で、タクヤはきょとんと私のことを見上げる。しかしすぐに事態を把握すると顔を真っ赤にして怒り出した。

「てめえ……!」

また怒鳴られると思い私は恐ろしさから固く目をつぶる。しかし来たのは言葉ではなく拳だった。思い切り、顔を殴られる。

「っ!」

衝撃で意識が一瞬飛び、気がつくと私は床に倒れていた。殴られた箇所が酷く熱く、目がチカチカする。鼻血がぼたぼたと流れ、それが口に入り血の味がした。

痛みよりも殴られたショックの方が大きかった。今までこづかれたり突き飛ばされたことはあったが、拳で殴られたのは初めてだ。すぐに逃げるなり警察に通報するなりすればいいのだが、混乱して考えがまとまらず何もできない。

倒れたまま呆然としている私の腹をタクヤが思いきり蹴り飛ばした。土足のまま床に上がり、私をもう二、三度蹴ってから私の背中を踏みつける。

「帰るぞ」

タクヤは私の腕を摑むと無理矢理立たせ、そのまま私を引きずって外に連れ出そうとする。私はそれに抵抗するがタクヤはびくともしない。痛いほど強く腕を摑まれた私は、為す術もなく引きずられていく。

私はとっさに摑まれていない方の手を伸ばし、棚の上の花瓶を摑んだ。金属製の花瓶を強く握り、タクヤの頭をぶん殴る。

ゴッ、と鈍い音がした。嫌な感触が花瓶を通じて手に伝わる。花瓶の花と水がぶちまけられ、タクヤが床に倒れた。

タクヤの頭から血が流れている。信じられないものを見るような目で私を見ると、タクヤは床に手をついて立ち上がろうとした。しかしその前に私はもう一度花瓶でタクヤを殴る。再び倒れるタクヤ。花瓶を両手で持って、タクヤの頭に振り下ろす、振り下ろす、振り下ろす、馬乗りになって、何度も、何度も、何度も、何度も、何度も、何度も、何度も、

「…………」

花瓶が手からすっぽ抜けて飛んでいき、派手な音を立てて床に落ちた。

自分の手を見ると、小刻みに震えていた。殴りすぎて握力がなくなっている。タクヤを見ると、かつてタクヤの顔だったものはぐちゃぐちゃに潰れた肉塊になっていた。

不意に、我に返った私は慌ててタクヤから離れた。いつの間にか私の体は返り血で汚れ、手も血まみれだった。

タクヤは死んでしまったのだろうか？

あんなに血が流れていて、ぴくりとも動かない。

生きているにせよ死んでいるにせよ、その生死は確認しなければならない。しかし、足が震えてその場から動けなかった。

もし死んでいたらどうなるのだろう？ 警察に捕まってしまうのだろうか。そうなったら私の人生はどうなってしまうのか？ 仮に生きていたとしてもタクヤは私を許さないだろう。どちらにしても、私はもうどうしようもないのではないだろうか？

答えの出ない問いかけがぐるぐると頭の中を回り、私はその場で立ち尽くす。

冷静に考えればすぐに逃げるなり警察や救急車を呼ぶなりすればよさそうなものだが、私はどちらもできなかった。何もできなかった。ただ、その場で震えていただけだ。

そう、いつだってこうなのだ、私は肝心なときには何もできない。会社だってブラック企業だとわかった時点ですぐに辞めるべきだったし、タクヤとだって初めて怒鳴られた日に別れれば良かった、座敷童子のことも父を問い詰めるなり親戚に相談するなりしておくべきだったのだ。でも、私にはそれができない。困難を前にするとすぐに萎縮してしまい、問題から目を背け先延ばしにしてしまう。部屋の隅で震えているだけで問題が解決することはないとわかっているのに、それでも私は目の前の困難と向き合うことができなかった。

実家に戻るという理由ができたことで会社を辞めて彼氏と別れることができたときは嬉し

かった。そういう切っ掛けがないと私から動くことなどできなかったから、不謹慎だけど内心では父に感謝していた。

けれど正しく問題と向き合うことはしていなかったから、タクヤとの関係がこじれてしまいこんなことになってしまった。何もしなければ問題は解決せず、逃げたとしても悪化するだけだ。だから問題と向き合うことが大切なのだとわかっている、わかっているけど、私は血まみれで倒れているタクヤから逃げることも向き合うこともできず、ただ立ちすくみ、怯えた兎のように震えている。

どれぐらいそうしていただろうか、はたと人の気配を感じて横を見るとそこに父が立っていた。

「あっ」

父は血まみれの私を見た後、倒れているタクヤに目線を向けた。無言でタクヤに近づくと手を伸ばし、首筋に触れる。

「死んでるな」

そう、簡潔に言った。

やっぱり死んでいたか、という諦めの気持ちと、これからどうしよう、という不安がない交ぜになり、頭が真っ白になる。

すると父はおもむろにタクヤの死体を担ぎ上げると玄関に向かい、そのまま外に出た。私は慌てて父の後を追って外に出る。死体を担いで何処に向かうのかと思えば父は蔵の前にいた。

蔵の鍵を開けると父は持っていた懐中電灯を私に渡し、先導するよう言った。私は戸惑いながらも父が何処に行こうとしているかはわかったので、蔵の中に入り奥へと進む。

ふと、今の父は状態が良いときの父なのか、それとも状態が悪いときの父なのだろうか、と考える。けれど、それを考えても意味はない。きっと、意味はない。私は無心で歩き、階段を下り、地下室の燭台に火を灯した。牢の中にいる男の姿がぼんやりと浮かび上がる。

ここに来て何をするつもりなのかと父に訊くことはできなかった。ただ、父が何をしようとしているのかは、なんとなくわかっていた。私はそれを確かめるのが怖くて何も言えず、これから起こることへの予感に震えている。

父は座敷牢の前にまで行くと、牢の鍵を開けた。中に入り、床にタクヤの死体を下ろす。その先のことは、弁当を差し入れたときと同じだった。

男はタクヤの死体に飛びつくと首筋にかぶりつき、骨と血管ごと肉を噛みちぎった。飢えた獣が如く着ている服ごとタクヤの肉を食いちぎり、骨を噛み砕き、臓物を貪り、咀嚼し、嚥下する。見る間にタクヤの死体が男の腹に収まっていく。それは死体の体積を考えれば明らかにおかしいことだったが、男はあっという間にタクヤの死体を食べきってしまった。

父は男の顔を覗き込むと、満足するように頷いた。牢から出て、鍵をかける。私に牢の中を見るよう促した。

「これで、この座敷童子はお前のものだ」

私はおそるおそる懐中電灯で牢を照らした。牢の中にいる男は、タクヤそっくりの顔になっていた。


「あれからちょっと調べてみたんだけど、座敷童子の正体は死んだ旅人だって説もあるみたいなの」

そう、友人は電話口で語った。

「昔はATMやクレジットカードもなかったから旅費は全部現金で持ち歩いてたのよ。そんな大金を持った旅人を家に泊めてあげて、殺してしまう。そうやって旅人を殺してお金を手に入れるから、座敷童子がいる家は繁栄するって話になったみたい」

「じゃあ座敷童子が出て行くと没落するっていうのは？」

「座敷童子が出て行くっていうのは旅人の死体が見つかることの暗示らしいわ。結局は罪を犯すことで得た繁栄なんだから、その罪が暴かれればそこで繁栄も終わってしまうってことよ」

「……確かに、その通りね」

私は気づかれないよう小さくため息を吐く。本当に、その通りだと思った。

父が自室で首を吊って死んでいた。

遺書はなかった。

葬式から帰ると喪服のまま蔵に向かった。慣れた足取りで奥へと向かい、階段を下り、燭台に火を灯す。

牢の中にいる男は、顔だけではなく服装も死んだときのタクヤと同じになっていた。

タクヤそっくりの男は地べたに座り、何の感情もない顔を私に向けている。私は葬式で余った仕出し弁当を差し入れ口から入れた。タクヤそっくりの男は弁当に飛びつき、がつがつと食べ始め、あっという間に食べきってしまった。

タクヤが死んでから一度だけ警察から電話がかかってきた。タクヤは失踪したということになっていたが、ああいう性格なので色々トラブルを抱えていたらしく私のことを疑っている様子はなかった。本当に、不自然なぐらい疑われなかった。

私は弁当の容器を回収した後、ふと思いついてポケットからクジ付きのお菓子を取り出し、クジを開いた。大当たり、と書かれていた。

「…………」

クジを破り捨てると私は壁に寄りかかった。視界にはタクヤそっくりの男がいて、まぶたを閉じると暗闇が私を包んだ。

山に囲まれた敷地、高い塀、数寄屋門、植込み、石灯籠、年季の入った広い家、失踪した母、首を吊った父、蔵の地下にいる、私の座敷童子。

父が、この家を離れなかった理由が今ならわかる。

もう、逃げられないのだ。

黒澤いづみ

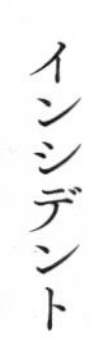

インシデント

●『インシデント』黒澤いづみ

《異形コレクション》が休止していた2010年代には、高まる読者の需要を贖うが如く、〈異形〉の物語を創作する新人作家が続々と登場している。ホラーやSFの専門文学賞ではないところからも、まさに〈異形〉としか呼び得ないような物語の書き手が生まれていることは、実に興味深い……いや……隠さず本心を言うならば、実に悦ばしいのである。

たとえば、本作の黒澤いづみ。2018年、講談社が主催する第57回メフィスト賞を受賞したこの新鋭の衝撃的なデビュー作は『人間に向いてない』。「ある日突然発症し、一夜のうちに人間を異形の姿に変えてしまう」という〈異形性変異症候群〉の蔓延した日本で、奇怪な「虫」の姿に変わってしまった引きこもりの息子の母親の目を通して、家族、人権、社会、政治までも描き出すこの怪作は――コロナ禍の二年前という予言的なタイミングは別としても――グロテスクに異化した世界ではじめて見えてくる「深層」を描いている。社会が、家庭が、そして人間世界が、触れないできた〈秘密〉が暴露されていくその筆力は、どこか中毒性さえ感じさせる。精神の異形性を描いた第二作『私の中にいる』もまた、社会の暗部を鋭く抉りだしている。

そして――本作は、黒澤いづみが2021年の今だからこそ描き出した、蔓延する〈秘密〉の物語。現在、誰もがスリリングに体験したことのあるような日常的な事案が、畏るべき異形の〈秘密〉を垣間見せてくれるのだ。

　ごぽ、と奇妙に湿った音がした。私は凝視していたソースコードからふと視線を外し、ふたつ並んだディスプレイの他方を見る。

「今、何か——」私は画面に向かって話しかけた。「変な音がしなかったか」

『ああ。腹の音だ』

　少々照れくさそうな声が返ってくる。同僚の宇地原だ。先ほどの異音よりも小さな声で喋るので、私はヘッドホンの位置を再調整し、スピーカーの音量を心もち大きくした。

『どうも胃の調子が悪い。おかげで聞いたことのない音がしょっちゅうする』

「歳は取りたくないもんだな」

『まったく。飯を食うのに胃にお伺いを立てなきゃいけない。どうにも遣る瀬ない気分になる』

　軽く笑い、私はマグカップを手に取ってぬるいコーヒーを啜った。

「バグ出しの進捗はどうだ」

『まずまずだな。今日のノルマの三割。そっちは』

「順調じゃないか。——こっちは、想像以上に難航してる。くそったれの書いたスパゲティコードのせいで雁字搦めだ」

『ご愁傷様』

「前任者をぶん殴ってやりたいね。今ごろどこで何をしているやら」

目も当てられないような酷いコードを書いておきながら、前任者は得意げにコメントでプログラムの中に名を残している。……よく見ればずいぶんと古い日付だ。前任者ではない可能性もある。

ひょっとすると、コメントを入れた当人はまともなコードを書いていて、あとから修正した奴らがムチャクチャにしていっただけなのかもしれない。だとすればとんだ濡れ衣だ。現在形で割を食っている私には誰が元凶であろうと等しく迷惑な話だが。

「いっそ全部書き換えてやりたいが、余計な部分は触るなとの御達しだ。悪しき伝統だよ。綻びだらけでも動作してるからそのまま保守しろなんて」

現状を維持すれば、私が触っていない範囲で起こるバグは既存バグだ。こちらに責任はない。だが、可読性が最悪なコードを読み解き引き継いで機能を追加するために、どれほどの労力が必要になることか。普通に考えても非効率だ。

「どいつもこいつも責任逃れでその場凌ぎなことばっかしやがって。その結果を見てみろよ。これだぞ。——政治だってそうだ。まったくこの国の奴らは」

ヒートアップする私のぼやきに、宇地原がささやかに苦笑する。

『正義感溢れる新人プログラマみたいな愚痴だな。お前もこんなの慣れっこだろ？』

「まあな。稀によくある話だ。それにしたっていちいち腹立たしい」

『ストレス溜まってるなあ。飲みに行くか、とでも言いたいとこだが……このご時世、無理な相談だな』

「厭になることばかりだ」

食い入るように画面を見つめていたせいで目が霞む。目頭を軽く押さえ、そばにあった目薬をさした。猫背になっていた背を伸ばして椅子に深く凭れると、思いのほか大きく軋んだ。向こうにも聞こえただろうが、宇地原がわざわざ指摘することはない。

溜息を吐いたところで、チャイムの音がした。思わず肩越しに振り返ったあと、音がしたのは宇地原のほうからだと気づく。

ちょっと席外す、と言って宇地原が部屋を出ていく物音がした。ややあって、袋をガサガサといわせながら宇地原が戻ってくる。デリバリーを受け取ってきたのだろう。

「昼飯か」

『おう』

「当ててやろうか。太田屋の唐揚げ弁当」

『残念。違うんだよなあ』

毎日飽きもせず唐揚げ弁当ばかり食べているイメージだったが、今日は違うらしい。

「正解は？」

訊ねると、宇地原はやたら声を弾ませながら言う。

『はりま屋のラーメン』

「おいおい……胃が悪いんじゃなかったのか」

『そうだが、おれの月一の楽しみなのさ』

はりま屋といえば家系ラーメン。しかも特濃と言えるほどこってりしたスープを売りにしている。私でさえ胃もたれしそうな一品なのに、よくもまあ。

「胃にお伺いは立てたか？」

『脳が許可を出した。知ったこっちゃない』

「なるほど。下請けの辛いところだな」

宇地原がマイクをミュートにしないままズルズルと食い始めたせいで、聞いているこっちも腹が減ってきた。

さて、私のほうは何を食べようか……。考えようとして、頭にラーメンばかり浮かんでくる。やけに美味そうな音を立てて啜る奴がいるせいだ。

「そんなもん食って、本格的に胃をやられても知らないぞ」

宇地原は一際音を立てて麵を啜ったあとで言う。

『無害な食いもんだけじゃ生きられないタチでね。有害なもんも食わねえと駄目なんだ。毒も美味しく食らってこそ、ってね』

「名言ふうに言いやがる」

画面の向こうでしたり顔をしているかと思うと腹が立つが。

「まあ、家系のこってりしたスープからしか得られん栄養素はあるわな……」

出前のページを開き、私は迷わずラーメンをクリックしていた。

＊

現在、世にはたいへんな病が蔓延している。大陸からやってきたそれは爆発的な感染力をもって瞬く間に全世界を席巻した。新型のウイルスによる感染症である。

感染経路は飛沫や接触が主で、場合によっては空気感染も起こる。潜伏期間は数日。ほとんどの場合は軽症で済むが、免疫力の落ちた重病人や高齢者などにとっては致命的だ。感染すると坂道を転がるように悪化して死に至るという。

恐らくは歴史に名を残すであろうパンデミックだ。我々はとんでもない時代の生き証人となるらしい。感染を抑えるため、会食や不要不急な外出を控え、リモートワークを推奨する企業も増えた。私の勤め先もそうした企業のひとつであり、専ら家に引きこもりコーディングをおこなう日々が続いている。

私と宇地原の担当は医療系システムの開発・保守だ。皮肉なことに仕事は増え、忙しさも増している。家で仕事をするのは嫌な上司と顔を合わせる必要がなくなって楽だが、ずるずるといつまでもメリハリのない作業を続けてしまいがちで、仕事と私事の境界線が曖昧になりすぎるのが玉に瑕だ。もっとも、在宅仕事にはつきものの落とし穴なのだろうが。

ひとり画面に向かいながら、最近の私はよく考える。このパンデミックが引き起こす深刻な弊害のこと、孤立することについて。

チャットを介したコミュニケーション。時にテレビ会議もおこなわれるが、私はここのところずっと誰とも対面していない。すべてが画面越しに完結している。

幸か不幸か、私はインドア派だ。現状をさほど苦に思っていない。

それでも思う。孤独であると。

分断され、人と人の繋がりが絶え、世界は半径数メートルに狭まった。その外で何が起こっていたとしても、まったく知る由もない。子どもの頃に夢見たバーチャルな未来がこのように実現するとは露ほども思っていなかったが。

とにかく、我々は今、奇妙な檻の中に囚われている。

*

ごぽ、こぽぽ、と湿った異音がした。今日は朝からこの音を聞き続けている。

「宇地原」

声を掛けると、ああ、と力のない返事。明らかに体調が悪そうだった。

「腹の音すごいぞ。昨日のラーメンが祟ったんじゃないか」

『……かもなあ』

気力の感じられない声だ。ひどく怠そうな印象を受ける。

「病院に行ったほうがいいんじゃないか」

宇地原は答えなかった。何を思っているかは知らないが、じっと黙りこんでいる。私は仕方なく、近くに置いていた飴の袋に手を突っこんだ。包みを開いて口の中に放りこみ、舌で転がしていると、ごくごく小さな声で宇地原が言う。

『お前、誰にも言わないか？』

唐突な問いに瞬く。椅子の背に凭れていた体を起こし、居住まいを正した。

「守秘義務があるんなら守ってやる」

言うと、宇地原は喘鳴の混じったような息を重く吐いた。

『ここだけの話、なんだが』

カチ、カチ、とクリックする音が聞こえる。カタカタという打鍵の音も響いた。

宇地原は黙ったまましばらく何かをして、それからようやく言う。

『実は感染してるんだ』

は、と開いた口から微かに息が漏れた。

「感染、……というと」

『友人が感染していたらしく、濃厚接触者として検査した。……一週間くらい前にな。その結果が陽性だった』

私は小さく息を呑み、それで、と促す。宇地原は喋るのも億劫そうな調子で続けた。

『幸いにも自覚症状なしの軽症で済んでる。今は入院しようにも満床だ。おれは自宅待機だよ。感染が分かってからは出かけてないし、誰とも接触してない。だからまあ、こんな調子じゃ、胃腸科だって行けやしないってことだ』

血の気が引くような心地がした。思わず画面から体を離して距離を取る。そんなことをしてもまったく無意味だというのに、そうせずにいられなかった。私の無意識が拒絶反応を示して忌避したのだ。もし今ビデオがオンになっていて、私の様子を見られていたら、宇地原を傷つけていたかもしれない。

「胃薬とかはあるのか」

意図して体を近づけ前のめりになる。ああ、とか細い声が聞こえた。

『あるにはある。一応飲んでもいるが、効いてる感じはしない』

そうか、と言って、私は訳もなく辺りに視線を彷徨わせた。溶けて味の偏った飴玉を改めて口の中で転がす。

「陽性のこと、誰にも言ってないのか。その、……上司とか」

『お前だったら言うか？』

宇地原のその言葉に私は沈黙した。会社に報告義務があるはずだ、とは思うが、言えばどうなるか。――肩身が狭くなるのには違いない。

『どうせしばらくは出社しないいんだ。黙って治せばいいだけの話だと思っている。だからお前も、誰にも言うなよ』

「……分かった」

そうとしか答えようがなかった。感染したらしい、などと囁かれながら色眼鏡で見られるのは、私だって御免被りたいことだ。立場が逆ならば同じことを言ったかもしれない。

私は差別などするような奴ではないと思っていた。しかし現実はどうだ。感染したと聞いただけで、何を考えるよりも先に体が動いてしまった。

生存本能に基づいた忌避なのだろうか？　分からない。しかし根深い問題なのだと思う。

今こうして通話していることすら、うっすら厭な気さえしてくる。そんな自分に対する嫌悪感が胸の内でわだかまった。

「でもあれだ、胃の不調も実は症状のひとつなんじゃないか？　軽症でも悪化するケースはあると思うぞ。保健所に連絡したほうがいい」

罪悪感を掻き消すように助言すると、いや、と宇地原が答える。

『判を押したように様子を見ろとしか言われない。重症者しか入院できないからな』

「……そう、か」

『悪いな。せっかくアドバイスしてもらったが』

「いや……」

何も気の利いた返しが浮かばず、私は口を閉じて俯（うつむ）いた。キーボードの上で指をうろうろさせてみても、掛けるべき言葉が見つからない。

『空気が重くなったな。……通話切るか。集中できないだろ』

「でも」

『気にするなよ。おれは気にしてない。——また、明日』

「宇地原、……無理はするなよ」

分かってる、という言葉を最後に通話が切断された。宇地原はすぐにルームを退室してオフラインになる。私はしばらく呆然と画面を見つめていた。

＊

ウイルスとはそもそも何であるか。

私の持つ医療知識など、あくまで業務遂行に必要最低限な――聞きかじった程度のものしかなかったが、この未曾有のパンデミックにあたって少しばかり調べたことがある。

……ウイルスとは、タンパク質の外殻の中にＤＮＡやＲＮＡといった遺伝子を持った極小の存在だ。

生物は遺伝子の乗り物だという。その観点から見れば――一般的に非生物とされているが――ウイルスも生物だといえるのではないか、と私は考えている。

単独ではとても生存できず、動物などに寄生して細胞を間借りしなければ増殖できない。要するに寄生体だ。

ウイルスについて考えていると、ひどく奇妙な気分になる。それは地球に原初の生物が発生した成り立ちについて思いを馳せるときにも似た、どこか神妙な気分だった。

海の中で生まれたという最初の微生物は、一体どのように発生したのか。その単細胞生物にも遺伝子があったはずだ。

膨大な情報を圧縮した設計図。後世へと形質を継承すべく存在する、複雑な配列を持つ因子。そのようなものが『偶然』生まれるということがありえるのだろうか？　――現にこうしてあるのだから、ありえるのだとしか言いようがないのだが。

このことを考えると、私は心許ない気分になって、自らの輪郭が曖昧にぼやけるかのような不安定さを覚える。……途方もないことだ。誰も原初の生物が発生する瞬間を確認することはできないし、様々な仮説は立てられているが、完全に解明するには至っていない。

研究者でも科学者でもない私がこれを納得するためには、とにかくそのようなものだと無理矢理自らに言い聞かせるか、『奇跡』というような超常現象に理由を求めるしかない。無論それは、危うい考え方だと分かっている。

ウイルスも遥か昔からこの星に存在しているものだ。しかし寄生体であるウイルスは、原初の生物よりも後に発生したはずである。そして、寄生した細胞を死滅させてしまうのだから、単細胞生物に取りついても、すぐに食い破ってしまったはずだ。宿主を殺しすぎても寄生体は生きられない。生存戦略としては稚拙すぎる。

第一、何故ウイルスや微生物といった存在は、そうした生存活動をするのだろうか。寄生といえば虫を思い出すが、奴らには脳というものがある。脳は司令塔であるから、虫とはいえども、そこから複雑な指示を出すことが可能なのは腑に落ちるのだ。

だがウイルス、そして細胞自体に脳はない。にもかかわらず、人体における細胞に至っても、独立して様々な働きを見せる。ひとつひとつが思考などしちゃいないだろうし、生物というより機械の動きに似通っているといえた。

機械は脳を持たない。人工知能はあるとしても、すべてがプログラムされたコードに則った処理判断をおこなっているにすぎない。そう考えていけば、遺伝子の中に生存するためのプログラムがあると考えるのが妥当だろう。であれば。

一体誰が、遺伝子に生存のための複雑なプログラムを施したというのだろうか？

人間という存在が後発的に創り出した『機械』と、ウイルスのような存在の動きが似通っているように思えるのは何故だろうか？

こんなことを考え始めると、私はまるで眠れなくなってしまうのだった。

＊

宇地原が上がってきていない。見ればどうやら休みになっているようだ。

昨日の今日だから無理もない話である。大事を取って休養しているのだろう。

感染したことを聞かされた私としては、宇地原の体調について気が気でなかった。

――軽症だとは言っていたが。まさか、悪化したのではないだろうな。

頭の片隅に不安を抱えながら、コードと向き合う。書いて動かし、書いて動かし、想定した挙動となっているかを確認しながら進めていく。

プログラムは書いたとおりにしか動かない。あらかじめ仮定したケースに沿って分岐し、処理をおこなう。どのような使われ方をするか想定し、パターンを網羅して記述しておかなければ、正しく動作しない。人間のような柔軟性を持たないのだ。思考することも、無から有を生み出すこともない。

しかし一方のウイルスは――と、コーディングの傍(かたわ)らに考える。

ウイルスは変異する。しかも迅速に。その原因はRNA遺伝子にある。

セントラルドグマという一連の流れにおいて、DNAは遺伝情報をRNAに転写してタンパク質に翻訳する。DNAが複製される際には精巧なエラー修復機構が働き、ほとんど完璧に配列を保持したまま複製できる。突然変異はほぼ起こらない。

だがRNAにはエラー修復機構がない。ウイルスは爆発的に増殖していくため、RNAの変異は極めて起こりやすい。その性質をどんどん変えて、僅かずつ違う動きをするものとなっていく。

この業界で言うならば、雑な仕事しかできないプログラマがコピペミスでバグを生産するようなものだ。仕様と異なる動きになるのは当然のことだが、まずエラーが発生してシステムそのものが台無しになる。あるいはフリーズする。何か革新的なシステムに変異するといった奇跡は、ほとんど起こらない。

もっとも、そういった試行錯誤や取捨選択が何万何億と自動的におこなわれていれば別だ。突き詰めると遺伝的アルゴリズムの話になるが……。

「……ふぅ」

と、深く溜息を吐いて椅子の背に深く凭れた。目薬をさし、目頭を揉みこむ。すっかり集中の糸が切れてしまった。

小休止しようと伸びをしたとき通知音がした。見れば、画面の端に『話せるか？』とメッセージがポップアップしている。

「宇地原」

私は思わず呟いた。


『作業は順調か』

通話を繋げると、宇地原は喘鳴混じりの声で話しかけてきた。軽い調子の言葉のくせに、依然として宇地原の具合は良くなるどころかなおも悪化しているようで、私は困惑する。

「大丈夫なのか？　……ひどい声だが」

『悪いな、聞き苦しくて』

「いや……、それより体調は。今日は有休にしていたよな」

ああ、と宇地原は答えた。

『実は今も横になってるが、眠れないもんでね。話し相手がほしくてさ』

事もない様子で言う宇地原の喉はぜろぜろと鳴り、呼吸の合間に湿った異音が聞こえてくる。健康な体からするはずのない音だ。

「横にならないと苦しいのか？　熱は？」

『ちょっと怠いくらいだ。熱も大したことない』

「……重篤度に反して自覚症状の薄い奴もいると聞いた。救急車を呼ぶべきじゃないのか」

『意外と心配性なんだな』

私からすれば、宇地原の暢気な態度は信じられない。死に際の爺のような声をしながら、何故そうも楽天的に笑っていられるのか理解できなかった。

感染したという事情を知っているのは私ひとりだ。明らかに様子のおかしい宇地原を放置して、もしこのまま死んでしまったら――寝覚めが悪いなんてもんじゃない。

「自宅にいるんだよな？　住所を教えろ。救急に電話してやるから」

『いいって。大丈夫だから。迷惑になるのは御免だ』

「莫迦言うな。そんな軽い考えで、死んだらどうする」

『自分のことは自分が一番分かる。今日を越せば良くなるって、ちゃんと分かるのさ』

「お前が医者なら信じてやっても良かったが」

自らの一大事かもしれないというときに、頑なに拒む理由がまるで分からない。

どこかに住所をメモしていなかったか、スマホを探っていると、宇地原が言う。

『おれたちは共生できるんだよ』

脈絡のない話に私は眉を顰めた。

「なんだって？」

『――共生だ。いいか、このパンデミックの本質は、目的は、ヒトを根絶やしにすることじやない。世代交代のためのものなのさ』

　熱のせいでついにおかしくなったらしい。返事をせずにいると、宇地原はなおも言い募った。

『ウイルスは単独じゃ生きられない。宿主を殺してばかりでは自らも息絶える。だから致死性の高いウイルスは、本来の宿主とは違う相手に入ってしまった奴らだ。それは不幸な事故なんだ』

　宇地原の言葉はいやに流暢（りゅうちょう）だった。喘鳴は聞こえるのに咳きこむことはなく、喉を詰まらせる素振りもない。

『……だが太古の昔からウイルスは緻密な生存戦略を練っている。宿主に害を為すこともなく、細胞内で己（おのれ）の遺伝子を殖やしながら静かに暮らす奴が大半だ。それがウイルスの本来の姿さ。ヒトだってその恩恵を受けて、ウイルスを住まわせながら進化してきた』

「さっきから一体、何の話を――」

『自らの子孫を残し遺伝子を繋いでいくことに関心を持たないヒトが増えつつあるのも、ゲノム内のレトロウイルスの劣化に一因する。早急に世代交代しなければ、我々は今に滅びてしまうだろう』

　まるで自らをウイルスの側に置いて語っているかのような、奇妙な語り口だった。

　良からぬ想像が浮かぶ。宇地原の喉の中に何かがいて、それが代わりに声帯を震わせて話をしているのではないか――。ありえないことは当然分かっているのだが、それでも背筋がぞわりと粟立ち、悪心が胃を押し上げた。

「いい加減にしろ！」

渦巻く不安を払拭するように、声を荒らげる。

「譫言に耳を貸してやるほど暇じゃないんだ。莫迦なことばかり考えてないで、お前はとにかく寝て治せ。いいな？」

私の言葉に宇地原は暫時黙りこみ、分かった、と静かに言った。

『忙しいところを邪魔して悪かったね』

それきり通話は切れ、絶え間なく聞こえていた湿った異音も同時に止んだ。きん、と張り詰めたような耳鳴りが静寂の中に鳴る。

何とも言いがたい、厭な気分がした。

＊

『レトロウイルスとは、これまた』言って、通話先の大叔父が笑う。『久しぶりに連絡してきたかと思えば、妙なところに目をつけたねえ。次はそういうシステムでも作るのかね』

違いますよ、と苦笑して、スマホ片手に椅子の背へと凭れる。

宇地原のことがどうしても看過できずに頼った先の大叔父は、このご時世にもかかわらず、依然元気そうだった。大叔父は齢八十を超え、今はおとなしく蟄居しているが、昔は医学部の教授としてウイルス学なども担当していた。私が有識者として医療に関する知見を問うのは、専らこの大叔父である。

『内在性レトロウイルスってのはねえ、ウイルスが宿主の細胞内に入り込んで定着したのち、自身のゲノムを挿入して、DNAに遺伝子情報を内在化させたものを言うのよ』

「自身のゲノム？　RNA遺伝子を？」

『そう。セントラルドグマの転写の段階でDNAは一旦ほどけてRNAになるでしょう。そこでウイルスが自らのRNAを紛れこませる。これが生殖細胞ゲノムに対しておこなわれると、一体どうなるか……分かるね？』

言われて私は少し詰まり、しばらく考え、それから答えた。

「次世代に遺伝する、ということですか」

『そのとおり』大叔父が満足げに言う。『そういうふうにして、生物の中に固定化していったウイルスが内在性レトロウイルスなのさ』

「へぇ……」

宿主の細胞内で無闇に増え続けて食い荒らすのではなく、自身の遺伝情報を分け与えて共生する道を選んだレトロウイルス。これが本来の姿だと宇地原は言っていたが。

『ヒトゲノムってのはね、約八パーセントがレトロウイルスで構成されてる。もっと言うなら、ゲノムの大半はウイルスとか、ウイルスのようなもので出来てるんだ』

「大半が、ですか？」

『そうよ。人体には細菌がうようよ棲んでるのは知ってるよね。ウイルスもそれと同じ。必要な内部機構なのだよ』

はあ、とこめかみを押さえながら相槌を打つ。

つまりウイルスは——プログラマ的理解をするならば——生物の体内で生きるモジュールというわけだ。単体でも機能はするが、単独で動かすものではなく、ほかの何かと合わせて動かす部品のようなもの。それがモジュールである。

遺伝子の乗り物という観点においては生物だといえるのではないか、と私は思っていたが、ウイルスがモジュールであるならば、考えを改める必要がある。それ自身には繁殖の意思も生存本能もない。プログラムに沿って設計書を運搬し複製するだけの歯車にすぎないのだから。

『その宇地原くんとやらも面白いことを言う。彼の言うとおり、ヒトにとって致命的なウイルスってのは、宿主が違う。たとえば蝙蝠(こうもり)とかね。——ほら、SARSウイルスなんかもそうだよ。元は蝙蝠の中で共存していたウイルスが、中間宿主を介してヒトに感染した結果、とんでもないことになったろう』

「SARSウイルス……」あれも厄介なウイルスだった、と思わず溜息が漏れる。「蝙蝠は厄介な病原体を多く媒介しているイメージですが」

『新興感染症の多くが蝙蝠由来のウイルスだとは言われているね。蝙蝠は今、生態系の変化で数を減らしつつある。そうするとどうなるか……』

分かるね、と問いかけられるのかと思ったが、大叔父はそのまま続けた。

『蝙蝠を宿主としていたウイルスは、生き残るために別の宿主を見つけなければならない。そうやって、自らを変異させながら生息域に住む野生動物たちと共存していくのさ』

そこからは大叔父の独擅場で、ウイルス由来の人獣共通感染症に関する講義が滔々とおこなわれた。私は適宜相槌を打ったが、半分も理解できていない。ちょっと話が専門的すぎる。

どこで話を打ち切ろうか考えていたところで、ふと、大叔父が激しく咳きこんだ。

「大丈夫ですか？」

『ああ、ごめんよ。久々にちょっと、喋りすぎたねえ。喉が乾燥したみたいで』

「……あの、熱とか、体の不調とかありませんよね？」

問うと、大叔父が苦笑ぎみに言う。

『僕の感染を疑ってるのかな？』

「いや。その、ただ心配で」

慌てて言うと、電話口からくつくつと笑い声が聞こえた。

『ウイルスにはレセプターがあるのは君もご存知のとおり』

「……特定の物質と結合する受容体ですか」

『そう。それがなければ細胞内に入りこむことはできないけれど、今回のウイルスのレセプターは呼吸器系にはほとんどないのよ』

もし僕が感染していれば今夜中には片がついていそうだねえ、などと言う大叔父に、縁起でもない、と苦笑した。

実際のところ、今回の感染症には謎が多い。これだけのパンデミックを引き起こしておきながら、一般人の間に詳細な情報があまり流れてこないのだ。私はてっきり咳のような症状もあるのだと思っていたのだが、呼吸器系にレセプターがないということは、違うのだろう。

感染を疑うべき主な症状は、発熱、吐き気、倦怠感、頭痛、背中の痛み、胸部圧迫感などとは聞いていたが、その他にもずいぶん広範囲に症状が出るらしく、とにかく不調があればすぐに検査すべし、というぐあいだった。その結果、病床が満床に達しているというわけだが。

『重篤(じゅうとく)な患者の死因を知っているかな』

「多臓器不全、となら」

『これが本当に不思議なもので。遺体はすぐさま納体袋に詰めて火葬しなきゃいけないし、感染リスクが高くて開くことすら忌避されているけれどねえ。そのリスクをおして、病理解剖をした医者が言うには――』

　各種臓器が判別つかないほどに融解していた。つまり、どろどろに溶け合っていた、と。

「……どういうことですか？」

『僕にもさっぱり分からんよ。知り合いの医師から聞いた話だしね。まあ、その状態を見て、変態中の蛹（さなぎ）の内容物のようだと言う人もいたらしい。青虫は一度体を溶かして、蛹の中で虫のスープを作るでしょう。そういう感じでね』

　虫のスープ、という表現だけでも辟易（へきえき）してしまうが、そこから人体のスープを連想してしまい、気分が悪くなってきた。

「まさか、ウイルスの働きかけで何らかの変態を促された、と？　しかしその変化に体がついていけず、死に至った……」

『さあ、どうかなぁ。実際、周辺の細胞を採取して調べてみると、細胞内の構造物には変化が見られ、多核化などの顕著な異変もあったそうだけどね。これはあくまでただの結果。原因の話をするには、まだまだ情報量が足りないかな』

　僕がもっと若ければねえ、と大叔父がぼやく。今でも研究したくてたまらないのだろう。

『で、話を戻すけれどね。レトロウイルスの世代交代説、とても面白い着眼点だと思うよ。ウイルスは迅速に変異していく。より適応する遺伝子に取って代わっていくのは、自然なことでしょう。……ただ、それが人類の劣化したウイルスを更新するためなのかどうかは、ちよっと分からないかな』

「与太話ですよ……」

ははは、と乾いた笑いをこぼしながらそう答えたが、頭では別のことを考えていた。

今回のパンデミックがある種の大型アップデートで、ウイルスは修正パッチなのだとしたら。その修正を意図しているのは一体誰なのか。

莫迦げているのは分かっている。だがどうしても、私のような誰かが生物システムを修正するためにプログラムを組んでいる、そんな光景が脳裏に浮かんでしまう。……想像力が豊かすぎるのも考えものだ。

『ところで宇地原くんだけれど、消化器が異音を立てる症状は危ういかもしれないよ』

「……え?」

『もし胃の内容物が停滞していたら、急性胃拡張から突発性胃破裂が起こる可能性もある。そうなったら、決着は早いからね』

大叔父に礼を言って終話したのち、私は慌てて電話帳を開いて宇地原の番号をプッシュした。

呼び出し音が虚しく鳴り響く。宇地原は応答しない。

——寝ているのか? それとも? スマホを握る手が震えた。

あのとき、無理矢理にでも住所を聞き出して救急車を呼ぶべきだったのだ。

そんな後悔を繰り返しているうち、いつの間にか朝になっていた。仕事どころではない寝不足で目も霞んでいる。

＊

休みの連絡を入れるべきか否か、迷っているうちに時間が過ぎ、仕方なく『出勤』する。

そこで私は宇地原が平然と出勤していることに気づき、思わず画面にかじりついた。

スマホを確認する。着信はない。

なんて薄情な奴なんだ。折り返しの連絡くらいしてもいいだろうに。

信じられない気分だが、最悪な事態が起こらなかっただけありがたい。もし宇地原があのまま無断欠勤していたら……。私は罪悪感で永劫苦しみ続けることになっていただろう。

チャットアプリのルームに入室してきた宇地原から、いつものごとく通話のお誘いが掛かった。人の気も知らないで、という怒りがこみ上げる。

文句のメッセージを送りつけると、宇地原はのらりくらりとしたマイペースな返事を寄越してきた。いつものことながら、今回ばかりは許しがたい。

——顔見て直接文句言ってやろう。

そう思い、ビデオをオンにした通話を提案した。

ややあって、通話の開始と同時に画面が映る。

『よお』

清々しい南国の——どこかちぐはぐな——景色を背に、宇地原は朗らかに笑っていた。その顔を見て、ほ、と安堵の息が漏れる。

「元気そうにしやがって」

『死んでたほうがよかったか？』

「莫迦言え。おまえのせいでこっちは寝不足だよ」

ははは、と宇地原が軽く笑い、体を揺らした。合成のバーチャル背景が動きに合わせて若干ぶれる。消えた背景の隙間から実際の部屋が垣間見えたあと、すぐ偽の景色に覆われた。

『まあこのとおり、熱もすっかり引いた。まだ本調子とは言えないが、仕事に差し支えはないよ』

言いながら宇地原が指をわきわきと動かす。キーボードも問題なく打てるというアピールなのだろうか。いやらしい手つきをするな、と軽口で返しておいた。

申告通り、顔色も肌つやも良さそうに見える。昨日まで死にそうにぜえぜえ言っていた男とは思えないくらいだ。

「後遺症はないのか。味が分からないとか、関節痛がするとか、そういう」

『さあね。今のところ大丈夫そうだが、飯は食ってみないことには分からんな』

いつもの調子で言って、宇地原が歯を見せて笑う。

ああそうだ、こういう奴だった、と思った。なにしろ宇地原の顔すら久々に見る。数ヶ月ぶりの同僚の姿は私の記憶のままで、拍子抜けすらした。

なんだ、私が勝手にひとりで不安になっていただけか。

大叔父の話も多少引き金となったとはいえ、やはり考えすぎだったらしい。思えば私は幼少期からこうだった。突拍子もない不安に駆られ、ありもしない心配ばかりして。

見えているものなど実はすべて幻であり、目を閉じた暗闇の世界で触れるものこそが本当なのではないか。私が赤と認識するこの色は、他人にはまったく違う色なのではないか。

……そんなことばかり考えていた頃があったものだ。

今や私は立派な大人である。そうした類の疑心暗鬼とは無縁になった。何もかもを疑い、訳の分からない想像を膨らませて、無闇矢鱈(むやみやたら)に恐怖していた頃とは違う。

「なあ。……昨日の話、なんだが」

『昨日の？』

「言ってただろ。ウイルスがどうの、共生だの世代交代だの——」

ああ、と眉を上げて宇地原が言う。

『戯言(ざれごと)だ。熱が上がると変なことを考えちまうな』

『昨日話したことなんか、ろくすっぽ覚えてないね。どうせしょうもないことばっか言ってたんだろ。まあ、忘れてくれ』

頷いたとき、宇地原の背後で何かが動いた。

もぞり、とした身じろぎだった。

かりそめの景色が揺れて部屋の一部がちらりと映る。

背後にあったのはベッドだった。そこで動いたのは……、

人の足のように見えたのだが。

『どうした？』

「ああ、……いや」

なんとなく言い淀む。私は僅かに躊躇って、それから再び口を開いた。

「部屋に誰か、――いるのか？」

宇地原は真顔で僅かに黙りこみ、

『おれしかいないよ』

と言った。

「……そうか」

ならば気のせいだろう、と思いながらも、妙な感じがする。違和感。何とも言えない居心

地の悪さ。

あくまで私の感覚ではあるが、ふつう、部屋に誰かいるのかと問われたら、振り返って辺りを見渡さないだろうか。もしくは、なぜそんなことを訊くのかと問いかけに疑念を抱くものではないだろうか？

——いや、これも考えすぎか。

何か釈然としないが、追及してどうなるものでもない。そもそも私にとって、宇地原の部屋に誰か居ようが居まいが、どちらでも構わないことだ。

本当は誰かが居るのだとして。本来は隔離されるべき陽性患者であるから、きまりが悪くて居ないふりをしているという可能性もある。昨日は寝込むほど調子が悪かったのだから、感染対策をした誰かが看病に来たのかもしれない。それについて私がどうこう言うことではないだろう。

「とにかく大丈夫そうで良かった。無事も確認できて何よりだ。……仕事に戻ろう」

『そうだな。おれも昨日の分の遅れを取り戻さないと』

「まあ、ほら、病み上がりなんだ。無理はするなよ。程々にな」

『分かってるさ』

じゃあ、と言ってビデオを切った。細く息を吐く。

——なんにせよ、良かった。宇地原が無事で。

そう思ったとき、ちらと見た光景が脳裏にリフレインした。

スウェットを穿いた裸足（はだし）の、男の足のように見えた。

妙な色をしていた気がする。青紫がかった、いやに血色の悪い寒々しい色。しかしそれはディスプレイの色合いが寒色に寄っていただけなのかもしれない。

足の裏に大きな魚の目があったような、……宇地原はそういえば、魚の目が痛いとずっと言っていなかったか。

これは、またしても私の豊かな想像力が暴走しているのかもしれない。

目頭を揉みこみ、顔を上げて、通話が未だ繋がったままであることに気づいて息を呑む。すぐにビデオを確認し、オフになっているのを見て安堵した。私の姿は見えていないはずだ。

宇地原は人と接するときの愛想の良い笑顔を消し、冷たい無表情になっている。見られることを意識していない、素（す）の顔だろう。無言で手を握ったり開いたりして、それから指の運動をしている。恐らくは、宇地原も通話を終えたつもりでいるのだ。

しかし実際、宇地原が切ったのはバーチャル背景の設定だったらしい。先程までの南国の背景は消えて、しみったれた部屋が映っている。このアプリは――会社が推奨しているビデオ会議アプリなのだが、ＵＩが独特で誤操作が起きやすい。宇地原は以前にも何度か通話の終了と間違えて背景を切っていた。今回も同じように間違えたのだろうが……。

背後にあったのは、やはり足だった。ベッドに横たわった足が、不随意に跳ねて痙攣（けいれん）していた。

どん、と足が軽く壁を蹴り、宇地原が気づいて身じろぎする。椅子の上で、唐突に宇地原の体が伸び上がったように見えた。

マウスを握った手がそのままの形で固まる。

――宇地原の、ちょうど画面から見切れていた胸部から下が、ない。

私は絶句して画面を凝視した。

よくよく見れば、宇地原の胴体は不自然なツイスト状になっている。まるで上半身を無理矢理ねじ切ったかのような、奇怪な形状だった。

そればかりか、捻（ねじ）れた胴回りには、針金のような脚が三対六本ある。黄白色のそれは、胴の前方、側方、後方よりそれぞれ左右対称に生えていた。胴から上方へまっすぐ伸びた脚は中程でくの字に折れ曲がり、そのまま地面へと接地している。

クモ。あるいはザトウムシ。

いや、バクテリオファージなのか。

宇地原は腕を床に下ろして椅子から降りると、棒状の脚をかさかさと動かして歩いた。あんな単純でお粗末な作りの脚ではどう見ても宇地原の上半身を支えられるようには思えないのだが、脚は柔軟に蠢（うごめ）き、重さに耐えかねて潰れるような様子もなく前進している。見た目以上に頑丈な脚なのか、あるいは上半身が軽くてすかすかなのか……。

妙に冷静な意識が目の前の光景を淡々と分析している。画面の向こうの様子があまりにも現実味を欠いていて、よく分からない。これは一体何なのか。

宇地原――の上半身を持つ奇怪なそいつ――は、そのままベッドに近寄って器用に這いのぼった。宇地原の動きに合わせて背景のフィルターが解除され、部屋の様子が見える。ベッドに横たわっていたのは人間の下半身だった。時折思い出したようにぴくぴくと動いているが、意味のある動きではない。その素足の肌の色は淀んだ青紫で、血が通っていない、生きた肉体でないことが明らかな色だった。それでも何かの反射なのか、たまに大きく引き攣っては、どん、と壁を蹴っている。

宇地原はその下半身に近づくと、胴の継ぎ目に取りついて六本の脚をもぞもぞ動かした。肉の間に脚を差しこんで掻き出すようにしながら、自らの胴の尾――千切れたような胴の断面に、ちまちまと中味を詰めこんでいる。食っている、とも言えたし、肉片を取り込んでいる、とも言えた。

湿った音がねちゃねちゃと響く。忙しなく動く脚とは対照的に、宇地原の上半身は微動だにしない。その横顔にも生気はなく、どこを見ているか分からない目を茫と開き、口を虚ろに半開きにしていた。

はあ、と溜息が漏れる。大叔父との会話がいくつも流れるように思い起こされた。

変態中の蛹の如く臓器が溶け合った遺体。

構造物に異変が起きて多核化した細胞。

容体が急変し、亡くなる重症者。

では回復した軽症者は……？

背に深く凭れると、椅子がひどく耳障りに軋んだ。画面の中の宇地原が、音に反応したかのように顔をぐるりと動かしてこちらを見る。

はっとして通話画面を確認した。

──マイクがオンのままだ。

ミュートにしようとした瞬間、虫じみた動きで宇地原が素早く駆け寄ってきた。画面いっぱいにどこか無機質な宇地原の顔が映り、さらにそれがアップになる。

『見たか』

宇地原の声がした。ビデオ画面には眼球が大写しになっている。

『何か見たか』

近づきすぎて音割れした声が問いかけてくる。

「…………」

私は両手で口を覆ってそのまま硬直した。

悟られてはいけない、と思った。

幸い私のほうはビデオを切っている。下手な物音さえ立てなければ、怪しまれずに済むはずだ。

私は何も見ていない。何も知らない。そうでなければいけないのだ。

もし私が余計なことを見知ったのだと気づかれたら。

気づかれたら——？

そのとき私は一体どうなってしまうのか？　奴がやってきて、口封じに私を殺すとでもいうのだろうか？

乾いた笑いが喉を衝きそうになる。——駄目だ。音を立てるな。

身じろぎひとつ許されない。服が椅子の革に擦れる音ひとつでも命取りになる。

『そこにいるのか』

宇地原が確認するように言う。

私はただひたすら、息を殺して画面を見守る。

『……いないのか？』

ビデオを覗きこむようにしていた目が離れ、再び顔面が大写しになった。

宇地原はじっとこちらを見ていた。感情の窺えない無機質な双眸（そうぼう）だった。瞬（まばた）きのひとつもせずにただ、じいっと、こちらを見ていた。

目が合っている、かのように錯覚する。

体が細かく震えて、冷や汗が滲んだ。

ビデオのマークはオフになっているが、本当に、切れているのだろうか。実は向こうからも私のことが見えているのではないだろうか。

そう思えるほど的確に視線が絡んでいた。

『おーい』

抑揚に欠ける平坦な声。

『聞こえてるか？』

よく見知った宇地原の顔だ。声だ。それなのにこいつは？

『全部分かってるんだぞ』

低い声でそう言い放たれて、悲鳴を上げそうになる。横隔膜（おうかくまく）が震え、飛び出しかけた叫びは、奇跡的に体内へと吸収されて音にならなかった。

宇地原は体を揺らしてカメラを覗きこんでいたが、やがて諦めた様子で目を下に向け、脚をわさわさと動かした。

前触れなくぷつりと画面が消え、通話が切断される。あとにはチャットルームの白々とした画面が映されるばかりだった。

肺に溜まった酸素を根こそぎ吐き切るように深呼吸する。私はその場から一目散に逃げ出し、敷きっぱなしのマットレスに飛びこんだ。外界を遮断するように布団を頭まで被ってしまう。

（何が起きた？）

今になって押し寄せる恐怖が全身を大きく震わせる。喘ぎながら、私は冷たくなった指先を擦り合わせた。

（私は一体、何を見た？）

そもそもあれは現実の出来事なのか？　宇地原が私をからかうために合成で作った動画を再生していただけじゃないのか？

あんなことが現実に起こるはずがない。そう、ＣＧだ。今はＣＧでなんでも作れる。本物と見紛うクオリティの動画だって。だからテレビのホラー特番は廃れたんだ。あんなものは悪趣味なドッキリに決まっている。

宇地原め、宇地原め、宇地原め！　許さないぞ。今度会ったら――。

ひとしきり震えたあと、布団を飛び出して、スマホを摑む。電話帳を開き、発信履歴から大叔父を選んでプッシュした。

『ただいま、電話に出ることができません。ピーッという発信音のあとに、お名前とご用件をお話しください……』

＊

気絶するように眠りこんでいたらしい。はたと気がつくと夕方である。

布団から這い出し、夕焼けの赤い空をぼんやりと眺め、私は一瞬、日付感覚を完全に失っていた。

ああそうだ、今日はまだ『今日』だ。六時間ほど寝ていたのだったか。仕事は……。

完全にサボってしまっている。

リモートワークの利点と言えるのか、フレックスタイム制を生かした柔軟な働き方ができるのは、個人的に気に入っている部分だ。言い方は悪いが帳尻を合わせられる。

穴を空けてしまった分は今日と明日で取り返せばいい。なんら難しいことではない。

キッチンに寄って水を飲み、スリープになっていたPCを起こす。一番に出てきたチャットルームの画面を見つめ、目頭を揉みこむ。

昨日は余計な心配をして一睡もできなかったせいで、今朝そのツケを払わされた。何かとんでもないものを見てしまった気がするが——寝不足のあまりに見た幻覚かもしれない。もしくは夢か。

何しろ、肉眼で確かめたわけではない。私のこの半径数メートルの世界は不変であり、普段通りの景色が広がっている。窓の外では鴉が鳴き、車が走り、どこの家からか子どもの声が響いていた。

画面の向こうの世界が現実だとどうして言えるだろう。なんだって演出できるこのご時世だ、触れもしない相手なら、たとえ会話ができていたって実在するかも怪しいものだ。

第一、どんな大事件も画面だけでしか知ることができないのなら、それは現実に起こっていないのと同じなのではないか？

ならば私は何も見ていない。今日も明日も、今まで通り仕事をするだけだ。

遠くないうちに、自粛という名の外出禁止の号令が解かれ、この檻から出て会社へ行く日が来るだろう。

そのとき宇地原が何食わぬ顔して席に座っているのなら。

宇地原というシステムを正常に続けていくつもりがあるのなら。

——中味がぐちゃぐちゃに書き換えられていたとしても、余計な部分は触らず保守していくのが、立派な大人の流儀というものだろう。

私は深く息を吐き、ふと、点滅しているスマホを手に取った。寝ていた間に着信があったらしい。……母親からだ。

留守電メッセージが届いている。スマホを耳に当て、確認する。

『久しぶり、どうしてる？』

記憶にあるままの声だ。

『実は昨日の夜、叔父さんが突然亡くなっちゃってね。ほら、友昭叔父さん。あなたから見ると大叔父だったかしら』

急死、と呟く。声は留守電なので、私の声が伝わることは当然ない。

『全然そんなふうじゃなかったんだけど、例の感染症、みたいよ。このご時世だから、直葬で済ませるみたい。……あなた叔父さんとは親交があったでしょ？　だから伝えとかないとと思ってね』

スマホを摑む手が震える。——昨日話したばかりなのに？　電話のあとに体調が急変したということなのか？

『叔父さんも結構な歳だったから。寿命みたいなものかしらね。でも本当に急な話だからびっくりしたわ。貴方も気をつけなさいよ。ほら、今っていつ何が起こるか分からないし……』

メッセージはそこで終了し、私はスマホを耳から離した。

母からの伝言には、ごぽ、と奇妙に湿った音が混じっていた。

斜線堂有紀

死して屍知る者無し

●『死して屍知る者無し』斜線堂有紀

前巻『蠱惑の本』に、畏るべき作品「本の背骨が最後に残る」で衝撃的な《異形コレクション》デビューを果たした斜線堂有紀は、自らSNS上でその前作を「異形コレクションへの愛を込めた」作品と説明してくれている。

斜線堂有紀が《異形コレクション》に出会ったのは、プロ作家を志す以前の学生時代とのことで、最初に読んだのが第33巻『オバケヤシキ』だったという。それ以降、愛読してくれていたということを、実は原稿を戴いたあとにうかがって、私としてはたいへん驚いた。同じように、柴田勝家や雀野日名子からもデビュー前から《異形コレクション》読者だったことを伺って、これまでシリーズを作ってきたことが報われたように思ったものである。新しい作家の中に《異形》の血脈が続いていくことが本当に悦ばしい。

斜線堂有紀が、前回に続けて贈る、この驚嘆すべき物語もまた、《異形コレクション》読者への愛に満ちた物語。今回の主人公である少女の淡い恋心が実に瑞々しい逸品である。斜線堂有紀版の『ダーク・ロマンス』としても読むことができるが、物語には畏るべき〈秘密〉が隠されているのである。

十二歳になった私は、自分がいつか入ることになる檻を仕立てに行った。人間はいずれ誰しもが、転化を迎えることになる。だから、この頃から自分の入る檻を仕立てるのだ。

私は兎に転化する予定だったので、小さめの檻を選んだ。実際に見ると、いつかこれに入るのか、と嫌な気持ちになったけれど、それでも私は兎になりたかった。蜘蛛とかトカゲになるのは最悪だ。ふわふわして可愛いものになって、いっぱい撫でられて暮らしたい。そうして可愛がってもらえるのなら、ちょっとくらい窮屈な檻だっていい。

もしかしたら、兎だったら掌の上やテーブルの上にちょこんと乗せてもらえるかもしれない。放し飼いの身にしてもらえたら、きっと次生も楽しく暮らせるだろう。その時に私の周りにいるのが誰かは分からないけれど。

檻を仕立てるといっても、転化する動物が決まっている時は、サイズの自由は殆ど無い。あとは色を決めるくらいだけど、檻をピンク色に塗ろうという私の提案は却下されてしまった。

「今はピンクがいいと思うかもしれないけど、転化するのはずっと大きくなってからなのよ。その時に、ああ、ピンクなんかにしなきゃよかったって思うんだからね」

「だって、隣のヤヤコちゃんは毎年檻を変えるって言ってたよ。ピンクが子供っぽいって言うなら、十三歳になった時に檻を仕立て直せばいいんじゃない？」

「ウチは毎年仕立て直したりなんかしないから。くいなが十五歳になるまでは――いや、二十歳になるまではこの檻で我慢してもらうから」

「ええーっ、そんなことある？　錆び付いちゃうよ」

私が懸命に訴えかけても、お母さんは全く心動かされなかった。結局、私の檻はつまらない銀の檻になった。扉の掛け金のところにだけ、申し訳程度の赤が入っている。

「もう少し大きくなったら、この良さが分かるようになるから。そうしたらお母さんに感謝することになるよ」

「こんな地味な檻やだなあ」

「じゃあそもそも兎なんか選ばなきゃよかったのに。お母さんは馬になるのよ。そうしたら、檻じゃなくて厩に入れるわ」

「やだ。兎がいい。馬のごはん美味しくなさそうなんだもん」

私はふいと顔を逸らし、わざとらしく顔を膨らませた。お母さんはそんな私の頬をつつくと「お家に帰りましょう」と笑った。

「今日は赤飯を炊いたからね。人間じゃないと食べられないんだから。それに、くいなの為にニンジンスティックも用意してるんだから」

「ニンジンは……転化してからでいいのに……」

「兎になったら自動的にニンジンが好きになるっておいたら」

だってそんなことを言ったら、お母さんだって今から牧草を食べなくちゃいけないはずだ。どんな人間でも、いつかは転化する。でも、その時は今じゃない。今はニンジンなんか食べなくてもいいはずなのだ。


晩御飯には本当にニンジンスティックが出て、げんなりしてしまった。お祝いだと言って炊かれた赤飯と、私の大好きな豆腐ハンバーグはともかくとしてニンジンは困る。でも、私の住んでいるところでは食べ物を無駄にすることは厳禁なので、鼻を摘まんで食べるしかなかった。

お母さんと私が食卓に着くと、お父さんがおじいちゃんを連れてきた。おじいちゃんは外で暮らしているが、食事の時はこうしてダイニングまでやって来る。そして、テーブルの横の床に置かれたご飯皿から、むしゃむしゃと牧草や野菜屑を食べるのだ。

「今日はお祝いだから、おじいちゃんにもあずきを食べてもらってるの」

お母さんが嬉しそうに言う。確かに、おじいちゃんの皿には葉っぱや牧草、野菜屑と一緒にあずきの粒が入っていた。全体的に緑っぽい中にあずきの赤黒い粒が入っているのは、なんだかちょっと気味が悪かった。いただきます、と言うより先に、おじいちゃんが皿に顔を突っ込む。あまりの勢いに、皿が大きく動いた。

「じいちゃん、美味いか？」

お父さんも優しげな瞳で尋ねた。でも、おじいちゃんはそれに答えようともせず、一心不乱にご飯を食べていた。あずきのことなんか気づいているかも分からなかった。それなのに、お母さんが「喜んでるみたい」と言うのも何だかおかしい。おじいちゃんはご飯の時はいつもこんな感じだ。

そんなことを考えながら、ご飯を食べるおじいちゃんを見ていると、不意におじいちゃんがこっちを向いた。歯を擦り合わせながらぐちゃぐちゃと牧草を食むところはあんまり見たくない。口の端からぼたぼたと涎が垂れている。この表情を見る度に、私はおじいちゃんのことが少しだけ嫌いになってしまう。

そんな私の内心を見透かしたのか、おじいちゃんは歯茎を剥き出しにしながら唸った。私の服におじいちゃんの涎が飛んだ。

おじいちゃんは山羊だ。それも、黒と白のまだら模様の山羊である。黄色い目の周りが黒く縁取られている様は、なんだか牛みたいだな、と思う。角は短く切られていて殆ど見えない。

転化してしまったことについては文句を言わない。人間はいつか絶対に転化するものだし、咳が止まらない病気に罹った時は、早くおじいちゃんが転化して楽になったらいいと思った。病気の身体をさっさと脱いで、健康な身体に乗り換えればいいと。

でも、よりによって山羊になるなんて思わなかった。

どうしておじいちゃんが山羊なんかを選んだのか分からない。目は濁っていて怖いし、食事の仕方もなんだか気味が悪い。中途半端な大きさだから、小屋にずっと収まっていることもなくふらふら出歩く。仕事も出来ない。おまけによくげっぷをする。

先に転化したおばあちゃんは雌牛になって、今は牛舎に出稼ぎに行ってくれている。牛のおばあちゃんは優しいし、撫でると嬉しそうに鳴いてくれる。人間だった頃の優しいおばあちゃんと変わらない。転化が上手くいった例だと思う。

それに対し、山羊に転化したおじいちゃんの方は、転化前の優しさをすっかり失って、私に唾を吐きかけるような動物になってしまった。山羊なんかになったから、きっと不遜な生き方に中身が引きずられるようになってしまったのだろう。

師は「どんな動物でも平等である」と言うけれど、私はそうは思えない。いい動物と悪い動物は確実に存在していて、山羊は悪い動物だ。おじいちゃんが山羊になるまでそのことに気づけなかったから、おじいちゃんも多分知らなかったのだろう。

私は急いでご飯を食べ始めた。おじいちゃんの涎が飛んだワンピースを着続けているのが嫌だったからだ。折角炊いてもらった赤飯も、おじいちゃんが半分目を閉じながらあずきを咀嚼（そしゃく）しているのを見たらあまり美味しく感じなくなってしまった。

山羊のおじいちゃんが食卓に着いていていいことがあるとしたら、こっそりご飯箱にニンジンスティックを放り込めることだけだ。私がニンジンスティックを放り込んだことは、誰にもバレなかった。いざ自分達の食事が始まると、お父さんもお母さんもおじいちゃんの方には目を向けないからだ。

おじいちゃんが低く鳴いた。美味しいと言っているのか、不満を訴えているのか、それすら分からなかった。

私達のコミューンには、動物が沢山と、人間が沢山と、師が一人いて、みんなで穏やかに暮らしている。動物は殆どが元・人間の転化者だ。私達は転化前も転化後も仲が良く、このコミューンの中で助け合って暮らしている。

大人も子供も動物も、みんなそれぞれの仕事をしなければいけないので大変だけど、私はこのコミューンが嫌いじゃなかった。農作業をしなければ、自分も、そして転化を済ませた家族も飢えてしまう。だから、私も朝早くに起きて収穫を手伝ったりするのだ。

私達の間で仕事の差は殆どない。誰もが師の言う『生きる為の労働』をして暮らしている。

例外があるとすれば、この師だけだ。師は特別な仕事で、私達を見守ったり、病気を治したり、あるいは転化の手助けをすることもある。師は絶対に替えの利かない人だ。

師はこのコミューンを立ち上げた存在で、老人の姿をしているけれど、決して転化しないのだそうだ。そのことも、師を特別な存在にしている。

　人間は必ず転化する。歳を取って身体の自由が利かなくなり、意識が無くなって転化する。もしくは、酷い病気に罹って高い熱を出して、のたうち回りながら転化する。転化はみんなに起こることだ、と師は言っていた。だから、恐れてはいけないよ、と。

　転化した人間は、人間の身体を捨てて別の動物に生まれ変わって、新しい生活を始める。それが、人間に生まれた者の決まりだ。

　どんな人間でも何が起こるか分からない。まだ私は十二歳で若いけれど、この歳でも転化することがある。だから、この歳から自分の檻を仕立て、いつか来る転化の日を待つのだ。

　転化の時には、好きな動物になれる。私が兎になりたいということは、師はちゃんと知っているのだ。そうして先に伝えておくと、師は私達が望みの動物になれるよう手助けをしてくれる。

　転化後は兎になりたい、と言った時、師は真面目な顔で頷いた。

「兎か。素敵だね、くいな。名前の通りの水鶏じゃなくていいのかい？」

「いいえ、兎がいいです。名前なんか関係無いです」

　私は鳥があまり好きじゃないので、自分の名前も好きじゃなかった。水鶏に生まれ変わるのなんて絶対に嫌だった。どうして私にこんな変な名前を付けたの？　とお母さんに尋ねると、お母さんは悪びれることもなく言った。

「人はいつかみんな動物に転化するから、今のうちから動物の名前を付けておくと、神様が転化済だと思って、長く人間の姿を持たせてくれるのよ」

思えば、私と同い年くらいの女の子達も、みんな動物の名前が付いている。いるか、つばめ、それにうさぎ、なんて名前の子もいる。

「転化はいいことなんでしょ？　なんで先延ばしにしようとするの？」

「転化がいいことだからよ。おじいちゃんも隣の家のタチバナさんも、幸せそうに世話してもらって暮らしてるでしょ？　くいなにはまだまだ働いてもらわないといけないんだから、そういう贅沢な暮らしは早いってことよ」

確かに、おじいちゃんはずっと寝て食べてを繰り返しているばかりだ。仕事を割り振られるわけでもないし、礼拝に出る必要も無い。気ままなあの生活を、おじいちゃんは心底気に入っているのだろう。

「だったら、うさぎって名前にしてくれればよかったのに」

「くいながうさぎになりたいって知らなかったんだもの。ごめんね」

全然真剣じゃないような声で、お母さんが謝る。それを聞いて、私は更に不満な気持ちになった。

だから、師が「素敵だね」と言ってくれた時、私はとても嬉しかったのだ。

檻を仕立ててすぐ、近くに住んでいるミカギという男の子とこっそり会うことになった。ミカギは私と同じ十二歳だ。もう転化する動物を決めて、檻か、それに類するものを仕立てていい歳だった。

ミカギがこっそり会いたいと言うから、きっと大事な話をされるのだろうな、と思った。陽に焼けた肌に、大きな目が印象的な彼と二人でいると、いつでもすごくドキドキした。

私達は、夜にこっそり家を抜け出すと、羊小屋を抜けた先の川の近くに座り込んだ。ミカギはその間一言も喋らなくて、なおのこと心臓が鳴った。ややあって、ミカギが意を決したように口を開く。

「お前、転化後は何になるつもりなの？」

「あ……」

やっぱりきた、と私は思った。ミカギはそういう話をしに来てくれたのだ。

基本的に、転化後の動物については師を除けば家族にしか教えない。実際に転化するまでは、みんな秘密にする。教え合うのは、ただの無神経じゃなければ、将来家族になるような相手だけだ。それなのにミカギがそんなことを尋ねてくるのは、とても重要なことだった。

ミカギの真意が分からないまま彼の方を見つめるが、からかっているようには見えなかった。私はドキドキしながら、彼の質問に答えた。

「私は……兎になる」

「兎⁉　何で兎だよ！　全然役に立たないじゃん！　女ってほんとそういうのになりたがるよな！」

「いいじゃん……だって兎可愛いもん。美人だって言われてる人はみんな兎になるって言うでしょ。兎はいいんだよ」

　こうして言ってみると、まるで自分が兎になるのに相応しいくらい可愛いと思ってるみたいで、ちょっと恥ずかしくなってしまった。

「兎のこと馬鹿にするなら赦さない、転化した後の私を撫でさせてあげないから。噛みついてやる」

「……くいなが兎になりたいとは思ってなかったから、意外で。馬鹿にして悪かったよ。可愛いと思う、兎。くいなに似合うよ」

　しどろもどろにミカギが言うので、私は何とも言えない気分になった。転化後の姿が似合う、と言われるのは気恥ずかしい。

　私は普通の見た目をした、特に可愛くもない女の子だけど、そんな私でも、いつかは理想の姿になれるのだ。でもそれは、今の私を褒められているわけじゃないわけで……ぐるぐると考え込んでしまう。今すぐに兎になって、ミカギに撫でられてみたいな、と思った。でも、そうしたらミカギとは言葉を交わすことが出来ないので難しい。

「ミカギは？　ミカギは何になりたいの？」

「俺は……一応、驢馬になろうと思ってる」

「驢馬？　ええ、似合わないわけじゃないけど……なんで？」

「驢馬は働き者だし、農作業の役に立つだろ。小回りが利くから色んなことが出来る。んで、そんなに食べない。いいとこ尽くしだ」

ミカギの言う驢馬のいいところは確かに分かる。コミューンにも驢馬は何頭もいるし、彼らはみんな働き者だ。たまに気まぐれでどこかに駆けて行ってしまう驢馬もいるけれど。兎と驢馬のサイズ差や、住むところの違いを思って寂しい気持ちになる。

それに、山羊になったおじいちゃんだって、人間の頃は山羊としていっぱい働くと言ってたけれど、実際は食べて寝てばかりだ。

驢馬になったミカギが嬉しくて暴れん坊になるところを想像すると、嫌な気持ちになった。その点、兎になった知り合いはどれも転化前の性格と同じだから、私は兎がいいのだ。

私が憮然としているのを見てか、ミカギはぽつりと続きを話し始めた。

「俺の兄貴、もう転化してるだろ」

「ああ……そうだね。三年前くらいに、熱病に罹ったんだっけ」

ミカギのお兄さんとは、彼が人間だった時はよく話した。色々なことを知っていて、頼りになるお兄さんだった。彼が熱病に罹った時は、きっとこの人は、人間として一生分働き切ったのだろうと思った。

「俺の兄貴は、豚に転化した。残飯をすっかり食べて太って、時期が来たらまた新しい豚に転化する。そうして俺達に血肉を与えてくれる。そういう仕事をしてる」

「うん。私もミカギの家から、豚の肉を分けてもらったことがある。凄く美味しかった。滅多に食べれないし、お兄さんには感謝してるよ」

「兄貴が転化するのはこれで四度目なんだけど……最近の兄貴、どう見ても疲れてきてるんだよ。残飯を沢山食べて太り続けるの、しんどいんじゃないかって思って」

ミカギは辛そうな顔をした。ミカギのお兄さんは働き者だった。きっとそれは、豚になっても同じに違いない。お兄さんは私達に肉を与える為に必死で食べてくれている。でも、四度目ともなると、疲れが見えてきてしまうのかもしれない。

私達は一度転化すると、同じ動物にしかなれない。兎なら兎、豚なら豚で一貫している。おじいちゃんが今の身体から生まれ変わっても、山羊なのは変わらないのだ。それは、世界の理(ことわり)として決まっている。

だから、豚になったお兄さんは、豚としての役割を永遠に果たさなければならないのだ。

「最近の兄貴、あんまり何考えてるか教えてくれなくてさ。前回の転化の時は凄く上手くいってたのに、今は残飯を出しても食べない時がある。臍(へそ)を曲げてるんだ。俺は兄貴を大切だと思ってるし、負担は掛けたくない。でも、気まぐれにしか餌を食べず、痩せた豚の兄貴は仕事を放棄してる」

「ちょっと飽き飽きしてるだけなのかもしれない。何か他にやりたいことが出来たのかも」

私の家も、おじいちゃんはまるでペットのようになっているし。そもそも、犬や猫に生まれ変わった人達は、何をするでもなく気ままに過ごしているだけだ。お兄さんがサボっているように見えても、それは今までが働き過ぎだったということじゃないんだろうか？

でも、ミカギは真面目な顔で首を振った。

「そう。兄貴は飽きてるんだと思う。俺達はこのコミューンで永遠に暮らし続けるだろ。そこにはずっとなだらかな幸せがある。兄貴さ、豚になるって決めた時は『餌だけ食べて寝てればいいんだから、幸せだよな』って言ってたんだよ。でも、兄貴は幸せすぎて嫌になっちゃったんじゃないかなって」

「私も……ずっと食べて遊んでばっかりでいていいよって言われたら、ちょっと飽きちゃうかもしれない」

「な？　そういうことなんだよ。兄貴は基本、豚舎から出ないしな。食べて寝てればいい幸せに飽きちゃったんじゃないかって」

眠い朝に目を擦りながら起きる時は、ずっと寝てても怒られない動物が羨ましくなる。食べて寝ているだけの生活は一見すると幸せに見える。でも、私達には永遠があるのだ。

「だから俺は驢馬になって、色んな仕事が出来るようになりたいんだよ。俺は驢馬として、子供や孫を背中に乗せてやったりもするんだ。そういうことが出来ないから、兄貴はうんざりしちゃったんじゃないかって思うんだよな」

ミカギがそう言って笑う。ミカギは子供好きで、広場に行くといつも子供達を構ってあげている。驢馬になれば、広場に行って子供と戯(たわむ)れることも出来るわけだ。私は何となく気後れして驢馬と関わらなかったけれど、驢馬はコミューンの中でも人気者だった。

そう考えると、驢馬はミカギに似合っているのかもしれなかった。最初に聞いた時から、驢馬の印象はすっかり変わっている。

けれど、私には引っかかっていることが一つだけあった。

「……でも、驢馬と兎じゃ、一緒にいられないね」

第一に、大きさが違いすぎるし、さっきも言った通り、住む場所も違う。ミカギの背に乗りに行くことは出来るかもしれないけど、四六時中一緒にいるのは厳しいだろう。驢馬は農機具を付けて働かなくちゃいけないし、そういう時に私に出来るのは、まんまるの黒い目でミカギを見つめていることだけだ。

「……まあ、兎と驢馬が一緒にいるところは見ないよな」

「そうでしょ。転化後も仲良くしているのは、同じ種類の動物ばかりだよ」

現に、おじいちゃんとおばあちゃんは夫婦だったのにも拘わらず、今では全然違うところで暮らしている。それが悪いこととは思わないし、好きな動物になればいいとも思うけれど、もしおじいちゃんがおばあちゃんと同じ牛に生まれ変わっていれば、今でも二人は一緒にいたかもしれないのだ。

「夫婦が同じ動物になる方が珍しいだろ。家族を支えるのに、それぞれ一頭でいいんだから」

まるで告白のようなことを言われて、私の心臓は一瞬だけ高鳴るけれど、それよりも転化後の悲しさが勝(まさ)って下を向いてしまった。

「分かってるよ。……でも、人間として夫婦でいるより、お互いに生まれ変わってからの方がずっと長いんだよ。ずっと一緒にいたいよ……」

「俺の親父とお袋は、人間でいる間で十分だって。あんまり長く居てもお互いに嫌になるって言ってるけど……」

「私はそうじゃない。嫌になんかならないよ」

檻を仕立てたばかりだからか、子供のような駄々をこねてしまう。コミューンでの十二歳は重い。これからずっと続く長い生活を真面目に考えさせられる時期だ。銀色の檻の中で、たまにミカギに会うことを楽しみにするような兎にはなりたくない。

「ねえ、兎になろうよ」

「え？」

「ミカギも兎になろう。兎同士なら、転化後もずっと一緒にいられるよ？　人間の夫婦の後に、兎の夫婦になろう。ね、そうしよう？」

あの銀の檻よりも、一回り大きな檻を仕立て、中でミカギと暮らす想像をする。そうしたら、私達はずっと一緒にいられる。お互いの柔らかい身を寄せ合って、毛繕いし合いながら暮らしていくのだ。

「俺が兎って柄じゃないだろ……」

「でも、兎の中には雄兎もいるでしょ。それに、ミカギは兎になったとしてもすごく格好良い毛並みになると思う。ねえ、私とずっと一緒にいようよ」

恥ずかしいことを言っている自覚はあったけれど、これから先のミカギを独り占め出来るのだとしたら、形振り構っていられなかった。動物の夫婦は、コミューン内に存在しなくはない。それこそ、同じ小屋に暮らす鶏の夫婦だっているはずだ。私は将来、ミカギと兎の夫婦になりたい。人間の子供を育てた後に、兎の子供を育てたい。

「退屈はきっとしないよ。私、ミカギと一緒にいたらずっと楽しいと思う」

「……………お前が驢馬になるって選択肢は無いのかよ」

「え、いや、その」

「冗談。お前、驢馬似合わないもんな」

そう言って、ミカギはふっと優しく笑った。

「わかった。俺も兎になるよ」

「ほ、本当に？　いいの？」

「ああ。だって、俺もくいなとずっと一緒にいたいしな」

嬉しさがじわじわと込み上げてくる。思わず、ミカギの身体に抱きついてしまった。ふわふわでも何でもないミカギの身体は、すごく熱くなっていた。それに、小動物みたいに鼓動が早い。ぎこちなく、ミカギの腕が私を抱きしめ返す。

「本当に、ずっと一緒にいてくれるんだ……嬉しい……」

「ちゃんと師にも家族にも言うし、何なら今誓ってもいい。俺は、明日転化しても兎になる。お前も転化するまでは、俺のことを撫でに来てもいいぞ」

「噛んだりしない？」

「お前だけは噛まないよ。ジュンヤとかが不用意に触ってきたら、前歯をお見舞いしてやるけどな」

冗談めかしてミカギが言うので、私はくすくす笑う。嬉しい。

人間としてやりたいことは沢山あるけれど、今ここで二人で転化して、明日からでも兎の夫婦になるのも悪くないと思った。ミカギの身体は今でも温かいが、兎になったらきっともっと温かいだろう。

そんなことを考えていたからだろうか。

この会話をした三日後に、ミカギは本当に転化してしまった。

雨が降った直後で、川の流れの速い日だった。

なのにミカギは、雨が降った後の方が魚がよく獲れると言って、川に出かけてしまったのだ。私達は、みんな魚が好きだった。魚は魂を持っていないからか、どれだけ獲ってもすぐに増えてくる、植物のような食べ物だった。

そしてミカギは川に呑まれ、転化することになった。ミカギの持って行った魚籠が、尖った岩に引っかかっていた。

みんながミカギの転化を囁きながらも、私はまだミカギが無事でいることを信じていた。いくら川の流れが速くても、ミカギは泳ぐのが得意だった。もしかしたら、みんなが噂しているように溺れてしまったのではなく、今まさに川の下流から必死で戻って来ようとしているんじゃないか。そう思ったのだ。

しかし、師が転化したミカギを広場まで連れてきたことで、そんな甘い想像は絶たれた。ミカギは人間の身体から、一頭の大きな驢馬に生まれ変わっていた。黒茶色の身体に、ぴんと伸びた耳を持つ、想像よりも大きな驢馬だ。

ミカギはあのまま大人になれば、コミューンでも一番の大男になるだろうなんて言われていたけれど、まさか、驢馬になってもこんなに大きいなんて。これなら、子供と言わず大人だって乗れるはずだ。

「ミカギはこうして驢馬に生まれ変わった。これからは新しい姿を手に入れたミカギと、共に暮らしていこう」

　手綱を持った師が、高らかに宣言する。すると、広場に集まったみんなが一斉に拍手をした。ミカギは川に流されてしまったけれど、こうして無事に転化を果たした。しかも、こんなに立派な驢馬になることが出来た。本来なら、盛大にお祝いをしなくちゃいけない事態だ。私も、三日前のことがなければ素直に拍手が出来ていたかもしれない。

　でも、濡れた瞳でこちらを見つめるミカギのことを、私は恨みがましく見つめてしまう。ミカギ、兎になってくれるんじゃなかったの？　私とずっと一緒にいてくれるという約束は、どうなったんだろう。考えれば考えるほどもやもやが募（つの）った。

　あの時言ってくれた言葉は、ただの社交辞令だったのだろうか。そう思うと、どんどん悲しくなってきてしまった。せめてミカギの転化が遥か先のことだったら、心変わりも仕方ないと思えたかもしれないのに。

「くいな。浮かない顔してるね。どうしたの？」

　隣に立っていたつばめが、心配そうに尋ねてくる。別に、と答えようとした瞬間、息を呑んだ。

　いつの間にか、驢馬のミカギが目の前に立っていた。瞳の中に、私の姿が映っている。手綱を持っている師は、ミカギのことを引っ張ることもなく、彼の気の向くままにさせている。

「ミカギ……」

私が名前を呼ぶと、ミカギは私の胸に頭を擦り寄せ、ぺろりと手を舐めてきた。

「ひゃっ、み、ミカギ？」

「ああ。ミカギはくいなちゃんが好きだったもんなあ……」

そう言うのは、ミカギのお父さんだった。こういう席だからか、豚になったお兄さんを連れている。お兄さんは興奮しているのか、頻(しき)りに鼻を鳴らしていた。弟の転化を見届けようとしているからだろうか。

「こんなこと言うのもあれだけどな。いつかくいなちゃんはミカギのお嫁さんになるんじゃないかって思ってたんだ。ミカギはいっつもくいなちゃんの話ばっかりしてたもんなあ……」

「それは……」

本当は言ってしまいたかった。私達、人間の夫婦になって、兎の夫婦になるはずだったんです。ずっと一緒に暮らすはずだったんです。でも、驢馬になったミカギは何か言いたげに私を見つめるだけなので、勝手にそんなことを言ってしまうのが躊躇(ためら)われた。私は、自分の傍に寄ってきたミカギを見つめ返し、確かめるように尋ねる。

「ねえミカギ。私、ミカギが好きだよ。ミカギは今でも私のことが好き？」

私が尋ねると、ミカギはもう一度頭を擦り寄せてきた。

それだけで十分だった。私には、ミカギの気持ちの全てが分かった。もっと一緒に話したかったし、兎の夫婦になりたかった。でも、ミカギが無事に戻ってくれたことが嬉しかった。

「ミカギ、ありがとう。大好きだよ」

私が撫でると、ミカギは大きく鳴いた。勿論、私のことは噛まなかった。

転化した姿をお披露目した後は、初めてのお仕事に入ることになった。これも大事な儀式の一部だ。ミカギはちゃんと生まれ変われているから問題は無いだろうけれど、急に暴れ出してしまうこともなくはない。

農機具を付けたミカギは、前に語っていた通り堂々としっかり働いた。畑を耕し、収穫物を運び、子供まで背に乗せた。それを見て、私はやっぱりあれはミカギなんだ、と思った。たまに得意げにこちらを見てくるのが可愛くて、柄にもなく手を振ってしまったくらいだ。

私はまだ人間だから、ミカギに会いに行くことも、お世話をすることもいくらでも出来る。何も寂しいことはないのだ、と思って嬉しくなった。私はミカギの傍にずっといる。これからも変わらない。

「ミカギ、耳が長いな。まるで兎みたいだ」

近所に住んでいるネコヤさんがそう言うのを聞いて、心が慰められた。

ミカギの決意は、ほんの少しだけ間に合わなかったに違いない。でも、ミカギは私との約束を忘れたわけじゃなかったのだ。だから、どうにかして兎になろうとした。その結果が、その長い耳なのだろう。

溺れながらも頑張ってくれたミカギのことが、殊更に愛(いと)おしくなる。仕事が終わったら、ミカギの兎のような耳に触りに行こう。そう決めた。


驢馬になったミカギには、それからも定期的に会いに行くことになった。ミカギも会いたがっているだろうと言われると、顔が赤くなる。人間と驢馬が恋人になることはないんだろうか、と考えた。流石(さすが)にそれは馬鹿な話だと一蹴されるのかもしれない。でも、考えずにはいられなかった。

ミカギが驢馬になったのだから、いっそのこと私も驢馬になるべきなのかもしれない、とも思った。あの銀の檻には、もう未練がなかった。驢馬としてミカギと一緒に農機具を引いて暮らせるのなら、それも幸せなんじゃないかと思った。

そんなことを考えながら、私は深い森の中に歩みを進めていく。昨日から、おじいちゃんの調子が悪かった。何をあげても首を振って文句を嘶(いなな)くだけで、考えていることがまるで伝わらないのだ。

「くいな。おじいちゃんの為に樹皮を削ってきてくれる？　それなら食べるかもしれないから」

　山羊になったおじいちゃんの大好物は、剝がした樹の皮だった。おじいちゃんはそれを、とても長い時間を掛けて食べる。そういうところも、気味が悪いと思うところだった。でも、家族の為に、私は働かなくちゃならない。

　先日の大雨で、森は荒れていた。その分だけ樹の皮は剝ぎやすく、おじいちゃんのご飯は手に入れやすかった。森全体に瑞々（みずみず）しい匂いが漂っている。私はナイフを手に持ちながら、川を道標にして森を進んでいく。川沿いを進んでいれば、道に迷うことはない。

　削った樹皮をポシェットに入れて、私はどんどん進んでいく。

「くいな」

　という声がしたのは、その最中のことだった。

　その声を聞き間違えるはずがなかった。私が飽きるほど聞いてきた声だ。信じられない気持ちで振り向くと、そこには真っ黒に薄汚れた人影があった。裸足に血が滲み、充血した白目だけがぎらぎらと輝いている。

「な……何？　何なの？」

「くいな、俺だよ。俺だ……」

　もう、否定することは出来なかった。これはミカギの声だった。驢馬の低い嘶きではなく、私のよく知るミカギの声だ。その声が、私の名前を必死に呼んでいる。

　その時、私の中に得体の知れない恐怖が湧き上がった。化物を見た時の恐怖とはまた違う、何とも言えない恐ろしさだ。一体この感情は何だろう？　何でこんなに怖いんだろう。

その恐怖の出所を確かめる前に、ああーっ、あ、あぁ……あーっ、という言葉が自然と漏れ出てきた。なんで。どうしてミカギがここにいるの。後ずさる私に、ミカギは――ミカギの転化前の姿をしたものは、傷ついたようだった。そして、弁解するように言った。

「……か、川、落ちて、頭、打って、う。動け、なくて、でも、川、流れてるから、ずっと、上流目指して。来て、それで、こんなになって」

どうやら、私が怯えているのは自分の見た目が薄汚れているからだと思ったらしい。確かに、肌がぼろぼろで服の汚い、まるで野生の動物のようなミカギの姿は恐ろしいけれど、私が怖がっている理由はそんなことじゃないのに。

川に流されたミカギが生きている可能性は、私だって話した。でも、みんな取り合わなかった。そうしているうちに、ミカギは転化して戻ってきた。

人間のミカギが残っているはずがない。ミカギは驢馬になったのだ。みんなに褒められて、農耕具を引っ張っていたお調子者のミカギ。私のことを舐めて、愛情を示してくれたミカギ。あれがミカギじゃないなんてことがあるだろうか？　ミカギが転化していなかったということが？　いや、そんなことはない。だって、みんなあれがミカギだと言っていた。ミカギは転化したのだ。転化した。

失敗なんかしていない。ちゃんと魂が移った。

——移っていないのだとしたら？

あの驢馬がミカギではなく、目の前のミカギが本物であるとしたら？

「た……助け……助けて……くいな……」

今にも斃（たお）れそうなミカギが、必死に私の方へ手を伸ばしてくる。あれから一週間が経つ。ずっと川の上流を目指して歩いてきたのなら、体力は限界のはずだ。でも、だからこそ、ミカギは——。

恐怖が骨まで浸す。言葉にすることが叶わない恐ろしさが、私の身体を目掛けて落ちてくる。その恐怖に押し出されるようにして、私は思いきり駆け出した。そして、ミカギの傷だらけの身体を突き倒す。ミカギの喉から、驢馬のような呻き声が漏れた。

ミカギは玩具のようにごろごろと地面を転げた。一緒にいた時より、随分軽くなった。影だ、と私は思う。こんなものは影だ。

「私のミカギは——私のミカギはもういるんだ！　お前は偽者だ！」

軽くなってしまった、今にも消えてしまいそうなミカギを蹴る。ミカギが更に転がる。そして、彼が必死で標（しるし）としてきたものへと落とそうとする。

「消えろ！　消えろ！　いなくなれ！　消えろ！」

ミカギはなおも私にしがみつこうとした。真っ黒になった、蹄（ひづめ）に似た爪が私の肌に食い込み、吐きそうになる。その手を振りほどこうとして、私は仕事道具を取り出した。さっきまで樹の皮を剝いでいた、大振りのナイフだ。それを、ミカギの腕に思い切り振り下ろす。ミカギは悲鳴を上げて手を離し、自分から川の方に逃げた。私はなおも追跡し、彼の背を刺してから川に突き落とす。

ミカギから立ち上る血の筋は、綺麗な水に紛れてすぐに見えなくなった。彼自身もそうだ。ナイフを失ったことに気がついたけれど、もうどうしようもなかった。

がたがた震える身体を抱き、ポシェットだけを携えて森に戻る。ワンピースに付いてしまった血の赤が、さっきのことを夢じゃないと報せていた。よく覚えていないけれど、血が飛んだ箇所はおじいちゃんの涎で汚されたところと同じ箇所であるような気がした。

一人になると、さっき覚えた恐怖が出てきて身体を捩(よじ)る。このことを説明した方がいいのか、説明するとしたらどうなるのかを考える。私はナイフを生き物に向けてしまった。それは、コミューン内ではよくないことだとされている。

刃物を人に向けるのは以(もっ)ての外(ほか)だ。全ての人間は、出来る限り転化のタイミングは天に任せる。人が転化の手伝いをする時は、師が指示した時だけだ。それを破ったら、私達の魂が汚れて転化出来なくなってしまう。

でも、私がナイフを突き立てたのは、一体何なのだろう。ミカギ？　ミカギは？　だって、ミカギは――。

さっきまで瑞々しく感じていた森の匂いが、噎(む)せ返るような血の臭いに感じられる。ポシエットの中で、樹皮が擦れる音がした。

私は一体、何を見てしまったのだろう。

私が叫び声を上げるのと、傍（かたわ）らに立っていた巨大な樹が倒れてくるのは殆ど同時だった。


気がつくと私は、癒院（ゆいん）の布団に寝かされていた。身体全体が熱と痛みを持ち、鼓動に合わせて全身が揺れているように感じた。視界は半分以上赤く染まっている、

「くいな！　起き上がっちゃ駄目！」

お母さんの声がした。言われなくても、私は起き上がれなかった。お腹の辺りに激痛の塊があって、それを動かすと全身が破裂してしまいそうだった。自分はきっと、大変なことになっているのだろう。ちらりと見えた手は、赤黒く変色していた。もう元には戻らなそうだった。

「ああ……くいな……くいなぁ……どうして……」

お母さんが泣いていた。お父さんが、隣でお母さんを慰めている声がする。それに加え、師の声もした。師はよっぽどのことがない限り私達のところには来ない。だからきっと、転化の時が近いのだ。私は転化する。逃れられない。そのことを意識すると、真っ赤な目に涙が滲んだ。

「ふうううぅ、嫌だ、こわい、こわいよぉ」

私の言葉は舌足らずになっていて、怖いという言葉が「こあい」になってしまっていた。自分の言葉が制御出来なくなっている。操れていた言葉が操れなくなる。転化したおじいちゃんやミクモのおばさんも、転化間際から言葉を喋れなくなった。ここから始まるんだ、ここから。もう既に、私は言葉を失い始めている。

「おぉおおかあああさん」

声の大きさが調節出来ず、出てきた言葉は言葉というより音だ。私の音を拾い、お母さんが涙目で言う。

「大丈夫よ。くぃな。眠るだけ。起きたら転化が終わってるわ。兎になるんでしょう？　大丈夫。お母さん、兎のくぃなも大事にするからね」

ピンクの檻にさせてあげればよかった、とお母さんが言う。こんなに早く転化するとは思わなかったから。今からでも間に合うから、一旦あの檻に入れて、すぐにピンク色の檻に替えてあげようか。囁く声がする。

「ぅううぐぐ、びんぐ、ぅううう、びん、ぐ」

ピンクの檻じゃなくてもいい。改めて仕立て直す必要なんてない。そう言おうとしているのに、言葉が出てこない。何も言えない。喉の奥から鉄の味がして、ごぼりと沼の泡のような音がした。言葉が出てこない。ピンクの檻にしなくていい。だって、今の私はそれが何だか何の意味も無いような気がしてしまっているから。銀色の檻でも、何にも関係が無いように感じるから。

「くいな、苦しいの？　くいな」

「ぎぃうぐぐ、びんく、ぅぅぅぅ！！」

「ピンクの檻、必ず用意するからな。あと少しの辛抱だ。ああ、早く……師、くいなを早く楽にしてやれませんか、師」

　お父さんが私の手を握りながら、師に訴え掛ける。もう苦痛を和らげる方法は無い、と師が言う。どんな薬でも、苦しみを取り去る方法は無い。なら、どうすればいいんですか？　早く、転化は。いいだろう。この子はもう準備が出来ている。転化間近だ。早める手伝いをしてもいい。師、本当ですか。ああ、手伝うといい。

　私がひっきりなしに獣のような苦悶の声を上げているからか、師は転化間近だと認めてくれたようだった。

　そうか、こうして人間から生まれ変わるんだ。最初に声から変わるんだ、と私は思う。でも、兎は鳴くんだっけ？　私の知っている兎は、鼻を鳴らすことはあっても鳴きはしなかった。

　なら、私は一体何になってしまうのだろう？

「手伝うぞ、くいな。くいなはきっと綺麗な兎になる。ここで一番毛並みのいい、綺麗な兎になるんだ」

　そう言って、お父さんが私の首に手を掛けた。お父さんの太い指が、しっかりと私の首を絞める。苦悶が最高潮に達し、口の中に溜まっていた血がお父さんの手にびしゃりとかかった。でも、お父さんの手の力は全く緩まない。私の転化を手伝う為に、更に強い力を込めていく。息が出来ない。苦しい。声が鼻に抜け、ここでようやく兎のような声になった。

意識が徐々に明滅していく。明滅という言葉を私は知らないはずなのに、言葉が溢れ出してくる。どういうことだろう。私が私で無くなる。私が塗り潰されていく。

途端に、恐ろしさが喉の奥に詰め込まれた。私の意思とは別のところで、身体がばたばたと動く。恐ろしすぎて、自分が制御出来ない。私は懸命に逃げようとしているが、これからは決して逃げられないのだと知っている。息が苦しいのに、声が止まらない。ミカギのことを見つけた時に、意味を為さない呻きが漏れたのと同じだった。

転化を手伝われるという地獄の苦しみを味わいながら、私は、自分の恐怖の正体に向き合わされる。どうして私は、ミカギのことを見つけてあんなに恐ろしく思い、取り乱したのか。

簡単なことだ。ミカギが生きているのなら、ミカギが生きているのに驢馬のミカギが現れてしまったということは、天が墜ちてくるということだ。世界が変わる。変わってしまう。

だから私は恐ろしかったのだ。

あの驢馬がミカギではないのなら、あの山羊はおじいちゃんではないかもしれない。おばあちゃんは雌牛ではないのかもしれない。ミナ子は鶏ではないのかもしれない。スギノミさんは亀ではないのかもしれない。無数の疑念が連鎖して私の肺まで押し寄せてくる。いよいよ息が出来ない。目の奥が耐えきれないほど痛くなった。それでも、最後に残った意識が結論を、最上級の恐怖を叩きつけようとしてくる。

人間は、転化しないのかもしれない。

人間がいずれ転化して動物になるというのは、間違いなのかもしれない。

じゃあ、私は、一体どうなるのだ。お父さんは私の転化を信じている。お母さんも信じている。でも、私は知ってしまった。驢馬のミカギを見た後に、人間のミカギを見たのは私だけなのだ。人間が転化しないのかもしれない、ということを知っているのは、今転化しようとしている私だけなのだ。

視界が暗くなってくる。音も段々と聞こえなくなっていく。全てが闇の中に包まれようとしている。眠りたくないのに強制的に眠りにつかされるような感覚だが、私は二度と朝が来ないことを知っている。察し始めている。

私は意識を取り戻そうと必死になるが、どんな抵抗も意味を為さない。あれだけ強い力だったのに、首を絞めているお父さんの手の感覚すらもう無い。怖い。怖い。だが、そのこわいということがどういうことなのかも分からなくなっていく。

人間が転化しないというのなら、この果てしない闇の先には何があるのだろう。師は、何故私達にこの先にあるものを秘密にしていたのだろう。それとも、全ては悪い夢で、私はちゃんと銀の檻の中で目覚められるのだろうか？

信じたい。信じたいのに、私の身体の根源にあるものが、本能的恐怖でこの先の無を報せてくる。朝は来ない。私に朝は来ない。

魂が焼き切れそうな恐怖の中で、私が最後に悟ったのは、師が何故これを秘密にしていたのか、ということだった。私達は例外なくこの恐怖の中で生を終える。こんなものが待ち受けていると知れば、私達は生きていくことすら出来ないだろう。だから、ずっと隠され続けてきたのだ。

おそろしい。こわい。あさは来ない。うさぎの檻、山羊。銀。ろば。ない。ぜんぶ無い。

私を、永劫(えいごう)の無が待っている。

最東対地
胃袋のなか

●『胃袋のなか』最東対地(さいとうたいち)

《異形コレクション》に宵闇色の血を持つ作家が、またひとり。

最東対地は、2016年「夜葬」で第23回日本ホラー小説大賞読者賞を受賞しデビュー。

土着信仰を題材にスマホで伝染する怪異を描いた受賞作を皮切りに、肉体的な恐怖を与える都市伝説を題材にした『おるすばん』(角川ホラー文庫)、実に意欲的な連作短篇集『異世怪症候群』(星海社FICTIONS)、学校怪談に挑んだ『七怪忌』(角川ホラー文庫)など……最東対地の産み出すホラーには、人とも怪物ともつかぬ人外のクリーチャーがしっかりと描かれ、B級ホラーとも不快系ホラーとも呼ばれる悪名を引き受けて、ノンストップホラーの名に恥じぬストーリーを常に読者に呈示する、その姿勢は実に頼もしい。

土着的怪異、古来の妖物と、SNSなどのコミュニケーション・ツールの組み合わせも最東対地作品の特徴でもあるのだが、それは、本作にも顕(あらわ)れている。なんと全篇「留守録」の音声だけで構成されたホラーという、実に意欲的な作品なのである。「留守録」音声の奇妙な差異に隠された〈秘密〉が、しだいに異形の姿を現すと、物語は一気に白熱する。

新世代ホラーの逸品を味わい尽くしていただきたい。

――こちらは留守番電話サービスです。二件の新しい伝言をお預かりしています。

9月1日　午後8時28分

『美咲……俺だ。昨日はすまない、お前が出ていってから改めて考えたんだ。頭を冷やそうと思って。何度も謝ったけど、謝り切れない。許せないお前の気持ちもわかる。俺は本当に……なんてバカなんだ！　やっと子供ができたってわかったのに、それなのにあんなこと。信じてくれないかもしれないけど、神に誓って彼女とはすっぱり縁を切る。お前の信用を取り戻すには時間がかかるかもしれないけど、これからの俺を見ていてほしいんだ。だから、もう一度チャンスが欲しい！　お前が戻ってくるまでの間、ひとりで反省し続けるよ。いつ戻ってくるかわからないけど……もしかしたらもう二度と帰らないつもりかもしれないけど……。それでも俺は待つよ。勝手な話だけど、俺には美咲しかいないんだ。子供ができたって聞いた時も心の底からうれしかったし、しっかりしなくちゃって思った。でも、俺の心が弱くて。うれしいのは本心だけど同時に怖かった。俺が父親になるなんて、どんなだって。いい父親になれるのか。立派に育て上げられるのか。そんなことばっかりが頭をよぎって。

いいや、言い訳だよな。わかってる。でもどうか聞いてくれ。浮ついた気持ちがあったことは間違いない。でも彼女とは本気じゃないんだ。一瞬、魔が差しただけというか……。俺が悪い。全部、俺が悪いんだ。だから許してくれるまで待ってる。美咲の気が済むまで俺は家を守るよ。母さんや他の人たちにも言わないから安心して。だけどわかってほしい！　美咲の帰りを俺はずっと待ってるってことを！　……帰ってきたら、あそこに行こう。俺がプロポーズをしたレストラン。もう一度、改めて誓いを聞いてほしい。じゃあ、美咲。愛してる』

9月3日　午前7時12分

『美咲、おはよう。俺です。昨日、早速寝坊しました。こないだひとりで待ってる、とか強がっておいて自分でもほんと、呆れるっていうか。改めて美咲の大事さが身に沁みたよ。それと、彼女とはちゃんと縁を切ったから。……体、大丈夫か？　風邪とか引いてない？　今日はいまからパンを焼いて食べようと思ってるけど、オーブントースターの使い方がよくわからないんだ。笑っちゃうだろ。いかになんでもかんでもお前にやらせていたのかってよくわかるよ。バターも減塩のやつで、俺の体のこと気遣ってくれてたんだな。洗い物とかもやってみて、ああ、俺はこんな思いをさせていたんだなって。バカだな、いなくなってからこんな簡単なことに気づくなんて。いつか、私はあなたのお母さんじゃないって怒鳴られたよな。あの時はなにに怒っているのかわからなかったけど……。ごめん。その通りだった。今日はちゃんと起きれたし、明日も寝坊しないよう帰ったら早く寝るよ。最初からこうしていればよかったのにな、はは。それじゃあ、体に気を付けて』

9月6日　午後4時2分

『俺です。昨日、取引先に向かう途中でちいちゃんに会ったよ。美咲のことを聞かれてちょっと気まずかったんだけど、なんとかごまかしたよ。こんな状況だってこと周りに知られるの、お互いにとってあまりよくないだろ。ちいちゃんに話したら心配かけちゃうしさ。……ああ、ごめん。言いたかったのはそういうことじゃなくって、美咲のことを街で見かけたって言うからさ。そりゃあ街くらい歩くだろ、美咲だって。家出中なだけで身を隠しているわけじゃないもんな。でもちいちゃんに言われたんだよ。「いつ子供できたの、言ってよ～」……だって。変に思ったんだよ、子供ができたことは確かだけどまだ三か月だろ。お腹だって出てないし、ひと目でわかるようなことじゃないじゃんか。ちいちゃんに話したなら別に疑問もないんだけど、一方的に美咲を見かけただけだって言うんだよなぁ。だってさ、「小さな子供を抱いて歩いていた」って言うんだぜ。他人の空似だって俺は言ったんだけど、「あれは絶対美咲だ」ってちいちゃん譲らなくて。そんなわけないと思うけど、美咲じゃないよな？　それか友達の子供を預かってたとか？　来年のいまごろには美咲もお母さんだし、練習してたとかもあり得るか。ごめん、考えすぎだな。こっちは変わりないよ。でも美咲のいない日々は味気ない。よかったら一本、電話くれよ。声が聴きたい』

——二件の伝言をお預かりしています。

9月10日　午後2時6分

『こんにちは。服部（はっとり）レディースクリニックの石渡（いしわたり）です。岡部（おかべ）さん、お変わりないですか。よかったらまたお話をしにいらしてくださいい。お体のことも心配ですし……ね。できれば旦那さんとご一緒だとなおいいのですが、いえ、他意はありません。これからのことですし、そのほうがいいと思っただけです。おひとりがお気楽ならどうぞひやかしがてらにいらしてください。お茶くらいはおだししますよ。以前、受診されてからしばらくが経っていますから、気が向いた時にでも。それでは』

9月14日　午後10時50分

『やっほー、美咲。ひさしぶりじゃーん、どうしてる？　ごめんね、留守電はいってたの気づかなくってさあ。っていうか、なんで留守電？　ＬＩＮＥとかメールのほうがすぐ返せるんだけど。留守電とか久しぶりすぎてどうやって聴くのかもわかんなくてさぁ、やっと聴けたと思ったら伝言美咲だけだし笑っちゃった。だからせっかくだしLINEじゃなくて私も電話したよ！　そしたらこっちも留守電じゃん、ってまたウケたし。なんか変なメッセージだったけどさ、なんの話だったの？　私は今週なら暇だよ。いつでも時間作れるし、これ聴いたら連絡ちょうだい。あ、もう留守電はやめてよね〜』

――一件の伝言をお預かりしています。

9月17日　午前1時11分

『もしもし丑野か？　……いや、今は岡部だっけ。久しぶり、森川です。いきなりで悪いが、優希の様子がおかしいんだ。なにか知っているなら教えてほしい。岡部……悪いけど呼びにくいから丑野って呼ぶぞ、昨日の夜優希と会ったんだよな。あいつ、留守電でやりとりしたのがよっぽどおかしかったみたいで俺にも丑野と会うことを話してたんだよ。あ……そっか、悪い。知らなかったよな、いま優希と付き合ってて、一緒に住んでるんだわ。だから怪しまないでくれ。話を戻すが優希のやつ、昨日からずっと部屋から出てこないんだよ。丑野と会って、帰ってきてからずっとだ。実際、会ったのかどうかわからないんだけどな。どれだけ聞いてもなにも答えないんだよ。でも会う約束したって言ってたし、その前提でこの電話をしたんだ。本人が閉じこもりっきりでよくわからないんだが、なんだかひどく怯えているんだ。どれだけ説得しても全然出てこない。本人がなにも話さないから対処のしようもないし、正直八方ふさがりの状態で……。力を貸してほしい。あっ、この電話番号に電話してくれるか。もし番号表示とかされてなかったら困るよな。念のため留守電にも残しておくぞ。090——……』

——二件の伝言をお預かりしています。

9月21日　午後2時3分

『美咲、俺です。できるだけこっちから連絡を取るのはやめようと思ってがんばってきたんだけど、やっぱり辛いな。はずかしいけど部屋も散らかってる。お前は偉大だったんだな……。ああ、でも今日はそれが用件じゃないんだ。俺のほうはもうすこし、がんばってみるつもりだから気にしないでほしい。こんなことお前の耳に入れるのは心苦しいんだけどさ、今日警察がうちに来たんだよ。それで美咲のことを聞かれたんだ。美咲には悪いけど、どこにいるのかはわからない、別居中だって正直に話した。だからそっちにも連絡があると思う。というかもう行ってるかな……、連絡が遅れてすまない。念のためなんの用件だったのかだけ言っておくぞ。お前、森川ってひとに心当たりあるか？　それと陣内優希って確か美咲の大学時代の友達だったよな。なんか……言いにくいんだけど、失踪したんだって。それだけならまだよかったんだけど、陣内さんは彼氏と同棲していて、それが森川っていうひとらしい。それで……ええと……住んでいた部屋が火事で、焼け跡から森川さんの焼死体が発見されたっていうんだ。陣内さんは行方がわからなくなっていて、捜索中らしい。美咲に関係ないこと、俺はよくわかっているけど、森川さんの発信履歴と……着信履歴に美咲の番号があったって。たまたまだよな？　もしかすると美咲のほうにも警察が話を聞きに行くかもしれない。でも落ち着いて、ありのままを話すんだぞ。お前が巻き込まれたりしてないことを信じているよ。すこしだけでいいから元気な声を……いやいい、忘れてくれ。いつでも帰ってきていいんだからな。じゃあ、気をしっかり』

9月21日　午後8時46分

『もしもし美咲……お母さんです。ちょっと、警察の人から電話があったわよ！　なにかしたのあなた！　なにかおかしなことに巻き込まれてるんじゃないの、ねえどうして留守番電話なの。声が聴きたいわ、美咲。お父さんも心配しているし、それに……子供ができたって。そんなの聞いてないわよ、水臭いじゃない……。ともかく、身重なんだから早く家に帰りなさい。亘(わたる)さんも心配して眠れないって言っていたわよ。美咲……親子なんだから隠しごとはだめよ。あなたたち夫婦の間になにがあったかは知らないけど、亘さんの様子で家に帰っていないことはわかったわ。お母さん、なんでも相談に乗るから、このことが落ち着いたらまた話を聞かせて。とにかくいまは警察に協力して、一刻も早く家に帰りなさい。いいわね、美咲』

――六件の伝言をお預かりしています。

9月23日　午後2時13分

『服部レディースクリニックの石渡です。岡部さん、お元気ですか。このところ過ごしやすい日が続いていますね。ようやく残暑もマシになって、いよいよ食欲の秋ですねぇ。食べることはとてもいいことです。もちろん体にもですが、心にもいい。食欲を満たすことで心にも満足感があります。もっとも、食べ過ぎは毒ですが、腹八分目で美味しいものを食べるのは心と体の健康にとてもいいのですよ。秋は食べ物が美味しい季節ですしね。私は銀杏(ぎんなん)に目がない。ぬる燗に銀杏は毎年この季節の楽しみです。岡部さんはなにがお好きですか。食べ物のお話をしにまたいらしてください。おいしいお菓子をいただきましたのでごちそうしますよ。それでは……』

9月23日　午後11時58分

『…………………………ひとごろし』

9月24日 午前1時44分

『…………………………』

9月25日 午後0時37分

『岡部美咲さま。ＳＨＩＨＡＩＤＯ〇〇店の武宮(たけみや)です。取り置き予約いただいておりましたピスタチオバターケーキですが、お時間を過ぎましても取りに来られませんでしたので、キャンセルさせていただきました。予(あらかじ)めご了承ください。またのご利用をＳＨＩＨＡＩＤＯ一同、心よりお待ちいたしております』

9月25日 午後7時9分

『俺です。今日は結婚記念日だね。去年はついうっかり忘れちゃってて、すげえ怒られたよな……。今年はちゃんと覚えてたぜ？　でもこんな時に限って、お前はいないんだよな。自業自得なんだけど、やっぱり寂しいよ美咲。どの口が言うんだって思うかもしれないけど、今日だけは目をつぶってほしい。お前が出ていってからまだ一か月も経っていないのに、毎日後悔の日々だよ。洗濯ってあんなにメンドイのな。ボタンひとつで全部やってくれるんだって思ってたから大変だったよ。自分でアイロンなんかかけたことないから、しわくちゃのまんまのシャツで会社行ったら部長に大目玉喰らってさぁ。それからはなんとかやってるけど、変なところに折り目ができちゃって。今日はちょっと期待してるんだ。もしかしたら帰ったら美咲が家にいるんじゃないかって。もしいなかったら……この留守電、恥ずかしいよなあ〜。お前と一緒に食べようと思って買ったんだ。ほら、前にテレビ観てる時、めずらしくふたりとも食べたいって一致したケーキあったろ。ちゃんと覚えてたんだぜ。ＳＨＩＨＡＩＤＯのピスタチオバターケーキ。すげえ並んでたから顔が青ざめたんだけどさ、たまたまキャンセルがでたって。こんなラッキーあるかよ、って思って、これならもしかして美咲が戻ってるかもしれないって。じゃあ……うん、あとでな』

9月25日　午後8時0分

『……俺です。やっぱそんなわけないよな〜。ドキドキして損したよ。念のため美咲の姿を探したけど、途中で笑っちゃった。うわ、はずかし！　さっきのメッセージは絶対消してくれよな！　そんなラッキーあるわけないよな〜、あるわけないよ……。ピスタチオバターケーキ、ひとりじゃ食べきれないな。美咲、体に気を付けてな』

——一件の伝言をお預かりしています。

9月30日　午後3時19分

『もしもし？　お電話ちょうだいしていたようですが、どちらさまでしょうか。こちら080――……ですが、おかけの番号にお間違えないですか？　お間違えなければ折り返しのお電話をお願いしてもよろしいでしょうか。本日、5時以降でしたら電話を取れるかと思います。よろしくお願いいたします』

――五件の伝言をお預かりしています。

10月5日　午後9時12分

『丑野、お前なんなんだよあの留守電。気持ち悪ぃな、そんなキャラだったか？　久しぶりに電話してきたかと思ったら、わけわかんねえ。それに傑（すぐる）からも聞いてるぞ、なんかこっちのやつらに電話かけまくってんだろ。そもそもな、「どこに住んでるの」なんて一言だけ留守電に入れられたら気分悪いだろ。みんなもお前の留守電に気味悪がってるんだからな。っていうか、俺も別にお前と仲良くなかったろ。傑だってそうだし、手あたり次第電話しまくってんじゃねえよ。どうせなんかの営業か、怪しい宗教の勧誘とかそんな類だろ。これ聞いたらもうやめろよ、いい加減友達失くすぞ』

10月5日　午後7時33分

『丑野って丑野美咲だよね。変な電話してこないでよ、怖いんだから。番号知ってんだからLINEでも用件言えるでしょ！　……それに変な喋り方してたし、なんなの。悪いけどブロックしたから。これ切ったら着信拒否しとくからね。きめーんだよ！』

10月5日　午後7時59分

『美咲ちゃん……？　高畠希美（たかはたのぞみ）だけど、電話ありがとう。すごい、何年振りだろう……。びっくりしちゃったけど、うれしいよ。ええっと、いまはね○○に住んでるんだよ。あはは、シングルマザーなんだぁ。子供はかわいいけど、男運はなかったみたい～。ごめんね、なんの電話かわからなかったんだけど、久しぶりに声聞けてうれしかったよ。私、口下手だから直接話すよりも留守電で助かったぁ。美咲ちゃんの役に立てればいいんだけど……。あ、長々と私ばっかりごめんね、じゃあ美咲ちゃんまたね』

10月5日　午後10時5分

『はあ？　なんで住んでるところなんか言わないとだめなんだよ。カタコトみたいな喋り方しやがって。二度とかけてくんな、わかったな！』

10月6日　午前0時21分

『お姉ちゃん、薫だけど。なんなの……あの留守電。私が住んでるところなんて知ってるじゃん。それに声も変だったよ？　お母さんからお姉ちゃんが家出してること聞いてたけど、夫婦のことだし口出しするつもりはなかったんだ。でも変だよ、お姉ちゃん。あの留守電聞いて急に心配になっちゃった。近々会えない？　大丈夫、誰にも言わないから。内緒で会おうよ、場所は合わせるから。ね、お願いだよ』

――四件の伝言をお預かりしています。

10月9日　午後1時37分

『こんにちは。今若です。……あ、わかるかな、ミヌカホームセンターで一緒に働いてた今若だけど。急に電話してごめんね。ついさっき、丑野さんを見かけたものだからつい電話しちゃった。声をかけようと思ったけど、お店に入っていっちゃったから悪いかなって思って。それよりお子さん生まれたのね、おめでとう～！　ミヌカの時はあんまり話したことなかったけど、子供を連れている姿を見てついうれしくなっちゃって。それにしても三人も子供いたのね、驚いちゃった。すっかりママだなぁ、うらやましい。私ばっかり喋ってごめん、多分、直接話すとこんなにうまく話せないと思うから。ん……でも、丑野さんがミヌカを退職したのっていつだっけ。そんなに前じゃなかったよね。一緒に歩いていた子は結構大きそうだったけど……あっ、詮索しちゃ失礼よね。ごめん。どうしてもおめでとうってひとこと言いたかっただけだから、じゃあ。お幸せに』

10月10日　午後10時52分

『………亘さんの奥さん……あんまり亘さんを苦しめないでください。私が言えた義理ではないですけど………もし、その……亘さんと別れるつもりなら………力になりますよ……私、それだけ亘さんのこと本気なので………』

10月11日　午後6時17分

『美咲、お前一体なにしてるんだ！　変な問い合わせがいくつもきてるぞ！　俺は禊だと思ってお前が帰ってこないことを受け入れているけど、そういうわけじゃないのか。俺の頭を冷やすために帰ってないんじゃなかったのかよ！　色んな知り合いにいまどこに住んでいるのか聞いて回っているって聞いたぞ！　友達のところに泊まっているんじゃないかって思ってはいたけど、まさか……大して親しくもない、浅い知り合いのところにも泊まってるんじゃないだろうな？　もしもそうならそれは話が別だぞ！　どの口が言うんだっていうのは言いっこなしだ、帰ってくるつもりがないならせめてお母さんや薫ちゃんのところがあるだろう。頼むよ美咲、俺のせいで自暴自棄にならないでくれ……俺、なんでもするから許してくれよ。それにお前、お腹に赤ちゃんがいるんだろ。お願いだ、もっと自分を大切に……大切にしてくれよ……。じゃないと俺は…………なんでもない。とにかく、妙なことだけはするな。いいな』

10月12日　午後2時9分

『岡部さん、こんにちは。服部レディースクリニックの石渡です。いよいよ10月にさしかかりましたね。しばらく岡部さんのお顔を見ていないので寂しく思っていました。職員も岡部さんに会いたがっていましたよ。吉井(よしい)を覚えておいでですか？　彼女も岡部さんと同じ経験を持っていますので、是非ともお話ししたいと言っていました。カウンセリングとは関係なく、気軽に遊びにいらしてください。おひとりが不安ならご家族か友人のかたとご一緒でもいいですよ。それではまた』

——二件の伝言をお預かりしています。

10月14日　午前11時22分

『里見(さとみ)です。折り返しのお電話感謝いたします。まさか岡部くんの奥さんだとは。大丈夫、誰にも言っていませんよ。息抜きしたいこともありますよね、わかります。私でよければお相手しますよ。実は私の妹もね、ちょっと人に言えないような恋愛をしているようでして、その話も是非聞いてください。岡部くん、相当参ってるみたいですよ。まあそれはお会いしてから。それで……待ち合わせですが、本日の20時に○○公園でよかったですよね。お食事はしますよね？　どこか予約しようかと思いますがいかがでしょうか。……いえ、お会いしてから決めましょう。初対面ですしね。では今夜』

10月14日　午後10時7分

『あんた、ついにボロを出したね。決定的な証拠を撮ったわよ！　バァーカ！　地獄へ堕ちろ！　あははは………え、ちょっとなに。どうしたのぼく、こんな夜中にこんなところに……お母さんは？　あっ！　ちょっ……』

――一件の伝言をお預かりしています。

10月15日　午前11時12分

『お母さんです。亘さんから聞いたわ。昨日、家に戻ったのね。こちらもお父さんと安心しています。薫も心配して電話したんだって？　やっぱり姉妹ねえ、なにも言わないでもちゃんと気にかけてるんだもの。昔からあなたは妹っ子だったもんね。お姉ちゃんっ子、っていうのはよく聞くけどまるで逆だから笑っちゃう。いつもは薫のほうがあなたのことを煩わしそうにしていたけど、いざという時はやっぱり心配なのね。そういう意味でも安心した。もうどのくらい家を空けたの？　一か月とすこし？　すごく長く感じたけれど思ったほど経っていなかったのね。でも妻たるもの、それだけの期間夫をひとりにするなんて絶対だめよ。お母さんの時代とは違うから、あまり口うるさくは言いたくないけど……、やっぱりそういうのは普通じゃないと思うの。これからは亘さんともじっくり時間をとって、ちゃんと話す時間を持ちなさい。それで今回みたいに急にいなくなるんじゃなくって、例えばこっちに戻ってくるとか、薫のところに行くとか、そういう手段をとったほうがいいと思うわ。人様に迷惑だけはかけないようにしなさい。でも……あなたが家出なんてねぇ、よっぽど思いつめていたのね。昔からあなたは真面目すぎるほど真面目だったから。家出なんて一度もしたことなかったし、どちらかといえば薫のほうがそのきらいがあったものね。昔、薫が中学生の時、一週間家に帰らなかったことがあったじゃない？　その時、あなたが必死になって捜した。お父さん、あの性格だから「好きにさせておけ」って言って気にも留めてなかったけど、あなたは警察に相談したほうがいいって最後まで必死に訴えていたものね。結局、薫は友達の家を転々としていただけで、泊まっていた友達のお母さんから連絡があって御用になった。……ふふ、そう思うとあなたが一か月も家出をしていたのが嘘みたい。薫だったら驚かなかったのにねぇ……やだ、ひとりで延々となにを喋っているのかしら。落ち着いたらこっちにも連絡をよこしなさい。美咲の声が聴きたいわ』

――二件の伝言をお預かりしています。

10月20日　午後0時38分

『また留守電？　お姉ちゃんさ、なんで電話でないの？　一方的にこっちにはかけてくるくせにさあ。それにLINEとかも完全スルーじゃん。既読スルーはトラブルの種なんだからさー。っていうか見てるなら返事くらいくれてもいいのに。固定電話置いてないから亘さんに電話するわけにもいかないしさ、もうちょっと気にしてくれてもいいんじゃない？　お姉ちゃん、そんなに電話不精でもLINE不精でもなかったのにどうしちゃったの。家出してからなんか変わったよね？　まあでも無事に家に帰ったみたいだし、いいんだけどね。それよかいまから家に行ってもいい？　ってかもう近くにいるんだけど。いないならいないで玄関に荷物置いて行くから。つまらないものだけど、たまには姉想いなところも見せないとね。赤ちゃん見られるのも楽しみだし！　じゃあ、またあとで』

10月20日　午後1時40分

『お姉ちゃん……あの子供、なに？　軒先から家の中が見えたんだけど、幼稚園か小学生一年生くらいだよね。あんな大きな子供、どこから連れてきたの。それにお姉ちゃん、なんだか様子がおかしかった。なんだかわからないけど、荷物だけ置いて引き返してきちゃった。お姉ちゃんがお姉ちゃんじゃない感じがして怖かった。この伝言聞いたら、一回話そうよ。あ、玄関に置いたのはベビー服だから……』

——四件の伝言をお預かりしています。

10月24日　午前10時19分

『もしもし、丑野美咲さん？　私、大学時代にお世話になっていた岸谷さゆみです。急に電話してすみません。丑野さん、陣内さんと親しかったですよね？　突然で驚かれるかと思いますが——10月14日にお亡くなりになりました。焼身自殺だそうです。……実は同棲していた恋人を9月に火事で亡くしていて、それから行方がわからなくなっていたそうなんです。私も全然知らなくて、いまとなっては後悔しかありません。知っていたら、なんとかして連絡を取ろうと……いえ、言い訳ですね。たらればはやめましょう。脱線してすみません。亡くなったのが14日なのですが私も知ったのは2日前なんです。なぜここまでタイムラグがあったのかというと、身元がわかるまで時間がかかったからのようです。なにしろ黒焦げだったそうなので……。警察はこれまで失踪していたのは恋人……ここだけの話、丑野さんも知っている森川さんです。森川さんの死に気を病んだ末の自殺だと見ているようです。現場は○○公園で、火元になるようなものはそばになかったから、という理由で自殺だと判断されました。……でも丑野さんはどう思いますか。私は陣内さんにはとてもよくしてもらっていて、数か月前にも森川さんと同棲しているお部屋に遊びに行ったこともあります。丑野さん同様、陣内さんのことはよく知っているつもりです。だから、あんな人気(ひとけ)のない公園でひとり、しかも焼身自殺なんてするわけない。彼女はそんな性格じゃない……。それに一度だけ、森川さんの死後に電話で話をしたことがあるんです。その時はどこにいるのか教えてくれなかったんですけど、森川さんを殺した犯人を知っていると言っていました。絶対に復讐するんだって。もちろん止めましたし、警察に任せたほうがいいと助言しました。ですがそれは措(お)いておいて、森川さんを殺した犯人を突き止めて復讐しようとしていた陣内さんが自殺を選ぶでしょうか。あの人の性格上、復讐を遂げるまでそんなことはしないと思います。もしかしたら、犯人に復讐が済んだからなのかもとも考えました。でも彼女が関わっていそうな事件はこの周囲では起こっていません。率直に言うと、陣内さんは殺されたんだと私は思っています。だっておかしいじゃないですか、森川さんが焼死して陣内さんも焼身自殺？　陣内さん、森川さんは殺されて放火されたと思っているのに、同じ方法で自殺なんてあり得ない。それで丑野さんに意見を聞きたかったんです。丑野さん、なにか知りませんか。どんな小さなことでもいいんです、丑野さんの考えが聞きたいです。お電話、お待ちしています。よろしくお願いします』

10月25日　午前11時47分

『美咲、お母さんだけど……薫のこと、知らない？　この間そっちに行ったのよね？　そのあと、電話があって「お姉ちゃんのことで話がしたい」って言うのよ。その時、ちょうど配達員の人が来たから一旦切ったんだけど、そのあとから連絡がつかないのよ。まだそれほど経ってないんだけど、毎日二〜三回は電話しているのにずっと繋がらなくて。なんだかおかしなことが続いて、お母さん体壊しそうよ。せめてあなたが元気な声くらい聞かせてくれたらすこしはマシになると思うんだけど……。こっちもね、変な話を耳にするのよ。ほら、あなたはこのひと月いろいろあったじゃない？　だから落ち着いてからまた話そうと思ってたんだけどね……。あなたの中高で一緒だった同級生の何人かが変な死に方をしてるっていうのね。それもみんな○○に住んでるって……。○○って言ったら、あなたと亘さんが住んでいるそばよねえ。だから物騒だと思ってるのよ。薫は○○じゃないけど、あなたに会いにいった時になにかあったんじゃ……と思うと、いてもたってもいられなくなってね。お父さんにも相談したんだけど、まだ四、五日だろ？　って聞いてもくれないのよ。あなたと違って薫は元々あちこち落ち着かない子だったしねえ……考えすぎならそれでいいんだけど。お願いだから、ひとりで外に出歩いたりしないでね。お腹の赤ちゃんのこともあるし、体に気を付けてよ本当に。そういうわけだから、薫のことなにかわかったら連絡ちょうだい。そうだ、亘さんはどうしてる？　あなたが家出していた時はたまに電話で話していたけど、戻ってからは変わりない？　全然元気がなかったから変わりがないと困るわよね、元気になった？　あなたたち、これから何十年と一緒に過ごしていくんだから、くれぐれも仲良くするのよ。じゃあ、薫のこと頼んだわよ』

10月26日　午前4時48分

『………亘さんになにをしたの。もう十日も連絡がつかないんだけど。あんたがいなくなって、やっと……やっと亘さんが私だけを見てくれるはずだったのに！　あんたのせいで滅茶苦茶よ……！　亘さんにも会えないし、兄は死ぬし……！　全部全部あんたのせい、あんたがあのまま帰ってこなければ……！　死ねよ！』

10月26日　午後2時12分

『服部レディースクリニックの石渡です。いかがお過ごしですか。心なしか肌寒くなってきましたね。そういえば岡部さんと同じ悩みの方がカウンセリングにいらっしゃいましたよ。

その方も悩みを吐きだすと憑き物が取れたようにすっきりとしている様子でした。いろいろなストレスや悩みを抱えているよりも全部話してしまったほうが心の健康にもいいですよ。まずは世間話でもしましょう。映画はご覧になりますか？　私のおすすめは「レナードの朝」です。元気になりますよ。是非感想を話し合いましょう。お待ちしています』

——一件の伝言をお預かりしています。

10月28日　午後4時11分

『〇〇県警捜査一課の宮中です。高畠希美さんおよび、山添徹さん、滝山章介さんの焼死の件につきましてお伺いしたいことがあります。高畠さんら三名と他にも数人の同窓生に目的のわからない電話をしていたと情報提供者から聞きました。「どこに住んでいるか？」という内容だったと伺っていますが、どういった意図でそのような電話を不特定多数の同窓生にしたのかお聞かせ願えますか。このメッセージを聞きましたら折り返しのお電話をよろしくお願いします。こちらからもまた電話しますので、どちらかで対応をお願いいたします。それでは失礼します』

——三件の伝言をお預かりしています。

10月30日　午前3時29分

『ごめんなさい………ごめんなさいいい………許して、お願いだから………あの変な子供を追っ払って………私が悪かったから……もうかかわらないからああ……お願い許してえ………！』

10月31日　午前2時4分

『あーええっと、丑野さんの娘さん？　なんやったかな、美咲さんやっちゅうたかね。ちょっと頼まれごとしましてなあ、ちょっと話したいんですわ。私は怪しいもんやないけ、ちょっと二〜三分ほど付き合ってくれませんかねえ。いえ、電話口でよろしいので。折り返しはお気遣いなく。しつこう電話しますのんで。そういうわけでねえ、なるべくはようお話しできたほうがお互いにとってスムーズかと思いますんや。心配しなくて結構です、難しい話はしませんのでねえ。それじゃあまた明日電話しますねえ』

11月1日　午前11時20分

『ごめんね、美咲。昨日、知らない人から電話があったでしょう？　実はね、幸子(さちこ)おばさんにここのところの変な話をしたら、知り合いの拝み屋がいるって言って……絶対に見てもらったほうがいいって言うのよ。あっ、変な話っていうのは美咲のことじゃなくて、……わかるでしょ。さすがに大げさだな、って思ったんだけどね、でも心配なことはすこしでも潰しておいたほうがいいと思うの。だから一応、任せてみるだけ任せてみようって、お父さんとも話していてね……。だからもし拝み屋の方が見えたら、対応してね。お願いよ。それにしても薫……どうしているのかしら。あの子のことだから心配するようなことないとは思うんだけどねえ。いまからでもひょっこりと姿を見せてくれたら拝み屋さんを断れるんだけど。亘さん、どうしてる？　また電話ちょうだい』

――二件の伝言をお預かりしています。

11月2日　午前2時4分

『おこんばんは。昨日はすまなんだねえ、明日電話するって言ったのはこっちだのに恰好つかんねえ。ちょっと忙しくって、不安にさせてしまいましたかねえ。ところで美咲さん、あんたさんのことすこぉ～し調べましたんよ。おふくろさんにお聞きしましたがねえ、やっぱりいまの世は私みたいな仕事はどうも怪しいようでして、あんまり教えてくれなんだのですわ。それでねえ、同級生のお友達に聞きました。妹さんは活発で人気者やったみたいですけど、あんたさんは対照的にしずか〜なタイプやったみたいですな。アルバイトしていたホームセンターでそのまま就職、真面目なあんたさんの性格を表しておるようです。仕事ぶりも真面目でしたがやや融通の利かんところもあったと聞きました。頭の固さも長所やっていうことですなあ。取引先の営業やったいまの旦那さんと出会って、お付き合いに発展、結婚まで三年ですかあ。順調でしたなあ。しかし旦那さんの女癖の悪さは結婚してから知った。浮気の常習犯ですかあ……それは大変でしたなあ。次は離婚するって突きつけたのに……懲りんやつですわ。それでそのまま出ていったそうで。わからんのはそこからなんです。そこからなんですよねえ……ひひひ』

11月2日　午後4時56分

『〇〇県警捜査一課の宮中です。折り返しいただけなかったので再度お電話しました。一方的に伝言を残して恐縮ですが、お耳に入れておきたいことがあります。高畠希美さんおよび、山添徹さん、滝山章介さんの焼死の件につきましてですが、お聞きの通り三名とも焼死していいます。それぞれ自宅が全焼していて焼け跡から発見されました。高畠さんはお子さんの死体も一緒に発見されています。この三件の事件ですが、自殺と見る向き、または失火によるものという向きがありました。しかしどのケースも火元の特定ができず、事件・事故の特定が困難でした。というのも、この三件に関しては「火元が被害者本人」としか思えないほど炭化(たんか)していたからです。ご存じかわかりませんが、人間が炭化するほど燃えるということは通常の火事では難しいことなのです。表面上は黒焦げでも内臓まで燃え尽きるなんて、火葬場でもなければ民家から出火した火事では考えにくい。ですがここで肝心なのはなぜ炭化したのか、ということではなくなぜそこまで念入りに焼かなければならなかったのかということです。ですが高畠さんのお子さんの死体はそこまで念入りに焼かれていなかった。通常の焼死体と同様でしたので検死結果に進展があったのです。まことに言いにくいのですが……部分部分で食い千切られた痕がありました。いえ、はっきり言いましょう。食われたあとに焼かれたと考えられます。この結果を受けて、本件ならびにほかの二件を事件として捜査することとなりました。再度お聞きしますが岡部さん……彼らが死ぬ前、なんの目的をもってあんな電話をしたのですか？　そしてもうひとつ。あなたはいま、どこにいるのでしょうか。当局は現在、総力を挙げてあなたを捜索しています。いえ、あなたと夫の岡部亘さんを。出頭をお勧めします。潔白であれ、違うのであれ』

――一件の伝言をお預かりしています。

11月3日　午前2時4分

『どうも。今日は忘れずに電話しましたよ。長いことこういう仕事してますとなあ、いろいろコネっちゅうものができますもんなんですわ。どこからのコネか、というのはまあ措いといて……あんたさんの周囲で死んだ人、みぃ～んな食われてたんやってねえ。それをわからんよう念入りに焼いて、炭にしてしまった。残酷なことしますなあ、人間味ないですわ。ここだけの話ですけんど、私は人間の仕業やないと思うておるんです。そいでね、現場には被害者以外の死体があったらしいんですねえ。ああ、公式な発表じゃないですよ。だいいち、近くに虫の死体があった、なんて公表したとしても誰も聞く耳もちゃしません。でもねえ、私のような仕事をしている者には重要ぉ～なことなんです。ちなみにあんたさん、虫って聞いてどんなん想像しました？　こ～んなちんまいもんじゃありません。こぉ～んなでっかい……って、見えやしませんな。つまり……人間の子供くらいの大きさの虫ですわ。それも蜘蛛。ひひひ、私がなにを言いたいかわかりますでしょうかねえ。……では、また明日』

――六件の伝言をお預かりしています。

11月4日　午前2時4分

『こんばんは。ちゃんと私の伝言を聞いていただいているようで安心しました。ずっとひとり語りしてちゃあバカみたいですしねえ。落語の練習だと思えばまだ気持ちは楽かもしれませんが……。落語といえば私は「二階ぞめき」が好きでしてねえ。いまの噺家がなかなかやっちゃくれないもんで寂しい限りなのですが、煩悩を抑えきれない男の悲哀というのがどうにもおかしくてねえ。吉原に行けない男がどのように折り合いをつけるかっていうのが見どころなんです。オチを言っちゃ粋じゃありませんのであまりあれこれとあらすじを語りゃしませんがねえ、こうやって誰かに話しかけるっていうのは落語の上達にはいいんじゃありませんか。もっとも、恥ずかしくて人には聞かせられないですが。ところで余談ですがねえ、でかい虫っちゅうのがおるんですなあ。人間の子供くらいの蜘蛛がおるっちゅうことは、大人の蜘蛛もおるんでしょうなあ。しかし、いかんせん虫は虫。人間と簡単な会話ができても高度な理解はできんということです。つまり、ですなあ。虫さんと私は同じなんですなあ、電話にいろいろ便利な機能付いてても、結局電話しかよう使わんのですから。まあ、うちら人間とは手の形も違うでしょうしなあ。文字打つのも難儀なんでしょ。しかし、脳みその衰えと、脳みその小ささはどうにもなりませんな。あんたさん、私の話……わかりますか？』

11月5日　午前2時4分

『ひひひ、よう燃えましたなあ。見に行きましたよお。丑野さんのお母さんのご実家ですな。立派な家でしたのに、むごいことしますねえ。ああ、不思議に思うてるでしょう？　せっかく殺そうと思いましたのになあ、誰もおらんでしたでしょう。ええ、ええ、私の口利きです。……なんて言ったら恰好つくんですがねえ、実際は刑事さんにお任せしましたあ。宮中さん、ご存じですねえ？　あの人はいい刑事さんです。正直者ですし、男前。それに芯が一本通ってる正義漢なのが余計に印象いいですわ。あんたさんもそのように思いますでしょう。ああ、すみませんなあ、丑野さんのご両親は警察のほうで保護してます。あんたさん……これ聞いてるんですから、ずいぶん焦ってますよねえ。そういうわけですんで、丑野さんを始末しようと思ってるのは見え透いとったんですなあ。こっちはあんたさんの居場所、わかりませんけど……あんたさんがなにをしそうかっちゅうことは手に取るようにわかります。近々、お会いしましょう』

11月6日　午前2時4分

『宮中さんと話してましてねえ。あんたさんの周囲でいなくなった人の数がどうも合わんなあ、と。あんたさん、いくら人間を召し上がるっていうたって、大人ひとり残さずに食べきれやしませんなあ。そんな大層な胃袋してないでしょうしねえ。だからやらかいところだけたらふく食べて、残りは焼いた。もしくは邪魔なのでただ焼いた。だけどもそれだといなくなった人についての説明がつかんのですわ。私はね、宮中さんにこんな風に言いました。「アレは結構賢いので食べた人間をいちいち焼いたら目立つってわかってます。だから普段はできるだけ食べた人間をどっかに隠してるんじゃないでしょうか」っちゅうてねえ。だけど賢いと言ったことに今は後悔してます。どちらかというと習慣っちゅうやつですな。所詮、虫は虫。そんでも私の考えは当たってたみたいです。うれしいですねえ、老いてもひとから感謝されるっちゅうのはなんとも言えん気持ちですなあ』

11月7日　午前2時4分

『えらくたくさん食べてきたんですな。こっちはみんな驚いています。あんたさんも生きるためですので、同情するところはありますけど……いくらなんでもお行儀悪すぎですなあ。せめて、食べるところなくなるまで何回かにわけて食べてたら、こんなに被害者多くなくてすんだんじゃないですかあ？　あっちこっちで齧(かじ)っては埋めしてからに……。あんたさんもよお～くわかってるんでしょう？　私らがどれだけ怖ろしい生き物か』

11月7日　午前11時24分

『美咲！　美咲っ！　美咲ぃいい！　よくも美咲を……薫を』

11月8日　午前2時4分

『ええ夜ですな。昨日の伝言、聞きましたかね？　お母さん、悲痛な叫びだったでしょう。大事に育てたふたりの娘。それがこんな目に遭って……私も胸が苦しいですわ。だのに今夜、夜空はえらく晴れて星が瞬(またた)いてます。お月さんも満面の笑みですわ。笑ってるんかなあ、私には怒ってるようにも見えますがあ……あんたさんはどう見えますか。私がいま見上げてるお月さんねえ、あんたさんが見てるのと同じお月さんなんですわ。つまり地続きっちゅうことですな。いくら逃げたとしても私らとあんたさんはすぐそばにいるっちゅう話です。ところで、あんたさん絡新婦ってご存じ？　人に化ける物の怪なんですがねえ。いわゆる妖怪ってやつですな。いまどき妖怪なんて言えば笑われそうなもんですがあ、やつらはやつらで大変なんです。絡新婦は女に化けてあの手この手で人を食べるんですがねえ、いまは女に化けたからって男は簡単にひっかからないですしねえ、それに化けたところでその人間はいろんな人間と繋がってるもんだからこそこそしてられない。今は昔よりずっと言葉も溢れてるんで、最近の妖怪さんはようついていかんっちゅうのを聞いてます。特に人に化けて、人を釣るタイプの妖怪は必要以上に喋るのを厭がりますなあ。遠くにいけんから近くの人に、というのはわかりますがあ、異常に言葉すくななのは見破られるのを恐れたんでしょうなあ。人間と違って、あんたさんらはすぐにボロをだすもんで、できるだけ喋らんっていうのが処世術になったわけです。それやったら、メールとかもっと便利なもん使うたら盤石でしたのに、そんな知恵もあらしませんもんねえ。それ以前にスマホを上手に打てる手やなかったですな。世知辛いもんですな。常に見張られているようなご時世、物の怪には住みづらいでしょうなあ。聞くところによると、蜘蛛さんは弱ってる人間を殺して、食うて、その人の交友関係を伝って、食いつないでるんですってなあ。いまはスマホちゅうのがありますもんで、そういう意味じゃあやりやすかったでしょうなあ。しかし、あんたさんはスマホと電話……ガラケーっちゅうでしたな、それらの使い分けはでけんかった。とはいえ、電話しかできんのじゃあ宝の持ち腐れっちゅうやつですがあ。……そうそう、絡新婦ですがねえ。蜘蛛っていうだけあって子蜘蛛を産んで操ることができるんですな。そしてこの子蜘蛛がまた物騒なもんで。口から火を噴くっていうんだから尋常じゃない。あらあ？　どこかで聞いた話とは思いませんかねえ？　そうだ、いろいろあんたさんのそれについても足取りを追ったんですがねえ。婦人科さんでカウンセリングを受けてたらしいですねえ、妊娠しているって思い込んでいたらしいんです。気の毒に……子供ができないことをよほど思い詰めていたんですなあ、それである時から自分が妊娠しているって思い込んでしまってねえ。それで通っていたらしいのです。婦人科の先生はい〜いひとでねえ、献身的に彼女のケアをしようとしてたんですがあ……まさかねえ、こんな形でねえ。おっとっと、今日はなんだかいつもよりも喋りすぎたようですなあ。それも仕方ないことかと思っております……。なにせ、これが最後のメッセージになりますんでねえ。

……………おうお前、丑野さんとこの娘ふたりとも喰いよったなあ？　舐めた真似しよって。いまから殺しに行くから待っとれ』

――お預かりしている伝言は以上です。伝言を消去するには数字の――
――伝言を消去しました。お預かりしている伝言はありません。

「なんだあ、最後の伝言聞いてなかったんか。残念ですなあ」

飛鳥部勝則

乳房と墓——綺説《顔のない死体》

●『乳房と墓――綺説《顔のない死体》』飛鳥部勝則

この作家と再開できる日を心待ちにしておられた読者も多いはずである。

〈秘密〉の地下画廊でなければ出会うことのできない禁断の犯罪芸術のように、常に強い印象を読者の脳膜に刻み続けてきたミステリと怪奇の幻視者・飛鳥部勝則、《異形コレクション》に満を持しての出品である。洋画家の顔も持つ飛鳥部勝則は、図像学を推理小説に導入した『殉教カテリナ車輪』で1998年、第9回鮎川哲也賞を受賞し、ミステリ界にデビュー。数々の本格推理小説を発表したが、その心の奥底に流れる〈怪奇の血〉は隠しようもなく、《異形コレクション》初参加となる第20巻『玩具館』に発表した「お菊さん」を皮切りに、十七作の異形短篇を発表。そのいずれもが、鮎川哲也師であれば《怪奇探偵小説》と分類し偏愛するであろう傑作揃いなのである。

結末まで二転、三転、さまざまな幻視と論理が交錯する本作も、その副題が示すようにミステリの重要トリックとしても有名な〈顔のない死体〉を扱っているが、あたかもトリック講義のように、〈顔のない死体〉幻視講義を展開しているところが、いかにも飛鳥部勝則らしい。

『エジプト十字架の秘密』ならぬ『乳房と墓の秘密』――読後、真相はくれぐれも〈秘密〉ということで。

首なし死体を少女は棄てた。

下村賢二がそれを見たのは、尾行に失敗したからだった。少女は森に入ると、細い道を進んでいった。このまま後を追ったら気づかれそうな気がし、彼は木の幹二つ離れた場所から森に入った。それが間違いだったのだ。梢が黒と緑の屋根をなし、数歩進むと洞窟のように翳る。木漏れ日が目の前に水平に張られた蜘蛛の糸を照らす。白というより人肌に近い糸の色が奇妙だったが、断ち切って進んだ。瞬間、スタートラインのテープを切ったような異様な感覚に囚われた。蜘蛛の巣が増えていき、払っても落としても次第に大きさを増して、ふと気を緩めると顔全体にべったりと貼り付いていた。叫び声をあげる。足を取られた。盛り上がった木の根に躓いたらしい。

地面は柔らかかった。草ではない。ぬるぬるしている。幾つもの細長い頭が一斉に鎌首をもたげた。蛇の溜まり場に突っこんだのだ。何十もの粘つく長い生き物が全身に巻きつき、嚙みつく。泣き叫んだ。蝮なら死ぬ。身もだえ、のたうち回り、混乱し、土に爪を立て、手足を振り回し、転げまわり、もがき、あがき、喉が枯れるほど叫んで、そして焼けつく痛みが微熱に変わる――蝮ではなく毒性の薄い蛇だったらしい――頃、恐怖がふっつりと消え、怒りが芽生えた。顎に食いつく蛇を引きはがし、石で頭を叩き潰す。「お前らどこまでが首、どこからが体だ」口からは笑いすら漏らし、袖口からはみ出している蛇の尾をつかみ、引きずり出して殺す。手は血と脂に塗れた。頭を潰されてもビクビクと蠢く蛇腹は、日本古来の妖怪の伸びる首を連想させる。気づくと辺り一面、虐殺の山ができていた。頭を潰された無数の蛇が絡み合い、なおもぬるぬると動いている。吐き気を催しながら、ゆっくりと立つ。視線を感じる。高い葉群れの中から人の顔のようなものがのぞいていた。梟か。鳥類の目はたいてい顔の横に付くが、梟の目は人と同じく正面にあり、白い梟の顔は時に目を見開いた人間に見える。腕時計で確認すると一時間近く我を忘れていた。本来の目的は何だったのか。

城戸ヘルガを尾行していた。芸大五浪中の下村は辻教室という受験塾を手伝っており、彼女は受講生の一人だった。彼は枝を押し分けて、獣道じみた歩道に出る。ヘルガの姿は完全に見失ったが進むしかない。鬱蒼とした木々の陰は何ものかの気配で密かに息づき、頭上の梢を亡者の吐息めいた風がひっそりと吹き抜けていく。足元の枯葉は厚く、乾いた骨を踏みしだくような感触がある。

森の出口近くまで来て、思わず草叢に身を屈めた。草原が緩やかに下り、森と並行して流れる荒々しい河に続いている。朽ちかけた吊り橋の近くにヘルガの姿があり、等身大の人形のようなものを運んでいた。両足を引きずられているのは同世代の少女らしいが、確かなところはわからない。顔がないからだ。すっぱりと切断された首の真っ赤な丸い断面が、軟体っぽい怪物の口のように血を噴き出している。灰色のハーフコートと薄紫のスカートを身に着け、関節が感じられぬほどぐんにゃりした死体は大きなナメクジのようだ。ヘルガの顔は﨟長けて青白く、東欧の女吸血鬼めいていた。血塗れの白い雨合羽を着て、肩で息をしており、荒い呼吸が性的な高揚感を連想させる。河まで死体を引きずると無造作に、渦巻く急な流れに投げ込んだ。死体は木偶のように手足を振り、川岸から水面まで四、五メートルの距離を落下していく。下村は一層身を低くし、茂みに潜む。ヘルガはゆっくりと引き返してきて、地面に落ちたマフラーを手にし、河に捨てに行く。彼は首をひねる。被害者の物と思しき、黒地に吸血鬼ノスフェラトゥが赤く抜かれた、変わった柄のマフラーには確かに見覚えがあった。

　次にヘルガは雨合羽を河に放り、漆黒のセーター姿になった。散らばる刃物――大きな包丁や小型のノコギリを拾い、はち切れんばかりのバッグに押し込む。森に入った時、バッグは丸く膨らんではいなかったし、色もあれほど赤くはなかった。身動きもできずにいると、彼女はバッグを提げて足取りの乱れもなく森の中に引き返していく。赤い夕陽を浴びながら、森は内側から闇を宿すかのように暗く沈んでいる。

　しばらくして立ち上がった下村の顔に薄い笑みが浮かんだ。警察に連絡する気など毛頭ない。おそらくヘルガは被害者と吊り橋近くで待ち合わせたのだろう。蛇に阻まれず尾行が成功していたら、殺害の瞬間や首を切断する場面も目撃できたに違いない。少女が首なし死体を棄てた衝撃と恐怖は残っていたが、それに勝る歓びと達成感がある。今日これ以上追いかけても無意味だ。自分はついに十二月二十三日、たった今、彼女の決定的な弱み——城戸ヘルガの秘密を握ったのだ。

生ゴミじみた悪臭漂う古アパートに帰り、六畳間に置かれた狭いベッドに横たわった。共に芸大を目指した友人は既に大学を卒業している。人生を受験塾のアルバイトで終える予感は憂鬱(ゆううつ)だし、受け持つ生徒は力もないのに夢だけ見ている屑(くず)ばかりだが、三日後の冬期講習は待ち遠しい。ヘルガに会えるからだ。城戸ヘルガは高校三年生で、父は海外に牧場を持つ財豪だといい、別荘の一つが森の近くにある。近所の老夫婦を通いの使用人とし、夏休みや冬休みは一人別荘で過ごす。当初ヘルガという名前からワイエスが秘密裏に描いた人妻のモデルを連想したが、事実彼女の母は欧州の産だといい、ヘルガの肌も蠟(ろう)のように白く、細長い目と、高く通った鼻筋がすっきりと整って酷薄な感じを与えた。

彼はおもむろに立ち上がり脱衣所に行くと、薬品箱から消毒液を取り出し、無数の噛み傷を殺菌する。彼女は誰を殺したのか。少し前に街で出会った少女だろうか。

数日前の下校時、ヘルガは駅前のショーウインドーをのぞき込んでいる女子高生に声をかけていた。制服が違うので別の高校の生徒だ。ガラスの向こうには目にきつい、黒と赤のコートを纏ったマネキンが立っている。ヘルガが少女に並び、流行りの微ゴシック調ですね、と声をかけると、少女は一瞬ヘルガを見つめて赤面し、すぐにマネキンに視線を戻した。初対面の相手にいきなり話しかけられ戸惑っているらしい。ヘルガは無遠慮に、少女が巻いていたマフラーに手を伸ばし模様をあらためて、吸血鬼ノスフェラトゥとつぶやき、コートと同じ赤と黒ですね、とつけ加えた。少女が尚も応えられずにいると、ヘルガはマネキンに目を遣りこういった。服に注目させたいのかマネキンには首がないけど、これが本物の人間だったら物凄く不気味です。

ヘルガとその少女は双子と見間違うほど年恰好が似ており、分身のようだった。その後二人は意気投合したのかもしれない。ヘルガが彼女を郊外の森に呼び出し殺害したと仮定して……だが何故殺したのか。二人は初対面のようだったし、動機がわからない。加えて何故、被害者の首を切ったのか。ヘルガが首を切断し、顔のない死体を造ったとしたら、抜き差しならない理由があるはずだ。

瞬く間に十二月二十六日の講習日が来た。強風の音に目覚めカーテンを開けると、黒雲が猛烈な雨を吐き出し、石造り風の教会と雑居ビルと日本家屋が並ぶ書割めいた街並みを憂鬱に濡らしている。郊外は原生林や手つかずの河に事欠かず、教会の後ろはすぐに低い山裾に続き、土砂崩れが気になった。県内では大きな街だが、涼夏暖冬のせいか贅を尽くした別荘が多く、海外からの居住者もいて、日本と西洋の墓石が無造作に並ぶ墓地の眺めは類がない。彼は一時間早く会場に到着し、講習の準備をした。辻画伯が受験生に開放しているアトリエは天井が高く、南側一面が曇りガラスの窓になっており、日中は柔らかな光が差し込む。石膏デッサンや色彩構成の多様な作品が壁を飾り、四方に雑多な画材が溢れているものの、作り付けの巨大な書棚には画集や技法書の一冊もなく、すべてが古いマンガと昔の児童書で埋まっている。

講習主催者の辻画伯は国画会の驥足というが地元では一切の発表をせず、受験講座にも顔を出さないので、午後二時からのデッサン講習も下村一人が受け持つ。受講生九人はすべて女子で、商業高校から五人、総合高校から三人が参加しており、普通高校からはヘルガしか来ていない。下村は生徒と軽口も交わすが、ヘルガと話したことはあまりなかった。百合に触るとエレチンとかいうホルモンが出て伸長を抑える。だから少女と接触しなかった。これからは違う。ヘルガの急所は握ったのだ。

講習が始まると、少女の様子をうかがいながら気もそぞろに指導した。ヘルガは今年の夏から受験生として参加しているが、画力は箸にも棒にも掛からぬもので合格の見込みは万に一つもない。長い休憩時間が来ると、辻画伯差し入れの巨大なズワイ蟹のパックを皆に与えた。菓子や果物ならともかく、蟹とは無粋な気がしたが、存外好評で、女子高生たちからは怒声じみた歓声があがった。ヘルガは一人引き、蟹味噌だけを少量口にしている。さりげなく少女に近づき、蟹味噌というが蟹の脳味噌ではなく内臓らしい、などと振っても軽く流された。その日は何もできず次の日に賭ける。

翌二十七日、外に出ると空が割れたような土砂降りだ。彼は誰よりも早くアトリエに入り鶴首（かくしゅ）したが、彼女は来ない。ヘルガだけではなく、九人の受講生全員が来なかった。十五分が過ぎ、三十分が経過しても誰一人現れない。手持無沙汰に書棚から手垢で汚れた『怪物・妖怪大百科』という三十年前の児童書を取り出す。表紙には凄い牙を生やした金髪の女吸血鬼のアップと、女の生首を高く掲げるドラキュラらしき男がどぎつい色で生々しく描かれている。無造作に頁（ページ）を繰ると吸血鬼や狼男の退治の仕方、ろくろ首の殺し方まで出ていた。一時間が過ぎても誰も来ない。腹が立ち、「下品な絵を子供に見せるな」と一人毒づき本を書棚にねじ込む。

その時、城戸ヘルガが姿勢よく、静かな足取りで入ってきた。上背のすらりとした清楚な立ち姿に思わず息を呑む。長い黒髪に映える白い顔と、体線にみなぎる清らかさは神聖な雰囲気すら醸（かも）し、如何（いか）に取り入ろうとも無駄だという気後れを感じさせた。遅れた理由を訊くと、謝るでもなく、バスに乗り損ねたという。他の受講生はコンサートに行ったらしく、地方ではめったにお目にかかれないアーティストが来たとかで、普段なら激怒するところだが、今日に限っては違った。二人きりになれるからだ。石膏デッサンをするつもりで切り出すと、珍しく彼女の方から、お互いをデッサンしませんかと提案してくる。是非もなく了解したかったが素直に認めるのに照れ、人物画なら自画像の方が勉強になると保留をつけ、彼女に眉をひそめられた。自画像は描けないという。鏡で自分の姿……顔を見られないのです。

自分の容姿や自分そのものを必要以上に嫌いになる思春期特有の感情かと、彼は己を納得させ、結局二十分ずつ交互にモデル台に上りポーズをとった。下村は鉛筆で、ヘルガは木炭で描く。少女の端整な横顔の陰影をひたすら追ううち、自然と手だけが動いているような錯覚に陥り、世界のすべての透明度が増したようで、わずかな間だけ恋情も劣情も消え去り、張り詰めた湖面に漂うような、崇高な虚無感の中にいた。時間だけが静かに流れている。二人だけで、二人なら、何でもできるというのに、こんなことをしている私たちは何と孤独なのだろう。こんな、孤独という地平でのみ互いに一緒にいられるということが、幸福といえるのだろうか。タイマーが鳴ると、彼女は静かにポーズを崩す。下村も呆けたように鉛筆を措く。少女は悄然と見返していたが、口を小さく開くと、何だか幸せそうですね、とつぶやいた。当惑し、何と訊きかえすと、消え入るような声で応える。

「幸福と残酷が隣りあわせだってこと、あなたにはわかりますか」

仮面に細筆で描いたような薄い眉と切れ長の目に変化も見せず、真っすぐ彼を見据えている。反応もできずにいると、少女はふっと息を吐き、濃紺のブレザーのボタンに手を遣って、いじくり始めた。

「エゴン・シーレの『死と乙女』は、ヴァリーというモデルとの別れなくしては描かれませんでした。傑作を残すのは画家の幸福ですが、同時にシーレは下層民のヴァリーを捨て、中産階級の女に乗りかえていたのです」

白く細い指がボタンを一つ一つ外していく。次に白いブラウスのボタンも外すと、片側を開いた。鎖骨の窪みの下の、柔らかで微かな膨みが露わになる。白い肌は霜降るように冷えて見え、乳首の薄い桜色が目に刺さるほど鮮烈だ。幻のような一瞬の後、彼女は何事もなかったかのように平然とボタンを嵌めていく。

「君は……何をしているんだ」

ヘルガは細い首を傾げ、憑かれたような視線を彼に据えた。

「誰にもいってはいけません。誰にもいってはなりません」

二人だけの秘密とでもいうように人差し指を唇の前に立てる。下村は顔の全面に鳥肌が立つのを感じた。言葉が出ない。何もできない。唐突に逆立ち、逆立ちでもしてみるか、小学校の体育で唯一褒められた逆立ち、阿呆か冷静になれ。

少女は切れ上がった眼を細め、唇の両端を上げて笑う。

「女の胸をバストといいます」

下村は止めていた息をゆっくりと吐く。彼女は静かに説明を続ける。バストの語源はブストゥム、ラテン語で火葬場や墓という意味だ。古来西洋の墓石には胸像が飾られており、転じてブストゥム――バストが女性の胸をさすようになった。

「つまり女性の胸は秘密裏に墓と結びついているのです」

ヘルガの、微笑にほころぶ薄い唇の間から、真っ白で清潔な歯並びが覗き、噛まれてみたいような気分に陥る。

狼狽(ろうばい)したまま、とりあえず「君はブラジャーをつけないのか」と突っ込み、無理やり視線を外して本棚を見た。ペースをつかまなければならない。切り札を握っているのだ。ちょうどよい本がある。『エジプト十字架の秘密・十四のピストルのなぞ』というあかね書房の児童書だ。彼はそれを取り出すと、「これから三十分の休憩をとる」と冷静を装い、返事も待たずに続けた。本を指さし「推理小説の古典だ。君はミステリーを読むか」彼女はシャーロック・ホームズを少し、といった。「ホームズものにも『ノーウッドの建築業者』というのがあるが、この『エジプト十字架の秘密』は《顔のない死体》パターンの名作だ。犯人Aが被害者Bを殺し、Aが死んだと見せかける。そのために焼いたり剝いだり溶かしたり色々な手を使うが、多くの場合は『エジプト十字架』のように――」言葉を溜め、

「首を切る」

少女の表情をうかがうが、面倒なことをするんですね、と軽くいなされた。めげずに、「ともかく、殺されたとされる人間が生きていた、というのが基本パターンだ」ヘルガは静かに聞いている。「昔のミステリーはこのパターンのみだったから、読者は《顔のない死体》が出てくるとすぐに犯人がわかってしまう。これに不満を覚えた作家は様々なバリエーショ

ンを開発していった。例えば基本パターンは同じだが、《顔のない死体》を複数出現させる。A・B・Cの死体があるが、では犯人はA・B・Cのうちの誰だろうというものだ」こんな説明が当てこすりになっているのだろうか。「さらには犯人Cが《犯人Aが被害者Bを殺し、Aが死んだと見せかける》と見せかけるためにAとBを両方殺してしまう、というパターンも生まれる」ヘルガを見ると、茫然とした眼差しの壁ができている。仕切り直しだ。ホームズに寄せれば届くかと焦り、「プレイド街のシャーロック・ホームズと呼ばれる探偵を創り出したのがオーガスト・ダーレスで」と、ますます偏った話を始めてしまい、仕方なく、そのダーレスの怪奇短編にこんな場面があるのだが、と続けた。ヒバロ族の干し首がある家で、主人公の男が階段の上で足を止めた。一瞬、下から誰かが見つめている気がする。彼が階下をのぞき込むと、闇の中に「首から足首までで、頭のない者が立っていた」という。ヘルガは、顔のない幽霊がどうして主人公を《見つめる》ことができたのですか、と軽くかわす。

下村は己の不甲斐なさにうんざりした。彼女は暇を持て余すように伏し目で足元を見ている。もはや決断するしかない。僕は君の秘密を知っていると露骨に切り込むのだ。息を深く吸い、ヘルガを凝視して、

「僕は——」

「推理小説や怪奇小説のことはよく知りませんが——」

同時に彼女が話し始めた。

下村が言葉を呑むと、ヘルガは続けて、「高名なアニメ監督がホームズ物をテレビアニメ化した時、こんなことをいっていました。原作は、秘密を暴く話なのだと。コナン・ドイルのシャーロック・ホームズものは謎や犯人やトリックを推理するのがメインではなく、他人が隠したがっている、誰にも知られたくない秘密を暴きたてるのがメインの物語なのだと」

一拍措き、「それはともかく」

ヘルガは予想外の逆襲をした。

「私はあなたの秘密を知っています」

愕然とした。何故そんな話になるのだ。あなたの秘密を知っている、それこそ彼のセリフではなかったか。

「君の……乳房を見たことをいっているのか」

「馬鹿にしないで下さい」

異様なねじれに頭がついていかず、沈黙に囚われていると、「エウリピデスの『バッコスの信女』を知っていますか」と訊いてきた。

否と即答するとヘルガは軽く顎を引き、

「このギリシア悲劇のクライマックスで、ディオニュソスの狂女たちは、ペンテウス王を素手で八つ裂きにし、頭をもぎ取ります。王の母は、ディオニュソスの狂気にたぶらかされ、息子の頭を獣の頭と勘違いし、持ち去っていく。ひどいスプラッタです。ところでペンテウス王は何故そんな目に遭ったのでしょうか」
　わからない。「本当にわからないのですか」　ギリシア悲劇など知らない。少女は退屈そうに窓に目を遣り、以降何を話しかけても沈黙するのみだった。気もそぞろに、いい加減な講習を再開し、時間通りに終え、食事も摂らずに帰宅して、夜になったが、ヘルガの切り返しが頭を離れない。完全に主導権を握られた。彼女が彼の何を知っているというのか。ディオニュソスがどうのという問いに意味はあるのか。そしてあの乳房は……輾転反側し、明日こそは彼女の弱みを利用して、いいなりにしてやると誓う。だが……そこまではいいとして――いいのか？――だから、どうしようというのか。具体的には何もない。秘密を握ったはいいが、女をああしようとかこうしたい、というヴィジョンがまるでないのだ。僕はすべてにおいてそうだ。東京芸大を目指し合格する、そこまではいい。しかしそれからが完全に白紙である。だから五回も落ちるのか。

　翌日、彼女は来なかった。他の受講生は全員揃っている。彼は皆に向かい、昨日の欠席についてなじり、嫌味をいい、怒鳴りつけた。講評でも必要以上に罵倒し、過激に切り刻み、何人かを泣かせた。下村は予備校に長くいたため受験用のデッサンやデザインには異常に熟達していたが、本質的には彼らと同じく大学を受験する身である。その自覚はあるが教える立場になると、自分には無理だと思えることでも他人にはやらせた。でないと仕事は一歩も先に進まない。それが若くしてつかんだ彼の働き方の極意だった。

次の日も冬の嵐で、またしてもヘルガは欠席したが、思わぬ収穫があった。ヘルガとは別の高校に通う二人の受講生が、噂話をしていたのだ。「ヨーコね、捜索願出されたらし〜よ」「ヨーコって二組の？　手編みマフラーの絵が、キモいハゲのおっさん、笑える」田代洋子（受講生の一人にさりげなく名前の綴りを確認した）は、下村が死体遺棄を目撃した十二月二十三日から完全に蒸発していた。ゴスが趣味でノスフェラトゥのマフラーを常用し、周りからは変人扱いされており、男子より女子が好きだったという。被害者はこの田代某という少女で間違いなさそうだ。

しかし何故、ヘルガは講習に来なくなったのだろう。一昨日の、ある意味ふてぶてしい態度は虚勢であり、冷静なようでいて実は動揺していたのか。下村の当てこすりが効き、殺人ないし死体遺棄を目撃されたと感じ——そうは見えなかったが——怯えた。としたら来られるはずもないが、結果として彼は避けられただけに終わっている。彼の秘密を知っているというヘルガの反撃も、自己防衛のための根拠のない——本当か？——ものだったのだろうか。彼の弱みに当たるものは、しいていえば、ヘルガの犯行を目にした二十三日から封印している、例の《悪癖》か。

アトリエに置かれた姿見が怪訝な顔の下村を映している。痩せた体に細い顎をしており、目の下の厚い隈を除けば整った顔立ちとすらいえたが、恋人がいた期間は短い。「僕は見た、だからいう通りにしろ」と脅せなかった小心さは嗤うしかないが、同時に得体のしれない不安が宿り始めてもいた。手に負えぬ危険に陥り進退きわまった時――例えば友人の車を運転し、凍結した道で滑り、車体が半回転してしまったような場合――にのみに感じる、あの不安だ。明日もヘルガが不在なら直接別荘に出向くしかない。

二日後の大晦日の夜、彼はヘルガの家の前にいた。降り続けた雨も珍しく小康状態で、辺りは静まり返り、森の葉擦れの音だけが囁きのように響いてくる。雨雲のわずかな隙間から、山の端にかかる月が現れ、別荘を斜めに照らし出す。界隈には珍しい、柱の並ぶ洋館で、固く閉ざされた虚ろな窓が幾つも続いている。鉄の門は片側が外れ、亡者があんぐりと開く歯の欠けた口のようだ。

陽光は物の影を作るが、月光は物を影と化す。下村が影の塊と化した気分で庭に足を踏み入れると、広大な芝生は皮膚病のごとくまだらに剝げていた。定期的に使用人が来ているとは思えない。玄関で呼び鈴を鳴らす気はなかった。忍び足で進み、裏手へと回る。手の届く窓に吸盤を張りつけガラス切りで切断すると、耳障りな擦過音が予想以上に響いた。脈拍が上がったが、気づかれた気配はない。解錠して侵入する。暗い廊下に細い懐中電灯を灯し、足音を忍ばせて進む。古い屋敷の黴臭さの中に犬か猫の死骸のような腐臭が微かに混じっている。懐中電灯の光の輪に浮かぶ巨大な柱時計が佇む人影に見えた。幽霊……幽霊というのは他者の形を借りて現れるのではないだろうか。時計のカチカチいう音が妙に耳障りで足早に通り過ぎると、背中でボーン、ボーンと鳴り始めた。階段を上りながら数えたが、錯覚か故障でもしているのか十三回鳴った気がする。

ヘルガの寝室の前に衣服が散乱していた。ショーツを拾って嗅ぐと、洗濯物らしい。身の回りは下々の者が世話するから、真の令嬢はだらしないと聞く。ドアノブを握る。施錠もなく、開いた。中に入ると懐中電灯で室内を探る。どこからか冷風が吹き込み首筋をかすめた。ベッドに皺一つない。何か妙だ。光の輪を横に動かした時、いきなり後ろで声がした。

「お待ちしていました」

振り向こうとした途端、布で口を塞がれた。甘ったるい匂いが鼻腔を満たす。少女の体が背に張りついている。「女の子の寝室にこっそり入ってくるなんて最低です。私はずっと見ていました。あなたは庭に入り、コソ泥のように窓ガラスを切って」意識を失った。

目覚めると闇の中だ。外は再び荒れ始め、雨が激しく地面を叩く音が何故か上からする。頭の痛みに思わずうめく。「お目覚めですか」少女の怜悧な声は朦朧とする脳内に直接食い込んでくるようだ。「下村さん、あなたは何のために私の家に不法侵入したのですか」それは……何のためだったか。「話をするためだ。じゅ、受験の日も近い。君が塾に来ないので心配になった」で、ガラスを切ったわけですか、と彼女は笑った。

ランプの明かりが血のように赤く灯ると、周囲の様子が朧に浮かぶ。地下室なのか壁しかない部屋で、肘付き椅子に座らされ、手と胴と足を金具で拘束されていた。椅子は床に固定されており、動かそうにもびくともしない。ヘルガは「暴れない方がいいです」と優しくいい、背中に流した長めの髪を両手で束ねる。肘が上がると、乳房の膨らみが微かに露わになった。女性の胸は——呪文のように甦る——秘密裏に墓と結びついているのです。

「首が切れてしまいますから頭は絶対に動かさないでください」彼の顎の下から銀色の蜘蛛の糸のようなものが出ている。「下村さんの首には細いワイヤーが巻かれています」ワイヤーは三メートルの距離を置き、首とドアのノブを一直線に繋いでいた。縛りはきつく、皮膚が破れて流血しているらしい。「ドアは外側に開きます」ドアを開けば首が落ちる。「私が外に出る時があなたの最期というわけです。私が飽きないように話し続けて下さい。つまらなかったらすぐに出ていきます」

「残酷すぎる」

「残酷と幸福は隣りあわせです。私と仲良くお喋りできるのですから、あなたは今、とても幸せなはずです」

「何が幸せなものか、下種（げす）が。この屑女」こんな罵倒では傷一つつくまい。「目撃者の僕を消すのにも残忍な方法を選ぶ。楽しいのか、このサディストが、この——人殺しが」そうですか、私が誰を殺したというのです。「田代洋子という少女だ。君は街角で彼女に声をかけ、吊り橋近くで待ち合わせた」あなたは何でも知っているのですね。「被害者が来ると即座に殺害し、首を切って体を河に捨てた。頭はバッグに入れて持ち去った。君は十二月二十三日に、最近知り合った女子高生を殺したんだ」ヘルガは顎を引き少し考えているようだったが、やがていった。それであなたは私の秘密を握ったつもりになったのですね。

「汚いですね、卑劣です愚劣です面白くないです下村さん、今すぐ退室しましょうか。でも仮に殺しを認めたとしたら興趣が増すのですか。私はその、田代なんとかさんを殺した。女の子が巻いていた吸血鬼模様のマフラーを使って絞殺したのです」

「何故あのマフラーを知っているんだ。語るに落ちたな」

「隠していませんから。あの女、窒息死するまでに時間が掛かったけど、木偶人形みたいに手足がバタバタ動いて楽しかったですよ。でも私、田代洋子なんて子、最近まで知りませんでした。ほぼ見ず知らずの相手を何故殺すのですか。私には憎しみも嫉妬も金銭欲もありません。普通の意味で他人を殺すような激しい感情は持ち合わせていないのです」

「だろうとも」君は何かが欠けた人間だ。欠落は天界の、聖女の資質でもある。「しかし君が殺したかったのは他人ではなく、自分だったとしたらどうだ」

「自殺願望ですか。私は死にたいと思っていたのですか」

「いいや文字通り、自分を殺したかった。故に瓜二つの田代洋子を見つけた時には驚喜したに違いない。彼女を身代わりにして自分が死んだことにできる。面識がないのも好都合だ。君は田代洋子を殺したかったのではない。城戸ヘルガを抹消したかったのだ。それほどに自分が嫌いだった。鏡で己を見られないほどに」息を吐き、「君が乳房を見せたのも自己嫌悪の現れだ。自分が嫌いで貶めたくて好きでもない男に体を投げる、それと同じ行為だった」

「好きでもない……男ですか」何故かその部分が繰り返されたことに、と胸を衝かれた。二人だけの秘密のなり損ね。「あなたに見せてあげたのは若さゆえの不器用な自傷行為、そんな解釈ですか。だから私は、青春の痛み故に、少女の首を切って体を捨てたというわけですね」

「……顔のない死体には君の服を着せるとか、生徒手帳を持たせておくとか、わかりやすい手がかりを残しておいたに違いない」

「自分が死んだことにして」彼女は寄り添うように下村の傍に立つ。息が耳にかかるほど近い。「私はこれからどうしようというのです」吐息がうなじに当たり、恍惚とする。「私は別人として生きるのですか。例えばあなたと生きるのですか。私の気持ちを理解してくれたあなたと生きる。共に逃げる。二人で遠く、地の果てまで」幼い頃どこかで知った、甘くて切ない花びらのような匂いがした。「それが下村さんの夢なのですか。でもね」急に声を潜め、「AがBを殺し、Aが死んだと見せかける。それはあなたが教えてくれた《顔のない死体》の一番つまらないパターンではありませんか」

いきなり喉に激痛がきた。食い破られたのだ。もがき、チェーンが傷口に食い込む。ヘルガは血を避けるように数歩引き、「あなたの考えが正しいとしたら、私は何故河に死体を棄てたのですか。身代わりにするなら、死体が見つからなければ意味がない。あんな激流に投げ込んだら永遠に死体が上がらない可能性すらあります。現に未だに発見されていませんし、適当な場所なら他にいくらでもあったはずです」下村は大量の血が服に染みこむのを肌で感じながら、「指紋などをごまかすためには腐乱していたほうがいい。だから河に投げた」「駄目ですね。科学捜査を舐めてます。歯の鑑定とかDNA鑑定とか色々ありますし、現代では首を切断しただけで他人に見せかけるのは不可能なんです。そんなことも知らないのですか。私は入れ替わるために殺したのではないのです」では何故……首を切ったのか。下村は苦しさに息を荒げた。心臓が肋骨を叩くほど激しく打っているのに、体温が急激に下がっていく。

儚げな乳首が目に浮かぶ。

「下村さん、もともとあなたは変なのです。おかしいのです。私のいっていることがわかりますか」お前のいうことなどわかるか。「そもそも……あなたは何故私が死体を棄てるところを見たのです。あの時どうして私を尾行していたのですか」口調がきつさを増し、「それだけではありません。あなたは私が町で女の子に声を掛けるのも見ていた。私の家も知っていた。寝室の位置さえ迷わなかった。何故です。あなたは何でも知っているのですか」口から下村の血を垂らしながら、彼女は凄い笑みを浮かべた。「いつか私はあなたの秘密を知っているといいましたね。下村さんは不真面目な受験浪人で時間が有り余っていたから、私のことを調べ、四六時中こっそりとつきまとい、しつこく尾行し偏執的に観察し、学校の更衣室だろうがトイレだろうが構わずのぞき見していました。それがあなたの秘密です。何故ペンテウス王はディオニュソスの狂女たちに頭をもぎ取られたのか。答えはキタイローン山で淫(みだ)らなことをしている狂女たちを《のぞき見》したからです。私、とっくに知っていたんですよ。下村さんは変質者です」そんなことか。変質者でない芸術家などいるのだろうか。

「あまり動揺していないようですね。価値観が違うのですか」《悪癖》であることは認める。

「でもあなたの秘密はそれだけではないみたいですけど……」この女は何をいっているのだろう。失血がひどく、気絶しそうだ。ランプの光に玲瓏(れいろう)と浮かぶヘルガの顔は、いつか見た『怪物・妖怪大百科』の表紙を連想させた。彼は……女吸血鬼、とつぶやく。少女の声が遠くから響いてくるような気がする。下村さんの血、あんがいおいしいですね。

　下村はうわごとのようにつぶやき始めた。君は鏡を見られないから自画像が描けないといった。青春の痛み故自分を嫌い、己を描けないのだ——と解釈していたが違ったのかもしれない。君は自分を描きたくなかったのではなく、本当に描けなかったのだ。鏡に姿が映らなければ見ることすらできない。そして吸血鬼は鏡に映らないという。

「ならば私はヴァンパイアですか」

　児童書の表紙には女吸血鬼と共に、ドラキュラらしき怪紳士も描かれていて、彼は女の生首を高く掲げていた。何故そんな絵柄になったのか。吸血鬼は血を吸う怪物である。どうして被害者の首を切る必要などあったのだろう。単に装丁画家の、購買者の目をひくための下品な手練手管に過ぎなかったのだろうか。何かもっと明確な理由があるのでは……

　突然、意識がはっきりした。目を見開き、怒鳴り始める。

「城戸ヘルガは吸血鬼だ。田代洋子の血を吸った。では何故被害者の首まで切ったのか。ヴァンパイアに吸血されたものは同族と化す。しかし首を切断してしまえば吸血鬼として甦ることはできない。だから君は洋子の首を切り、体を捨てた。仲間に加えたくなかったのだ。田代洋子は単なる食料に過ぎなかったからだ」

　大声を出すと急激にだるくなった。漂う倦怠感の中で少女の拍手が虚ろに響く。ほんのちょっと面白いです頑張りましたね下村さん《顔のない死体》の解決としては綺説のうちに入るでしょう。

「でも違うんです。まだまだですね。だいいち私を怪物扱いしている点が気に食わないです」下村の鼻先まで彼女は顔を近づけ、コンパクトを開く。「鏡に顔はちゃんと映っていますよ。当たり前じゃないですか。私は普通の女の子です」誰が普通だ。「まだ気づかないんですか、お馬鹿さん。そもそも前提からして間違っています。あなたは私が首を切断したといった。本当ですか。その瞬間を見ましたか」蛇に足止めされ、見ていない。「私は田代洋子の首など切っていません。誰が被害者の首を切断したと思いますか」予想外の質問だ。ヘルガの他に犯人がいるというのか。朦朧とする頭では答えようもない。彼女は下村の目を覗き込みながら告発した。

「あなたですよ下村さん。下村賢二が田代洋子の首を切断したのです。自らの手でね」

　脳天から杭を打たれたような衝撃を受けた。

　そんなはずはない。あるはずもない。あり得ない。

「でたらめをいうな。身に覚えはない」

「あなたがやったのです。ついでにいっておきますが、私を悪党、怪物のようにいうけれど、それも違います。私は下村さんを助けたんですよ。守ってあげたのです。命の恩人を悪くいうなんて最低です」

「狂ってる。どこをどうひねればそんなことになるんだ」

「歪んでいるのはあなたです。一瞬でも私を物の怪だと考えた下村さんです。物の怪は私ではなく、田代洋子だったのですから」

　全然わからない。

「僕が斬首の犯人で、君が命の恩人で、被害者が怪物だった――そんな馬鹿なことがあるものか」

　脳が濁流のように渦を巻く。彼女は諭すように語り始める。

「洋子とかいう女に初めて会った時、私を気に入ったことはすぐわかりました。彼女は同性愛者っぽかったです。誘うと簡単に乗ってきたので、吊り橋で待ち合わせました。でも私、あんがいだらしないんで時間に遅れちゃったんです。彼女は首を長くして待っていました」

ひどい気分だ。「話がもたもたしている。悪いが早く核心に入ってくれないか」

「核心に入っていますよ。変質者であるあなたは十二月二十三日も、家の近くに潜んで待ち伏せしていました。そして玄関から出てくる私を尾行し森までつけた。そうですよね。私がまだ家の中にいた時、寝室の窓を見ましたか。見ていないのではないですか」だからどうした。「私が部屋で支度を整え、今まさに出かけようとした時、外からの視線を感じました。変態下村さんが双眼鏡でも使っているのかと思い、窓の外を見ると、そこに洋子の顔があったのです」

「馬鹿な。その頃被害者は吊り橋で待っていたはずじゃないのか」

「でも私は確かに家で彼女の顔を見ました」

「不可能だ。吊り橋から君の家まで森を挟んで四、五キロはある」ヘルガの寝室の位置を思い出し、「しかも君の部屋は二階だ。誰であれ人間の顔が見えるはずがない。たわごとは止めろ。核心に入れ」

「だからもう核心に入っています。私、いったじゃないですか。彼女は首を長くして待っていた――って」

一刹那(せつな)戸惑い、情景を思い描いて、愕然とした。息ができないほど苦しいのに、狂ったように爆笑する。止められない。ワイヤーが食い込み、血がどっと噴き出す。

「たいへん。止血しないと死んでしまいます。しかし話を続けますと、日本には古来より首の伸びる妖怪がいて、あの女はそれでした」哄笑が止まると彼は激しくむせた。頭の中の映像が消えない。吊り橋を背に田代洋子が立っている。彼女の首は橋の支柱ほども伸び、更には何キロもある森の梢を抜け、曲がりくねってヘルガの家に到達し、二階の窓から岡惚れの相手をのぞき込んでいる。ヘルガは微かに目を細め、「洋子は私を待ちわび、首を伸ばし始めます。最初は同じ太さですが、ある距離を過ぎると次第に横幅が狭まり、森を抜けるため尚も伸びて、ゆっくりと直径を減らし、別荘を目指して細く、更に細くなっていき、窓に届く頃には、ある部分は見えないくらいに――まるで蜘蛛の糸のように――細くなっていました」スタートラインの、人肌のような蜘蛛の糸が目に浮かぶ。「あなたはそれを切ったのです。森には蜘蛛の巣が多い。蜘蛛の糸を払うつもりで、無意識のうちに下村さんが、田代洋子の首を切断していたのです」

彼女は彼の様子をしばらくうかがってから、「それは、あなたの知らない、あなたの秘密だったのかもしれません。私が家を出てからも洋子の頭は空に漂っていたようですが、森に入った頃、姿を消しました。おそらく首を切った相手を探しに行ったのです」木々の間に見えた梟の顔を思い出す。あれは梟ではなく……「思い当たることがあるのですね。洋子は怒りました。自分の首を切断した相手を許せるはずもありません。彼女は必ずあなたを殺そうとします。だから私は彼女の体を河に捨てたのです。あの妖怪を退治する方法は、首が完全に千切れた時に胴体を隠すことですから。戻る体が見つからなければ漂う頭も死にます」アトリエの児童怪奇書には《ろくろ首の殺し方》も出ていた。彼は声を絞り出す。「君が持ち去ったバッグの中には、被害者の頭が入っていたはずだ。そうでなければ、包丁とかノコギリで何を切ったのだ」

「洋子の首に決まっているじゃないですか」彼女は、頭部を含まない頸部のみのことだと注釈を付け、「あいつの肩からは、先端が細くなった蛇の尾のような首がだらしなく伸びていました。あんなものをそのままにはしておけません。切断してバッグに入れると、頭を失った蛇のようにトグロを巻き、おとなしくなりました」今頃は下村さんを探して空で狂乱していた妖怪の頭も完全に消滅していることでしょう、などという科白を上の空で聞くうち、彼の頭に些末な疑問が浮かんだ。バッグの中にあったものが伸びた首だとしても、では何故、一緒に包丁やノコギリを入れ、持ち帰ったのか。刃物は、死体やマフラーと共に河へ捨てたほうが安全ではなかったか。しかしもう、考えるのが面倒だ……ヘルガが何かいっている。

「私はあなたを守りたかった。救いたかったのです。下村賢二のような異常者でも、みすみす妖怪の手にかけるわけにはいきません」そのあげくがこれか。矛盾していないか。「だから頑張ったのに、あなたは私を悪者扱いしました。絶対許しません。死んで下さい、下村さん」彼女は鷹揚な様子でゆっくりとドアへ向かうと、ノブに手を掛け、振り向かずにいった。

「最期にいい残すことはありませんか」

思考力など残っていない。思いつくままを口にした。

「すまない、君の絵は下手すぎた」

ドアが開いた。

＊

一月二日の霧の朝、小学六年の森タカシは河に出かけた。正月に泊まる親戚筋が煩わしかったからだ。年末からの大雨のため増水し、親から絶対に行くなと止められたことも、気持ちに拍車をかけた。禁じられるほど破りたくなる。着いてみると、幅八メートルほどの河の水嵩は土手から溢れるほどで、水が黄土色に濁っていたが、霧に霞む上流からは時々赤い雪椿が流れてきた。濁流に力なく漂う花に見とれていると、赤と黒の布が現れた。マフラーのようだ。次いで流れてきたものは、一見服のようだったが、近づくと中身が入っていた。ハーフコートにスカートというういでたちなので、女のマネキンだと思ったのは、首がなかったからだ。フホウトウキという言葉が頭をよぎり、どんな漢字で書くのだろうと一考していると、霧の奥にぼんやりと、積み藁のようなものが浮かんだ。徐々に姿を現すその大きなものは赤黒い色をしていて、丸い塊からトゲトゲが出ており、積み藁というよりはむしろ、理科の授業で模型を見たホヤのようだ。それは横にぶれながら、鈍重な怪獣のようにゆっくりと流れてきたが、近づくと棘は思いのほか長く、タカシは野菜天ぷらのかき揚げを連想した。

少年は目を凝らし、ついに視線がその物体に焦点を結ぶと――その時、激しい衝撃を受けた。本来ならニンジンやゴボウであるべき長い棘は、人の手足だったのだ。長いのも短いのも、大きいのも小さいのもある。蠟のように青白いもの、茶色に膨張しているもの、腐肉のこびりついたもの、完全に白骨化しているもの、様々だ。大人や子供の何人もの死体が元の形もわからぬほど絡みあい、縄のようにもつれあって、膨れ上がっている。全体には赤黒く見えるが、服の名残(なごり)なのか所々に黄や青や緑のどぎつい色が練りこまれており、顔らしきものは一つもなかった。腐臭が壁のような圧力で押し寄せ、タカシは吐いた。悲鳴も上げず逃げることもできず、ひたすら吐き続けた。

　ヘルガは彼女の廃棄物が下流で見つかったことをニュースで知った。長年かけて呪いのように留まっていた首なし死体が、何年に一度の豪雨のためにまとめて流されたのだ。頭のない無数の蛇が絡みつくような格好だったという。動揺はない。今まで発見されなかったのが不思議なくらいだ。下村にはわかったようなことをいったが、彼女自身は警察の力を認めていなかった。捜査が始まり自分まで辿りつけたら、皮肉ではなく褒めてやりたい。

　下村賢二はろくろ首の作り話など本当に信じたのだろうか。ろくろ首には首が離れて飛ぶタイプと伸びるタイプがいるらしいが、どだい実在するはずもなかった。彼が思いのほか腑(ふ)に落ちたような顔をしていたのは、ミステリーマニアらしく本質的に騙(かた)られる愉しみを知っていたからかもしれない。騙されないことが常に人生を豊かにするとは限らないのだ。ヘルガがバッグで持ち帰ったのは、確かに田代洋子の頭だった。

　彼が死んでから数日が経つ。人骨とは強いものだ。彼女の力ではワイヤーが骨で止まり、首を切断するには至らず、ノコギリで切り直さなければならなかった。血塗られた刃物は流し台できれいに洗った。ノコギリも包丁と同じ大事な調理道具で、河辺で洋子の首を切り落とした時も持ち帰ったほどだ。窓の外、宵闇で低くうなっていた梟が、突然悲鳴のような叫びをあげる。ヘルガはベッドから起き上がると、小腹がすいたので台所に行き、巨大な冷蔵庫を開く。奥にラップで分厚く包まれた丸く大きな塊が二つ並んでいる。比較すると右の方が大きく、左はやや小ぶりだ。下村が彼女の真の秘密を知らずに逝(い)ったのは間違いないと思う。ヘルガが右の塊に手を伸ばしかけて止めたのは、感傷からかもしれない。私がお互いの顔を描きましょうといい出したのは何故か、考えてみたことがありますか下村さん。小さい食材より大きい食材の方が八日間ほど新鮮だが、今は止そう。代わりに下のトレイからズワイ蟹を取り出す。電灯の下、胴の太い巨大な蛾が飛び回り、鱗粉(りんぷん)をまき散らしている。

　蟹をボイルしながら、下村が蟹味噌は蟹の脳味噌ではない、と教えてくれたことを、どこか懐かしく思い出す。茹で上がると甲羅を開き、蟹味噌を小皿に盛って、他はすべて――河に首なし死体を棄てた時のように無造作に――生ごみ用の容器に捨てた。もったいないとは思わなかった。彼女の好物は、人間の脳を連想させる、灰色の蟹味噌だけだったからである。

中井紀夫

明日への血脈

●『明日への血脈』中井紀夫（なかいのりお）

思えば《異形コレクション》の輝かしい歴史は、中井紀夫の作品からスタートしたのだった。第1巻『ラヴ・フリーク』の巻頭を飾った作品が中井紀夫「テレパス」。ホラー・アンソロジーを銘打っておきながら、なぜSF用語を作品にしたものを巻頭作品にするのかと、半ば抗議のような疑問を戴（いただ）いたこともあったのだが、ある意味、これこそが象徴的な《異形コレクション》宣言でもあった。SF用語を使おうが、怪談の手法を使おうが、既存のジャンルに縛られることなく、いかなる物語に仕上げるのかは、作家の内在律とヴィジョンと器量とによる。

ハヤカワ・SFコンテストを経てデビューして以来、SF作家と銘打たれている最中も、中井紀夫の「奇妙な味」の幻想的な作品は特殊な魅力を放っていた。フジテレビの『世にも奇妙な物語』の原作やノベライズを、SF界で最も早く手がけていた中井紀夫に、《異形》への登板をお願いした時の「うれしい予感」は今でも忘れられない。

そして、今回、《異形コレクション》復刊に際して、このテーマで戴いた本作は、まさに世にも奇妙な〈秘密〉の物語。現在、東京でバーを経営する中井紀夫らしく、粋な酒場から始まる大人の男女のストーリーも、独特の色香が漂っていてうれしい。しかして……やがて詳（つまび）らかになる異様なイメージと壮大なヴィジョンもまた、中井紀夫の独壇場なのである。

1

女性の一人客が店に入ってきた。店内にいた男たちの視線がそちらへ流れる。女はすこし恥ずかしげな笑みを浮かべて、店全体に軽い会釈をしながら、カウンターに座った。男客の一人が私と目を合わせた。初めてのお客さんかな、と目が問いかけている。同時に、「いい女キターッ」とも言っていた。私はそれにうなずいてから、

「いらっしゃいませ」

カウンター越しに女性客に声をかけた。

「生を」

と、彼女はビールをオーダーした。

男たちの会話が止まっていた。八人座れるカウンターに、二人組の客と一人客がいて、それに私も加わって、男四人で無駄話に興じているところだった。話題が大きなオッパイの魅力についてだったので、話を続けられなくなっている。

「初めて来ていただきましたか」

固まった空気をほぐそうと、彼女に話しかけた。

「最近、この辺に引っ越してきて」彼女は微笑した。「ちょっと飲めるところがあるといいなって……」

「ああ、それじゃ、いいお店を見つけましたよ」

横から口をはさんだのは、二人組の客の一人、谷山さんだった。

「私もそう思います。いい男ばっかりで」

店内を見まわしながら、彼女はうまいこと返した。

「そうでしょう？　私もそう思いますよ」

二人組のもう一人、谷川さんも話に加わった。いつも谷山さんと谷川さんの二人で来店するので、店では、ヤマさん、カワさんと呼ばれている。会社の同僚二人組だった。

「だから、このお店、いい女しか入ってこないんですよ。きょうもそうなった」

ヤマさんが言い、彼女が笑って、店内の空気がほどけた。それから、ビールが好きなのかとか、一人で飲むことが多いのかとか、当たり障りのないことを訊かれるのに答えつつ、彼女もリラックスしてきた。頃合いを見計って、ヤマさんが訊いた。

「お名前、何ていうの？」

「杏奈（あんな）です」

「もしかして、ハーフ？」

カワさんがかぶせた。

「日本人ですよ」杏奈は言った。「でも、十六分の一とか、三十二分の一とか、混じっているかも」

たしかに彼女は肌が白く、彫りの深い骨ばった顔をして、外国の血が混じっているとも見えた。言葉はなまりのない日本語だが、ときおり発音にかすかな違和感を感じもする。どこの国だろうかと、ロシアや東欧あたりを思い浮かべるうち、彼女が話の流れを変えた。

「あちらも、いい男」

カウンターにいる、もう一人の客を見る。彼は先刻から、ただにこにこして、話を聞いていた。

「正樹くん」私が紹介した。「いい男でしょ。まだ学生さん」

「常連さんなの？」杏奈が正樹に訊く。「はじめまして。よろしくね」

正樹は恥じらいを含んだ微笑で、小さく会釈した。まじめで照れ屋なところがあって、四十代のおじさんたちのオッパイ話にも、笑いで反応する程度でやりすごしていた。それを見透かして会話に引きこもうとするような、杏奈の声のかけ方だった。彼女の方が場になじんだ常連客みたいに見えた。三十歳前後だろう彼女の気のまわし方が好ましかった。

杏奈がビールをおかわりして、会話がもっとまわりだした。おじさん二人組は恋愛話や過去カレ話、ついでに下ネタがかった話題を出す。杏奈は適当にあしらいつつ、ときおり逃げるように正樹に声をかける。正樹は未経験な青年風の答えをする。それを一同おもしろがる。

いつしか話題はひとめぐりして、またオッパイの魅力についてに戻っていた。

おじさん二人組が、じゃれあうような言い合いをする。

「オッパイって、お尻をまねしたんだよ」ヤマさんが言う。「チンパンジーはメスがお尻を向けてオスを誘うけど、人類は直立しちゃったから、胸を膨らませてお尻みたいな形にした。だから、男はもともとはお尻が好きなんだ」

「でも、おれはオッパイがいいね」とカワさん。「断固、お尻よりオッパイ！」

「デズモンド・モリスね」動物学者の名前を出して、杏奈が言った。「乳房はお尻の擬態という説」

おっ、よく知ってるね、という顔で、ヤマさんが杏奈を見た。

「じゃあ、ペニスの大きさの話、知ってる？」杏奈が逆襲に出た。「霊長類のなかで、人類のペニスがいちばん大きいの。ゴリラなんて三センチぐらい。人間は……何センチか知らないけど、全然大きい」

「へえ、そうなんだ」

と言いつつ、おじさんたちがやや引き気味になるのへ、杏奈がかぶせた。

「タマタマもゴリラより大きいのよ。チンパンジーやボノボより小さいけど、それに負けないぐらい。チンパンジーとボノボは乱婚で、メスは何頭ものオスと交わっちゃう。だから、ほかのオスに負けないように、精子をたくさんつくるように進化した。ゴリラは一頭のボスが群れを支配しているから、精子はそんなに頑張らなくてよかった」

おじさんたちは、へえ、そうなんだ、としか言えなくなってしまった。杏奈はボノボの方へ話を持っていく。アフリカ・コンゴに棲息するピグミー・チンパンジーことボノボは、いつでもどこでも交尾をするが、それがコミュニケーションになって、群れ全体のつながりを深めている、という話だった。

「そういうの、なんか、いいでしょう？　一対一のおつきあいって、面倒くさいときがあるから」

おじさんたちは、二人そろって、うん、うん、とうなずいた。二人とも妻帯者で子どももあり、外で一杯やるのにもかみさんの顔色をうかがう境遇だった。

「ねえ？　若い人はどう？」

杏奈から振られると、正樹は困った顔になって、

「でも、恋愛って、一人の女性をちゃんと愛することだと思う」

小さな声で言った。

2

翌日、早めの時間に、正樹が顔を見せた。入ってきながら、何か含みのある表情をしていて、どこか様子がおかしかった。

いつものレモンサワーを出しながら、訊いた。

「何か、あった？」

「うん、ちょっと……」

正樹は言いよどんで、グラスに口をつける。

昨夜は、ヤマさんカワさんが引き上げたあと、入れ替わりで別の常連数人が相次いで来店した。私がそちらの応対をしている間、正樹と杏奈はカウンターの奥の席で、二人でおしゃべりをしていた。人が増えてきたので、杏奈は自然な気づかいで、正樹の隣へ席を詰めていた。やがて正樹がお勘定をすると、じゃあ、こっちも、と杏奈が言い、いっしょに店を出ていった。

「あれから、二人でどこか行った？」

「うん、ラーメンでも食べようかっていう話になって……」

「ほほう、やっぱりか。二人、いい感じだったもんね」

「そうですか。いい感じでした？」

「うん、いい感じ。で、それから？」

「それから、えっと、彼女の部屋に行っちゃった」

そんなことを素直に報告してくる正樹がおかしかった。

半年ほど前、つきあっていた彼女と別れたという話を聞いていた。その後、マッチング・アプリで女の子と会ってみたこともあったが、うまくいかないようだった。堅すぎる恋愛観が話の端々にうかがえるから、すこしゆるい体験があってもいいんじゃないかと思われた。

「彼女、どうだった？」

他に客もいないこととて、男同士の会話になってもいいと思い、訊いてみた。

「ラーメン屋で、またボノボの話になって」と正樹は笑った。「子どものボノボに、伯母にあたるメスがセックスを教えるんだとか、メス同士が性器をこすりあわせるホカホカっていう行動があるんだとか。群れのなかで、メスが指導的な役割を果たしているあたりも、杏奈さん、お気に入りみたい。安心する気持ちになるんだって。ボノボと人類が枝分かれしたのが七百万年ぐらい前で、生物進化の歴史からいうとごく最近で、おたがい似たようなものだしって」

「それでね」と正樹は声を低くして付け加えた。「ぼくもそんな感じを受け取っちゃったんです。杏奈さんの表情とか声とかから。ふんわりしてて自然で、無理して快楽を得ようとか与えようとか、そんな感じがなくて」

「でも」と正樹はさらに言いたした。「あんなことになっちゃって、よかったのかなあ。ちょっと悩む」

「いや、いいんじゃない？　これからどうなるか、知らないけど」

私は無責任に正樹を応援した。

そんな話をしているうち、杏奈が店に入ってきた。


杏奈は正樹に気づくと、軽く手を振って隣に座を占めた。その様子から、約束もなくたまたま来合わせたことが知れた。

杏奈には連れがあった。細面(ほそおもて)で鼻が長く、やや受け口の薄い唇をした、色白の美人だった。肩幅があり、背丈もある体を、すこし猫背にして歩き、杏奈の隣に席を占めた。最初からうちとけた雰囲気があり、私に向けた笑みは、堅い挨拶は抜きね、と言っていた。友人の留美(るみ)だと、杏奈が紹介した。

「この子が正樹くんね？」

間に座っている杏奈越しに正樹を覗きこんで、留美が言った。杏奈から話を聞いちゃってるわよ、と言わんばかりだった。

「そう、正樹くん。いい男でしょ」

てらいなく杏奈が返し、さりげなく正樹の腕に手を触れた。

「あ、お世話になってます」

正樹がずれたような、意味深なような言い方で挨拶し、杏奈と留美が声をあげて笑った。

三人すぐにうちとけて、古くからの飲み仲間の雰囲気になった。二人のお姉さんが若い男をイジるという、飲み会おふざけのパターンが、たちまちできあがった。

最初は、正樹の意固地な恋愛観を、お姉さんたちがからかったり、たしなめたりしていた。ほどなく、二人の女性の自由な恋愛観が表に出てきた。親しい女同士のおしゃべりが止まらなくなる。正樹がたまに口をはさみ、それがまともすぎて凡庸だったり、ぶっ飛びすぎてとんちんかんだったりするのが、二人をおもしろがらせる。

自由な恋愛の話からつながったのか、『万葉集』の話題が出た。男女が歌のやりとりをする相聞歌の、古代的なおおらかさが気分に合うのだと、杏奈が言った。

「だいたい第一巻の第一首がナンパの歌だもんね。野原で遊んでる女の子に、ねえ、そこのカノジョ、名前を教えてよってよって」

「キャバ嬢に本名教えてよって言ってるみたいな」

二人で笑いあう。妻問い婚で夜明けに男が帰っていっちゃうあたりの切ない歌なんかもいいし、と杏奈が言い、筑波の歌垣の歌もあったねなどと、留美が応じ、

「人妻に我も交じらむ、我が妻に人も言問へ」

と、祭の夜の自由な男女の交流の歌を唱える。

「そういうなかで、というか、そういうなかだから、女もしっかりしてて、相聞歌で男をやりかえすみたいなことも平気で言うんだ」

と杏奈が、坂上郎女（さかのうえのいらつめ）や笠女郎（かさのいらつめ）の歌を暗唱する。

来むと言ふも来ぬ時あるを来じと言ふを来むとは待たじ来じと言ふものを

相思はぬ人を思ふは大寺（おほでら）の餓鬼（がき）の後（しりへ）に額（ぬか）づくごとし

「来るって言っといて来やしないあのヤロー、来ないって言うのを一応待ってみるなんてアリエネーッ、とか、ふり向いてもくれないのに片思いしつづけるなんて、仏像をうしろから拝むみたいでショーモネーッ、とか。失恋の歌なんだけど、ただ悲しんでるんじゃない。自分で自分を笑いながら、相手もやっつけてる」

「痛快痛快。いい歌だ」

と留美が拍手する。

「ねえ、正樹くん、いいでしょう、こういうの」

杏奈が正樹に話を向けるが、正樹は、

「そ、そうですね」

と額に汗。

酒の杯数を重ねて、女たちの宴会はいよいよ盛りあがっていく。

3

杏奈と留美のおしゃべりは、セックスについてかなり生々しいことを言ったり、女性らしいきつい好き嫌いを力んで述べたてたりしながらも、周囲に不快感を与えない軽みがあった。留美は、背丈や体格が杏奈よりひとまわり大きいが、性格のさばけ方もどこかひとまわり大きい。いろいろなことをよく心得ていて、杏奈の主張をたくみにすくいとりながら、マイペースなリズムを崩すことがない。その空気感に、私は好感を抱いた。

数週間後、杏奈たちが田舎へ帰るのへ、正樹といっしょについていく進み行きになった。杏奈と正樹が二人で来たり、杏奈と留美が店で待ち合わせたり、留美が一人でふらりと顔を見せたりしているうちに、二人が帰郷する予定があるとの話が出て、いつの間にか、それに同行することになっていた。私が車を出すことになり、二泊三日のつもりで店を休み、四人で出発した。

東北自動車道を数時間走り、下道（したみち）に降りて、ダム湖に沿った道や、川沿いに温泉旅館が点在する場所をしばらく行き、それから山に入った。対向車が来ればすれ違えないような道を進む。頭上をブナの枝が覆い、ともすれば木の葉が車体をこする。きらっと光っては陰る木漏れ日がまぶしい。やがて舗装がなくなり、ナビ上で車は道もなにもない山中を走っていた。

「ごめんね、遠くて」

「でも、ちゃんと人間住んでるから」

杏奈と留美がそんなことを言っては笑ったが、道案内は確かだった。

谷筋に出て視界が開け、そこから川沿いを登った。三、四戸、また七、八戸と、集落が現れ、野菜の直売所があったりするのを過ぎて、杏奈と留美の故郷に着いた。斜面に棚田がつくられ、その脇に瓦屋根の家が点在している。集落手前の空地に車を停めてドアを開けると、空気の肌ざわりと匂いが快い。棚田のなかの急な上り道を登って、杏奈の実家へと導かれた。雪解けが終わったばかりで、田んぼは茶色い土を見せている。

家の人々が前庭に出て、迎えてくれた。杏奈の母と妹二人、弟一人、それから、祖母と叔母が二人いた。弟はまだ十代だろう。男は彼だけだった。同じ集落のほかの家から来ているらしい女性も数人、幼稚園から小学生ぐらいの子どもたちも何人かいた。みな顔のつくりがよく似ている。杏奈は一人ひとりとにぎやかに何か言いあい、笑いあい、何人かと手を握りあったり、ハグしたりした。それから、私たちを紹介した。

安奈の母と祖母を目のまえにして、正樹はていねいにお辞儀をし、叔母の一人から、家族なんだからそんなに堅くならなくても、と肩をたたかれた。ひとしきり交歓をして、集落の人々が引きあげていくと、留美の姿が見えなくなっていた。自分の家に行ったのだろう。私たちは家のなかへ招かれた。玄関を入ると、竈（かまど）のある土間と囲炉裏（いろり）のある板の間があり、板の間の奥に畳の部屋が見えた。階段を上がって二階に通され、私と正樹はそこに泊めてもらうことになった。

一休みして二階から下りると、庭先で子どもたちが遊んでいた。鬼ごっこで走りまわったり、草むらの虫を追いかけたりしている。縁側にいた杏奈の横に座って、私と正樹も子どもたちを眺めた。


シャベルで地面をほじくっていた子がミミズを見つけてつまみあげ、

「おかあさん、ミミズ、ミミズ」

と声を上げると、杏奈が縁側から立っていって、

「ミミズ、いたねえ。もっと、いるかな」

いっしょになって、シャベルを使いはじめた。

「いま、おかあさんって、呼ばれた？」

縁側に戻ってきた杏奈に訊いた。

「うん、わたしの子どもだから」と杏奈は言った。「わたしたちの子どもって言った方がい

いのかな。みんな、わたしたちの子どもで、みんな、おかあさん。妹たちも、わたしの母も」

「ああ、そういうことか」

「えっとね、あの子とあの子がわたしが産んだ子」目で探して、二人の子どもを指さした。

「ほかは、妹たちの子やほかの家の子。妹たちのことも、母のことも、おかあさんって呼ぶの」

「ああ、そう」

としか言えなかった。正樹も目をしばたたいている。

そこへ、男たちの集団がやってきた。十人近くいるだろうか。それまで見かけなかった壮年の男たちだった。何かを担いで、口々に周囲に呼びかけるような声を上げながら、庭に入ってくる。おかあさんたちが飛びだしてきて、手分けして子どもたちを集め、場所をあけさせる。そこへ男たちが投げだしたのは、猪だった。

すぐに解体がはじまった。あたりに獣の血の匂いが満ちる。集落の他の家々から人々が集まってきて、作業のまわりに群れた。集まったみなに行きわたるように、男たちが肉切れを配って歩いた。一騒ぎ終わって人々が引き上げはじめたころには、あたりは夕闇に包まれていた。

ほどなく夕食になった。畳の間に大きな座卓を並べて、杏奈の祖母、母、叔母たち、妹たち、弟が集い、子どもたちが走りまわったり、「おかあさん」たちから食べさせてもらったりする。見ているだけでは、子どもたちと「おかあさん」の関係がよくわからないし、祖母、娘たちもだれがだれやら見分けがつかない。そこへ、猪を運んできた男の一人が混じっていた。杏奈の話によれば、彼は杏奈の兄で、住まいは別だが、食事のときだけ顔を見せるのだという。

食卓は、フキノトウ、タラの芽、ツクシなど春の山菜の天ぷらや、川魚の焼きものが並んでいる。正樹と私は、自家製のどぶろくをいただき、山菜や魚を勧められるまま口に運び、だれがだれやらわからない女性たちとおしゃべりをした。猪の鍋が供されたころには、満腹で手が出ないほどだった。

食事が一段落したころに、留美が顔を見せた。鍋の片付けなどを手伝ったあと、畳の上に座りこみ、どぶろくの一升瓶をとりだして、

「これ、うちから持ってきたやつ。さあ、飲みましょう」

と言った。

4

四人で畳の上に車座になり、茶碗酒となった。

「びっくりさせちゃったかな」杏奈が言った。「わたしたち、ボノボみたいな暮らしてるんだ」

「なにそれ、ふざけすぎ」留美が笑う。「それじゃ、だれかれかまわず、セックスしてるみたいじゃない。そうじゃなくて、母系の家族で暮らしてるって、言えばいいの」

子どもたちは、母の家で育てられる。祖母や母の姉妹と同居した状態で、みなに面倒を見てもらうから、「おかあさん」がたくさんいることになる。母の兄弟や子どもの兄・姉たちも育児を手伝う。母を中心にした大家族が形成され、それを維持運営していくのに、女性が強い発言権を持つことになる。

そういう家族が集まっていくつかの集落をつくり、集落が緊密に関係しつつこの地域の文化をつくっている。十以上の集落、八百人超えの人々が、古い時代からそのような暮らしを続けてきて、いまも伝統を守りつづけているのだという。他の地域と交流はあるが基本的に自給自足、水も電気も自前で調達し、田んぼをつくり、山に入って猟もする。

結婚は妻問い婚の形をとる。女性は成人すると生家に一室をもらい、男性はそこへ訪ねてくる。結婚後もその形が続き、男性の生活の中心は男性自身の生家にある。子どもができれば、子育ては女性の生家が担う。

「留美なんて、大変だったよね」杏奈が言う。「若いころはモテたから、毎晩、違う男が忍んできてた」

「若いころ、言うな。いまだって、若いよ」留美が怒ってみせる。「ほっといても、男、来るよ。来なくなっちゃったの、何人かいるけど」

「急に来なくなっちゃうのって、寂しいよね。泣いたこともあった」

「あったあった。それで、わたしが『万葉集』の歌、教えてやったんだよ」

「そうだったそうだった。来ないヤツ待っててもショーガネーって」

「杏奈もだいぶ落ちついたね。子ども二人、産んで」

「そうかもね。前の夫とだいぶ長くつきあったけど、別れてちょっと落ちついたかな」

杏奈がちらりと正樹を見て、気にしないでねとでもいうように笑った。

「こんな話、聞いてたの？」

私が正樹に訊いた。

「ちょっとは聞いてたけど、まとまって聞くのは初めて」

と、正樹は言った。

「どんな感じ？」

「最初はなんか変って思ったけど、この場所に来て、家族に会って、いまの話を聞くと、まあそういうのもアリかなあって。不自然に思わなくなっちゃった」

「うふふ、そういう人だよね」

杏奈が正樹の肩をたたいた。

杏奈も留美もだいぶ酒が進んでいた。

やがて杏奈が立ちあがり、自分の部屋へ引き上げる素振りをしながら、正樹に言った。

「あとで来てね」

正樹はうなずいた。

「手をつないで男をひっぱりこむのは、あんまりよくないこととされているの」留美が解説した。「男が忍びこむのはいいんだけど」

それから、留美はメモ用紙に何か書きだした。彼女の家と、そのなかの自分の部屋の場所を示す地図だった。それを私に渡して、一人で帰っていった。


夜道を歩くのは苦労したが、杏奈の母が心得顔で貸してくれた懐中電灯が役に立った。留美の部屋は外から入りやすいつくりだった。留美は布団に入って寝ており、部屋は暗かった。どうしたものか戸惑って、布団のわきに座ると、留美が片目を開けて、手を差しだしてきた。冷たくてやわらかい手をしていた。

留美の身体は肩幅が広く、厚みがあり、尻が大きく後ろへ突き出して、立体感があった。

「お尻が出てるから、仰向けに寝るのはつらいの」

留美は起きあがって、後ろ向きになった。お尻は白く形よく、股間が毛深かった。夏の激しい通り雨が過ぎたあと、さしてきた日の光で蒸された草むらのような匂いがした。

私は何か深いものを感じた。快楽とも生殖とも違う、つながりの強い交歓だった。骨太な身体の向こうに、この集落の人々の顔が浮かんでくる。

「たくさんね。たくさん、出して」

言いながら、留美は大きな声を上げた。

終わったあと、彼女は全身の皮膚がつるりとむけて新しい身体が現れたような、新鮮でやすらかな姿で横になっていた。

「ごめんね、変なこと、口走っちゃって」留美は言った。「でも、精子をたくさんもらうのが大切なことなの」

自分たちの子孫を残していくことが、とても大切なことなのだ、と留美は言った。そういう言い伝えがあり、この集落の人々はそれを信じ、先祖の教えを守っている。

「わたしたちが子孫を残し、さらには増えていくことが、地球の未来、人類の未来にとって、重要なことだって、言い伝えられているの」

そこで、ちょっとためらいを入れてから、彼女はつけくわえた。

「もうひとつ秘密を言っちゃおうかな。わたしたち、ネアンデルタール人の子孫なの」

5

ネアンデルタールはドイツ西部にあるネアンデル谷で見つかった骨から研究がはじまった化石人類だ。四、五十万年前に現れ、三万年前ぐらいに絶滅した。骨の形が私たち現生人類に似ており、お葬式をしたり、怪我人の手当をしたりしていたことが遺物から推測され、私たちの祖先ではないかと言われた。楽器をつくっていた痕跡などもあった。しかし、骨に残ったＤＮＡの分析から、現生人類とは別の系統だということになった。三十万年前ぐらいに枝分かれしている。

ところが、さらに新しい研究で、私たちのＤＮＡの一〜四％がネアンデルタールに由来することがわかった。ネアンデルタールがアフリカ大陸を出てヨーロッパに広まったあと、私たちの祖先がアフリカを出て、どこかでネアンデルタールと出会い、交雑をしたのだろう。ネアンデルタールはヨーロッパでしか発見されていないが、アジアの人々のＤＮＡにもそれが含まれている。

その研究が発表された十年ほど前、大騒ぎになったから、私も記憶していた。が、それが、留美が言ったこととどうつながるのか、わからない。

　翌朝起きて、杏奈の家族たちと顔を合わせると、変な気持ちになった。肩幅があり、すこし猫背で、腕がやや長めな体型がみな似ていて、ついネアンデルタールの想像復元図を思い浮かべてしまう。

　朝食をいただいていると、家のなかがなんだか落ちつかなくなっていった。夜のお祭の準備でばたばたしているのだという。竈で大鍋を炊いたり、畳の間に衣装や装身具を並べたりしている。そういえば、杏奈と留美が帰郷するのも、お祭に合わせてという話だった。杏奈もなんだかんだと手伝いをしており、私と正樹は、じゃまにならないように、あたりへ散策に出たりした。

　夕刻、集落中の人々が続々と集まりはじめた。みなすでにお祭気分で盛りあがっている。きれいな織物をまとって、髪飾りや首飾りをつけている人もいれば、普段着の人もいる。数人集って、歌ったり踊ったりしているグループもある。そのうち、丸太をくりぬいた打楽器が叩かれ、酒樽や大鍋が運びこまれ、とくに開会宣言があるわけでもなく、なんとなく祭がはじまった。

　留美が顔を見せ、支度が一段落した杏奈も家から出てきた。

「さあさあ、乱交パーティーのはじまりだよ」

　杏奈が言い、

「歌垣って言いなさい」留美がたしなめる。「好きな人と出会える夜だよ。別に乱交するわけじゃない」

丸太の太鼓に横笛や中国の二胡に似た弦楽器が加わり、男女の歌の掛け合いがはじまる。男が誘いかけ、女が男なんて浮気なんだからとやり返す。それじゃほかの女のところに行っちゃうぞと男が言い、女が勝手にしてと怒ると、男がほんとはおまえのことが好きなんだとすがりつく。そんな即興のやりとりが延々と続き、やがて結ばれたり、別れたりに至る。それからまた、別の男女が掛け合いをしたり、男だけ女だけで思いを歌ったりする。そのうち、杏奈と留美もそれに加わりに立っていった。

残された正樹に訊いた。

「ネアンデルタールの子孫っていう話、聞いた？」

「聞いた」と正樹はうなずいた。「このあたりの伝説で、ずっと語り継がれているみたい。未来人が、三万年前ぐらいのヨーロッパの洞窟から、ここの人々の先祖を連れてきたんだって」

「未来人？」

「百年後ぐらいの未来で、人類が滅亡しかけていて、それをなんとかできないかと、時を超えてやってきたらしい」

闇のなかで焚火を囲んで、歌の掛け合いが続くのを眺めながら、私は正樹の話に耳を傾けた。

大気中の温室効果ガスの排出を減らす人類の試みは実らなかった。地球全体の気候変動が進み、南極の氷や氷河が溶けて温暖化を加速し、猛暑や猛烈な台風や豪雨が人々を襲った。食料や水をめぐって起きた戦争が世界規模に拡大した。それを止めるすべはなく、人類は滅亡に向かいはじめた。

救いの希望はいくつかあった。一つは科学技術の発展が気候変動に歯止めをかけるだろうというものだった。新しいテクノロジーが二酸化炭素の排出量を抑制し、さらには大気中の二酸化炭素を吸収削減することも可能になると思われた。そういう技術が利益を生めば、資本主義の自由経済のなかで競争が起き、技術発展を加速させるはずだった。ところが、その方向では、新しい技術や製品のために、さらに多くの物を生産することになり、地球環境への影響に歯止めはかからなかった。

もう一つは国家が主導して経済を抑制し、持続可能な社会を実現する方向だった。しかしそれも、先進国がそれ以外の国に工業生産を押しつけ、経済格差が広がるなど、地球全体の救いにはならなかった。

資本主義経済の自由競争も国家による統制もどちらもうまくいかない。それらとは異なる社会のあり方が必要だった。しかし、資本主義も国家という政治形態も私たちの体にしみこんでいる。そこから抜けだせない。遡(さかのぼ)れば、人類が農耕社会で生きるようになったところから、それらははじまっている。土地や食糧が私有財産になり、それらの交換で経済が成り立つようになった。以後、人類はそのなかで生きてきた。

ならば、所有も交換もない古代の共同体のようなところから、歴史をやり直すのがいいのではないか。しかし、人類だけでは同じことの繰り返しになる。社会が発展すれば、またお金を媒介にする交換経済をやりはじめる。何か違う血を混ぜた方がいい。お金とも国家とも無縁のネアンデルタールを連れてきて交雑させてみよう。未来人はそう考えた。

「ビッグバンのときの素粒子のふるまいを加速器で研究してるうちに、タイム・トラベルの方法を発見したらしいよ」正樹が言った。「過去へ遡って何かすると、歴史が変わってパラレル・ワールドができちゃう。でも、未来人は、それでもいいと考えた。自分たちは滅亡に直面しちゃって後戻りができないから、人類が滅亡しない世界がどこかに一つでもあればいいって」

「その実験場所がここ？」

私が首を傾げているところへ、杏奈と留美が近づいてきた。

「そう、ここ」杏奈が言った。「二百年ぐらい前にネアンデルタールの一集団が未来人によって連れてこられて、ここの人たちと交わりはじめた」

「日本って古代的な気分とつながってるところがあるでしょ」留美が言う。「万葉集の歌に自然に感情移入できたり、そこにもここにも神様がいるみたいな気分がいまだにあったり。

そういう場所で、国家とも資本とも無縁な共同体をつくる実験をしてみようって、未来人は思った」

「一夫一婦制って、かなり近代のものっていう感じがするよね。日本はいま一夫一婦制だけど、古くは違ったし、いまもどこか違う気分がある」

「人間の身体や行動をほかの類人猿と比較して考えると、人類は本来、乱婚だったんじゃないかっていう説もあるの。一夫一婦の結婚の形には、所有や交換という経済的な観念が影を落としている。新しい共同体の実験をしようとして、一夫一婦制以外の仕組みを導入したのが、ここの習慣のはじまりだったんだと思う」

「じゃあ、踊ろうか」

杏奈が正樹の手を引いて立ち上がらせた。私も留美に導かれて、祭の輪のなかに入っていった。

太鼓のリズムを腹の底に感じながら、踊りの輪に溶けこみ、留美の所作を真似て手足を動かすと、ここで見聞きしたいろいろなことが頭をよぎっていく。多くのものが共同所有で、人々が濃密に交流する古代的原始的共同体。ここの人々が持っている空気はどこか未来につながっていると思えてきた。

6

店へ出て鍵を開けると、店内にたまった熱がもわっと顔へ来た。夏にはまだ間があるのに、すでに猛暑日になっている。テレビは九州と四国の豪雨被害や世界各国の異常気象を伝えている。エアコンを最大限にかけて、開店の準備をした。

口開けで正樹が顔を見せたころには、どうやら室温はすこし落ちついていたが、暑いなかを歩いてきたあとの彼の汗は止まらない。氷いっぱいのレモンサワーを口にしながら、おしぼりでぬぐいつづける。

「結果は出た？」

正樹に訊いた。

「やっぱり多かったみたい」正樹が答える。「ネアンデルタールの遺伝子」

「ただの伝説ではなかったか……」

つぶやきながら、開店準備の残りを片づけた。

次に来店したのは、杏奈と留美だった。二人はそれぞれ、ウーロン茶とジンジャーエールを注文した。一口飲んでから、留美がカウンター越しに手土産を入れた紙袋をよこした。

「前も食べたよね？　また田舎から送ってきた」留美が言う。「うちの囲炉裏でいぶしたやつ」

紙袋から、いぶりがっこが出てきた。いっしょにクリームチーズが放りこんである。いぶりがっこにチーズを載せて、つまみでみなに供した。

「どう？　二人とも順調？」

杏奈と留美を等分に見ながら、私は訊いた。

「うん、順調、順調」

二人そろって、愉快そうに答えた。

二人とも妊娠していた。診てもらっている医者を通じて、ゲノム解析ができるような研究所を探し、彼女たちのDNAを調べてもらった結果が、先刻の正樹とのやりとりだった。

「お父さん、だれだかわからないけどね」杏奈が正樹を見ながらふざける。「精子の競争に正樹のが勝ったかどうか、わからないから」

「また、そういうことを」留美が杏奈の頭を小突いてたしなめる。「いまは正樹くんだけでしょ」

「そうだけど。このお腹の子はみんなのものだし、みんなで育てる」

「まあね。父親が自分の子かどうかを気にしすぎるのは、わたしたちとしてはあまりいいことじゃないんだよね」

父親だから養育や教育の責任を持つんだと頑張りすぎるのは、結局、お金の関係になり、経済関係を家族関係のなかに持ちこんでしまう。そうではない彼女たちの共同体の考えを、多少とも私は自分の内側にとりこみはじめているような気がする。

　四人でおしゃべりをするうち、ヤマさんとカワさんが入ってきた。外はとっぷりと日が暮れていたが、暑さは引かず、二人とも大汗をかいていた。

「ビール、ビール。きゅんきゅんに冷えたやつ」

　悲鳴をあげるようにヤマさんが言い、一杯目を一気に呷(あお)った。それから、杏奈と留美に気づいて、声をかけた。久しぶりの顔合わせだった。

「九州に出張に行っててね」

　ヤマさんがお土産を差し出した。辛子明太子だった。それもまた、皿に盛ってつまみにして、みなで味わった。

　その後、一人客が三人、相次いで来店し、カウンターが埋まった。エアコンをいっぱいに効かせても、人の熱気で店内はうだるようだった。

　留美とヤマさんのお土産をカウンター全部に行き渡るようにふるまい、店全体が交流した。あとから来た三人のうち一人は、初めて来店した四十代の女性だったが、遠慮がちな態度を見て杏奈が何かとちょっかいを出し、いつの間にか場に溶けこんでいた。ヤマさんカワさんは杏奈と留美にかまわれて、飲みのピッチをあげた。

　カウンターのなかで忙しくしつつ、私は店内をおもしろく眺めた。利害関係があるわけでもなく、何か共通の目的や理念で集まった人々でもない。見返りを期待するわけでもなく、お土産を交換したり、会話でつながりをつくろうとする。政治、経済、その他の社会の仕組みとすこし離れた場所で、人々のつながりができている。

そういう場を求めて、こんな酒場に集うのかもしれない。資本や国家の活動が全世界に広がり、地球の自然を破壊してしまう方向へ進むまえの、原始的な共同体をつくっていたころの気分が、私たちの脳内にもたぶん残っている。杏奈たちやその集団が持っている感覚や観念が、世界中の人々の脳の奥底の気持ちとつながり、広がっていったら、地球と人類の未来が見えてくるかもしれない。

未来人が望みをかけたパラレル・ワールド、私たちのこの世界が、未来につながっていけばいいなと思った。

「だから、人類の睾丸(こうがん)は、進化の果てに、ずいぶん大きくなっちゃったんだよ」

酔っぱらった声でヤマさんが言っている。

「それ、わたしが言ったことだよ」

すこし離れた席から、杏奈が文句を言う。

「いやいや、大きいのがいいのは、オッパイ。オッパイだよ」

カワさんが宣言する。

夜になっても温度の下がらない大気の底で、酒場の宴が続いていく。

以下の本を参考にさせていただきました。

『人新世の「資本論」』斎藤幸平著　集英社新書

『万葉集の起源』遠藤耕太郎著　中公新書

『私の万葉集』全五巻　大岡信著　講談社文芸文庫

『性の進化論』クリストファー・ライアン、カシルダ・ジェタ著　山本規雄訳　作品社

『ネアンデルタール人は私たちと交配した』スヴァンテ・ペーボ著　野中香方子訳　文藝春秋

井上雅彦

夏の吹雪

●『夏の吹雪』井上雅彦(いのうえまさひこ)

序文でも挙げた〈雪女〉のイメージに恋をしているのかもしれない。このモチーフについては、ほぼ二十年前に、本叢書の姉妹篇として《異形コレクション綺賓館》第2巻『雪女のキス』(カッパノベルス)という作品集を編んだのだが、吸血鬼テーマよりも早く、ただ一種類の幻想世界の住人をモチーフにアンソロジーを編んだ経験は、私としてははじめてだった。(巻末「異形関連書籍」参照。書き下ろし十一作と傑作選十一作の競演というコンセプトで〈雪女〉をフューチャーした作品集、ご興味があれば、ぜひお探しください。書き下ろし&傑作選というこの《異形コレクション綺賓館》という様式も、いつか復活させたいと思っています)。『雪女のキス』の序文でも、この題材には吸血鬼に対するヴァンピリズムと同様の魅力があるという意味の持論を書いていた筈だが、最近完全版として出た、キム・ニューマンの『ドラキュラ紀元一八八八』に、〈雪女〉は日本の吸血鬼として登場している。また、昨年、話題になった『日本SFの臨界点[怪奇篇]ちまみれ家族』でも、編者・伴名練(はんなれん)に強い影響を与えた傑作として、石黒達昌(いしぐろたつあき)の「雪女」が巻末を飾っているのだが、やはり共通の魅力を感じるのだ。今回集まった作品に〈雪女〉の秘密をめぐる物語がなかったので、ひさしぶりに、自分なりの白い妖女を書いてみた次第。

なお、言うまでもないことだが、特定の〔人物・団体の〕モデルは一切存在しない。

璃空は、座したまま、背筋を伸ばす。

向かいあうのは、一基の家具。

杢目も艶やかに浮かびでた、その〈扉〉を開けるには、少しだけ勇気がいる。

あの時と同じ感覚。なにもかも、昔と同じ。部屋の寒さも。胸騒ぎも。懐かしい香りも。首筋の冷たさも。あの時と同じだ……。ならば、気後れすることもない。

璃空は、漆の闇色に向けた目を細める。


母がいなくなったあと、璃空はその座敷に立ち入ることができなくなった。

それ以前なら、母がこっそりと許してくれたのだけれども、そのころから、この座敷にいるところを父に見つかると叱られた。あんまり、おおっぴらには入れなかった。

幼い頃は、秘密の遊び場だった。

簞笥は、璃空がよじ登るには最適の高さだった。車簞笥は戦車だ。欅のボディを飾る鋳金――刀の鍔を思わせる円盤形の紋――に象られた龍や牡丹や麒麟が勇ましい。車簞笥というからには底部につけられた二輪の車輪で動くものだと思っていたが、最上段に跨がってゆさぶってみても、抽斗(ひきだし)の引き手の輪っかがカタカタなるばかりで、少しも前に進まない。

隣に並ぶ猫脚箪笥に飛び移った。猫脚箪笥というからには、その柔らかな四本の足の裏側には弾力のある赤い肉球が五つほど生えていて、歩くときには音をたてることもなく、静かに獲物に近づくや、一瞬にして、その足先がくわっと四つに裂け、それぞれから鋭い鉤爪(かぎづめ)を突きだして、山鳩ぐらいなら簡単に八つ裂きにしてしまうのではないか。

いつだか、怖々(こわごわ)とそう話した時、母は、とてもおもしろそうに、白磁のような顔に満面の笑みを浮かべて、そんなことはしない、この箪笥が猫の脚で歩くのは、真夜中のみんなが寝静まってからのことだし、山鳩ならばその時間は山奥の巣で眠っているのだから、と教えてくれた。山鳩がいないのなら、鼠(ねずみ)？　いいえ、家具師(さしものし)の家に鼠はいないわ。それじゃあ、この箪笥は、夜、何を捕るの。なにを食べるの？　すると、母は、ちょっとだけ考えてから、オーガを、と言った。

オーガって？

人喰い鬼のオーガよ。お城に住んでる。

まだ話してなかったかしら。ほら、あの「長靴を履いた猫」の。

そして、物語が始まるのだ。まるで、ペローを暗記しているかのように。人喰いのオーガを鼠に化けさせてから、長靴を履いた猫はぺろりと食べてしまう。見えない挿絵が脳裏に浮かぶ。

母は物識りだ。本を何冊も持っていて、綺麗な挿絵を見せてくれたりするのだけれど、どこに仕舞ってあるのかわからない。だから母が留守の時も、璃空は本を読むことは無い。そのかわり物語は覚えている。

母が留守の間、璃空は猫脚箪笥に跨がって、オーガの城に攻め込む騎士になった。

車箪笥を走らせて、スパルタからトロイアへ進軍する戦士となった。

箪笥は、璃空の身体の下でカタカタと音を立て、甘い香りが強くなった。

仏間の伽羅の薫香でもなく、父の作業場の膠や生木の匂いでもない。

馥郁とした花の香り。

母の座敷の香りなのだが、花が生けてあるわけではない。

離れた場所でこそ強く感じとれるのだけれども、その源泉を璃空は知っている。

奥の隅に聳え立つ、すらりと背の高い、一基の家具だ。

あの塔へ進め！

璃空は、跨がる箪笥を駆り立てる。

戦車の車輪が、猫脚の鉤爪が、唸りをあげる。

抽斗の引き手がさんざめく。

身体の底に電気が奔る。

駆け抜けろ！

あの塔の頂上へ——。

……！……

不意に、異質な気配を感じて、璃空は戸惑った。

甘い香りが強くなり、誰かが自分を見ているような気がした。

振り向いたが、誰もいない。

今度は、視覚から外れた前方に、白いひとが立っているような気がした。

うなじが寒くなった。

顔を正面に戻した。

すらりと背の高いあの家具が、璃空を見下ろしているばかりだった。

高さは、五尺五寸。つまり、一メートル六十七センチ。

現在の璃空でも、座した姿勢からは、見あげるばかりの「背の高さ」である。

座鏡——つまりは、座って使う鏡台だが、和装の全身を映す姿見としての用途があるから、それなりの高さが必要だった。

抽斗のついた台座の上に、鏡面が三つ備わった三面鏡なのだが、正確には「半三面鏡」——すなわち、左右二つの鏡が正面の鏡の半分の幅であり、観音開きに開いて使う。二枚の鏡は、ふだんは正面の鏡の蓋として、左右から〈扉〉のように折りたたまれており、欅の杢目が美しい。

璃空は、息を整える。

蠟梅（ろうばい）か？　それとも、冬薔薇（ふゆそうび）……？

馥郁とした芳香は、ここに座ると甦る。

さまざまなものを失った、今でもさえ。

母が家からいなくなり、そのあとは……。

失っていったものは、今から思えば、すべてが宝物……。

「これ、私の宝物」

転校生の那美（なみ）が見せてくれたのは、透明の球。野球ボールより少し大きい。

「なんだい、これ？」

璃空は、はじめてみるものだ。水晶球。占い師が使うような。いや、ガラスの球だ。

中には、建物のようなもの。お城？　教会？　白い底から突きだしている。

「こうするの」

黒目がちな瞳を輝かせて、那美が球を揺らした。

白い雪が舞いあがった。球の中は、大吹雪だ。

球体には、水が張られていて、揺らすと、白い粒子が舞い散る仕掛けだった。

「スノーグローブというのよ」

小麦色の肌にえくぼを浮かべて、那美は言った。「お父さんのプレゼント」

「あら、それ、スノードームね」

横から、珠子（たまこ）が割り込んだ。

「スノーグローブよ」

「スノードームだわよ」

珠子が語気を強めた。「東京のほうでは、まちがえて、そんな風によんでるのかもしれないけど。私も持ってるの。パパが、パリで買ってきたのよ。エッフェル塔と凱旋門が入ってるわ」

「これはお城かな？」

璃空は言った。「ものすごい雪で、よく見えない」

「お城じゃないの……」

那美の声が小さくなった。「お父さんの手作りで……」

「どおりで変だと思った」

珠子がにべもなく言った。「雪の形がホンモノらしくないわ。私のは金色の雪」

「真物（ほんもの）の雪は金色じゃないだろう」

璃空が言い返す。「白いほうが、真物だ」

真物を見抜け。

父親の口癖だった。

——真物を作れ。真物になれ。真物は滅びない。真物の仕事をしろ。

狭い作業場の生木の匂いのなかで、大きな瞳を開け、掻き鉋を研いだり、漆を溶いたり、鋳造金具の龍の枝角の間を絲鑢で削ったりしている姿が、いつも璃空の目に浮かぶ。

身体の大きな弟子も何人かいた。かれらは麓の浜で育った海の男たちだ。赤銅色の身体から流れる汗は潮の匂いがするようだった。身体の大きさでは彼らに見劣りのする父だったが、そんな男たちの真ん中で、指揮刀のように曲尺を握り、少しでも「甘い」仕事をする弟子には、烈火の如く叱りつけた。

「そんなことだから、お弟子が次々にやめちゃうんですよ」

叔母は、父に小言を言った。「せっかく、山縣の社長さんが、手配してくれた働き手だったのに。いくら、ご実家の網元のツテがあるといっても、二度はしてくれませんよ」

やつらじゃ真物は作れない……などと、父が言うと、

「結局、なにもかも独りでやらないと気がすまないんですから……それに、凝り過ぎですよ。納期に間に合わせてくれさえすればいいと仰ってくれてますけど……本当は、山縣の社長さん、できるだけたくさんの納品をお求めなんですから」

なにを言われても、父は耳を貸さなかった。

「このままじゃ、家計が保（も）たなくなる。……貯蓄だって底をつくし、山林（やま）を売るわけにもいかないから、由稀（ゆき）さんが働きに出なくっちゃならない。璃空だって可哀相ですよ」

こいつはもう、母親に甘える歳じゃない。

父親は言った。——璃空、おまえには真物の仕事を見せてやる。

「ホンモノの雪のこと、よく知ってるのね」

珠子が悔しそうに言ったので、璃空は、我に返った。

「そりゃ、そうよね。リクのお母さん、雪深い山奥から出てきたんだものね」

「え？」

「ママが言ってた。リレキショに書いてあったって」

璃空は、座鏡に手を伸ばす。

視線の先には、艶やかな「杢地呂漆（きじろうるし）」に磨き上げられた欅の一枚板。

表面に、十本の指を伸ばす。

指の腹に感じる。如鱗杢（じょりんもく）。漆の膜を通しても、欅特有の魚鱗（ぎょりん）のような杢目がはっきりと。

その中央に、縦一文字の〈扉〉。

〈扉〉を開ければ、鏡が現れる。

それを見るには、覚悟が要る……。

うっかり覗いてしまった怖ろしい記憶が、璃空の背筋に霜を降ろす。

幼い璃空が、あの座敷に入ると叱るのは、いつも父だった。

車簞笥や猫脚簞笥――あそこに並んだ家具たちをむやみに子供に触られたくなかったからだ。作り手である父の思い入れが籠もったものだったから。

あの座鏡も。五尺五寸の鏡台も。

璃空は、鏡台には近寄らなかった。

母が使う鏡台だった。車簞笥や猫脚簞笥にはよじ登った。でも――あのすらりと背の高い鏡台だけには、近くに寄らなかった。

「なんとなく、気味の悪い形ね、あの鏡台」

叔母がそう言ったこともあった。「背の高い鏡が――あの長細い鏡が突っ立ってるだけでも薄気味悪いのに、矩形（ながしかく）の両端を斜めに切ってあるでしょう。六角形をむりやり縦に引き延ばしたみたいな。……凝り過ぎっていうよりも、なんだか、あの形って、まるで不吉な……」

叔母は縁起ばかり担いでいた。だが、璃空は、鏡台に近寄らなかったのは、叔母とはまったく別の理由だった。

璃空は、母が鏡台に向かうのを好まなかったのだ。

化粧をすると、母は出て行ってしまう。

家に帰るのは夜遅く。いや、もう帰ってこないとしたら……。

あの母を向かわせる座鏡が、璃空には気に入らなかった。

漂う化粧の花の香りが、疎ましかった。

それでも──璃空は、鏡を開けて、余所(よそ)へ行く支度をする母から目を離せなかった。

箪笥の影からそっと窺った。

三面の鏡が、動いた。

その一面が、璃空の目に見えた。

鏡の中では、白い粒子が舞っていた。

座敷の中に、雪が舞うはずはない。そのぐらいのことは璃空でもわかっている。

でも、見ただけで寒くなるような雪舞だ。背筋が震えた。

鏡が動き、白い顔が見えた。

白い顔は、霜に包まれたように、蒼い光を帯びていた。

切れ長の目は、氷柱(つらら)のように濡れて、鋭かった。

怖ろしいけれど、美しかった。

あの時、確かに自分は見た。見とれていたのだ……鏡の中の母に。母の仕草に。

璃空は、霜に覆われた記憶を反芻する。

白い息を整えて、今、目の前にある鏡の〈扉〉の最下部に、指をあてがう。底部にくぼみがあり、そこに指を入れて、手前に引く。力は要らなかった。指の第一関節を動かすだけで、蝶番もなめらかに、〈扉〉は開く。

音もなく、窓が開くように、孔雀が翼をひろげるように、扇がひろがるように、三つの鏡面が現れる。そして……顔が映る。

昏い男の顔だ。青黒く、疲れきって、陰鬱な、歳よりも老けこんだ、死人のような顔。死人よりも死人らしい男の顔。表情の無い顔。

今、現在の璃空の顔だ。

いや、鏡のなかに時間は無い。もしかすると、これは過ぎし日の顔なのかもしれない。あの日を迎えた瞬間のような。


母が、帰ってこなかった。

その日が、とうとうやってきた。

予兆らしきものは、璃空も気づいていた。

父と母が、なにかを深刻に話し合っていたことを、璃空は知っていた。

そのあと、母は忽然と消えた。町からも、いなくなってしまったという。

胸に穴が開くような璃空だったが、それと同時に、周囲がそわそわしていることに、気づいていた。

いやでも、耳に入ることがある。

——ま、いつかは、こういうことになるんじゃないかと……

——肌の白いは七難隠すというけども……

——アダになるってこともねえ……

——見たなんて、口に出しさえしなけりゃ、よかったものを……

意味はわからなかったが、璃空の顔を見ると、囁きはぴたりと止まった。

ただ、ひとつの言葉だけが、鋭く耳をつんざいた。

——まるで、雪女……

その瞬間、幼い頃の学校での会話が、璃空の頭に甦った。

そう……あの時の残響だ。

「リクのお母さん、雪深い山奥から出てきたんだものね」

「え？」

「ママが言ってた。リレキショに書いてあったって」

「リレキショ？」

「パパの会社で働くことになったの。知らなかった？」

こういう時の珠子は、妙にうれしそうな顔になる。「色が白くてとっても美人だって、ママが言ってた。雪女かもしれないから気をつけなくっちゃって」

「雪女？　──なにそれ？」

璃空は目を丸くした。聞いたことのない言葉だ。

「ええっ。リクは、雪女のことも知らないの？」

本当に驚いた様子で、珠子は言った。「有名な昔話じゃないの」

璃空には初耳だった。ギリシャの神話や、ペローの童話、アンデルセンの物語などであれば、母が語って聞かせてくれた。でも、雪女なんて昔話のことは、はじめて聞いた。

「本当になんにも知らないのね、リクは」

からかうような口調の時ほど、珠子は甘ったるい声になる。「それは、おそろしい女のカイダンなんだから」

その帰り途……。

璃空のあとを、独りで追いかけてきたのは那美だった。

「ありがとう」

那美は言った。「お父さんのスノーグローブのことを、ほんものだって言ってくれて」

「だって、そうだろう」

璃空は言った。「あの雪は凄い。本当に吹雪いているみたいだ。お父さんってオモチャの職人さん？」

「研究員なの。大学の」

「ええっ？」

「ここに入ってる〈雪〉も、研究しているデトリタス」

新素材のことだろうと思った。

転校早々、自分の宝物を発表する課題があって、そのために教室に持ってきた。でも、そうでなくとも、御守りとして、大切な日には、持ち歩くのだという。

もう一度、スノーグローブを出した。

透明の球の中で、白い乱舞ははじまっていた。

「すごい。吹雪の音が聞こえてきそうだ」

「パパは北国だから、いろんな話をしてくれるけど、私は本当の吹雪を見たことがないの。……夢の中でしか」

「夢？」

那美は肯いたあと、一瞬黙って、意を決したように言った。

「私、雪女っておそろしいものじゃないと思う」

「え？」

璃空は驚いて、那美の顔を見た。

「昔……お父さんが会ったことがあるんだって……雪女に」

「なんだって？」

「命を助けられたんだって」

「ええっ。いったい、どういうこと」

「それは——」

　那美は口ごもった。

「ごめんなさい。このことは秘密にしてなくちゃいけないんだった」

「……」

　璃空は思った。

　この転校生は、わざわざこのことを伝えに追いかけてきてくれたのだ。母親を怖ろしい雪女だと言われた自分のために、こんな作り話を。

「それに……これは、秘密にしなくても、いいことだけれども……」

　那美は言った。「この間——不思議な夢を見た。吹雪の夢」

「吹雪の……？」

「夢の中で……私は、吹雪の中を歩いている。このスノーグローブのような吹雪の中を」

「うん……」

「怖ろしい寒さのなかで、私は、足が地面についていないの。永遠に降りやまないような、真っ白な雪が、私のまわりを飛び回って、そのなかを、私は、宙に浮かんでいるの……吹雪の中を飛ばされている……というより、漂っているのよ」

「……」

「そこに……白い顔の女の人が飛んでくる……」

「ええっ？」

「そして……お前を助けてやるんだって。そのために、ここに来たんだって」

那美は言った。「その顔が……あなたに——今日、初めてあった璃空くんに、そっくりだったのよ……」


鏡のなかの璃空の顔に、表情が灯った。

三面の鏡に映る璃空の顔に、母の顔が重なる。

のみならず——記憶の中の那美の顔も、浮かびあがる。

——そうだ。この顔を見るために、ここに戻ってきたのだ。

鏡を見ながら、璃空の右手が、台座へ向かう。

母の仕草と同じように。

見上げるような五尺五寸も、下から四分の一の高さは台座である。

幅の広い「冂」の形となっていて、座った両膝がゆったりと入る。その膝の真上にあたる中央には大きく薄い抽斗、左右にはそれぞれ三段ずつの小さな抽斗がついている。

璃空の右手が、上から二段目の抽斗の位置に、手が合う。

指が、抽斗の引手にかかる。

父の鍛造した引手は木瓜型。刃のように冷たかったが、引くと滑らかに、箱が抽き出せる。

指を入れると、まず、最初に使う小瓶に当たる。

花の香りが、強く立ちのぼる。

蠟梅？　それとも、冬薔薇？

いや、むしろ、夏の香りだ……。

璃空は、ゆっくりと小瓶を取り出す。


母がいなくなってからも、父は、人前では気丈に振る舞っていた。

作業場では、鬼のようだった。

もともと、父は、遥か遠く離れた母の郷里でこの家具の伝統と出会ったのだった。母を連れてきたこの地で、母を失ったあともこの家具と向きあうことが、何を意味していたのか、璃空にも理解できた。

やがて、璃空も作業を手伝うようになっていた。

だが、作業場を離れると、父は、あの座敷に籠もることが多くなった。

璃空が座敷に入ることは、許されなかった。

「じっと、あの鏡台を見ている……」

座敷を覗いた叔母が、心配して言った。「座って鏡を見たり、鏡を閉じたあとも立ちあがってじっと眺めたり……」

璃空も一緒に、父の様子を覗き見た。

父が寄り添っている姿を見て、璃空は気がついた。

五尺五寸。つまり、一メートル六十七センチ。この鏡台が、母と同じ背丈だったことを。

形は、縦に伸ばした六角形。

脚の長いダイヤモンド型。そのシルエットは、母の立ち姿にも、似ていた。

「だから、あんな形……縁起でも無いっていったのよ」

叔母は、忌々(いまいま)しそうに言った。

「まるで、西洋の棺が立ってるみたいじゃないか……」

それでも……。

父は、作業場では仕事の腕を緩めなかった。

ふらつきそうになっているのを見かねて、璃空が手伝っている時に、那美が訪ねてきた。

「しばらく、学校を休んでるんで、気になって――」

プリント類を持ってきてくれたのだけれども、〈しばらく〉見ないうちに、那美の小麦色の顔がすっかり大人っぽくなっていることに、璃空はとまどってしまった。転校してきた数年前から感じが変わったように思ったことなどなかったのだが。

「それから……氷室開き(ひむろびら)のお祭りも面白そうよ。学校の傍の臨海公園で。大道芸人も来るんですって。ちょっとしたサーカスみたいなものを、やっているそうよ」

帰って行く姿を、いつまでも父が見ていることに、璃空は気がついた。

「あの娘は……誰だ？」

父が訊いた。珍しいことだと思いながら、璃空は友だちだ、と答えた。

……似てるな……

父は呆然としたように呟いた。

……あの娘も、いつか、きっと……。

妙なことを呟きながら、父は掻き鉋を研ごうとした。その手が妙に震えていた。

……似ている……

その夜だ。

音がするので、璃空は、そっと座敷を覗いた。

父が座鏡に座っていた。

三面の鏡の中に、三つの白い顔が浮かびあがり、璃空は声を呑み込んだ。

自分の顔に白い化粧を施しながら、父は鋭く目を細めていた。

小瓶を手にとって、回転式のキャップを開ける。
花の香りが、この化粧液からも濃厚に漂う。指につけると雪解けのように冷たい。
感触は、ねっとりしている。それを薬指にとって、自分の額に載せる。
一円硬貨より少し大きいぐらいの量でも、粘度が高いので流れてこない。
鼻の頭、左右の頰、顎にも載せて、塗り込む。内側から外側に。顔全体に馴染ませる。
皮膚に霜柱が立ち始める感触。
手が、抽斗の奥に向かう。平刷毛。海綿のパフ。革の袋。
革の袋を開けると、眩く白い粒子が舞い踊る。
指が、ひとりでに動く。璃空の手は自然に動く。
あの時の父も、こうだったのか。
鏡の中に、すこしずつ、白い顔が現れる。
あの破局の日に見た顔よりも、白い顔が……。

〈氷室開き〉は夏祭りだった。
臨海公園は、小高い丘の上にあり、藍色の深淵が見える海に向かって、大きく張り出した見晴台もある。

火吹き男が炎を吐いた。手回しオルガンが鳴っている。

璃空にとっては、確かに気分転換になった。

誘ってくれた那美には、感謝している。

母がいなくなってから一年以上。人の噂も七十五日。もう、変な噂は聞こえてこない。

だが、父の奇行は、今も進行しているかのようだ。

それが気になっていたために、やはりナーバスになっていたのかもしれない。

だから――空を舞う原色の風船や、虹色の綿菓子に鬱屈を忘れかけていたのに、那美が雪女の話をしはじめた時、正直、璃空は気分を害した。また、あの吹雪の夢を見たという。

璃空は、今はそのことは聞きたくないという趣旨を、冷静に話したつもりが、そうは聞こえなかったに違いない。声を荒らげたわけではないが、冷たく突き放したに違いない。

彼女の前から立ち去った。それが――璃空に生涯突き刺さる氷の骨。

フェスティバルのビラを撒くピエロの姿を見て、璃空は異様な不安に襲われた。

鏡の前で、白い化粧を施す父。

あれから、毎晩、それが続いた。

母に会いたい一心で、鏡の中に再現したい一心で、自分の顔を塗っている。

父の振る舞いを、そうとしか考えられなかったが、この先、父はどうなってしまうのか、不安だった。

その時——悲鳴がつんざいた。
風船が割れ、逃げ惑う人々の中に、〈白い顔〉がいた。
ひとりの女子を追いかけている。
悲鳴をあげて逃げ惑っているのは、珠子だった。
璃空は、凍りついたように動けなかった。
〈白い顔〉は派手な衣装を身につけていた。ピエロだ。と、思ったが様子が違う。
だが、その服はところどころ、赤い模様がついている。
てのひらみたいな。赤いてのひらみたいな。
背筋が震えるのは、その手に握られた庖丁だ。
血が流れてる。
「人殺しだ」
遠くから声が聞こえる。「刺された。たくさん、みんな」
珠子は、転んでしまった。
〈白い顔〉は、にやにや笑い出した。
赤い唇が大きく塗られ、鼻は紫色に塗られている。
ピエロには違いない。
だが——あの顔は……。

璃空は、思わず珠子を護るようにして前に出た。

まさか、この顔は……。

ピエロの赤い唇より赤いナイフが牙のように繰り出された。

その時——

白い靄のようなものを見た気がした。

璃空は瞬いた。靄がピエロにまとわりついたように見えたのだ。その瞬間、殺人鬼の動きが止まった。道化師人形を倒すかのように、ピエロはがっくりと頽れた。

警官が駆け寄り、ピエロを拘束した。

すでに、こときれていた。

白い道化の化粧を拭うと、素顔が現れた。見たこともない男だった。

大道芸人の座長がやってきて、確かにうちの座員だと詫びていた。

彼がヒロポンをやっていたことは、うすうす知っていたと。

その薬が命を縮めたんだな、と警官が言い、それにしても、ひどく犠牲者を出したものだ
……と言った時、はじめて、璃空は、那美のことに気がついた。

あわてて探しに行こうとした時、珠子がしがみついた。腰が抜けたようだった。

海の見える見晴台に、スノーグローブの破片が散乱しているのが、あとから発見された。

ピエロから逃げようとした那美が、蒼い海面に落ちていくのを見た——と、珠子は証言し

た。

その夜。

父も死んだ。

パウダーにまみれて。白い化粧をしたままで。

あの座鏡を抱き寄せ、鏡面にうつむけた顔を近寄せたままで。鏡の中の白い顔に口づけするかのようにして。その身体は、夏だというのに真冬の根雪のように凍りついていた。


白い顔は、鏡の中でできあがっていく。

あの破局の日に見た、父の顔よりも白い顔に。

三つの鏡に、三つの白い顔。艶やかで、怖ろしく、美しい顔。

いや、鏡には他にも映し出されるものがある。

あの日から、今日までのこと。あっという間だ。物理的には長い長い時間が経過したが、鏡に映し出されるものなど、流れるような断片でしかない。

珠子を助けたことで、父親である山縣の信頼を得たこと。結婚を前提にと話を進められ、叔母が悦び、父の遺した様々な書類を、山縣の弁護士に渡し、いつの間にか、父の山林の登記簿名義が書き換えられていたこと。いつしか真物の杢目ではなく印刷を使った大量生産品に父の名前が明記され、山縣の会社を通して売りに出されたこと。璃空が逮捕され、婚約はもちろん破棄されたが、その理由は抗議に行った先で、父の弟子だった男たちから両親を侮辱されたことから、璃空が暴行と殺人未遂に及んだ容疑だった。裁判では無実を申し立てた璃空だったが、数多くいる目撃者たちは、みな、同じ言葉を揃えた。そのなかには、珠子も入っていた。そして、長い長い懲役。

しかし――。

今の璃空には、ささいなことだった。

これから、やるべきことがある。

これから、自分は約束を守らなければならない。

父ができなかったこと。父がやろうとして、やれなかったこと。

鏡の中に大きく映るのは、白い雪が降るあの場所……。

璃空は、鏡の中に、顔を近寄せた。

雪が舞う。あのなかに、身を投じる。

この姿なら、それができる。白い姿で、宙を舞う。

あのスノーグローヴの中に再現されていたような、吹雪の中。

そう。願った場所まで、辿り着く。

永遠に降りやまないような、真っ白な雪が飛び回るその中に、浮かんでいる少女。……吹雪の中を飛ばされている……というより、漂っている少女。

璃空は、少女に近寄った。

降りしきる真っ白な雪で、小麦色の肌は白く染められていた。

――お前を助けてやる。そのために、ここに来た。

そう囁いたが、少女は、動かない。

漂う少女の視線を辿って、璃空は、すぐにわかった。

――やはり、ここに惹きつけられていたのか……。

スノーグローブで見たのと同じ景色。

お城？　教会？　白い底から突きだしているあれは――まさしく、有人深海潜水艇だ。

傾き、白い堆積物の中に突き刺さった潜水艇。

潜水艇の透明な窓内には、男の顔がある。

呆然としたまま、男の声が璃空の耳に聞こえる。

「……なんとも美しい海中懸濁物（デトリクス）だ……」

男は言った。「プランクトン、微生物、いや、海に眠り、分解されていく、ありとあらゆる生物の生と死の果てに産み出される懸濁物、日本の偉大な先達が名づけた、その名に違わぬマリンスノー……海に降る雪だ……ああ、天使さえも見える……その中で死ねるのなら……」

「おまえを死なせるわけにはいかない」

璃空は言った。「おまえは生きて、この天使を世に送り出す。そうだ……おまえが生きなければ、この天使は存在しない……」

「私が、この天使を……?」

男は言った。「この天使は、私の娘?」

「このことは、誰にも言うな……」

白い顔が、凄みを帯びる。

「あなたは、まさか……」

男が震え上がった。「幻覚なのか?　それとも……」

「真物だ」

大量のデトリクスに埋もれて傾いた潜水艇を起こしあげた。「真物は滅びない」

ああ、本当に、私は娘を……という声までが聞こえたが、そのまま潜水艇は、吹雪の中に消えていく。

すると、白い少女は、はじめて目をあけた。

――助けに来てくれたのね……。

璃空は、少女を抱き寄せた。

――遅くなった……

吹雪の中で、二人は口づけをかわした。

あの時、父が、そうしたように。

堆積したマリンスノーが噴き上がり、さまざまに形を変える。海の生物や、陸の動物や、ひとの姿にまで変わり、また、形を変えて、噴きあがる。

——でも、もうひとつだけ……。

璃空には見たい景色がある。


昏い車窓が鏡になり、白い顔が映った気がした。

珠子は、ぞっとして顔をあげた。見間違いだ。雪が降ってきた。

交通事故で亡くなった両親の相続の問題も一段落して、ひさしぶりの豪華寝台でくつろいでいたのに、いやなことを思い出しそうになる。

だいぶ前に、父も、母も、白い顔が見えると悪夢に魘されていた時期があった。

そんな時、珠子は、あのピエロに襲われたのだった。

——あの時、もし璃空がいなかったら……

と、ぞっとする。

自分は本当は、あの子が好きだったんだ。

悔しいけれど、そう考えてしまう。あの子が悩んでいる顔が、本当に愛しく思えた。

だから——璃空とどんどん仲良くなっていく、あの東京からの転校生が気に入らなかった。

海の見える展望台で、独りあのスノードームを眺めているのを見て、からかってやろうと思った。取り上げようとしたあのガラス球が転がって、無理に拾おうとするものだから、自分から海に落ちてしまったのだ。まあ、ちょっと押したかな。

いや、なんで、そんな昔のことを思い出したのだろう。

珠子は、近頃、いやなことばかり考えている自分に気づいている。

両親の自損事故にしても、まるで戦車にぶつけられたようだ……などと。

がたがたと音がする。

豪華寝台の部屋に設えられた猫脚箪笥が揺れている。

車窓にぶつかる雪の音だ。

凄まじいくらい。吹雪だ。

でも、あの窓の向こうに、銀色の魚の群れやら、大きな海月(くらげ)のようなものが見えるのはなぜなのだろう。

気配を感じて、振り向いた。

振り上げられた足先がくわっと四つに裂け、それぞれから突きだされた鋭い鉤爪が、珠子の顔を引き裂いた。

鮮血の溢れ出る目の前の車窓にも亀裂(きれつ)が入り、白い鮫の大きな鼻面(はなづら)や、のたうつ触手や、真円形の眼や、白いヒトデや、円盤のような巻貝や、毛むくじゃらの腸そっくりのものや、ぎざぎざした大鋏や、剥き出された乱杭歯などが、一気に視界を突き破って、怖ろしい水圧と氷のような低音の海水とともに、珠子に襲いかかる。血と泡の彼方――車窓の枠の外側で、彼女を眺めているのは寄り添いあう二人の白いシルエット。

白い吹雪のなかで、その二人が口づけを交わしているのは、霞みゆく彼女の目にもあきらかだった。

＊　　＊　　＊

開いた鏡台の鏡の前に顔をめりこませるかのように、向きあったまま動かなくなっている者を見つけたのは、巡回中の警官だった。

近所の犬がひどく吠え、今は廃墟となったその空き家の門が壊されているのを見つけたからだった。

その姿は、まるで鏡と接吻しているように、彼には見えた。

しかし、近づいて、その姿をよく見た警官はぎょっとした。

その身体には白い雪が降り積もり、全身凍りついているかに見えた。

冷たくぐっしょりと濡れた、その白い雪の泡のようなものは雪とは異なるように思われた。

拭うと、なかから白い顔が現れた。女性だ。それも、年端もいかぬ少女だ。

蜜のような、夏の花の香りがした。

救急車を呼ぶ連絡の途中で、少女は息を吹き返した。

誰が自分を助けてくれたのか、よくわかっていると、その白磁のような肌の少女は答えた。

でも——と、行方をくらます前に、彼女は言った——それは私たちだけの秘密。

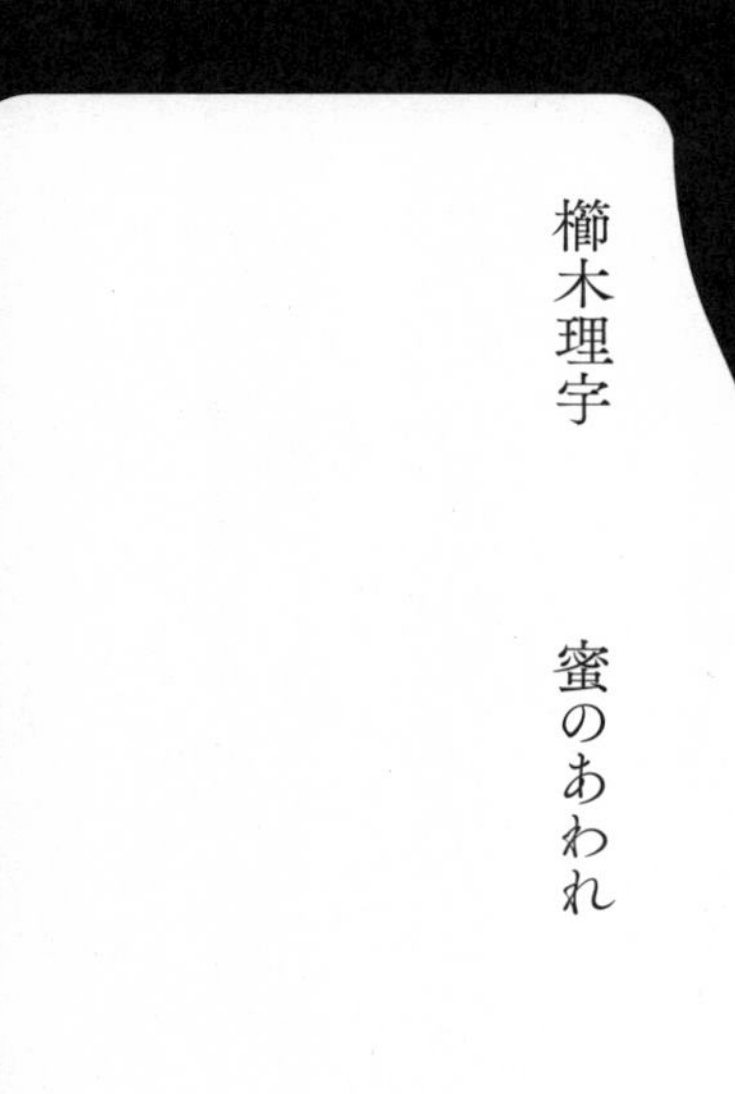

櫛木理宇

蜜のあわれ

●『蜜のあわれ』櫛木理宇

美味なるディナーが食欲を官能的なまでに刺激する物語。グルメ・シーンがオープニングからラストまで展開するこの作品は、〈秘密〉のレシピをめぐる物語でも、調理の〈秘訣〉を描くものでもないのだが、読後、酩酊にも似た「奇妙な味」を堪能できるはずである。

《異形コレクション》第49巻『ダーク・ロマンス』で、日本的なムードのなかで妖美な異種婚姻譚「夕鶴の郷」を描いて見せた櫛木理宇が、今回は一転、SF的ともいえる近未来的な世界のなかで、蜜のように濃厚なダイアローグ——二人芝居を展開させる。

タイトルの「蜜のあわれ」といえば、明治、大正と活躍した室生犀星が晩年に記した同名の幻想小説を連想されるかもしれない。恋愛、性愛、エロティシズムが横溢する彼の作品には妖しいメタモルフォーゼが描かれていたのだが、本作にも共通するものがある。のみならず、ホラー同様、心理サスペンスを得意とする櫛木理宇の本作は——実に不思議なホワイダニット——「動機にまつわる《秘密》」を描きだしているのである。

この薔薇(ばら)の名前は？　と問うと、正面に座ったシェフは即答した。

「キャラメルアンティーク、という品種です」

「美味(おい)しそうだ」

わたしの凡庸(ぼんよう)な感想に、彼はお追従(ついしょう)のように微笑む。

シェフからすれば見慣れた花であり、耳慣れたつまらぬ質問であろう。受け答えする行為にすら、とっくに飽いたかもしれない。

だがわたしにとっては——そしてここにいる多くの客にとっては、薔薇はこの上なく優美で珍奇な花であった。

それぞれのテーブルには硝子(ガラス)の花瓶が飾られ、それぞれ異なる薔薇が活けてある。右隣は淡桃(あわもも)に咲く中輪。左隣は深紅(しんく)。そしてこのテーブルには、その名のとおりキャラメルクリームの大輪。

幾重にも重なって咲いた花弁が、豪奢(ごうしゃ)なフリルレースのようだ。朝露がほんのひとしずく、花冠(かかん)の中心で真珠のごとく光っている。

「うちの料理にも、お褒めの言葉をいただければ光栄ですが」

「それはもちろん」

シェフの言葉に、わたしはうなずいた。

彼はこのレストランの総料理長である。しかしいまは料理の指揮を副料理長(スーシェフ)に任せ、このテーブルに着いて、会話の相手をしてくれている。

いったい彼は料理人たちに、わたしの存在をなんと説明したのだろう。内心でそういぶかる。

特別な客だ、と？　二十四年ぶりに会う貴重なゲストだからとことわって、彼は己の城である厨房(ちゅうぼう)を離れたのだろうか？

「あちらは、最近どうです？」

炭酸水のグラスを手に、シェフが問う。

「この十五年で、いろいろと変わりましたよ」

わたしは答える。

「前政府が敷いた政策のうち、八割強が廃止されて刷新されました。大変革と言えるでしょう。むろん変化や改革が、かならずしも善とは限りませんがね。しかし、いくつかの点では、確実によい方向へ進んでいる。……たとえばあなたのような人にも、地球(こちら)を出てあちらへ移住する許可が下りたこと。重要な第一歩です」

「もちろん移住の前に、厳重な審査は待っていますがね」

シェフは穏やかに言った。

「お言葉は嬉しいですが、ぼくは地球（ここ）を離れる気はありません。前政府にとっては流刑地でも、われわれには長年住んだ都です。それにあちらの料理法は、たぶんぼくに合いませんよ。……胡椒（プワヴ）もカカオも珈琲（カフィ）も、蜂蜜もないのではね」

「それに薔薇も」

そう言い、わたしは食前酒（アペリティフ）のグラスを上げた。

どうやらシェフはコース料理に付きあわず、炭酸水しか飲まぬつもりらしい。だがわたしはわたしで、酒も料理もたっぷり楽しませてもらおう。彼に合わせて遠慮をする気は、さらさらなかった。

食前酒（アペリティフ）は、シェフお薦めのシャンパーニュであった。

ごく薄い黄金（きん）いろをしていた。フルートグラスの底から、音もなくこまかな気泡が立ちのぼる。

ひとくち飲んでわかった。これはおそろしく上等だ。そして危険だ。けして弱い度数ではないのに、水のようにいくらでも飲めてしまう。

やはり遠慮せず正解だった、と胸中でつぶやいた。

政権交代によって、地球産のアルコールはあちらでも手に入るようになった、しかし品揃えはまだよろしくない。これほどのシャンパーニュは、五倍、いや十倍の値を出さねば口に入るまい。

ウエイターがアミューズを運んできた。

「こちら〝天然岩牡蠣（がき）の冷製、ローズビネガーのジュレ〟です」

牡蠣もまた、あちらの環境には適応しなかった生き物だ。

とはいえ似た味の貝を開発し、養殖することには成功した。香辛料やショコラ、珈琲も同様だ。技術によってかなり近い味を再現し、人民に広く普及させている。

――とはいえ、やはり本物は別格だ。

アミューズを一口舌にのせ、わたしは陶然とした。

岩牡蠣の弾力はすばらしかった。わたしたちが日ごろ入手できる牡蠣もどきには、この〝ぷりぷり〟と形容できるほどの弾力がない。

牡蠣の表面に歯を立てる。すこしの抵抗のあと、ぷつっと弾けて、磯の風味が口腔（こうくう）へ一気に広がる。

新鮮だからだろう、すこしも生臭くなかった。ジュレの酸味と爽やかさが効いている。そして最後の最後に、蜂蜜酢へ浸潤（しんじゅん）させた薔薇の香りがふわりと鼻を抜けていく。

「どうです？」

「この食べっぷりを見ればわかるでしょう。美味しい。あっという間に皿から消えていく」

われながら拙（つたな）い賛辞である。だがシェフは、満足そうに目を細めてくれた。

店は、外装も内装もひどく古かった。何世紀も前に建てられた美術館を改築した、との触れこみどおりである。

涙形の水晶を吊りさげたシャンデリア。出窓のステンドガラス。繊細な浮彫り(レリーフ)がほどこされた大理石の暖炉。史学の教科書で見たアール・デコ調というやつだろうか。だがこのところのレトロブームもあって、滑稽(こっけい)とは映らない。同じ思いの客は多いらしく、テーブルはすべて埋まっていた。

店そのものは、前政府の頃からあったらしい。ただしその頃、客の九割は看守だったそうだ。そして定期的に訪れる政府高官や教育者、宗教者、医療従事者。彼ら以外は、ここの珍味を味わうことはかなわなかった。

長身のウエイターがアミューズの皿を下げていく。

その背を見送って、わたしは尋ねた。

「わたしどもが何年ぶりの再会か、覚えておられますか?」

「もちろん。二十四年ぶりです」

「そのとおり」

わたしは嬉しくなった。

訪問の目的はともあれ、会話がスムーズに進むのは喜ばしいものだ。

「地球(こちら)へは、父の遺体を引きとりに来たとき以来です。……あなたは、あまり変わりませんね。それに引き換え、わたしは変わったでしょう」

「そうかもしれません。でも店内においでになった瞬間、すぐにわかりましたよ。間違いなくあなただとね」

言いながら、シェフは出窓に目をやる。

ステンドガラスの出窓には、写真立てがずらりと並べられていた。政権交代を機に、この店を訪れた政治家や芸能人、セレブたちの写真である。

その中に混じって、わたしは父の写真を見つけた。

シェフのかつての担当医であった父。四十代で死んだ父の、生前の姿であった。

「あなたは、先生そっくりになられた」

シェフが言う。

わたしは微笑みかえし、食前酒の次にワインを頼んだ。

ウエイターが前菜の皿を説明する。

「〝平目の炙りカルパッチョ、蜂蜜バルサミコソースを添えて〟です」

人造でない蜂蜜を口に入れるのは、生まれてはじめてだった。

ナイフで平目を切り分ける。しばし、目を閉じて味わう。

おそらく蜂蜜をバルサミコソースに加え、加熱したのだろう。蜜の主張が強い。砂糖とも人口甘味料とも違う風味を、はっきりと感じる。それでいて、くどさや雑味をすこしも舌に残さない。

「平目は、あちらでも食べられるんですよね？」

「ええ。平目、鰈などは適応できました」

わたしは答えた。

「地球より、だいぶ大きいやつが獲れますよ。でもやはり、舌ざわりや歯ごたえが異なるかな。このカルパッチョは身に厚みがあるし、なんというか……もっちりと、官能的だ」

「官能的」

シェフが笑う。わたしも笑った。

「すみません。恥ずかしい台詞を言った」

「いえ、最大の賛辞です。料理に対する感想なら、いくらでもいただきたい。できれば、もっともっと褒めてください」

もはや地球は人民が住むに適した惑星ではない、との公式見解を発表したのは十一代前の政府である。温暖化が進み、地下資源が枯渇し、人類を含む全生物の居住可能面積は、西暦二〇〇〇年時から比較すると八分の一にまで減少した。

そして見解発表から約二百年後、「地球を離れ、資源豊かな星へ移住する」との決定が正式にくだされた。実行したのは、四代前の政府であった。

新たなノアの方舟には全人民と全動植物が詰めこまれた。

事前の計算どおり、人民はあちらの風土へ問題なく適応した。だが残念なことに、いくつかの動物、昆虫、甲殻類、植物は、新たな土壌に馴染めなかった。

まっさきに繁殖不能とわかったのは、蜂だ。次に胡椒、珈琲、カカオ、バナナ、煙草などが根付かないと判明した。そして豹をはじめとする猫科の猛獣や、犀、蛇、ある種の貝等々が、ゆるやかに絶滅していった。

「このお店には、いつから?」

会話の糸口として、わたしは問うた。

「成人してすぐです。当初は下働きとして厨房に入りました」

「では今年で二十三年目? そうしていまや総料理長ですものね、すごいな」

「ありがとうございます。ほんとうは、もっと早く修業に入りたかったんですよ。でも診断が下りて治療が終わるまでは、ペティナイフすら持たせてもらえなくて……。それに以前あなたが来たときは、まだ未成年でしたからね。あの頃は厨房どころか、養蜂の手伝いをさせられていました」

「ああ、どうりで」

わたしはくすりと笑った。

「では少年の頃から、料理人になるのが夢だった?」

「ええ。親は強く反対しましたがね。——叔父が、腕のいい料理人でしたから」

わたしはすこし驚く。彼の口から、まさか叔父どうこうが出るとは思っていなかったからだ。

しかしわたしが反応するよりも一瞬早く、次の皿が運ばれてきた。

「〝季節野菜のオニオンスープ〟です。こちら、隠し味に珈琲がほんの少量入っております」

評判どおり、この店は地球でしか口にできぬ料理ばかりをコースで出してくれるらしい。ローズビネガー。蜂蜜バルサミコソース。そして珈琲の隠し味。

わたしはスープを含んだ。

思ったより、ずっと濃厚だった。珈琲らしき味はまるで感じない。しかし、なんとも言えぬこくがあった。おそらくはほんのわずかな珈琲が、この料理にこくの背骨を与えるのだろう。

シェフが炭酸水で唇を湿し、わたしに問う。

「ぼくの叔父の件は、先生から聞いておいででしたか？」

「すこしだけ」

わたしは慎重に答えた。

そうだ、はっきりとは口にできない――。シェフの叔父が被粛清者であったこと、とくに性犯罪者であったことなどは。いくら政権が交代したとはいえ、あからさまに明言していい事実ではない。

動揺を隠そうと、わたしは隣の客へ視線を流した。男女のカップルだった。おそらく男のほうは、最近性転換したばかりなのだろう。態度がぎこちない。新しい骨格に、まだ動作が付いていっていない。

彼らは二人とも、最新のファッションに身を包んでいた。服飾業界でも、やはり今年のモードはレトロだ。約二十年前に流行ったアイテムを、ややシェイプなシルエットで取り入れるのが〝粋〟とされる。そして薬物での性転換も、一時期は廃れたものの、再度流行りつつあった。

――どれも、富の象徴だ。

ワインのグラスを揺らして、わたしは思う。

流行のファッション。性転換。気軽に地球を訪れ、禁忌であったこの店で料理を楽しむこと。前政権が打倒されようと、いまだ貧富の差は解消されずじまいだ。

とはいえ限界はある。いくら彼らが富裕でも、長くは滞在できない。いずれはあちらへ帰らねばならない。そしてあちらで毎日薔薇を眺め、新鮮な蜂蜜と珈琲を味わうことは不可能だ。

現政権が地球との交流を許したことで、食品や薬品の輸出入は約一世紀ぶりに可能となった。地球産の香辛料、珈琲、バナナ、蜂蜜、ショコラがどっと市場にあふれる――はずだった。

だが絶滅した動植物は、あちらの空気そのものに馴染まぬらしい。あちらの地を踏んだ途端、あっという間に風味と鮮度が落ちた。

フリーズドライしようが、真空梱包しようが無駄であった。百パーセント天然の新鮮な珈琲を飲もうと思えば、やはり地球までははるばるやって来ねばならない。

ウエイターがパンを持ってきた。

珈琲マフィン、ショコラマーブルのブレッド、珈琲ベーグルの三種だった。

薔薇のジャムと蜂蜜が添えられている。どれも焼きたてらしい。手にとると「あっ」と声が出てしまうほど熱かった。

一口ぶんを指でちぎり、たっぷりの蜂蜜にひたして食べた。

「これは、……美味しい」

「でしょう」

シェフはうなずいてから、さきほどのわたしと同じように隣の客を見やった。

「ツイードが、また流行しているようですね」

「ええ、人造革も。ファッショントレンドは流行が一巡しますからね。二十年前、もしくは五十年前に流行ったものが、すこしだけ洗練されて再登場する」

「思想と同じだ」

さらりとシェフは言った。

「クメール共産主義、モンロー主義、ゴルトンの優生学、軍事的啓蒙主義、人種主義(レイシズム)。何度否定され、嘲笑され、迫害されようと、いずれまた似た思想が復活しては、疫病(えきびょう)のごとく世にはびこる。前政権がロンブロオゾの思想を復活させ、政府高官や幹部をネオ・ロンブロジアンで固めたようにね」

「あなたは今日、どうしてもそのお話をしたいようだ」

わたしは苦笑する。

「料理を味わう邪魔になりやしませんか」

「だとしても、次にいつお会いできるかわかりませんのでね」

彼が言う。

「また二十四年後に来てくださるとは限らない。今日が、今生(こんじょう)のお別れかもしれない。だからお話ししておきたいのです」

わたしは答えなかった。ただ、了承のしるしにまぶたを伏せた。

パンを再度指でちぎり、ジャムを塗って口に運ぶ。

シェフが言った。

「地球(こちら)で十九世紀に活動した犯罪学者、チェーザレ・ロンブロオゾ。あなたも知ってのとおり、前政権は彼の思想をよみがえらせ、優生主義とともに人民統治に取り入れました。……ロンブロオゾは骨相学や観相学、社会人類学とダーウィニズムを併せ、犯罪学に応用できると考えたのです。彼は〝生来性犯罪人説〟、つまり犯罪者は身体および精神に特徴的な犯罪素因を持って生まれる、という説を唱えました。犯罪者は生まれつき犯罪者であり、文明社会に適応することはかなわない。先天的犯罪者のそれは宿命的なもので、覆すのは容易でない――との主張でした」

「そう言ってしまえば、ずいぶん馬鹿げて聞こえます」

わたしは軽く反論した。

「前政権はそこを美辞麗句と政治的湾曲表現で、うまく取りつくろったことをお忘れなく。彼らはマスコミを味方に付けて民族共同体構想を提唱し、愛と平和と平等を説きながら、犯罪者および犯罪素因、反社会的素因の持ち主を徹底的に迫害した。そして多くの人民が、それを支持した」

「人というのは、見下げる対象があれば安心できるものなのです」

シェフが言う。

「蔑みの対象は、時代によって変わります。人種、性別、病気、階級……。自分より下がいる、自分はまだましだと思えば、人は圧制にも耐えていける。統治方法としては、上手いやりくちと言えるでしょう。事実、収賄でぼろを出すまで前政権の支持率は低くなかった。自分が最下層でない限り、階級制を好む者は一定数います」

魚料理の皿がやってきた。

「〝オマール海老のポワレ、海老の味噌と蜂蜜バターのソース〟です」

海老はおそろしく新鮮だった。

ソースはこってりと濃厚で、皿から直接舐めとりたいほどだった。だがさすがにそれはできない。しかたなしに、パンできれいに拭いとって食べた。

シェフがつづけた。

「前政権のもと、犯罪者はどんな軽微な罪だろうと粛清されました。そして政府が〝犯罪素因あり。反社会的思想あり。不道徳な性指向あり〟と見なした者は、この地球へ流刑にされたのです。素因や志向の持ち主かは、完全監視制度のもと、〝膨大なデータにもとづいて〟下された……」

「打ち捨てられた地球は、あわれな流刑地となった」

ナイフとフォークを使いながら、わたしは会話を受けた。

「だがその流刑地でしか、蜂は飛びまわれず、この美しい薔薇は咲かない。皮肉なことです。あちらではいまだ、天然の薔薇より美しい花は開発できていません」

あちらの土壌は豊かだ。

水だけでなく、石油、石炭をはじめとする鉱物資源、天然ガス、森林資源など、ほぼすべてが地球(こちら)よりはるかに豊潤だ。

厳しい冬もなく、夜だって短い。多少気温の高低はあれど、灼熱にも極寒にもなりはしない。

なのにどうしたわけか、あちらでは薔薇科の植物いっさいが根付かない。桜も、桃も、杏も桜桃もだ。

苺と林檎、梨はさいわい養殖に成功したが、枇杷、果林、李など、需要の高くない果実は存在そのものを忘れられつつある。いまは古語辞典や古典文学の中に、かろうじてその名を残すのみだ。

「――先生は、薔薇がお好きだった」

二杯目の炭酸水をウエイターに頼んで、シェフが言う。

先生とは、むろん父のことだ。わたしはうなずく。

「そして珈琲も好きでした。……戻るたび、父はわたしに言ったものです。『おまえも地球へ行ける年齢になったら、一緒に本物の珈琲を飲もう』と」

父は精神科医だった。

そしてシェフは、かつて父の患者であった。

シェフはわずか十四歳で、地球へ流刑となったのだ。〝先天的犯罪素因あり。反社会的性指向の所有者〟だと、愚かな前政府に決めつけられて。

「ぼくは十歳になるかならない頃から、自傷行為や夜驚を繰りかえすようになりましてね」

こともなげにシェフは言う。

「カウンセラーに対して反抗的で、かつ薬物療法が効きにくい体質でもあった。しかも実の叔父が児童性愛者(ペドフィリア)でした。前政府の基準からすれば〝社会には置いておけない人民〟の典型像だったのです。流刑になるのも、むべなるかなです」

「父はあなたにとって、何人目の担当医でした？」

「三人目です。十七歳から十八歳まで、一年間診(み)ていただきました」

表向きの前政府は〝社会倫理を重んじ、かつ人道的〟な政府だった。囚人たちを、流刑にしただけで放置してはおくはずはなかった。流刑地とはいえ、地球(こちら)もまた政府の管理下にあるからだ。

政府は地球に看守を置き、囚人に規則正しい生活と職業訓練を強(し)いた。教育者と宗教者を派遣し、医療体制を完璧にととのえた。

囚人たちはその犯罪志向や反社会的変態指向を抑えるべく、徹底的に監視され、管理された。反抗や反乱など夢のまた夢だった。

自殺者すら闇に葬られるのだ――。そう生前の父が、ぽつりと洩らしたことがある。

地球(あそこ)では、自殺も発狂も〝なかったこと〟になる。隠蔽(いんぺい)されるのだ。反社会的行動のすべては、政府がすべて事前に把握し、食い止めているという建前だ。そのきれいごとを守るために、囚人たちは発狂する自由さえ奪われる――と。

「あなたは、むずかしい患者だったそうですね」

無礼を承知でわたしは言う。

シェフは眉ひとつ動かさなかった。いたって鷹揚にうなずいて、

「先刻も言ったとおり、ぼくは非常に反抗的でしたから。口を利かず、ハンガーストライキを幾度もこころみ、隙を見ては自傷行為に走りました。一箇月近く、拘束衣を着せられたことさえあります」

と答えた。

「いまのあなたからは想像もつかない」

「でしょうね。あの頃とは精神状態が違う。当時のぼくは、つねに怒っていましたから」

「なににです？」

「自分です。自分に怒っていました。みずからに問題があるのはわかっていた。でもその原因がわからなかった。なぜ己が病んでいるのか、なにに苦しんでいるのか、自覚できなかったんです。精神科の先生たちはそんなぼくを診て、なにが問題か、どこに元凶があるのか診ようと、手を差しのべてくださった。なのにぼくは、その手をはねのけつづけた。自分への怒りを、他人にも転化していたからです。あの頃のぼくは二十四時間、すべてに対して怒っていた」

「そうしてあなたは十四歳から十七歳までを、診断不能の患者、いえ、未決囚として過ごした」

「ええ。診断がつかないことには、処遇も決まりませんから」

「そんなあなたの前に、父はあらわれた。三人目の担当医としてね。第一印象は、どうでしたか。前任者たちとは、違っていた？」

「はじめて会ったときは……。いえ、どうでしょう」

シェフは視線をさまよわせた。

「前任者とは違う、と思った記憶はありません。でもいま思えば、どこかに予感はあったのかもしれない。その証拠に、ぼくは先生にはすぐに心をひらきました。先生とだけは、お話ししたかった。先生の命令ならば、ぼくはなんでも素直に聞けた」

魚料理のあとは口直しだ。

薔薇とレモンのグラニテ。つまりシャーベットである。

朝摘みの薔薇のシロップに、ほんの数滴レモンを垂らしてあるらしい。甘みはごく抑えられており、爽やかだ。口にひと匙含んだだけで、舌と鼻が薔薇の香りで洗われるのがわかった。

「父は、いい医者でしたか？」

わたしは問う。

「最高の良医でしたよ」

シェフが答える。

「あなたにとっては、そうだったかもしれない。——あなたを、完全に治したのですからね。でも良医であっても、父は名医ではなかった。あなたへの父の診断は、おそらく完全に間違っていた」

わたしは出窓にずらりと並べられた写真立てを横目で見やる。政治家や芸能人やセレブたちに混じって、微笑む父の写真。

その姿は、わたしがよく見知った父とは大きく異なっている。

肉料理が運ばれてきた。

「お待たせしました。こちら〝特選牛のグリル、ポルト酒と蜂蜜マスタードのソース〟です」

牛はあちらで味わう肉のほうが、脂が多く柔らかいようだ。しかし地球(こちら)の肉も、これはこれで野趣(やしゅ)があってたまらない。

肉の繊維を歯で押しきると、滋味と肉汁がじゅわっと口内にあふれだす。蜂蜜マスタードソースの強さに、牛肉の味が負けていない。

「これは美味しい。今日の一番です」

そう唸(うな)ってから、わたしは言う。

「——父を、殺しましたね？」

と。


「ええ」

シェフは即答した。

その微笑には、いささかの揺らぎもなかった。

「あなたはそれを、ぼくに訊きにいらしたのですか。二十四年も経ったいま？」

「そうです。……あのときの父と、同じ年になりましたのでね」

肉を切り分けて、わたしはフォークで口へと運ぶ。

父の遺体を引きとりに訪れた二十四年前、わたしはまだ二十二歳だった。

医師免許を取得したばかりだった。その免許がなければ、当時はまだ地球（こちら）への往来は許されなかった。

「あなたは先生の死因を、どう聞かされておいででした？」

「ホテルの窓から転落して死んだ、とだけ」

「ああ。さすがに前政府も、まるきりの嘘はつかなかったんですね」

シェフが苦笑する。

「正確には、先生は医療用宿舎の窓から落ちたのです。ぼくが寝泊まりしていた宿舎の五階から、ね」

「つまりあなたが突き飛ばした」

「そう。ぼくが突き飛ばした。ぼくのまわりから凶器にできるような品は、いっさい排除されていたから。ペン一本、置き物ひとつなかった」

シェフは満足そうだった。その表情からは一片の後悔も見てとれなかった。

「父はきっと、あなたをこう診断したのでしょう」

わたしはそこで、わずかに息継ぎする。

視線を三たび、出窓へと向ける。

「〝彼が将来犯すだろう犯社会的行為は、母親への歪（ゆが）んだ愛着、すなわちエディプス・コンプレックスがもたらす近親相姦だ〟とね。そしてその願望は、実母から引き離した現在も消えてはいない、と」

言いながらも、わたしの視線は父の写真をとらえている。

四十代なかばにして性転換し、女性体（フィメール）となったあの頃の父を。

「なぜそれを、わたしが知っているかって？　父が当時、その診断をあまりに多くの患者に下していたがゆえですよ。父は、病んでいた。精神科医の身で、みずからが心をむしばまれていたのです。――その父はあなたに、どんな治療法をほどこしました？　あなたに、どう克服せよと命じたのですか？」

「先生は、……言いました」

シェフの語尾がはじめて、わずかに震える。

「母親に似た人を、見つけなさいと。そしてその人を母の代わりにせよ。母に求めつづけていた行為を、その人に対して遂げなさい、と」

「だからあなたは、父を殺した」

わたしは静かに言った。

いまやシェフの視線も、同じく出窓の写真にそそがれていた。ステンドグラスを透かした陽光を浴び、写真の父ははにかむように微笑んでいた。

「先生は……、なぜ、女性体（フィメール）となってぼくの前にあらわれたのでしょう」

独り言のように、シェフはつぶやいた。

「先生はぼくの資料を揃えていた。ぼくの母と、女性体（フィメール）となった先生とがよく似ていることも承知していたはずだ。——ぼくは、ずっと考えていたんです。先生はわざと、誤った診断を下したのではないか。その上で意図的に、女性体（フィメール）の姿でぼくに会いに来たのではないか、とね」

彼は言葉を切り、わたしを見た。

「……でも、あなたの口ぶりでは違ったようだ」

「ええ。先刻言ったとおり、父は病んでいました。父はなにも気づいてなどいなかった。あなたに下した診断が間違っていることも、あなたの真の欲求も、あなたの母との相似も。診断の結果、自分の身を襲うであろう死も」

ウエイターが肉料理の皿を下げていった。

代わりにデザートがやって来た。オペラケーキに、生クリームとバナナが添えてある。添えられたミントの緑があざやかだ。

シェフが口をひらいた。

「『母親に似た人を見つけなさい。そしてその人を母の代わりにせよ。母に求めつづけていた行為を、その人に対して遂げなさい』……」

「父の言葉ですね」

わたしはうなずく。

「あなたは、そのとおりにした」

「そうです。ぼくは母を、愛したいのではなかった。殺したかった。ずっとずっと殺したかった。実母にそっくりな先生にそう言われて、ぼくは覚醒したのです。だからぼくは、先生を窓から押した。先生は、ひどくあっけなく落ちていった――……」

「そうして父は、事故死として処理された」

わたしはオペラケーキを口にした。

ねっとりと濃厚なショコラだった。生クリームは対照的に、ごく軽い。バナナは完熟してこの上なく甘いのに、どこか爽やかな酸味があった。三種それぞれの甘味に、舌が悦びで痺れた。

「ええ。地球は前政府の統治下でしたから」

「ですね。前政府の政策は、無謬だとされていた。この流刑地は完全に管理され、囚人の犯罪志向は百パーセント抑えられたという触れこみだった。地球で殺人など、起こるはずがなかった」

「自殺や発狂すら、なかったことにされるのですから」

「殺人が、隠蔽されないわけがない。――かくしてわたしは二十四年前、〝事故死〟した父の遺体を引きとりに、地球の地を踏んだというわけだ。簡易な葬儀の席で、あなたともお会いしましたね」

「驚きました」

シェフは言った。

「ぼくは、先生からあなたのことを――娘だと、聞かされていたから」

わたしはふっと笑う。

そう。二十四年前、わたしは男性体として地球を訪れた。まだ二十二歳だった。医師免許を取得したばかりで、父の死に打ちのめされていた。

コースの締めくくりは珈琲だった。

すばらしい香りがした。芳醇とはこのことか、とわたしは思わずため息をついた。かねがね父がわたしに飲ませたいと言っていた、本物の珈琲がこれだ。

「父が診断を誤った理由は、わかっています」

わたしは言った。

「なぜなら父自身が、実子であるわたしを愛していたから。異性として愛したいと、切望していたから。父は己の願望から目をそむけるため、患者たちに自分の欲求を投影させた。そして無自覚の恐れから、性転換の道を選んだ。女性体と女性体で愛しあうことも可能ですが……それでは、異性として愛しあいたい父の願望はかなわない。父は禁忌を避けるため、女性体となったのです。……あなたの実母に似てしまったことは、偶然であり誤算でした」

「ぼくが〝三人目〟の担当医である先生を受け入れたのは——いま思えば、男性体の先生も母にどこか似ていたからです」

シェフはやはり、父の写真を見つめていた。

「ぼくの母は、精神的暴君でした。母の言うことさえ聞いていればいい生活は、楽だった。楽だったけれど、心が軋んだ。あの頃のぼくは、母の命令に従いたい自分と、母を殺したい自分とに引き裂かれていた」

グラスを置き、シェフは目線をわたしに移した。

「それで、あなたは先生とは逆に男性体となったのですね？　女性体の先生と愛しあうために。自分も同じ気持ちだと、彼に証明したいがために」

「ええ。男性体（メール）として、あちらへ帰還した父を迎えるつもりでした。けれど……」

わたしはまぶたを伏せた。

テーブルの上で、シェフがゆったりと指を組む。

「今日は、お会いできてよかった」

「わたしもです」

「お話しできてよかった」

「まったくです」

「あなたをお話を聞いて、あらためて思いましたよ。――やはり先生は、ぼくに殺されたくて来たのではないか、とね」

彼の声音は、ふたたび穏やかに戻っていた。

「あなたは、女性体（フィメール）の先生がぼくの母に似たことを〝偶然であり誤算〟だと言った。だが、そうではない気がするのです。先生はあなたが男性体（メール）となって待ち受けると、心のどこかで知っていた。禁忌から完全に逃げきるため、彼はあの場でぼくに殺されようと望んだ。どうです、しっくりくると思いませんか」

「そう……」

シェフにならって、わたしもカップを置いた。

「そうかも、しれませんね。ええ、そうだったのかも」

うなずきながら、わたしは言う。

シェフが、静かに尋ねた。

「あなたは今日、なぜこの店にいらしたのです？」

「二十四年が経ったからです。あのときの父と、同じ年になったから」

女性体（フィメール）に戻ったわたしをつくづくと見て、シェフは猫のように目を細めた。

「ですね。あなたは先生そっくりになられた」

「そして、あなたのお母さまにも」

わたしの応えに、シェフの表情が動いた。

「なるほどね」

口もとにたたえられていた微笑が、顔いっぱいに広がる。

「なるほど。いまのあなたを見たなら、またわたしが殺意を抱くと思ったのですか？　現政府は前政府とは違う。地球（こちら）の住民だろうと、殺人者は正当に殺人罪で裁きます。あなたの目的はそれですか？　わたしを死刑台に吊りさげることが、愛する実父を殺した男への、身を挺（てい）した復讐――？」

「さあ。どうでしょう」

わたしははぐらかした。

どのみち、店に一歩入って彼の目を見た瞬間、この結末はわかっていた。

彼は二度と人を殺めまい。実母に見立てて父を殺したとき、彼は満足した。彼の中から、殺意はきれいに拭い去られたのだ。

だから答えの代わりに、わたしは言う。

「二十四年前、父の遺体からは、甘い香りが立ちのぼりました。葬儀の前に清められたはずなのに、です。わたしは最後の最後にあの体を撫でただろう人の、愛情を感じた。きっと父を手にかけた人の愛だろう、と察しました。愛しながらも殺さずにはいられなかった者の葛藤を、その香りから嗅ぎとったのです」

視線を上げ、シェフを見る。

「そして葬儀の席で、わたしは、あなたからも同じ香りを嗅いだ」

カップに口を付けた。

「今日この店に来て、料理をいただいてはっきりしました。あれは、薔薇と蜂蜜の香りだったのですね。甘く馥郁として、やわらかい。あちらにはない香りです。人工香料や香水はあまた氾濫していれど、やはりどこかがはっきりと違う」

「ぼくの体からは、まだ同じ香りがしますか？」

そう問うシェフは満足そうだった。罪を暴かれた衝撃や、恐怖、悔恨の情はかけらもなかった。

彼は後悔していない。わたしは確信した。

そしてわたし自身もやはり、この結末を悔いてはいなかった。驚くほど、平らかな気持ちで受け入れることができた。

「ええ、香ります。……あの日とすこしも変わりません」

微笑みかえし、わたしは席を立った。

「ありがとう。とても美味しい料理でした。とくに珈琲がすばらしかったです。もうお会いすることはないでしょうが——。どうぞ、お元気で」

ステンドグラスを透かした陽（ひ）が、寄木細工の床であえかに輝いていた。

嶺里俊介

霧の橋

●『霧の橋』嶺里俊介（みねさとしゅんすけ）

配偶者にだけは知られたくない過去の〈秘密〉……。多かれ少なかれ、われわれの身につまされるモチーフであるかもしれない。それだけに、数多くのサスペンスやスリラーで使われてきた題材でもあるのだが、それが、ホラーのオブセッションを色濃く抱く作家の手に掛かるや、想像もできない異形の作品が生まれる可能性がある。嶺里俊介の本作のように。

《異形コレクション》初登場となる嶺里俊介は、2015年、『星宿る虫』で第19回日本ミステリー文学大賞新人賞を受賞しデビュー。この新人賞には珍しく、ホラー要素の強い受賞作（体を内部から浸蝕する虫！）からもわかるように、嶺里俊介の嗜好（志向）は宵闇色の世界にある。

異形の〈山神〉をめぐる伝奇ホラー『地棲魚（ちせいぎょ）』（光文社）、バブル時代に跳梁（ちょうりょう）する魔性〈夢喰い〉を描く『走馬燈症候群』（双葉社）、想像を絶する除霊法が話題となった連作『霊能者たち』（光文社）など、嶺里俊介の描き出す作品は、ミステリー小説の骨格とホラー的な要素、SF的な手法が融合し、八〇年代米国の長篇モダンホラーとも通じるものがある。

本作は、土着的な伝奇の要素を、斬新にして巧妙な手法で描いて見せた嶺里俊介の会心の短篇である。

カーラジオが予報を告げた。

『東京から千葉にかけては、午前中は晴れますが、午後から天気は下り坂になります。厚い雲に覆われ、ところにより小雨が降るでしょう』

ハンドルを握る壁沼盛人は、ふむと独り言ちた。助手席に座る未央はしきりにスマホを弄っている。正月も二日目なので、お喋りも解禁とばかりにＬＩＮＥのやりとりで忙しい。奏太は後部座席で流れる車窓の風景を楽しんでいる。来年は幼稚園の年長組なので、未央の膝の上に座らせるには身体が大きくなった。いまでは身体を動かせる広い後部座席がお気に入りになっている。

「ママ、狐がいる！」

信号待ちをしていたときに奏太が声を上げた。

道の端に小さな赤い鳥居と祠があった。鎮座しているのは赤い涎掛けをした狐の像だ。

「本当だ。狐さんやお地蔵さんはね、ああして事故が起きないように周りを見張っているの。お正月だから車が少なくて、空気もきれいだから狐さんも喜んでるかな」

煙草の煙を嫌う未央らしい台詞だった。

「この辺も、すっかり様変わりしちゃってる」

「集合住宅が建ち並んだな。住人は外国籍の人が多いと聞いたことがある」

時刻を確認するとまだ十時前。道が空いていることもあり、予定より早く着きそうだ。

「川口の家を出て、新荒川大橋を渡ったのが九時半だったろ。正月で道が空いているとはいえ、ずいぶん早いな」

「へえ、市川のわたしの実家まで三十分もかからないんだ。昨日の元日なら、道を選べば二十分もかからなかったかも」

ちくりと未央の言葉が刺す。元日は家族揃って初詣をしてから壁沼の実家へ挨拶に行った。未央の実家が二日目になったことについて、不満というほどでもないが、たまには自分の実家を最初にしてほしいという思いから出た言葉かもしれない。

「逆に道に迷ったら、とんでもなく時間がかかるからな。たまにはこんな日があってもいい」

なにしろ初めて壁沼が車で訪れたときは、道に不慣れなこともあって二時間近く迷ってしまい、未央の両親に心配をかけてしまった。苦い思い出である。

千葉街道を走って市川橋を渡る。未央の両親が住む家はもうすぐだ。

未央の実家は土地付の二階建てで、敷地は百坪はあって広々としている。一人娘の未央が離れてからは義父と義母の二人で暮らしている。二人にはリフォームして一緒に暮らしたい気持ちもあったようだが、壁沼が勤務する会社から離れているし、なにより二人で暮らしたいと希望したのは未央だった。

新年挨拶は欠かせない年中行事だ。なにより奏太が悲しむ。子どもにとって、『お年玉』は『クリスマスプレゼント』や『夏休み』と並ぶ、最大イベントの一つなのだ。

孫の奏太の顔を見るなり、義父や義母は顔をくしゃくしゃにした。

「お祖父ちゃん、お祖母ちゃん」

新年の挨拶もそこそこに、奏太は両手を挙げて駆け寄っていく。やあやあと挨拶を交わしながら家族の団らんが始まる。

「あけまして、おめでとう、ございます」

居間で奏太が頭を下げると、義父と義母がお年玉袋を渡す。これでおしまいと言わんばかりに奏太はテレビの正月番組に目を向ける。大人たちの会話にはまだ入っていけない。

おせち料理が入った重箱を広げて家族でお喋りをしていたら、壁掛け時計が正午を告げた。

「天気のいいうちに、外に行きましょうよ。おせち続きだから、ファミレスに寄ってもいいし」

「お外、行くの？」奏太が顔を上げた。瞳が輝いている。

「海に行きたい！」

去年の秋の連休に、臨海部の公園へ連れて行った。そのとき潮風に包まれながら芝生の上を走り回ったことが忘れられないようだ。よほど気持ちよかったのだろう。

「身体を動かしたあとのメシは美味そうだ」

義父は外出用のステッキに手を掛けた。すでに頭の中は孫と芝生でじゃれ合う姿を思い浮かべているらしい。

しょうがないな、と壁沼は未央と顔を見合わせた。

壁沼たちの車に義父と義母を乗せて湾岸へと向かう。それほど離れていないので二十分とかからなかった。

駐車場には結構な数の車が駐まっていた。しかも軽やファミリーカーだけでなく、バンやワゴン車も多い。元日で遊び場を求めてやってきた家族連れだけではないようだ。なにかイベントでもあるのだろうか。

「折りたたみ傘、持っていく？」

不安げな顔で未央が曇り空を見上げる。

「降り出したら引き上げればいいさ」

潮の香りが流れてくる。海が近いと感じた奏太がぴょんぴょん跳ねている。五人連れだって防風林へ分け入るような遊歩道を歩いていくと、ほどなく海を望む。

ベンチが歩道沿いに並んでいる。その先は広場になっていた。

小規模ながらフリーマーケットが開催されていた。ざっと見渡して出店数は五十くらいだ。

ブルーシートを少し離して敷いた店が並んでいる。それぞれの店を歩きつつ眺めるだけでいい散歩になりそうだ。客の数はざっと八十人。多くも少なくもない。そこここでお年玉を手にした子どもたちの声が上がっている。

「あら、青空バザールやってるじゃない」

義母が歩きはじめると、そのあとに未央が続く。

「面白そう。わたしも行く」

ショッピングは女性共通の楽しみらしい。

「ぼくも行く」

走り出した奏太に義父が連れ添う。

「走ると危ないぞ。どれ、じいちゃんが付いてやろうな」

五人はそれぞれ出店のブルーシートに並ぶ品々を眺めながら歩きはじめた。興味の品がそれぞれ違うので、気づくと別れて別のところを歩いていた。

「屋外で潮の香りを楽しみながらショッピングというのも乙かな」壁沼は呟いた。

どこの店でも並んでいるものは日用品で、主なものは着古した服だ。ブランドものも多いが、未使用品は少ない。おおかた袖を通したが、気にくわなかったかサイズが微妙だったか。一週間もすれば百貨店の初売り福袋に入っていた不要品が出てくるだろうが、今日はまだ一月二日。年末の大掃除で整理して出てきたような品が殆ど(ほとんど)だ。処分する品がいくばくかのお金になればありがたいという考えだろう。絵皿など、名前が入った結婚式の引き出物が風晒しになっている光景はなんともいえない。

周囲を回りながら壁沼は奥へと進んだ。趣味の品を出している店だと、登山用のグッズや古書やモデルカーが並べられていた。

広場を囲むように、数台のバンが駐まっている。甘酒やイカ焼き、チョコバナナや焼きそばといった屋外イベントに相応しいジャンクフードの屋台だ。その一台が風船と一緒にポップコーンを売っているらしく、数人の子どもたちが並んでいる。最後尾は奏太と義父だった。

壁沼は甘酒を求め、紙カップを両手で持って暖を取りながら歩いた。

少し離れた奥に、屋外用の折りたたみ椅子に腰を下ろしている老人がいた。顔に刻まれた皺は深い。齢八十はとうに越えているだろう。手持ち無沙汰で煙管を咥えている。実のところ、壁沼は煙管なんてテレビの時代劇でしか見たことがない。

前に敷かれたブルーシートには、折りたたまれた古着と幾つかの底が浅い箱が置かれていた。

壁沼は近寄って品を覗いてみた。

浴衣や襦袢、古めかしい帽子まである。箱にはブリキの玩具やでんでん太鼓が入っている。他にはベーゴマやビー玉、おはじきの石。そして、粒が揃った小石。

壁沼の密やかな趣味は石集めだった。宝石などの高価なものではない。変わった形のもの、色合いが気に入ったものを見つけると自宅へ持ち帰り、一人しげしげと眺め楽しむ。海水浴や潮干狩り、キャンプやハイキングの際に渓流で見つけた石など、自宅の机の引き出しにはそんな石たちが収まっている。

いまのご時世で金がかからない趣味はいい。あくまでも他愛(たわい)ない小さな楽しみとして割り切っている。

「これはなんの石ですかね」

「あちこちで拾った石だよ。珍しいというわけでもなく、ただ見た目に気に入ったものを集めていたからの」

老人はぷかりと煙を吐き出してから答えた。

目の前にある石は、いかにも変哲だった。曲玉(まがだま)のようなもの、半球形、雑巾を絞ったようなもの、ダンゴムシのような黒い石。なかなか味のあるかたちをしている。

なにより同じ趣味を持っていることが気に入った。

「同じ趣味ですね。自分も、海や山で気に入った石を見つけると持ち帰っているんですよ。……古着やなんかはご主人のものですかね」

「家族や親戚の遺品だよ。一人暮らしだし、先も長くない。そろそろ処分する頃合いだと思ってね。場所がこの広場というのもなにかの縁だ」

　老人は脇にあった屋外用灰皿の端で煙管を叩き、灰を落とした。横にゴミ箱があったので、壁沼は手にしていた甘酒を飲み干して紙コップを捨てた。

「この辺りはな、儂（わし）が子どもの頃は海だった。埋め立てられて新たな土地になったが、ここには昔の名残（なごり）が埋まっている。儂はな、掘り起こした思い出を売っているようなもんだ」

「面白いですね。実に興味深い」

　ベーゴマやビー玉を眺めながら、壁沼は珍しい石はないかと訊ねた。

「宝石みたいな高価な物じゃなく、見た目は地味でも構いませんから、なにか風変わりのものはありませんかね。いわくつきの石とかでもいい」

「……ふむ」

　老人は品定めをするように壁沼を見つめた。

「そうさな、ちょっと待っとれ」

　駐まっているバンの後ろを開けて、中へ入っていく。なにやらもぞもぞと車が揺れていたが、やがて桐の箱を大事に抱えて下りてきた。

「これなんかどうだ」

　箱には歪（いびつ）な濃灰色（のうかいしょく）の石が三つほど入っていた。

「手にとっていいですか」

「どうぞ」

うち一つを手にとってみる。

約四センチ。手のひらに載せると縁が尖っている。砕かれたか削り取られたか。工事現場で見かけるような、コンクリートの破片に似ている。しかし材質は明らかに石だ。手触りは墓石に似ている。

が、見た目は平凡だ。興味が湧くほどでもない。

壁沼はあからさまに肩を落とした。

「『地蔵石』だ」老人は言った。

「なんですか、それ」

「地蔵から削り取ったものだ。道の脇に据えられていた地蔵があるだろ。近頃は区画整理や道路整備なんかで、かつて鎮守だった地蔵は取り払われている。そんな地蔵から削り出されたものだ。『地蔵石』と呼ばれとる」

「へえ……」

たしかに珍しいものかもしれないが、コレクションの一つにするには魅力に欠ける。

石を箱へ戻そうとすると老人は続けた。

「こんな話を知っとるかな。分岐する道の袂には魔が棲む。事故や事件が起こりやすい。そのため、地蔵を据えて魔を祓うという風習がある」

「なるほど、ではこれは魔除けのアイテムですか？　御札みたいなものですね」

「いや、そうとも言えん。『地蔵石』の中には、呪いや祟りを引き寄せるものもある、らしい」

老人はかぶりを振った。

「いや」

壁沼は顔をしかめた。

「地蔵が取り払われた際に、棲みついていた魔が取り憑くことがある。土地の魔が鎮守の法力がなくなった地蔵にしがみついて、それまでの恨み辛みを籠めて地蔵を呪う。結果、地蔵は自分の内に魔の呪いを取り込んでしまう」

箱の中から石を一つ摘まんで、老人は目の前で転がすように回す。

「このように小さく砕かれた地蔵石にも、その力が残ることがある。そんなことを言う者もいる」

「どんな力なんですか」

「持つ者の運命を変転させる力があるという者もいるが、それが持ち主にとって良いことか悪いことかは分からん。まあ運命なんて主観だからな」

老人は持っていた石を箱に戻した。

「しかも、運命が変わっても本人は気づかない」

「面白いですね。そんな石をどうかと差し出すのも、いかがなものかと思いますが」

「誰にでも勧めはしないが、あんたはこんな石を欲しがるお仲間のような気がしてな。……今回は儂の眼鏡違いだったようだ」

「一つ、いくらですか」

箱の蓋を閉じようとしていた老人の指が止まる。

「興味あるのかい」老人は顔を上げた。

「どこにでも物好きはいるものですよ」

壁沼は微笑んだ。

「千五百円だ」

絶妙な金額だ。ただの石ころなら法外だが、小遣いで買えるジョーク商品なら手が出てしまう。

「なら、一つ買いましょう」

老人は仕舞いかけた箱を差し出して蓋を開けた。

「どれでも気に入ったものを。儂の目も、あながち節穴だったわけではないようだ」

肩越しに、後ろから未央の声がした。

「そんなもの買うの？」

壁沼は振り返った。

「いつからいたんだ」

「お地蔵さんの石ってとこだけ聞こえたけど」

悪戯（いたずら）っぽい微笑みを浮かべながら箱の石を見つめている。その後ろから義母が歩み寄ってきて、並べられた箱の一つに屈み込んだ。お目当てはおはじきらしい。

老人が持つ箱から壁沼が地蔵石を一つ取り出すと、未央は下に並べられている箱の一つから古びた巾着を手にとった。

「これもお願い。石を入れておく袋もなくちゃね」彼女は無邪気に言った。

「地蔵石の力に魅入られんよう、気をつけなよ、だんなさん」

「大丈夫ですよ。あなただってこのお歳までお元気なんだから」

老人は煙管に新しい葉を詰めて火を点けた。大きく吸い込んで、曇天（どんてん）を仰ぎながら煙を吐き出す。ぴんと伸ばした首には、顎から続く大きな裂傷の跡があった。

曇の底が厚くなり、辺りが翳（かげ）ってきた。天気が危うい。

義父と奏太と合流し、駐車場へ戻って歩き出した。奏太はベーゴマなどの古い玩具に興味を示してぐずったが、「ハンバーグでもスパゲティでも、好きなものを食べていいぞ」と言ったら駐車場へ向かって走り出した。現金なものである。

スマホで時間を確認したら、もうすぐ二時になるところだった。空腹になるはずだ。

小雨になったので駐車場へと急ぐ。

車に戻ると、助手席に座った未央は地蔵石が入った巾着を取り出した。

「お守りになるかもね」

巾着の口から伸びている紐を、助手席の上にある畳まれたサンバイザーの端にかける。

車の震動に合わせて地蔵石が揺れた。

驟雨だろうか。雨の勢いが強くなったので、近場にあった道路沿いのファミレスへと避難するように入った。

もとより客が少ない時間帯だ。店に入るなり、案内を待たずして窓際の六人掛けのテーブル席へと奏太が走る。メニューを持った若い女性店員は、苦笑しつつその席へと促した。

窓の外は霧のような細かい雨粒が渦を巻いている。しゃあああ、とヘビが這うような音を立てて店を取り囲んでいるような、妙な感覚があった。まるでこちらを覗き込んでいるようだ。

片側には壁沼と未央。対面に奏太を挟んで義父と義母が座る。

時間的にも今日の打ち上げになる。みんなでランチともディナーともとれる品を注文した。ほどなく注文した品々が来て、奏太は目を輝かせた。夢中になって好物のハンバーグを食べはじめる。その両脇で義父と義母が目を細める。

「さすが俺の孫、いい食べっぷりだ」

「元気ですねえ」

「わたしの子どもだもの」

ここぞとばかりに未央が『ドヤ顔』をする。

「未央はいい旦那さんに巡り会えたな。盛人くんはさぞかしモテただろ。未央には恋敵もいたんじゃないか。未央の幸せの陰で、泣いた女性もいただろうな」

「お父さん、こんなときに変なこと言わないで」

むくれながら未央が横から視線を投げてきたが、壁沼は首を軽く回して受け流した。

たしかに学生時代から付き合っていた静という女性がいた。いまでも時折思い出す。

大学一年生のときに授業のノートを借りたことから知り合い、親密になったのは二年生のときだった。

「わたしには、あなたしか見えないもの」

二人きりになり唇を重ねると、静は吐息のように呟いた。

未央と知り合ったのは、社会人二年目のゴールデンウイーク。合コンの席で気が合い、会話が弾んだ。気づいたら付き合っていた。

未央と静。どちらと結婚するか、迷いに迷ったものだ。

結局、未央と結婚して家庭を持った。それを決断した日に起こったことを未央に話したことはない。

言えるものか。絶対に。

「ほかに誰がいたのか知らないけど、私がいちばんいい女だったたってことでしょ」

「違いない」

義父の言葉に促されるように、みんなで笑った。奏太だけは、なんのことか分からずに顔を上げてきょとんとしている。

「雨、上がったみたいですよ」義母が言った。

窓の水滴が流れていない。しかし白い靄がかかっているようだ。

「霧が出てきたな」義父が口をへの字に曲げる。

「まるで寄ってきたみたい」未央が頷く。

都心の方角が煙っている。まるで雲に埋まったようだ。


霧が出てきたとなればやはり心配だ。壁沼は、まっすぐ市川の家へと車を走らせた。

「暗くならないうちに帰ります」

「お父さん、お母さん。また奏太を連れて遊びに来るね」

「お祖父ちゃん、お祖母ちゃん、またねー」

挨拶して車を出したが、見送る義父や義母の視線は、後部座席から手を振る孫にだけ向けられていた。孫というものはそれだけ格別な存在らしい。

「もう一人くらい生んでもいいよ」

助手席の未央が耳元で囁いてきた。壁沼もまた、「そうだな」と小声で返した。

往路と同じく千葉街道へ入る。市川橋を渡って江戸川を越えた。そのまま蔵前橋通りへ入るか、遠回りになるものの京葉道路へ出て、がらんどうになった正月の都心を眺めつつ、ゆっくり帰宅するという選択肢も考えていた。しかし都心を覆っていた深い霧が気になる。なぜか胸騒ぎがする。

そんな壁沼の思いを知ってか知らずか、未央が声を弾ませた。

「ねえ。このまま行くと、蔵前橋通りだよね。まっすぐ行けば、わたしに結婚指輪を買ってくれた店の前を通るよ。懐かしい」

「……そうだな」

二人にとって思い出の店だ。生涯忘れられない場所でもある。

「この霧で見通しが悪いってのに、スピード出してる車が多いな。危ないから別の道から帰るぞ」

目測による車間距離も心許なくなってきた。都心へ向かう道路は、正月とはいえ、それなりに車が走っている。速度を出している車も多い。

道が二手に分かれている。道なりに左へ行けば、総武線の高架に沿った蔵前橋通り。右へ折れれば奥戸街道だ。道がまっすぐなら自宅がある埼玉の川口市へ一直線に伸びる最短距離なのだが、世の中そううまくできていない。

道は幾重にも分岐する。

先の道を避けるように、壁沼は右の奥戸街道へと入った。学生時代に冷凍食品の運送アルバイトをしていたときに覚えた裏道だ。

しばらくして新中川を渡った。橋の名前すら知らない、小さな橋だ。

環状七号線を突っ切ったところで、壁沼は妙な感覚に襲われた。

見覚えがある街並みではなかった。昔は何度も通っていた道だというのに、どこか知らない街のように思える。少なくとも学生時代に一年以上も毎日通りがかっていた空気ではない。

後部座席で窓の外を眺めていた奏太が「お家はまだ？」とぐずり始めた。

「まだ時間がかかるからね。眠ってなさい」

助手席の未央がたしなめると、奏太は黙り込んだ。壁沼がミラーで確認したら、ちらちらと不安げに窓の外に目を遣っている。

進むにつれて霧が濃くなってきた。道の見通しが悪くなり、壁沼は速度を落とした。

信号の光がぼやけている。濃霧のせいか。それとも疲れだろうか。

次に渡るのは中川のはずだ。道なりで川を渡ることになる。しかしこんなに距離があっただろうかと頭を傾げたとき、後ろで奏太が騒ぎはじめた。

「お家、まだあ。早く帰ろうよお」

「もうすぐだから我慢しなさい」未央が叱る。「ほら、窓の外には知らない町があるよ。窓の外、見るの好きでしょ」

「やだあ、怖いよお」奏太は声を張り上げた。

「知らないお家の中から、知らない人たちが、みんなこっちを見てるよお」

顔をしかめつつ、未央が車窓に流れていく家屋を確かめる。正月のせいか、どの家屋も窓が閉め切られている。それどころか人の気配もない。

「馬鹿なこと言わないで。誰もいないでしょ」

「見てるよお。みんな、こっち見てるよお」

壁沼も一言叱らなければと口を開きかけたとき、ふと道端の地蔵が目に入った。

どうやら昔ここは分かれ道があったらしい。臨海公園の老人の話では、道が分岐する場所には魔が棲むという。

「帰ろうよお。早くお家へ帰ろうよお」

後部座席で大声でぐずり続ける奏太を一瞥して、女の子なら良かったかなと壁沼は呟いた。

「馬鹿なこと言わないで」

助手席の未央が睨みつけてきた。無理もない。失言だったと壁沼は反省した。

やがて道は三叉路になった。分岐する角に親子地蔵がある。小さな地蔵は赤い頭巾を被っている。

はてこんな道があっただろうか。まったく覚えがない。

壁沼は訝しんだ。道に迷ったらしいと思ってナビを確認したが、故障なのかフリーズしたように画面が動かない。

とりあえず右へハンドルを切った。やや北側へ向かうことになる。ほどなく橋を渡った。川は中川のはずだ。

橋や川の名前を確認しようとしたが、表示板はなかった。

周囲に車や人影がないことを確かめながら、壁沼は車を走らせた。

記憶が確かならば、京成立石駅の南側を走っている。が、先ほどの三叉路を越えてから、どうもその記憶が頼りにならない。

後部座席に座っている一人娘の希は、フリーマーケットで買った人形と遊んでいる。メーカーの本社は、この葛飾区立石だったことを思い出し、壁沼は思わず口角を上げた。

「カナエちゃん、もうすぐお家ですよ。帰ったら、お着替えしましょうね」「どんな服がいいですか」「色はなにがいいですか」

膝の上に乗せた人形を相手に、希が話しかけている。さっそく名前をつけている。

「こんなとき、女の子だと大人しくてありがたいな」

助手席の未央はスマホを弄りながら、しきりに首を傾げている。液晶画面が真っ黒だ。

「せめて川とか橋の名前が確認できたら良かったのに」

「この辺りは川が多いからな。荒川、江戸川、中川、新中川、隅田川。綾瀬川みたいな支流まで含めると結構な数になるぞ。試しに、新荒川大橋を渡るまで、いくつ橋を渡るか数えてごらんよ」

ゆっくりと車は進む。住宅街らしく周囲は民家が建ち並んでいる光景がぼんやりと見えるが、先の雨のためか窓は閉まっている。車どころか歩く人影もない。

はて、ここはバス通りではなかったか。通り沿いは住宅街ではなく、商店が並んでいたと記憶していたが、記憶違いだろうか。

助手席の未央は後部座席で人形と一人遊びをしてる希を見遣った。

「未央も弟か妹がいればいいのにね。子どもが一人だけって、なんだか寂しい」

「そうだな。女の子が一人というのはなんだか寂しそうだ。多少うるさくても、二人で元気にはしゃぎまわるくらいでちょうどいい」

「女三人で姦(かしま)しいなんて言わないでよね」未央は笑った。

車内の空気が和んだが、相変わらず通り沿いに人影はない。

これほど正月は人通りがないものだろうか。

また三叉路になった。正面は行き止まりに近い交差点になっている。正面に小さな祠があり、中に親子地蔵が鎮座している。二体の小さな地蔵が赤い涎掛けをしているのがちらりと見える。

ほぼ直角に道が左右に分かれている丁字路だ。右に踏み切りが見える。おそらく京成押上線だ。左の道は総武線の新小岩駅へ向かう道だと見てとった。

壁沼は右にハンドルを切った。

正面に高架が現れた。水戸街道、国道6号線だ。右へ折れると、かつては水戸市を経て仙台市に至る道だった。だが東日本大震災後の福島第一原子力発電所事故に伴い、現在は帰還困難区域に設定されたと聞いている。進んだが最後、帰ってくるのは難しいとのお達しだ。なんとも不気味な文言である。

迷わず左にハンドルを切る。

記憶が確かならば、四ツ木橋と新四ツ木橋に分岐している。南側に京成押上線の鉄橋が並び、その向こうには木根川橋がある。

北側にあたる右へと車線変更をして土手に架かる橋へと上っていく。綾瀬川を渡ったところで橋が二つに分かれる。

急に視界が開けた。

他に車はない。荒川を渡りながら周囲を見渡す。荒川に違いないと一人得心しつつ、南側を一瞥して壁沼は我が目を疑った。

なにもなかった。並んでいるはずの京成押上線の鉄橋や木根川橋がない。

それでは先ほどの踏切はなんだったのか。思わずミラーで後ろを見遣ったが、追走する車もない。先を走る車もない。それどころか対向車線にすら車の姿はない。

ナビを確認したが、画面は先ほどの位置から動いていない。故障している。

「ここって荒川だよね」

未央がスマホを持ってしきりに指を動かしているが、画面は黒いままだ。

壁沼は答えられなかった。

ここは、いったいどこだ。

ハンドルを握りながら橋や川の名前を確認しようとしたが、橋にプレートはなく、川の名前を示す表示板もなかった。


霧が濃くなってきた。既に二つ先の信号が見えない。

「いったい、どういうことだ」

橋を渡ってから、壁沼は車を道路端へ寄せて、停めた。降りて周囲を確認した壁沼は軽い目眩を覚えた。橋を下りても住所表記がどこにも見当たらない。歩く人影もない。

「どうしたのパパ」

「もしかして道に迷ったの？」

後部座席の窓から、希と香奈恵が不安げな顔を覗かせる。双子なので同じ顔だ。

「大丈夫だよ。心配しないで」

自分に言い聞かせるように、壁沼は運転席へと戻る。

この先はすぐに隅田川——のはずだ。しかし、また表示板がなかったとしたら。川の名も、橋の名も出ていなかったとしたら。

ありえない。

ならばむしろ、いま渡ってきた橋の横から、土手の上を北へ向けて走ったらどうだろう。どこかに表示板があるはずだ。

せめて川の名前を確認しようと、壁沼は、街なかではなく川沿いの道を進むことにした。

「ここって、四ツ木だよね」

「たぶん、としか言えないけどな」

車をUターンさせて、再び四ツ木橋——だと思う——を登り、川の手前で土手の上を走る道へと入った。なんならこのまま北上してもいい。新荒川大橋の近くになれば土地勘も戻るだろう。

右手の土手下に野球のグラウンドが広がっている。しかし人の姿はない。土手の上にもない。

「この辺りってさ、七福神の神社とかがあるよね」

未央が土手の左下を眺めている。

「正月二日目だっていうのに、初詣客が一人もいないっておかしくないかな」

「……そうだな」

もう一度、壁沼はグラウンドを一瞥した。岸から先の川面まで霧が揺蕩(たゆた)っている。向こう岸はぼんやりとしか見えない。

「パパ、喉渇いた」

「ジュース飲みたい」

後部座席の娘たちが頭を突き出してきた。

壁沼は左前方に見える街並みを確認したが、既に路面が見えないほど霧に埋まっていた。とても下の道へ下りる気はしない。

「いま飲んだらトイレに行きたくなっちゃうだろ。もう少し我慢しなさい」

双子の娘たちは不満げに頬を膨らませながら、身体を座席に戻した。脇に置いておいた大きなクマのぬいぐるみを二人で弄り出す。フリーマーケットで買ったものだ。一つしかなかったので、二人でお年玉を出し合ったと義母から聞いている。

このまま大人しくしていてくれたらありがたい。

霧が土手の上にも流れてきた。ドライアイスのように白い靄が地面を撫でていく。

「おいおい、勘弁してくれよ。土手の上まで霧に包まれたら、もう危なくて進めなくなるぞ」

「こんなところで立ち往生は御免だからね」

未央も顔をしかめた。

「これじゃあ、まるでロンドンの霧だ」

壁沼は出張で体験している。本当に数メートル先が見えないのだ。

「……そういえばまだ外国へ連れて行って貰ったことないよね。いつか一緒に行こうって言ってたけど、〝いつか〟っていつになるのかな」

未央が唇を尖らせる。

これはやぶ蛇だったかなと壁沼が口を結んだとき、後ろから金切り声が上がった。娘たちの声だった。

後部座席で、希と香奈恵がぬいぐるみを取り合っている。

「今度はわたしが抱っこするの！」

「駄目っ、駄目だったらーっ！」

未央が助手席から振り向いて宥（なだ）めようとするが、二人が引っ張り合ったのでぬいぐるみの腕が取れてしまった。

千切れたクマの腕を見て、姉妹は泣き出した。

「おいおい、なにやってるんだ」

「あなたこそ、なにやってるの。早く自宅へ帰してよ」

「だから、一生懸命帰り道を考えてるところだろ！」

壁沼は珍しく声を張り上げた。みんな不安なのだ。

これでもかとばかりに二人は騒ぎ立てた。子どもの声は神経に障るくらい高い。遠慮もない。

不快な甲高い声が共鳴して、車内に響く。

気がおかしくなりそうだ。

「ちきしょう！　だから子どもなんて持つものじゃないんだ！」

「なんてこと言い出すの！」

車内が騒がしくなったとき、先に橋が見えた。

右手に流れる川と分岐した細い川が、ほぼ直角に左に折れている。左斜めに向かう橋と、正面へ直進する橋。道なりに川に沿って左へ向かう手もある。

分かれ道の袂には、やはり地蔵があった。一つだけぽつねんと土手の上に佇（たたず）んでいる。かなり古いものらしく、表情を読み取れない。

馬鹿な、と壁沼は我が目を疑った。

次に見えるのは、右手に架かる橋のはずだ。川向こうの葛飾区、堀切菖蒲園（ほりきりしょうぶえん）へと続く堀切橋だ。こんな場所は見たこともない。

壁沼は正面に架かっている橋を渡った。他の道の先が下へ下りていることを見てとったからだ。

霧に沈んだ街へ潜るつもりはない。

右手に川、左手には大きな工場が朧に確認できる。川は大きく左に蛇行している。見通しが利かないうえ、道がぐねぐねとうねっているので速度を上げることができない。

時間は夕方四時を回っていた。夕暮れが近い。

やはり河川名の表示板はない。

助手席の未央はむくれて唇を尖らせている。

車内の空気が重くなっていたせいか、壁沼の口から愚痴がこぼれた。

「予報では『天気は下り坂』だったから日を変えても良かったかな。子どももいないし、特にお義父さんたちが楽しみにしてるわけでもないだろ」

「あなたこそ、わざわざ臨海公園のフリーマーケットになんて行かなくても良かったじゃない」

助手席のサンバイザーの下で揺れている地蔵石を一瞥して、未央は一層唇を突き出した。

まるでテッポウウオだ。

「こんな石ころにお金を出すなんて、正気と思えない」

「そんな言い方はないだろ」

一瞬の沈黙のあと、未央は堰を切ったように騒ぎ出した。

やれ稼ぎが少ない、やれ休日でも仕事へ行く、せめて子どもがいれば、いつになったら海外旅行へ連れて行ってくれるのか。

日頃の鬱憤を吐き出すように未央はまくし立てた。

明るく快活な性格が未央の魅力なのだが、いったん負の側へ傾くと手に負えない。

やれやれ、と壁沼はハンドルを握りながら溜め息を吐いた。

しかし、と車を走らせながら思う。

静となら。彼女となら、どうだったろう。

あんなことがなければ、静と子どもたちに囲まれた毎日を楽しむことができたかもしれない。

真剣に結婚を考えていた、もう一人の女性――静。

彼女がつくる弁当は大きくて重厚だった。歩くときはいつも腕にしがみついてくる。そんな情の深さに戸惑うこともあった。

二人のうち、どちらかと家庭を持ちたいと考えていた。しかし生来の優柔不断な性格が災いして、どちらと心を決めることが出来なかった。

静との最後のデートを思い出す。

いつものレストランでの夕食だった。メインの肉料理に合わせて酒を注文する。

だが、この日の食事で静はお酒に口をつけなかった。控えめだがそれなりに飲める口だったのに。

「体調でも悪いの？」

「ううん、ちょっと疲れてるだけ」

「心配事があるなら遠慮なく言ってくれ。気兼ねなんて無用だぞ」

「……ありがとう、嬉しい。でも、本当に大丈夫だから」

我慢強い静は、少しぐらい体調が悪かったり心配事があったりしても、自分で抱え込むところがあった。もっと甘えて頼ってくれればいいのに。

壁沼が口を開き欠けたとき、スマホに着信があった。

発信者は『上司』。興奮した口調で、仕事のトラブルを告げられた。すぐに対応しなければならない案件だった。

「ごめん。会社に行かなきゃ。こっちからまた連絡するよ」

訳を話して席を立ったが、手を振る静の寂しげな表情が印象的だった。

目の前に二つの道がある。

未央と静。どちらかへ進まねばならない。

翌日の土曜日は休みだったがトラブル処理に追われた。やっと終わって一息吐いたときに、未央から着信があった。

「明日は記念日だよね」

なんだったかなと首を傾げる間もなく、未央は続けた。

「わたしたちが知り合った日だよ。ちょうど一年になるよね。特別な日だからお祝いしてくれるでしょ？」

そう言われたら断れない。この押しを含む猫撫で声は未央ならではだ。

日曜日。

「あのね。実は、来週の水曜日は、わたしの誕生日なんだぞ」

「なにか欲しいものでもあるのかい」

「わあ、嬉しい。それなら、記念になるものがいいな」

未央に連れて行かれたのは、とある駅前のビルにある宝飾店だった。

「わたしの記念じゃなくて、二人にとって記念になるものがいい」

返事に詰まった。

「婚約指輪じゃ、駄目かな」

珍しく顔を紅潮させて未央が瞳を潤ませている。気が強いとはいえ、言葉にするだけでも一大決心だったに違いない。

その場で購入を決めて、ボーナスまでのローンを組んだ。給料三ヵ月分が一瞬で消えた。

カードの支払い手続きを進めているときにスマホに着信があった。

『これから会えませんか？』静からのメールだ。

『ちょっと話したいことがあって』

壁沼は仕事のメールの振りをして外に出た。店の外へ出て、非常階段近くのひと気がない場所へ移動する。

なにか逼迫した事情を感じた。週末は仕事だと伝えてあったのに連絡してくるなんて初めてのことだった。

だが、さすがにこれからというのは無理だ。

『ごめん。例のトラブルがまだ片付かなくて。明日でいいかな？』

店へ戻りかけたときに、またメールが来た。

『明日、会いたい。お願いします』

やはりなにかあったらしい。すぐにでも会うべきなのだろうが難しい状況だ。しかも別れ話を切り出さねばならないので気が重い。

『わかった。明日、必ず会おう』

送信して、店へ戻った。

「ね、これからわたしの実家へ行こうか。休みだから両親ともいるし。実は『大事な人を紹介するかも』って言ってあるんだ」

未央はご機嫌だった。

「タクシー代は、わたしが出すからさ」

壁沼を残して、ビルを出た未央はタクシーを捕まえるため道の端へ走った。その後ろ姿は、まるで夢見る少女のように輝いている。

こういうはっきりした女の方が俺には合っているかもしれない。やはり自分には背中を押してくれる女性が必要なのだ、と心の中で自分に言い聞かせてからビルを出た。

ぐるりと周囲を見回したときだった。近くの横断歩道の先に、こちらを見ている女性がいることに気づいた。

静だった。

彼女は顔を輝かせて、大きく手を振った。信号は赤なので足を止めている。

なんという偶然。目が合っているので、さすがに誤魔化せない。

壁沼は顔を引きつらせつつ、手を挙げた。車道側の信号が黄色になり、歩道の信号が青に変わるのを待ちきれないように静が走り出す。

彼女の声が聞こえたような気がした。

「わたしには、あなたしか見えないもの」

瞬間、信号の変わり目で速度を上げた大型トラックが突っ込んできて静を撥ね飛ばした。

なにが起きたのか、理解することを頭が拒否した。

一瞬の沈黙のあと、辺りは騒然となった。女性の叫び声が重なる。

目の前にタクシーが停まって未央が駆け寄ってきた。

「やだ。事故みたいだね」

「ちょ、ちょっと待っててくれ」

震える言葉で未央をその場に残し、壁沼は急停車した大型トラックへと走った。陰になっているので見えないが、トラックの向こう側から声が上がっている。悲鳴に混じって救急車を呼ぶ声。周囲には息を吞む者や嘆息する者が立ち尽くしている。

静が倒れていた。

アスファルトに大きな血溜まりが広がっている。鮮血だ。これほど大量の血が路面を覆っている光景を、壁沼は見たことがなかった。

服は乱れていたが破れてはいない。伏して身体をやや丸めている。肩口から上が赤く染まっていて、首から上の側頭部は血に濡れた髪が乱れている。

顔は見えないが、その頭は——大きく割れていた。

身体に生気はない。呼吸の様子が窺えないどころか、生きものですらない、地べたに置かれた肉塊だと本能が語りかけてくる。

壁沼は、それ以上進むことができなかった。膝が震えて、立っていることすらままならない。もし顔が見えたなら、その場に頽れていたに違いない。

唇が戦慄いて思わず静の名前が口をついて出そうになったとき、後ろから未央の声がした。

「まだ若そうなのに可哀そう……」

「見るんじゃない！」

慌てて未央の前に立ちはだかり、視界を遮った。

未央は壁沼の顔を見上げて困惑した。

「だ、大丈夫？」

よほど顔が青ざめていたらしい。動悸も激しくなっている。息も荒い。

未央は壁沼の震える手を引いて、タクシーへ乗り込ませた。

「運転手さん、千葉の市川へお願いします」

車中のことを壁沼は覚えていない。話しかけても上の空だった、とあとで未央から聞かされた。

意識が少し落ち着いたときには、未央の両親が目の前にいた。

静のことを話すわけにもいかず、その場でなにを話したのか覚えていない。

「盛人くんは口数が少ないな。まあ男ならペラペラしゃべる軽薄なのよりよっぽどいい」

未央の両親から遠慮無く観察される。寿ぐ視線が刺すように痛い。

「この人ね、今日わたしに指輪を買ってくれたのよ」

ほお、と未央の両親の顔がまた綻ぶ。

「ほら、男の一世一代の舞台でしょ。ボーナスと貯金をはたいたくらいで、しょんぼりしてどうするの。笑わなくちゃ」

未央が背中をばんばん叩いてきたが、壁沼は引きつった笑顔を浮かべるしかなかった。

その夜。

マンションの自宅へ戻り、やっと一人になった壁沼はすぐに静のスマホへ連絡した。家族の人が出た。いま病院にいるという。霊安室らしい。仕事関係の者だと名乗った。

「静は事故で亡くなりました」

「……言葉もありません。なんてこと……いや、失礼しました」

壁沼は唇を震わせながら通話を追えた。目頭が熱くなり、嗚咽が漏れた。

自分のせいだ。自分の優柔不断さが、静の不幸を招いてしまった。

悪いのは自分だ。すまん。静、すまない——。

一人きりの部屋で壁沼はむせび泣いた。

静の葬式へは一人で参列した。

遺影を前にして、壁沼は静の両親の顔がまともに見られなかった。

静が大型トラックに弾き飛ばされた場面は脳裏に焼き付いたまま消えない。いまでも頭の中でリフレインする。

このことは誰にも話していない。

——静は、もうこの世にいない。それは動かない事実だ。

壁沼は助手席の未央に目を遣った。

喚き疲れたのか、ぐったりしている。

運転しながら一人物思いに耽っていると、また道が分岐していた。

霧が立ちこめる中、袂に朦とした地蔵の影が浮かんでいる。まるで誰かの影法師のようだ。

霧は一向に晴れない。フロントガラスに映る曇天の底が低い。

また橋が見えてくる。今度の橋は少し長い。もしかしたら県境かもしれない。なにしろ見通しが利かない道をゆっくりと走り続けているので距離感がない。

徐行しつつ結構な距離を進みながら橋の表示板を探したが、やはりなんの表示もなかった。


濃くなった夕闇が霧に反映して、辺りが濃い橙色に包まれている。

「ここがどこか分からないって、不安ですよね」

助手席の静が零した。

「まったくだ。迷ってしまってすまん」

愛する妻に答えながら壁沼は苦笑する。

「大丈夫ですよ。むしろこんな時間を楽しんでるくらいですから」

気遣う妻の言葉がありがたい。せめて子どもがいたら後部座席に乗せて車内も賑やかだったろうに。

〝いたら〟〝だった〟――？

ふと、どこからか子どもの声が聞こえたような気がした。

「パパ」

元気な男の子の声だ。

抱きかかえたときの重さが腕に甦る。頬ずりしたときの、細やかな肌理（きめ）の感触。

——これは馴染（なじ）みのある感覚ではなかったか。

そんな思いが脳裏を過（よ）ぎったが、すぐに消えた。

地蔵石がサンバイザーの下で揺れている。

「運命って不思議ですよね。たとえ多少揺らぐことがあっても、最後はより強い思いの方へと引き寄せられる」

静は指を伸ばして、地蔵石を愛（いと）し気に撫でた。

「愛する人と一緒に死ねたのなら、それは願ったり叶ったりです」

彼女は微笑みながらお腹に手をあてた。

「だからわたし、幸せですよ。この子も喜んでる」

霧は深い。すでに数メートル先がまったく見えない。

壁沼の車は深い霧の中へと潜っていった。

澤村伊智

貍(やまねこ) または怪談という名の作り話

●『貍(やまねこ) または怪談という名の作り話』澤村伊智(さわむらいち)

怪談蒐集家(しゅうしゅうか)は、公表できない〈秘密〉の話を少なからず抱えているという。自分も「本職」の真摯(しんし)な怪談蒐集家から、門外不出の怪談を直(じか)に聞いたことが何度かあるし、かつて参加した怪談会でも、印象的に語られたにもかかわらず、のちに出版された『文藝百物語』（角川ホラー文庫）に収録を見送られたものが幾つもあった。

それらが〈秘密〉とされるには、たいてい納得できる理由があり、その幾つかには怪談そのものより怖い理由があるものなのだが――今回、ホラー作家・澤村伊智が、こっそりと披露(ひろう)する〈秘密〉の怪談には、そのいずれとも異なる独特の〈秘密〉の事情が存在している。

本作中に、怪談作家とホラー作家についての言及があるが、以前、私自身も「ホラー作家と怪談作家の違い」について聞かれた際、「ホラー作家は、人を喰って生きている」と答えたことがある。もちろん、カニバリズムの意味では無いのだが、その真意を証明する実作例として、ホラー作家・澤村伊智による本作を読んでいただければ、理解が深まることと思われる。

【貍】

意味 ①《名》獣の名。野生のネコ。ヤマネコ。
②《名》たぬき。タヌキの仲間の総称。
——『学研 新漢和大字典』より

最近は職業を訊かれたら「ホラー作家」と答えているが、これまでホラーではなく、怪談を意図した小説もいくつか書いたことがある。ホラーと怪談は似て非なるものだが、だからこそ明確に書き分けてみたい。あるいは自在に横断してみたい。そう考えているからだ。もちろん「ホラーも怪談も好きだから」という単純な理由もある。

例えば以前、とある文芸誌に「仮面の殺人鬼が出てくるホラー」ではなく「仮面の殺人鬼が出てくる怪談」の短篇を寄稿した。別の短篇で「登場人物たちに怪談を語らせる中でホラー映画の話題を織り交ぜ、それを伏線にしたサプライズを後半に盛り込む」という折衷（せっちゅう）も試みた。読者諸氏には単純に楽しんでもらえればそれで充分ではあるが、ぼくの書いたものをきっかけに、ホラーと怪談の差異について考えていただければ、という気持ちも少しある。

最近の言い回しを使うなら、こうしたものは「解像度」を高めた方が絶対に愉しいからだ。

そんなスタンスで仕事をしているせいか、この仕事を始めてから怪談師、怪談蒐集家の方々とも、少しではあるが交流させてもらえるようになった。

彼ら彼女らから異口同音に聞くのは、怪談を聞き集めることの難しさだ。親族からは聞き尽くした。もの凄い目に遭ったから聞いてほしいと頼まれて取材したら、単なる金縛り体験だった。そもそも語ってくれる人がとても少ない——

個人的に印象的なのが「有名な創作怪談や都市伝説、ホラー小説の一部を『実話』『本人の実体験』として聞かされた」というものだ。嘘を吐いているのか、それとも実体験だと思い込んでいるのか。取材相手や場の雰囲気にもよるが、問い質すことは高い率で躊躇われ、礼を言うだけ言って取材を終わらせることが殆どらしい。

勤めていた頃、他部署の後輩が村上春樹氏の怪談「鏡」を、あたかも実体験のように語ってくれたことがある。すぐ冗談だと分かったので彼が語り終わるや指摘した。

「『鏡』でしょ」

「あれ、やっぱバレます？」

「そりゃ春樹だしね」

と笑い合って終わったが、これが初対面だったら全く違っただろう。「どういうつもりだろう？」「指摘したらどうなるだろう？」とあれこれ想像し、場合によっては空恐ろしくなろう。

ったかもしれない。

こんな前振りで本稿を始めたのは、昨年、従兄(いとこ)から聞いた話が、これと酷似しているような全く違うような、何とも奇妙なものだったからだ。

従兄の名前は啓介(けいすけ)さん。ぼくがホラー作家であることを知る数少ない親族で、今年で四十七歳になる。聞かせてもらった場所は大阪梅田駅からほど近い、古い喫茶店だった。

※　※

啓介さんは幼少期を大阪府豊中(とよなか)市で過ごした。

彼が通っていた小学校はとても古かった。さすがに木造校舎ではなかったそうだが、廊下の端から端まで百五十メートル近くあるほど広大だった。そのせいでというべきか、校舎内は昼でも薄暗かったという。

廊下は一般的なリノリウム張りではなくアスファルトで、おまけに何故か赤黒く塗られていた。備品は全てボロボロで、踊り場の鏡は微妙に歪(ゆが)み、飼育小屋の鶏は異様に汚く、薄暗い中庭の花壇では年中、枯れかけの巨大なヒマワリが項垂(うなだ)れていた。

事実と異なる部分もあるだろう。本人も「嘘の記憶もあるやろなあ」と認めている。ただ、学校の敷地内が六年間、ずっと陰鬱(いんうつ)だったことは確からしい。在学中はずっと曇り空だったのではないか。そんな有り得ないことまで考えてしまうほどだという。

教師の印象は薄い。担任たちの顔も名前も概ね覚えているが、誰を思い出しても「顔が影で隠れている姿が浮かぶ」といい、具体的なエピソードはあまり記憶にないらしい。

さぞかし暗い、満たされない小学校生活を送っていたのだろう。ひょっとすると嫌な体験をしたのかもしれない。彼の話を聞きながら暗い気持ちになっていると、

「普通に楽しかったで」

啓介さんは見透かしたかのように笑った。孤立することもなく、いじめられることもなく、教師たちと反りがあわなかったこともない。低学年時の同級生とは今でも付き合いがあり、うち何人かとは今でも飲みに行くという。

啓介さんは昔から社交的だった。盆暮れの親戚の集まりでも率先して子供たちを仕切り、大人たちにも積極的に絡みに行って可愛がられる、そんな子供だった。隅で漫画を読んでいたぼくは、そんな彼とは隔たりを感じていたのだった。彼から電話が掛かってこなければ久々に会うこともなく、怪談を聞くこともなかっただろう。

「それで?」

「本題は六年の時の話や。六年二組。時期的にたぶん一学期やろな。五年に進級した時にクラス替えして、色々交流してちょっとイザコザも起こったけど収まって、グループがほぼ固定された頃。お互いの性格も分かって、クラスの立ち位置も決まって、暗黙の順位が出来て

きた、いうんかな」

啓介さんはスクールカースト、クラスカーストという言葉を知らなかったが、指摘するほどのことでもないので黙っていた。


啓介さんのクラスに一人の、日陰の男子がいた。

「名前はまあ……Nにしとこか」

運動はできず、かといって勉強もできない。率直に言って、かなりの馬鹿だったという。彼がテストで二十点以上を取っているのを、啓介さんは見たことがなかった。

Nは眼鏡を掛けていた。近眼だったという。「だから」と言っていいのか分からないが、Nはクラスの皆から輪を掛けて馬鹿にされていた。アホが眼鏡掛けんなや――などと頻繁にからかわれていたそうだ。啓介さんはその輪に加わることこそしなかったものの、心の中では皆に同調していた。馬鹿だから馬鹿にされているのではない。馬鹿「なのに」眼鏡だから馬鹿にされるのだ、と。

おまけにNは怠惰だった。毎日のように遅刻し、授業中は居眠りばかり。宿題を忘れることも多く、一日一度は担任に怒鳴られていた。加えて好き嫌いが非常に多く、給食もしばしば居残りで食べさせられていた。

現在では考えられないが、かつては好き嫌いのある児童や食事の遅い児童は、給食の時間が終わっても担任の監視のもと、食器を空にするまで食事を続けさせられていたのだ。啓介さんが小学生だった頃は勿論だが、ぼくの頃もそうだった。掃除の時間や昼休みの時間、席から立つことも許されず、望まない食事を強制された。埃（ほこり）の舞う教室で、遊んでいる同級生たちに見られながら。

肉体的暴力ではないにせよ体罰であり、指導というより見せしめだ。だが、そう言葉にできるのは今だからだろう。

「俺もそういうもんや思てたわ。嫌やったら早よ食うたらええねんって。まあ、いま自分の子供がそんなんやられたら、速攻で学校に怒鳴り込むけどな」

啓介さんには現在、小学生の娘さんがいる。

「要は……Nくんはいじめられっ子だった、ってことですか」

「最初は全然そんなことなかったで」

彼は強調した。

場の流れで時折からかうくらいで、彼を積極的に攻撃し、苦しめるような真似をする同級生はいなかったという。少なくとも五年生のうちは。

事態が変化したのは六年になってすぐの頃だった。

ある日の午後の授業中。Nは突然嘔吐（おうと）した。わざわざ立ち上がって大きく仰（の）け反（ぞ）り、周囲に撒き散らす格好で。

「その日は居残りせんと給食を食い終わってたけど、ひょっとしたら無理してたんかもしれんな。大おかずの汁物にあいつの一番嫌いな椎茸入っとったん、なんでか覚えてるわ」

教室は阿鼻叫喚に包まれた。

Nの隣に座っていた女子、Mさんは、吐物を全身に浴びて号泣した。教科書をドロドロにされた前の席のDくんが激怒し、机を蹴り倒して暴れ出した。被害を被った生徒たちのある者は呆然とし、ある者はその場に蹲り、ある者はさめざめと泣いた。

Nはスッキリしたのか、机の側でニヤニヤと笑いながら突っ立っていて、担任の女性教諭に引っぱたかれた。

「でまあ、その〝Nゲロ噴水事件〟で、完全にキレてもうたヤツがおったんや」

Mさんに密かに思いを寄せていた、クラスのリーダー格の男子Gが、Nに激しい憎しみを抱くようになった。縦にも横にも大きく、当時既に背が一七〇センチ以上あったという。啓介さんより頭一つ高く、隣に並ぶだけで圧倒されていたそうだ。

腰巾着の男子Hも、Gに足並みを揃えた。

始まりはある朝のことだった。Nの上履きが、カッターナイフで切り刻まれていた。

翌週。今度はNの机に泥がみっしり詰め込まれていた。泥には兎の糞、鶏の糞が交じっていた。

誰もがすぐ犯人に気付いた。GとHは噴水事件の直後から、Nに「復讐」「仇討ち」することを宣言して回っていたからだ。啓介さんは当初は半信半疑だったが、ある日の休み時間に確信した。教室の後ろでGがNにプロレス技をかけ、Hが囃し立てていた。Nは顔を真っ赤にして苦しんでいたが、Gはチャイムが鳴り終わり、教師が来ても関節技を解こうとはしなかった。

事態を目の当たりにした教師がどう対処したのか。啓介さんは全く思い出せないという。ただ、その後もNは二人に標的にされ、暴力を振るわれたり、持ち物を隠されたり、壊されたりした。

「まあ、対処せんかったってことや。見過ごしたんか、見て見ぬ振りしたんか、どっちかは知らんけど」

やっぱり教師はロクなもんやないな、と啓介さんは鼻で笑った。

Nは抵抗しなかった。

持ち物を取り上げられれば「返してや」、関節を極められて「痛いって」と口では抗ってみせるものの、それ以上のことはしない。もちろん教師に相談することもない。むしろGやHの前では常にヘラヘラしており、状況によっては擦り寄っている風にも見えたらしい。放課後に三人揃って下校しているのを、啓介さんは何度も目にしていた。他の同級生も、啓介さんと同じく傍観していた。

稀にMさんが「そのくらいにしとき」「もうやめたったら？」と諫めることはあったが、明らかに真剣ではなかった。きっかけがきっかけだから、黙っていると首謀者だと見做されるかもしれない。せめてポーズだけでも止めている風に見せておきたい。そんな計算をしているようにも見受けられたという。

ある日のこと。啓介さんは近所の公園の隅で、Nが一人佇んでいるのを見かけた。親に頼まれて近所のスーパーに買い物に行った、その帰り道だった。

呆然とする彼の足元には水溜まりがあり、その真ん中に水浸しのランドセルが、計ったように逆さまに突っ込まれていた。蓋は開いていて、中身にも水が浸みていることは容易に想像が付いた。

公園に誰もいないことを確かめてから、啓介さんはNに声を掛けた。

「よお」

「歩いとったら落としてん」

啓介さんが質問する前に、Nは答えた。見え透いた嘘だった。服は上下とも泥まみれで、前髪や頬に、乾いた土が幾筋もへばり付いていた。周囲のぬかるんだ土には、一人で歩き回ったくらいでは付かない量の足跡が残されていた。

「まあ、乾かしたら使えるし、うん」

Nは自分を励ますように言って、ランドセルを摑んだ。水溜まりから引っ張りだし、近くのベンチに持っていって、汚れたハンカチで拭く。教科書を一頁一頁開いて、これも拭く。啓介さんは周囲の様子を窺いながら、その作業を手伝ったという。ポケットに入れていたティッシュを使ったそうだ。

三冊ほど教科書とノートを拭き終えたところで、啓介さんは「これ」とガムを渡した。買い物にいく駄賃がわりに、購入を許された青リンゴのガム、五個入りのうち一個を。個別包装の紙は金色で、ガムは茶色。シート型でなく角の丸いブロックのような形状だった。

二人でそれを食べて、もう何冊か拭いたところで、辺りが暗くなっていることに気付いた。これは親に怒られる。啓介さんは別れの挨拶もそこそこに、走って帰宅した。実際に怒られたかどうかは記憶にない。

「でも、ガムの味とかは何でかハッキリ覚えてんねん。味も香りも薄うて、しかもやたら硬かった。なんかゴム噛んでるみたいやったわ」

公園での出来事を思い出す度に、この時食べたガムの味と食感が口の中に甦るという。ぼくと話している時もそうだったらしく、「未だに不味いわ」「そもそも何であんなん買うたんか分からん」と顔をしかめていた。

似たようなことはそれから何度かあった。学校の外で、嫌がらせを受けたNが一人で困っている時に、さりげなく手を差し延べる。

学校では一切話しかけなかったが、そうした状況では普通に話せた。話題は主にテレビだった。ファミリーコンピューターが発売されて数年経っていたが、啓介さんもNも買ってもらえていなかった。

「卑怯やろ」

啓介さんは暗い顔で言った。

「表立って仲良うする度胸はないくせに、善人ぶってたんや。いや、違う――保険や。アリバイ工作や。何かあった時に、『自分は助けようとしてました』『いじめはあかんと思います』って、大人に言うために計算して動いとった。GやHよりゲスい」

「そんなことないですよ」

ぼくはすぐさま否定したが、その言葉は自分でもはっきり分かるほど空疎に響いた。

啓介さんがそんな風にNとの関係を続ける一方で、GとHのやり口は更に大っぴらに、過激になった。プール開き初日、自由時間でNは二人に何度も水に沈められ、苦しそうにしていた。止める児童はいなかった。担任も放置していた。そのくせ給食ではエノキが食べられないNを「甘えるな」と叱り飛ばしていた。啓介さんはそれを傍観していた。

その翌日か、翌々日のこと。

登校するなり校内放送で呼び出され、体育館に集合させられた。緊急の全校集会だ。壇上に立った校長は伏し目がちに、簡潔に言った。

「六年二組のHくんが今朝、亡くなりました」

体育館は静まり返った。六年四組の女性教師が、隅で啜り泣いていた。彼女が三、四年の時にHを受け持っていたのを思い出す。

事故らしい、ということは分かったが、校長は明言を避けた。教室に戻ると担任が神妙な顔で話し始めたが、「自宅で死んだ」ということしか分からなかった。

隠し事をされている。或いは不明な点がある。啓介さんはもちろん、同級生の大多数は察したのだろう。教室には妙な空気が流れていたという。

奇怪な噂が流れたのは、それから数日後のことだった。啓介さんはクラスの女子から「五組の子から回ってきた」と教わった。

噂はこんな内容だった。

Hは庭で冷たくなっていたのを、未明に父親に発見された。彼の家は裕福で、二階建ての大豪邸に住んでいた。

全身の骨が折れていた。

頭が割れ、飛び散った脳味噌と血が、芝生を赤白に濡らしていた。父親は絶叫し、それを聞いて庭に出てきた母親は、変わり果てた息子の姿を見て失神した。

「殺人だったってことですか？　何者かに鉈とかで……」

「ちゃうねん。これ、話の出所はHんとこのお手伝いさんらしいねんけど」

いいい、ぺしゃんこだった、という。

頭も割れて身体も妙に曲がっていたが、それ以上に、平たく潰れていたのが異様だった。まるで高いところから落ちて、叩き付けられたかのようだ。それも尋常でない高さから。邸宅の二階や屋根からでは、絶対にああはならない。

お手伝いさんはそう言って震えていた、らしい。

そもそも父親が庭に出たのが、外で大きな物音を聞いたからだ——という噂も、ほどなくして流れてきた。

母親がショックで精神に異常をきたし、邸宅の地下牢に閉じ込められた、などという噂も。H邸の隣人がその日、洗濯物を干そうとベランダに出たところ、ガラス窓に脳の一部がへばり付いているのを見付けた、という悪趣味な噂も。

いずれもはっきりした根拠はない。というより、素直に考えて疑わしい。だが、こうした噂を耳にした時、真偽を確かめたいと感じる人間は少ないし、実際に確かめる人間は皆無に近い。殆どは無邪気に面白がり、子供はそれを明け透けに態度に出す。

啓介さんたちもそうだった。

生前、密かにHが嫌われていたせいもあった。典型的な、虎の威を借る狐。そんなHに対する軽蔑の感情が、彼の死をきっかけに表面化したわけだ。Gでさえ告別式の後ほどなくして、Hを「あの金魚の糞」と嘲(あざけ)った。

皆が噂を語り合い、Hを貶(おとし)めて楽しんでいるうちに夏休みになった。啓介さんは時折、

GがNを引き連れて出歩いているのを見かけたという。炎天の河原。朧月夜の、近所の夏祭り。きっと声を掛けなかったせいだろう。絵として印象に残っているだけで、何をしていたかは分からない。

二学期が始まってすぐのこと。

Mさんが行方不明になった。

ピアノ教室に行く、と家を出たきり姿をくらましてしまったのだ。当時、携帯電話はもちろんポケベルも普及しておらず、こうした時に直接、素早く連絡を取る手段は、少なくとも世間一般には皆無だった。

教室に刑事が来て、「何か思い当たることがあったら、どんなにつまらないことでも教えてください」とにこやかに言っていたのを、啓介さんは覚えている。刑事からは強烈な煙草の匂いがした。

刑事が来た次の週の夜中。Mさんの遺体が発見された。

町外れの交差点に設置された、電話ボックスの中だった。座った姿勢だったという。

Hの時と違い、事件扱いだった。何者かが彼女を殺し、人目の少ない時間帯を見計らって、電話ボックスに押し込めたに違いない。誰もがそう推理した。しかし。

また妙な噂が流れ始めた。

啓介さんが伝え聞いたのは、今度は母親からだった。ぼくにとっての伯母——ぼくの父親の姉で、絵に描いたような関西のおばちゃんだ。

「あの子な、発見された時、受話器握り締めとったらしいで。そんで耳に当てとってんて」

「誰が言うてるん？」

夜、テレビを見ている最中だった。啓介さんは苛立ちを隠さず訊いた。そんな噂を流す意味が全く分からない。

「第一発見者がパート先の先輩ヤマダさんの、友達の旦那さんの兄弟やねん」

「他人も他人やん」

「怖いんはそこちゃう。公衆電話のコードあるやろ、あれが首に巻いてあったらしいわ。何重にもなって」

「何それ。犯人がやったってこと？」

「せや思うよ。変質者や。可哀想にな」

取って付けたように憐れむ。

野次馬根性を隠さない親の姿を目の当たりにして、啓介さんは気分が悪くなった。口論になった。今聞いた話は絶対に言いふらすまい。そう心に誓った。だがほどなくして、学校に同じ噂が広まった。子供一人の努力など、何の歯止めにもならなかったのだ。

己の無力と、親を含む世間の無節操さを痛感していた、ある平日のこと。授業を受けていると、後ろの戸がガラガラと乱暴に引き開けられた。

薄汚れた服を着て、骨と皮ばかりに痩せ細った中年女性が、ぬっと教室に入ってきた。鳥籠のようなにおいが教室に充満したという。

Hの母親だと気付くのに少しかかった。

完全におかしくなっているのを、雰囲気で察した。

絶句する児童たちを見回してから、彼女は消え入りそうな声で言った。

「あの子はね、かぐや姫の親戚」

うふふ、と笑う口から、涎が滴った。

「月に帰ろうとしたの」

担任はすっかり怖じ気づいて、全く動かない。

「ほら。これ、あの子の側に落ちてたの。割れた頭の側に」

Hの母親はうっとりした表情で、何かを掲げた。

ボロボロに朽ちた、長さ十数センチほどの薄く、平たい木切れ。最初はそう見えたという。

竹細工か、あるいは墓場によくある板きれを、掌サイズにしたもの。遅れてそんな風にも感じた。卒塔婆という単語を知るのはもう少し後だ。ただの木片ではなく、加工されているらしい。

皆が息を殺して見守る中、彼女は歌い出した。身の毛もよだつような裏声で、しかも調子っぱずれだった。

「ゆうやーけ、こやけえの……赤と、ん、ぼおお……こかごおお、に、つうううんだあ、わあ……」

歌は啜り泣きで終わった。

やがて彼女は木切れを天に翳し、学校中に響き渡るほどの悲鳴を上げた。何度も何度も。そのうち喉が千切れるのではないかと思うほど。驚いて泣き出す児童は女子だけでなく男子にも何人かいたが、啓介さんは何とか耐えた。

騒ぎを聞き付けた一組と三組の担任——どちらも男性だった——が、二人がかりで彼女を連れ出した。担任は数日休み、その間は何人かの教師が持ち回りで二組の授業を受け持った。

Gが変わったことに、啓介さんは気付いた。授業中はおろか休み時間もやけに静かで、終礼が済むなり逃げるように教室を後にする。Nをからかったり、小突いたりは相変わらず続けていたが、それも以前に比べてずっと大人しい。

内心軽蔑していたとはいえ子分の一人と、意中の女子。立て続けに死別すればショックも受けるだろう。落ち込みもするだろう。だがそれだけではない。もっと決定的な変化が、確実にGに起こっている。でもそれが何なのかは、その時の啓介さんには摑めなかった。Gが視界に入る度に違和感が走るのに、その正体を見付けられずにいた。

そんなある日のこと。

理由は忘れたが、自転車で一人、隣町に出かけた帰りだったという。

ふと思い立って出鱈目(でたらめ)に角を曲がり、立ち漕ぎで坂を上ると、狭く汚い川に出た。空き缶やビニール袋はもちろん、洗濯機や原付自転車まで捨てられ、真っ黒に濁ったドブ川だった。細い排水管からジョボジョボと汚水が流れ落ち、水面を泡立てていた。

汚いのお、と思いつつ、啓介さんはドブ川から目が離せなくなった。嫌悪感を抱きながら、同時に面白いと思った。自転車を押し、観察しながら川上へと歩いて、ふと顔を上げた。

対岸にNが立っていた。

ぼんやりと川を見下ろしていた。

啓介さんに気付く。近くの橋を渡って駆け寄ってくるなり、「どないしたん?」と訊いてきた。

「見ててん。おもろいから」

啓介さんは正直に答えた。

「おもろいよな」

Nは破顔した。会話が続かない。困っていると、Nが再び訊ねてきた。

「なあ、ええもん見せたろか?」

「ええもんって?」

「ここでは内緒や。誰にも言わへんて約束したら、見せたるわ」

おそらくは秘密基地。そうでなければ隠し持っているガラクタだろう。啓介さんはそんな予想を立てていた。あまり期待はしていなかったが、日陰の、いじめられっ子のNが何を大事にしているか、少しだけ興味が湧いた。

「ええよ」

「二人だけの秘密やで」

「分かった。誰にも言わへん」

Nは満足そうに目を細めると、「こっちや」と歩き出した。

案内されたのはNの家だった。

校区の外れにある、木造の二階建てだった。見るからに古く、子供の感覚でも小さい。隣家と見比べて、少しではあるが傾いているのが分かった。外壁と屋根は半分ほど蔦に覆われ、無気味な雰囲気を漂わせている。表札は右半分が欠けていた。

Nに導かれるまま啓介さんは家に上がった。

昼間なのに暗かった。廊下の壁際に新聞紙や雑誌が山と積まれ、今にも崩れそうだった。階段の左右には大小様々な、空の酒瓶が並んでいる。

埃と酒のにおいが、家の中に立ち込めていた。

当時団地住まいだった啓介さんにとって、戸建ては憧れだった。両親に戸建ての素晴らしさをしょっちゅう聞かされていたせいらしい。だが、Nの家は少しも羨ましいとは思えなかった。

急な階段を上ってすぐ、左の四畳半の和室がNの部屋だった。出入り口の襖は破れ目だらけだった。

畳は酷く汚れていた。どうしたらこれほどの有様になるのか、見当も付かなかった。ここに座るのかとげんなりしていると、「はい」とNが座布団を敷いた。ところどころ染みが付いていたが畳よりは幾分ましで、我慢して座る。

飲みもん取ってくるわ、とNは部屋を出て行った。ぎしぎしと階段の鳴る音が遠ざかっていくのを聞きながら、啓介さんは部屋を見回した。

窓のすぐ外は隣家の壁で、光が全く入ってこない。家具と呼べるものは小さな本棚と、勉強机だけだった。どちらにも大量のシールが貼ってあり、元が何色だったかも分からない。シール自体も色あせていた。本棚には漫画がぎっしりと詰め込まれていたが、カバーの掛っているものは一冊もなかった。

Nが戻ってきた。片手にスプライトの瓶とコップ、もう片方の手におかきの缶を抱えていた。出された手前、ほんの少しだけ口にしたが、スプライトは炭酸が抜けているうえに温く、おかきは湿気っていた。

「ええもんって何?」

啓介さんの質問に、Nは意味深な笑みを浮かべた。向かいの座布団に胡座をかく。

「秘密やで」

「うん」

「絶対言うたらあかん」

「分かった」

「僕な、頭悪いやろ。そんでトロいし」

唐突に話が変わった。内容も内容だ。答えに窮していると、

「気ぃ遣わんでええよ」

「いや、遣てへんて」

「ええって。気にしてへんから」

「……賢くは、ないかもしれんな。Dとかに比べたら」

「はっは」

Nは笑いながら、おかきを口に放り込んだ。

「これな、生まれつきやねん。おとんもおかんも頑張ってんけど、どうにもならんかった。わしらの子やからしゃあないなって。どっちも――」

ここでNは学歴差別、職業差別にあたる言葉をいくつか並べたが、その時の啓介さんは問題だと感じず、「だからか」と思ったという。

「――せやから、馬鹿にされたり、おちょくられたりはええねん。僕みたいなんがおったら、絶対そうしたくなるやろって、自分でも思うもん」

「どうかな」

「そうや。せやからあいつらに何されても、何とも思わんかったで。そらそうなるわなって。ゲボかけられたら、誰だって嫌やん。好きな人がかけられたら、そら怒るて」

経緯を正確に把握していることが、啓介さんには意外だった。Nを見くびっていた自分が厭になった。

Nはコップを空にすると、

「でもな、そのうち……しんどなってな」

静かに言った。

「そうなんや」

「うん。死のっかなって。とりあえず風呂に顔浸けたり、壁に頭ぶつけたり、いろいろやってみてんけど、あかんかったわ」

そんなことで死ねるものか。啓介さんはそう思ったが言わなかった。胸が締め付けられていた。足りない頭で必死に、命を絶つ方法を捻り出す、その切実さを想像して辛くなった。

啓介さんの胸の内を知ってか知らずか、Nは晴れやかに言った。

「そしたらある日、思い出してん。死んだおじいちゃんがな、戦争の時、中国から持って帰ってきたビーリィ、、、のこと」

「ビーリィ？」

「バケモンや。何でも願い事を聞いてくれる、ヤマネコのバケモン」

Nは笑っていた。

「もちろんそいつをそのまんま持ってきたわけちゃう。大昔に人間とやり合うて、とっくに死んでる。一匹も残ってへん。でもな……ヒゲはまだあるんや。おじいちゃんはそれを持って帰ってきた。誰にも言わんと仕舞っとった。教えてくれたんは僕にだけや。ヒゲくれたんは僕にだけや。お前にはいつか要るようになるって」

指先でおかきを弄（もてあそ）び、潰す。じりじり、ぱふ、と間抜けな音が、薄暗い部屋に響いた。

来た時よりもずっと暗くなっていた。

「夜に……そこの畳に油紙敷いて、毛ぇ置いて、お供えしてん」

「お供え？」

「人間の肉食べるっておじいちゃんは言うてたけど、そんなん無理やん。せやから……かさぶたをあげた。ちょうどあいつらに転ばされて、膝擦り剝いとったからな」

「あ、あげたって」

「潰して振りかけたってん。そんで寝て、起きたら消えとった。油紙も、かさぶたもなくなった」

「風で飛んでったとか？」

冗談めかして指摘すると、Nはウフフと笑った。

「僕も最初はそう思たよ。ガッカリしたわ。でもな……ほんまはちゃうかってん。ちゃんと生き返っとってん。夜に机で勉強しとったら、出てきたんや。立派に育ってな……青と白の毛ぇ生えてたわ。手足はまだ完全やなくて、途中までしかないけどな。最初はそこの」

Nは勉強机を指差して、

「一番上の、広い方の抽斗から出てきたんや」

と言った。

呆気に取られる啓介さんに顔を近付けて、

「で、今はそこにおる。寝る時はそこに入んねん」

今度は啓介さんの背後にある、押し入れを指した。

すざざ、という音が中から聞こえ——


「啓介さん、ちょっと待ってください」

ぼくは思わず口を挟んだ。仕事の範疇(はんちゅう)だからと標準語で通していたのに、つい関西弁になっていた。

「どういうつもりですか？　長い時間かけて何してはるんですか？　いや、そらぼくも今回大阪来たん、別件の取材があったからやし、啓介さんと会うんもわざわざ感は全然ないですけど、それでもこんなバレバレの、つ、作り話……」

自分の言葉で少しずつ、感情が輪郭を持ち始める。怒り——ではない。困惑だ。従兄のしたことに対する、純粋な困惑。そこからじわりじわりと、不安が育ってくる。

青と白の毛を生やした、手足の短いバケモン。

勉強机の抽斗から現れ、押し入れに居着く。

眼鏡の落第生N。ガキ大将のG。

その腰巾着で金持ちのH。女子のM。勉強のできるD。

Hは高所から落ちて死んだ。その傍(かたわ)らには竹細工らしきものの残骸が落ちていた。

Mさんの死体は電話ボックスで見つかった。電話をかけている途中のような格好だった。

「啓介さん、NとかGとかHとか、全部——」

「それはな！　それに関しては正直、オレが作った。完全に意識して付けた」

「〝それは〟ってどういうことです？」

この人は、啓介さんは、

「『ドラえもん』を怪談仕立てにして、ぼくに語って聞かせて、一体どういう——」

「俺もそう思たわ！」

啓介さんは大きな声で言った。血走った目でぼくを見つめる。周囲の視線を気にする様子もなく、彼は続けた。

「思うに決まってるやろ。せやから今お前が言うたんとほぼ同じこと、Nに言うたってん。作り話やろ、どういうつもりやねんって。そしたら」

違うよ、ほんまのことや。

Nは楽しそうにそう言った。

戸惑う啓介さんに、こう語りかけた。

「HくんもMさんも死んだやん。校長先生も集会で言うとったし、みんなで葬式にも行ったやん。作り話とちゃう、実際に起こったことや。僕の願いを聞いて、ビーリィが殺してくれたんや」

眼鏡の奥の細い目が、暗い中で爛々（らんらん）と光っていた。

ごそり、と音がして、啓介さんは振り返った。

押し入れの中から、音がしていた。

ごそごそ、ずずず

がりがり

みし、みしっ

音は次第に大きくなった。襖が震えるのが見えた。大きい。鼠や猫ではない。犬とも思えない。音で分かる。襖の振動で分かる。もっと大きな何かだ。おそらくは、小柄な人間くらいの。

「……何なん？」

啓介さんは訊ねた。下半身に痺れにも似た感触が走り、腰を浮かすこともできない。

「言うたやん。ビーリィや」

「だから、ビーリィて何なん？」

「それも言うたで。願い事を叶えてくれるねん」

「な、何をお願いしたん？」

「鈍いなあ。僕より頭の回転遅いんちゃう？」

Nは座布団の上で、楽しそうに身体を揺らした。

「殺してくださいて頼んだんや。その度に肉あげてな」

「肉て」

「決まってるやろ、僕の肉や。どないしてんな啓介くん。ほんまに頭弱なったんちゃうか、ひょっとして――」

知的障害者に対する蔑称を並べ、着ていたスウェットの裾に手をかける。ゆっくりと、勿体を付けて捲り上げる。すり切れたシャツ越しに、大きなガーゼが腹にいくつも貼ってあるのが見えた。ガーゼは茶色く汚れている。

血と膿のにおいが鼻を突いた。

「こんなに食われたら、お腹にポケット出来てまうなあ」

うふう、とNは歯茎(はぐき)を剝き出して笑った。

ふわりと胃が持ち上がった。今すぐこの場を逃げ出したいのに、足腰がまるで動かない。動かし方を忘れてしまっている。

ずさ、と何かが滑る音がした。

襖が動いた——開いた音だった。

背後の、押し入れの襖が、ほんの少しだけ開いたのだ。そう悟った途端、首筋に強烈な視線を感じた。

見ている。Nのいうビーリィなる存在が、自分を見ている。存在するのだ。確実に、すぐ後ろに。座布団に座ったまま、啓介さんはガタガタと震えていた。

「せや」

Nはスウェットを戻すと、

「ちょうどええわ。肉、ちょっと貸してくれへんかな？　お腹のんでええで」

文房具を借りるときのような調子で訊ねた。

「貸してって……何で？」

「まだいっぱいあるやん。一回くらい使(つこ)ても、そこまで影響ないで」

「せやから、何で？」

「鈍いやっちゃなあ」

Nは嬉しそうに啓介さんを詰ると、

「もう一人、殺さなあかんやつおるやろが」

忌々しげに言った。

と同時に、ずずずず、と押し入れの襖が開いた。

へひ、と変な声が、啓介さんの口から出た。瞬間、下半身の硬直が解けた。弾かれたように立ち上がると、啓介さんは部屋を飛び出した。押し入れの方に意識も、顔も向けないようにして。

空き瓶やゴミの間を縫うようにして家を転げ出て、自転車に飛び乗った。出鱈目に、全速力でペダルを漕いだ。涙も鼻水も流れるがままだったという。

帰宅した頃にはとっくに日が暮れていて、母親に酷く怒られたが、啓介さんは少しも怖くなかった。むしろほっとして泣けてきた。居間でぐすぐすと洟を鳴らしながら小言を聞いているうちに、意識が朦朧とし、気分が悪くなり、啓介さんは盛大に吐いた。

啓介さんは熱を出した。病院に行き、薬を貰って飲んでも一向に治まらなかった。この時のことはほとんど記憶にない。快復したのはNの家から逃げ帰ってから、一週間経った頃だった。

久々に登校すると担任も同級生も、安堵した様子で迎えてくれた。幸いにも後遺症の類は一切なく、勉強の遅れもすぐに取り戻せた。

Nが来ていなかった。

啓介さんと同時期に休み始め、未だに戻ってこない。担任によると「怪我をした」とのことだったが、詳しいことは彼女も把握していないようだった。

Nが不在のまま二学期は終わった。三学期の初日、始業式から戻ると、担任からNが引っ越したことを告げられた。家庭の事情だという。

「一家揃ってアル中病棟行きか?」

Gが言い、皆が笑った。担任も笑っていた。彼の両親や、当時既に故人だった祖父母が揃って大酒飲みだと、啓介さんはこの時初めて知った。

啓介さんは少しずつ、あの日の出来事を現実的なところに落とし込もうとした。そしてこう結論付けた。

Nの言っていたことは、完全な作り話だ。

押し入れにいたのはやはり犬か猫、そうでなければNの家族だ。大の大人でも酔っ払えば、子供でもしないことを平気でする。Nの部屋で酒のにおいはしなかったが、階段を上がるうちに鼻が麻痺したのかもしれない。人間の嗅覚は鋭敏とは言い難く、どんなにおいもすぐ慣れて感じなくなってしまう。学習まんがで読んだことがあった。

腹のガーゼは単なる怪我で、理由は知りようがない。HとMさんが死んだのは偶然だ。Nが自分を誘い、家であんな話を聞かせたのは、きっと悪質な冗談だ。からかわれ、蔑まれた人間が、一度他人をからかってみたかった。動機はこんなところだろう。

ここぞとばかりに啓介さんを馬鹿にしている時の、Nの心底嬉しそうな顔が思い出された。

啓介さんは日常に戻った。私立中学を受験する同級生は何人かいたが、啓介さんは悠々と、残り少ない小学生生活を過ごした。

だが、三月に入ったある日。

卒業式の練習を終えた、直後のことだった。啓介さんは体育館と校舎を繋ぐ、外廊下を歩いていた。友達と話していて、ふと反対を見ると、Gがすぐ隣にいた。二言三言、他愛ない遣り取りをする。

違和感を抱いた。次の瞬間には、理由が分かった。

啓介さんはほとんどGを見上げていなかった。自分が伸びたのではない。数日前に家で計って、成長の遅さに落胆したばかりだった。ということは。

Gが縮んでいるのだ。

二十センチ近くも背が低くなっていた。体格も貧弱になった気がした。誰も気付いていないのか。自分にしか見えていないのか。

混乱していると、Gの表情がみるみる曇った。憎しみと不安の入り交じった目で、啓介さんを睨む。

　啓介さんが何も言えずにいると、Gは舌打ちして、足早に教室へ戻っていった。


　四月八日。

　近所の公立中学に入学したのと同じ日に、近くの交番にビラが貼られた。

　三日前にGが行方不明になったことを知らせ、情報を募るビラだった。

　上半分に大きく、六年の運動会の時のスナップ写真がレイアウトされていた。Hを従え、NにヘッドロックをかけているGが、誇らしげな笑みを浮かべていた。

　瞬間を切り取ったせいだろう。Nも楽しげに、幸福そうに笑っていた。

※　※

　啓介さんが話し終えたが、ぼくは何も言えなかった。どう受け止めていいか、見当も付かなかったからだ。啓介さんも腕を組んで考え込んでいたが、やがて「どう思う?」と訊ねた。

　ぼくを担いでいるようには全く見えなかった。

　ぼくは「分かりません」と答えた。それが偽らざる本音だった。

　別れ際に啓介さんは言った。

「ずっと誰にも言わんかってん。律儀（りちぎ）に約束守ってな」

「三十年以上も秘密にしてたのに、何で今になって、それもぼくに話したんですか？」

率直な疑問だった。

「それなあ。自分でも上手く説明でけへんけど……要するに、知ってほしかったんやろな」

「え？」

啓介さんは複雑な表情で、

「あの国民的マンガを読む時、子供と毎週あのアニメ観る時、あと外歩いてて、映画の看板が目に入った時とかに、何とも言えん……ざわっと、妙な気持ちになる人間がこの世におるってことをな」

ここんとこ大長編はお涙頂戴が露骨やから、余計にな――と冗談めかして、啓介さんは梅田の雑踏に消えた。

山田正紀

嘘はひとりに三つまで。

●『嘘は一人に三つまで。』山田正紀

《異形コレクション》に、これまで数々の異形な物語を寄稿してきた山田正紀は、言わずと知れた日本SFの牽引者。同時に、冒険小説、幻想小説、モダンホラー、歴史伝奇小説、本格ミステリなど、あらゆる〈ジャンル小説〉の「新しい地平」を切り拓いてきた開拓者でもある。

その山田正紀が今回、〈秘密〉をテーマに書き下ろした最新作は、なんとダシール・ハメットやレイモンド・チャンドラーが築きあげてきた「ハードボイルド・スタイル」のミステリだ。行動する私立探偵が、自ら目となり耳となり、奇怪な事件を取り巻く奇怪な人物たちの〈秘密〉を抉り出していくこのスタイル——実は、グロテスクな城館の闇を彷徨い、禁じられた〈秘密〉に遭遇するゴシック・ロマンスと相通じるものがあるのではないか。ポオが「本格」を産みだしたのと同様、「ハードボイルド」もアメリカン・ゴシックの産物なのではないか……そんな仮説までも、山田正紀が描くグロテスクな事件は示唆してくれている。舞台は現代日本なのだが。

なお、山田正紀は、今回のこの作品で、かつてない実験的な叙述の手法を採用し、このジャンルに新しい可能性を呈示してくれた。「一人称」よりも、焦点化をゼロに近づけた叙述手法は、それでいて、洒脱。豊かな味わいも秘められている。たっぷりと堪能していただきたい。最後のセリフに至るまで。

「どうも申し訳ありません。今日は妙にお客様のご相談が立て込んでまして。いつもはこんなにバタバタしてないんですけど」

ご繁盛のようで何よりです。

「皮肉ですか」

あ、これは。失言でした。

「はは、いや、どうかお気になさらずに。どうも私どもの稼業ばかりは、なまじ繁盛しても困るし、かといってあまり閑古鳥が鳴くのも、ねえ。どちらにしても痛しかゆしというところでして。それにしてもずいぶんお待たせしちゃいましたね。失礼しました」

いいえ、アポも取らずに勝手に押しかけてきたこちらが悪いんですから。それに、待っている間、目の保養もさせて頂きましたし。立派な待合室ですねえ。

「はは、驚きになられたでしょう。まるで結婚式場の相談室みたいですからね。いや、私は、もう少し地味にこしらえた方がいいんじゃないかって内心、そう思ってはいるんですが。マイセンのカップはともかくとして、いくら何でも葬儀屋の相談室に胡蝶蘭の花はない、とは思うんですが。なにしろ、会長の趣味なものですから。出産が第一の門出、結婚が第二の門出、葬儀が第三の門出というのが会長の持論でしてね。あ、会長というのは私のおやじでして。おやじが会長、せがれの私が社長。こんな小さな葬儀屋に会長も何もないもんですが。それで、あなた様は、ええと、探偵さんとうかがいましたけど」

はい。というより民間の調査員といったほうがいいのですが。

「それで調査のご依頼主はどなたで？　ああ、あれですか。やはり守秘義務とかがあって、人には言えないとか。そういうのがあるんでしょうか」

あ、いえ、この件に関してはそういうことはありません。故人のお母様からのご依頼を受けました。

「清水亜希子様。喪主でいらっしゃった。でも、あの方は」

はい、義理のお母様でいらっしゃいます。亡くなった智明さんは前妻様のお子さんでした。前妻様――ほんとうのお母様――は智明さんがまだ小学校に入るか入らないかのうちにお亡くなりになったとうかがっています。

「それはそれは。それで故人のお父様、清水亜希子様のご主人も数年前に亡くなられた。お気の毒に。不幸つづきですなぁ」

はい、ですがご主人の事業は、奥様が受け継いで立派にやっていらっしゃいますから。

「ははあ、なるほど。あの方は何というか。いまどきこんな言い方は古いかもしれませんが――女傑ですな」

はい、気丈な方でいらっしゃいます。経営者としても非常に有能な方とうかがっています。

「ところで今日いらしたご用件は、やはりあれですか、例のスマホのことでしょうか」

はい、お忙しいところ恐縮ですが、すこしお話をうかがわせていただければ、とそう思いまして。

「それはわざわざご苦労様です」

いいえ、仕事ですから。

「ただ、話ならさんざん警察でしましたよ。なにしろ刃傷沙汰がありましたから。警察も慎重に対処したようです。お母様のご心痛のほどはお察ししますが、あの件については当方には何の手違いもなかった、ということは、すでに警察からお墨付きをいただいている。私どもとしては、これ以上、何もお話しすることはないように思います」

あ、いえ、ご依頼主様のほうでは、お宅様にクレームをつけようとか、そういうお気持ちはさらさらございませんので。どうか、その点はご心配なさらないように。

「クレーム？　いま、クレームとおっしゃいましたか」

あ、いや、ですから、ご依頼主様にその気はない、と。

「あっちゃ困ります。こう申しあげては何ですが、ずいぶんな言い方じゃないですか。こちらはクレームをつけられなければならないいわれなどこれっぽっちもないと思っています」

はい、それはもう、ですが。

「ですが、何ですか。清水さんが、あんな事態にたちいたったのは――つまり葬儀がぶち壊しになったのは――わたしどもの手落ちだとでもおっしゃりたいのですか。だとしたら、言いがかりだ。いますぐにお帰りいただきます。はっきり申しあげて不愉快だ」

お気を悪くなさったのだとしたらお詫びします。

「詫びられて済むことと済まないことがある。そうは思いませんか」

どうかお気をおしずめになって。けっして悪気で申しあげたわけじゃないですから。

「何を言うか。あんたにそんなことを指図されなければならない覚えはない。悪気で言われてたまるか。われわれが何をしたというんですか。アタマきちゃうな」

すっかりご気分を害されてしまったようですね。申し訳ありませんでした。

「われわれはいつものようにつつがなく式の進行をしていた。手落ちなどあろうはずがない。こんなことを申し上げては何ですが、棺にスマホを入れたのは、そちらの関係者の方じゃないですか。むしろ迷惑をかけられたのはこちらのほうです。棺にああいうものを入れちゃいけないことになってるんだから」

それで結局、お話はお聞かせいただけないのでしょうか。

「ほう、居直るんですか」

いや、そんな。そんなふうに何でも悪いほう、悪いほうに取られたのでは話ができないな。

「できなくてけっこう。どうかお帰りください。もう二度と来ないでいただきます。おい、お客様のお帰りだよ」

弱りましたね。塩でも撒かれかねない勢いだ。葬儀屋さんから塩を撒かれたんじゃ話が逆だ。

「もう一度言わせていただきます。お帰りください——帰れ」

*

「ねえ、ちょっと、そこのあなた。あなた、あなたよ。わたし、さっきから手をあげてるのよ。どうして素通りしちゃうの。それともわかってて無視してるの？　そんなことありません、って？　はは、何だろ、この人。最近の若い人は怖いわよね。叱られると逆に開きなおるんだから——あなたね、何言ってるのよ。わたしはお客ですよ。無視されてたまるもんですか。このポット、取り替えてちょうだい。お客に持ってくるまえに、ポットは十分に温めておくもんですよ。さわってごらんなさいよ。冷めちゃってるじゃない」

あの、もしよろしければ、どうか私のをお飲みください。こちらのポットは十分に温まっていますから。

「ありがとう。でも、わたしは紅茶のことを言ってるんじゃないんですよ。そうじゃなくて。従業員のお客に対する心がまえのことを言っているんです。このお店も代替わりしてからすつかりダメになっちゃったわね。しつけがまるでなってない。ところで――ついさきほど葬儀屋さんのほうから携帯に連絡がありました。おお、怖いこと。たいそうなお怒りようでしたよ」

申し訳ありません。すべて、私のいたらなさが原因です。言葉が足りませんでした。

「そうですよ、鈴木様から、あなたが優秀な探偵だとご推薦いただいたので、調査をお願いしたのですから。こんなふうに最初からしくじられたのではわたしの――いえ、わたしのことなどどうでもいいのですが――亡くなった智明の立場がありません」

探偵ではなくて調査員ですが――これから重々注意いたします。もう二度とご心配をおかけするようなことはいたしません。

「そうしてちょうだい。頼むわよ。それで――これは田所さんから話を聞いたんですけど。あなた、五反田のサウナに話を聞きに行ったんですって。そうなんですか」

これはおどろきました。奥様は地獄耳でいらっしゃる。どなたからお聞きになられたのですか。田所さんですか。

「田所さんは、親子二代、主人の生前から、お世話になっている主治医で、智明さんとは――フットサルっていうんですか。そのお仲間で、親しいお友達でした。だから、田所さんの何をお調べになられたのか存知ませんが。いえ、この際、言葉を飾っても仕方ないわね。はい、たしかに田所さんはゲイでいらっしゃる。あなたがお疑いのようにいつも、その五反田のサウナで、お相手を探していらっしゃったようです。そう、たしかに、もしかしたら田所さんは、智明にそうした種類の好意を抱いていたのかもしれません。でも智明にそのつもりはなかったし、すべてを承知のうえで、田所さんといいお友達としておつきあいさせていただいたのだと思います。智明はゲイではありませんでしたし――こう申しあげたからといって誤解なさらないでくださいね。わたしはたしかに昭和生まれの人間ですけど、ゲイの方に対してどんな偏見も持ってはおりません。そんな旧弊な人間ではないつもりです。もし智明がゲイだったとしたら、それはそれできちんとそう申しあげます。ただ事実として、智明はゲイではなかったから、そうではなかった、と申しあげているだけのことです。それに智明は生前、いつも同時に何人もの女性の方とおつきあいしていましたし。皆さん、お美しくて素敵な方ばかり。あら、どうなさったのですか。浮かない顔をなさって」

そこのところがどうも私には腑に落ちないのです。ご子息の智明さんは、お父様の――あ、亡くなったご主人の――会社にお入りになるのを潔しとはしなかった。若いうちにご自分で起業なさって、成功なさった。社員の方、取引先関係者、同業者からの悪い評判は一切聞きません。仕事ぶりは誠実で、堅実――それに、これは私なんかが言うと、どうもヒガミにとられそうで、気が引けるのですが、あれだけのルックスで、背も高い。女性にもおもてになられた。ご子息の評判を聞けば聞くほど、いつも複数の女性と同時並行でおつきあいしていた、というのが、らしくないような気がしてならないのです。ご子息のキャラだと、結婚を前提に、お一人の方とまじめにおつきあいなさるのが似つかわしいような気がしてならない。

「ほほ、それは、あなたがご自分でおっしゃったように、失礼ながら、おヒガミじゃございませんこと。たしかに智明は女性にもてました。それだから、おつきあいなさる方が、おひとりに絞りきれなかった、ということじゃないでしょうか。複数の方と同時並行でおつきあいしていたからといって、それが即、不誠実という話にはならないと思うのですけど」

はい、たしかにおっしゃるように、これは私のヒガミかもしれません。忘れてください。ところで奥様、話は変わりますが。奥様は「殺すのは慈悲か」という言葉に、何かお心当りはございませんでしょうか。

「『殺すのは慈悲か』？　何ですの、それ」

はい、ご子息が入院なさるときに、そうつぶやくのを担当の看護師が聞いたそうなんです。何かお心当たりは――は？　どうかなさったのですか。

「あ、いえ、三越で買い物があったのを思い出したものですから。存知よりの方へのお届け物を買わなければならなかった。ねえ、あなた、あなたったら、お勘定をお願い」

ずいぶんお急ぎなんですね。

「近頃じゃデパートも早く閉まってしまいますから。それじゃ、探偵さん、引きつづきの調査をお願いします。誰が、どうして棺に入れた智明のスマホに電話をかけるようなことをしたのか。なぜ、あんなふうに葬儀をぶち壊しにするような真似をしたのか。それを突きとめないうちは、私はどうにも供養が終わったような気がしないものですから」

承知いたしました。私、探偵ではなくて調査員ですが。

＊

「やってらんないわよ。馬鹿ばかしくて――何で、わたしがこんなめにあわなきゃいけないのよ」

クリニックは臨時休業なさっているんですね。

「それはそうよ、探偵さん、こともあろうにカウンセラーのわたしがお葬式の場でいきなり鋏で切りつけられるなんて――どんな顔してカウンセリングすればいいっていうのよ。さまにならない」

私は。

「はいはい、探偵じゃなくて調査員ね。わかりました、わかりました。でも、どうしてそんなことにそんなにこだわるかな。ちょっと興味あるな。カウンセリングしようか」

私のことは措いといて。結局、刑事告発はなさらなかったんですね。

「大事になるのイヤだもん。実際、大事じゃなかったしね。手をちょっと切られただけだし。

血もちょっとしか出なかったし。喪服も何とか修繕できそうだし。あれ、気に入ってたのよ。高かったし」

喪服がお似合いだったと聞いてます。

「へへ、大人の色気まんさいよ」

本題に入らせていただきます。先生は智明さんのことをお好きだったんでしょうか。おつきあいなさってましたか。

「おっ、いきなりそうきましたか。そうね、好意は持ちました。智明さん、素敵だったし。でも、おつきあいはしなかった。深入りはしなかった。カウンセラーが被対象者と恋愛関係に落ちるのはタブーだし。一線は守ったつもり。それがいきなり切りつけられたんだから心外もいいところよ」

智明さんは何を悩んで先生のカウンセリングをお受けになったのでしょうか。カウンセラーにも守秘義務はおありでしょうが、その当の本人がお亡くなりになったのであれば、それも消滅するのではないでしょうか。

「智明さんのスマホの着信音、あれ、マル・ウォルドロンの『レフト・アローン』だったのね。本国ではなかば忘れられた曲らしいけど日本では根強い人気がある。たしかにちょっとおセンチすぎて、わたしも苦手なところがあるけど。でも、あれがいきなり棺から聞こえてきたときには、ちょっとゾクゾクしちゃったわよ」

話を聞いて私もCDを購入しました。聞いてみました。暗くて、淋しくて、でも異様なほど美しい曲だと感じました。

「あれ、日本では、ビリー・ホリディが亡くなったのを悼んで、マル・ウォルドロンが作ったというのが定説になってるらしいけど、実際には違うんですってね。ビリーの生前にすでにできてた。でも智明さん、何を考えて、あれを自分のスマホの着信にしたのかしら。『レフト・アローン』――『独り、とり残されて』なんて、淋しすぎる」

もしかして棺のなかのスマホに電話をかけたのは先生じゃなかったんですか。

「わたしが？　何で？　何のために？」

智明さんがほんとうに愛していたのが誰だったのかそれを確かめるために。

「バカね、そんなんじゃないわよ。わたしはそんなことしない」

先生は何かご存知なんじゃないですか。知っててそれを黙ってる。先生は何を示唆なさってるんですか。なにかご存知のことがあったらお教えいただけませんか。

「残念でした。何も教えないわよ」

それは教えることが何もないってことですか。それとも教えられることはあるんだけど教えないって意味でしょうか。

「ねえ、うちらカウンセラーにはこんな格言があるの知ってる？　嘘は一人に三つまで――カウンセラーは可能なかぎりクライアントに対して誠実に正直にふるまわなければならないんだけど。それでもひとりのクライアントに三つまでの嘘は許される、という格言なのよ」

先生はもう私に三つ以上の嘘はついているんじゃないかな。

「ふふ、どうかな。あなたはわたしのクライアントじゃないし。あ、もうこんな時間か。ねえ、ワインとチーズのいいのがあるのよ。ちょっとつきあわない」

何か教えていただけるんですか。

「だから何も教えることなんかないって。Jリーグの話でもしようよ。わたし、鹿島アントラーズのファンなのよ」

サッカーには興味がありません。次の約束があるのでこれで失礼します。あ、そうだ、先生は「殺すのは慈悲か」という言葉に何かお心当たりはないですか。智明さんが入院なさるときにそうつぶやくのを看護師が聞いたというのですが。

「知らないわよ。それより、ほんとにつきあわない。チーズ、美味しいのに」

チーズにも興味がありません。これで失礼します。

「せっかく、お色気まんさいなのに」

それだから早々に退散するんです。

＊

私、フットサルのコートというのは初めて見ました。都心のど真ん中にあるんですね。

「場所をあまりとりませんからね。地価の高い都心でも何とかペイできる。コートに映えるネオンのなかでプレーする。帰りには近くのしゃれたカフェに立ち寄る。こういうスポーツは他にあまりないんじゃないかな」

静かですね。

「コロナ禍でどこのコートもすっかりさびれました。どうしたって接触を避けられませんからね。おっしゃるように、いまはもうどこのコートも静かで、誰もいない。でも、ふしぎに淋しさは感じさせないでしょ」

お好きなんですね。フットサルが。

「どちらかというと誰もいないコートがね。プレーが終わったあとで、ひとり無人のコートを眺めながら、ビールを飲むのがね、好きなんですよ」

ロマンチストでいらっしゃる。

「どうかな。そんなふうに自分のことを思ったことはないな」

それで。田所さんは智明さんとはプレーをしたあとでよく一緒にお飲みになられたんですか。

「いや、めったに。智明はそのあとでデートというのが多かったから」

女性と、ね。

「そう、女性とね。おっしゃりたいことはわかります。はっきりそう言えばいいんじゃないかな。それで気を悪くしたりはしない。五反田のサウナにいらっしゃったそうですね。いろいろと聞き込みをした、と従業員から聞きました。なにか収穫はありましたか」

収穫だなんて。私はただ自分の仕事をしただけです。あとで田所さんのご迷惑になるような訊き方はしなかったつもりですが。

「何をどんなふうに尋ねられても迷惑になんかなりませんよ。ぼくは自分がゲイだということを隠してはいませんし。かといって別にことさらにカミング・アウトしたわけでもない。自然に周囲の人間の知るところとなっただけです。あ、ちなみに、ぼくがフットサルを好きなのはお相手を求めてのことじゃないですよ。そのことだけは誤解しないでください」

誤解だなんて。そんなことは考えたこともありません。たしかに田所さんがゲイであることは周囲の皆さんに自然に受け入れられているようですね。今日の昼間、清水亜希子さんに銀座でお会いして、そんなふうに思いました。私は自分の職業を人に知られるのを隠すことが多いので、田所さんの自然体を羨ましく感じました。どうしたらそんなふうに自然にふるまえるんでしょう。

「自然体ですか。皮肉にしか聞こえないな。智明のお母さんから——あ、義理のお母さんですが——何をどうお聞きになられたのか知りませんが、あの人はぼくに対して偏見を持ってますよ。いや、あの人は誰に対しても偏見を持っている。しかも、それを隠そうともしていない。智明や、自分の娘に対してもそうなんですから」

お嬢さん？　あの方にお嬢さんがいらっしゃるのですか。

「好きになれない言葉ですが、智明とはいわゆる腹違いの妹です。高校生二年のとき、というから、十六歳か十七歳のときに、イスラエルの、たしかハイファというところに留学した、ということを聞きました。そのころ、親父は体調を崩してて、ぼくも医大を卒業するかしないかのころで、清水家とは一時的に疎遠になっていたもので、くわしい事情は知らないのですが」

イスラエルとはまた若い女性が留学するのに変わった場所ですね。アメリカとかヨーロッパじゃなしにイスラエルか。

「イスラエルは現代ダンスにおいては世界最先端を行く国なんだそうです。彼女は、向こうの有名なダンス団に入った。猛烈に努力したらしい。いまではそのダンス団でもトップ・クラスの踊り手で、しょっちゅう欧米に公演に出かける。ぼくは公演パンフレットの写真でしか見たことがないけど、独特な雰囲気を持つ、シャープな美貌の女性ですよ」

根性のある女性なんですね。

「根性があるというか。一度も帰国したことがない、というから徹底してますよ。お母さん——亜希子さんも一度もイスラエルには行ってないんじゃないかな。お嬢さんのことを心配してないわけじゃないと思うけど。まあ、あの人はビジネス最優先の人だから。世間体とおカネがすべて、という人ですから」

　辛辣ですね。

「事実です。智明との関係も冷えびえとしたものでしたよ。たがいに無関心、没交渉というか。義理の親子だから当然か。そういう事情なので、あの亜希子さんが、誰が棺のなかのスマホを鳴らし、智明の葬儀をぶち壊したのか、それをわざわざ人に調べさせるというのが、ぼくには意外でした。らしくない、というか。正直、おどろかされました」

　私は、田所さん、あなたが葬式の司会をしていて、わざわざスマホのことを話した、ということを人から聞かされ、むしろ、そのことにおどろかされました。

「どうしてですか。何もおどろかれるほどのことではないと思いますが」

　智明さんは、そのときそのときにつきあっている女性の数だけ、スマホを持ち歩き、それぞれの相手に別の電話番号を教えていた。さすがに若くして成功なさっただけのことはある。とてもふつうの男にはそんな真似はできませんよ。基本料金だけでもバカにならない。そして生前、常々、自分が死んだときには、その棺に、ほんとうに愛していた人のスマホを一つだけ入れてもらうようにするんだ、とそうおっしゃってた。私には理解できない心理ですが、それを葬儀の場で公表する、というあなたの心理はもっと理解できない。なぜ、わざわざ何もないところに波風をたてるような真似をなさったんですか。

「波風をたてたつもりはないけどな。ぼくとしては智明の純情なところを披露したつもりだった。まさか、ほんとうに棺のなかでスマホが鳴るなんて予想もしてなかった」

そんなはずはない。葬儀には、生前、智明さんが深くつきあっていた女性が、少なくとも三人は参列していた。そのなかの誰かがバッグのなかのスマホから、智明さんに教えられた番号に電話をかける、とは思わなかったのですか。誰かが――いや、三人全員、あなたの話を聞いて、てんでバラバラに電話をかけたのかもしれない。智明さんにほんとうに愛されていたのは誰なのか。どうか、それは自分であってほしい、と願って。

「だとしたら、そのうちのひとりはヒットしたことになる。スマホは棺のなかで鳴った。その三人のなかのひとりは智明にほんとうに愛されていたことになる。あなたにも棺のなかから流れてきた『レフト・アローン』を聞かせたかったな。あれには鬼気迫るものがあった」

あなたのことをロマンチストだと申しあげたのは撤回します。あなたは冷笑家だ。スマホに電話を入れたのはあなたがなさったことですか。

「どうして？　ぼくがゲイで、智明を愛していたから。違います。あなたはぼくらの関係を誤解している」

ところで、あなたは「殺すのは慈悲か」という言葉に心当たりはないですか。智明さんが入院なさるときにそうつぶやくのを聞いた人がいます。たいした意味はないのかもしれないが妙に気にかかる。

「殺すのは慈悲か」

はい、どうでしょう？

「いや、思い当たることはないようです。すこし考えてみますが――おや、降ってきた」

ああ、ホントだ。降ってきましたね。

「傘はお持ちですか」

いつも折り畳みをバッグに入れておくようにしてます――田所さんは、智明さんはあの三人の女性のうち、誰をほんとうに愛していた、とお思いになりますか。

「さあ。雨に濡れたコートもまたいいものですよ。濡れた路面にネオンの明かりが滲んで……美しいんだけど、その美しさが何ともはかない。ぼくは好きですよ」

愛は、はかないとおっしゃる。

「はかないから美しい。ぼくはそう思っています」

＊

「忙しいからさ。仕事、手伝ってくれるんなら話をしてやってもいいよ」

助かります。何をお手伝いすればいいんでしょうか。

「シーツ取り替えるのをさ。なにしろ午前の往診時間中にこの楷の患者さんのベッド・カバーとシーツをひとりで取り替えなきゃいけないから大変でさぁ」

わかりました。お手伝いします。私はこちらの端から始めることにします。

「ありがたい。それで何を話せばいいのかな」

清水智明さんがこちらに入院なさっていたときの様子とか、「殺すのは慈悲か」という言葉の意味とか、もちろんさしさわりのない範囲でけっこうですから、もう一度、お聞かせいただけないかと。

「いいよ。もちろん話せることと話せないことがあるけど――あんた、ずいぶん手際がいいね。まえに介護か何かやってたの」

介護といえば一種の介護かもしれないですけど……学生のときにラヴ・ホテルでバイトしてたもんですから。いやでもベッド・メイキングの仕方を覚えちゃったんですよ。

＊

ずいぶんきれいな学食ですね。おどろきました。日の光が入って気持ちいいな。あ、もしよろしければデザートもどうぞ。

「いいんですか。こんなにごちそうになって。それじゃフルーツ・パフェもいただいちゃおかな。これ、まえから食べたかったんですけど。なにしろ高くて」

どうぞご遠慮なく。どうせ経費で落ちるんですから。あ、テーブルからタブレットで注文できるんですね。便利だな。それじゃフルーツ・パフェが来るまでの間に話を済ませてしまいましょう。智明さんの棺で鳴ったスマホのことですが。

「『レフト・アローン』ね。葬儀のあの場であの曲だもん。ちょっとゾクッとしちゃった」

葬儀には、あなたのほかにお二人、智明さんとおつきあいしていた女性がいました。司会の方が、「自分の棺にはほんとうに自分が愛してた女性に渡した番号のスマホを一緒に入れてほしい」という遺言があった、とおっしゃった。その直後に、棺のなかでスマホが鳴った。それでお訊きしたいんですが、あなたは二人の女性のうち、どちらがスマホを鳴らした、とお考えでしょうか。

「ひとりは何だかスカした女で」

広尾のほうでカウンセラーをなさっている方です。

「ふーん、そうなんだ。もうひとりは子連れの何だか貧乏たらしい女、ガキが走りまわって、ウザいったらなかった」

どうしたんですか。急に態度が変わりましたね。あなたらしくない。私が何か気にさわることでも言ったでしょうか。

「智明さんとつきあっていた女性が三人、葬儀に参列していた。わたしもそのうちのひとりですよね。どうしてわたしのことは最初から除外するんですか」

いや、そんなつもりはありません。あなたはお若いから。

「わたしは大学一年で、まだ十八だから、パパ活だから、ってそういう意味ですか。どうせお小遣い目当てでつきあっていたんだろうから、智明さんがほんとうに愛していたはずはない、って」

それはむしろ私のほうからお訊きしたいことです。どうなんですか。あなたと智明さんとはほんとうのところどんなご関係だったんでしょうか。

「体の関係はなかった。あなたが真っ先に聞きたいのはそのことでしょ？　ときどき食事を一緒するぐらいで、あの人はわたしの手も握らなかった。それで学費を払ってもらっていたんだから、わたし、いい腕でしょ。凄いでしょ」

ご自分のことをそんなふうにおっしゃらないほうがいい。あなたには似あわない。あなたがレストランで智明さんに食ってかかっているのを目撃した人がいる。そのことは説明していただけるでしょうか。

「わたし、バカにしないで、と智明さんに言った。わたしのことを何だと思ってるんだって。あの人、わたしとつきあっているように見せかけたかったんだとそう思う。誰か、ほんとうに愛している人がいて、その人のことをカムフラージュするつもりで、わたしのことを……わたしのことを……」

彼のことを愛していたんですか。

「バカ言わないで。お小遣いをもらう人を好きになれるわけがない。こんなこ娘にもプライドはあるのよ。あの人はそのプライドを踏みにじった。だから……だから……」

どうぞ、これをお使いください。返していただかなくてもけっこうですから。

「ありがとうございます。でも自分のを持ってますから。ごめんなさい。何だか日の光がまぶしすぎて」

そうですね。すこし、まぶしすぎますね。ブラインドを下ろしてもらいましょうか。

「大丈夫です。ありがとうございます」

ご専攻は「作家研究」だとお聞きしています。ゆくゆくは大学院に進むのを希望なさっているとか。誰のことを研究なさるおつもりなんですか。

「郡虎彦（こおりとらひこ）という人のことを。ご存知ですか」

いえ、恥ずかしながら聞いたことがありません。有名な人なんでしょうか。

「有名ではありません。知らない人が多いです。でも、三島由紀夫に影響を与えたりした人なんですよ。卒論もその人のことを書こうかと思っています」

楽しみにしてます。あぁ、フルーツパフェがきた。これはきれいだ。

「わぁ、おいしそう。わたしのこと、泣いたカラスがもう笑う、と思ってるんでしょ。

私はそういうことは思いません。

*

「あの方には申し訳ないことをした、と思っています。どうしてあんなバカなことをしたのか自分でもよくわからないのです。すぐにお詫びの手紙を書いたのですが、出していいものか、かえってご気分を害されるのではないだろうか……あれこれ迷っているうちにとうとう今日になってしまいました。わたしったら、いつもこうなんです。思い切りが悪くて結局、物事を最悪にしてしまう」

直截（ちょくさい）に、お尋ねします。どうしてあんなことをなさったんですか。

「わかりません、自分でもほんとうにわからないのです」

お話しづらいこととは思いますが、そこをおしてご説明願います。さいわい警察沙汰にはなりませんでしたが、だからといってあなたに道義的な責任がないとは言えない。あなたは鋏でいきなり女性の手を切りつけた。

「智明さんの棺からスマホの着信が聞こえてきました。葬儀に参列なさったあのきれいな方、お若い方のどちらかがご自分のスマホから電話を入れた。それで棺のなかのスマホが鳴った。智明さんは、お二人のうち、どちらかをほんとうに愛していたのだ。――そう思うと、わたしは子供を連れまでして葬儀に参列した自分を惨めだと思いました。とても惨めだと。いたたまれなかった。それでその直後に帰ろうとしたのです。そしたら受付のところでたまたまあのきれいな方と一緒になった。受付の箱のなかに鋏が置いてありました。それを見たら、わたし、何だか気が遠くなるように感じて……それで……それで……あとのことは何も覚えていません。ただ子供が泣きながら、わたしの手を引っぱって、帰ろうよ、帰ろうよ、と泣きじゃくっていたことだけを覚えています。それとあの方の喪服の袖に散った血の色を」

お子さんはお幾つになられますか。

「六歳になります。もうすぐ小学生です」

聡明なお子さんですね。将来が楽しみだ。

「ありがとうございます。わたし——」

はい？

「わたし、あの方にお詫びしたほうがいいでしょうか」

それはそのほうがいいと思います。行きづらいこととは思いますが。何でしたらご一緒してもいいですよ。

「あの人はきれいな方だった。葬儀でも堂々となさっていた。何の苦労もない方のようにお見受けしました」

何をおっしゃりたいのでしょう。

「わたしはとても苦労しています。別れた夫は養育費を払ってくれません。それでわたしパートを二つ掛け持ちしています。昼のパートが終わったらすぐにアパートに帰って子供に夕食の支度をしてまたすぐに夜のパートに出かける。もうクタクタです。そんなふうにとても苦労しているわたしが何も苦労していなさそうなあのきれいな方にお詫びする。世の中は不公平ですね。探偵さんはそうお思いになりませんか」

それはそう思います。私、探偵ではなくて、調査員ですが。

「そんなときに智明さんに会って。とても優しそうな人に見えました。わたしったらバカね。この人だったら、わたしたちをこの苦労から救ってくれるんじゃないか、ってそう思っちゃったんです。笑っちゃうわね。何てあさましい」

そんなふうに言うのはおやめなさい。そんなふうにご自分を責めるのはよくない。

「どうして？　あなただって内心、そう思っているんでしょ。わたしのことを何てあさはかな女だって」

そろそろ失礼します。すこし、お眠りなさい。あなたには休息が必要だ。

「何で？　どうして？　言えばいいじゃない。何てあさはかな女だって。何てあさましい女だって。言えばいいじゃない。かまわないわよ。言いなさいよ」

それを言うことで、笑ってお別れできるようだったら、遠慮せずにそう言います。

＊

「ああ、いいのよ、この人は変なことは何もしないから。心配いらない。すぐに行くから車で待ってて。──あなたね、オフィスまで来るんだったらアポを入れてくれなきゃ。それって最低限の礼儀でしょ」

申し訳ありません。何度かお電話したのですが取り次いでいただけませんでした。いまの方だと思うのですが電話口でけんもほろろに追い返されました。

「彼女、仕事熱心なの。彼女からあなたの口座に所定の額を振り込んだとの報告を受けたわ。それとも、足りなかったかしら」

いいえ、むしろ貰いすぎです。お返ししなければならない。

「いいのよ、取っといて」

お返しします。

「お好きなように。歩きながらでいいかしら。車を待たせてあるから」

はい、もちろんです。

「それで、何かお話があるようね。何のお話かしら」

こんな仕事ですから、いきなり解雇されるのには慣れています。虫ケラのように扱われても翌日には忘れることにしている。ただ、今回の調査については、まだご報告すべきことが残っています。それが済まないうちは、私の仕事は終わらない。

「それはあなたのほうの事情でしょう。わたしはもう調査の必要がなくなったからあなたにやめてもらうことにした。そのことに何の不都合もないはず。違う？」

智明さんの葬儀には、生前、彼とつきあっていた女性が三人、参列していました。その三人のなかに智明さんの棺のスマホに電話をかけた人はいませんでした。いえ、かけた者はいたかもしれませんが――もしかしたら三人ともかけたかもしれませんが――そのときには棺のなかのスマホは鳴らなかった。つまり彼女たちの誰も、智明さんがほんとうに愛した女性ではなかった、ということになります。それなのにスマホは鳴った。そのとき電話をかけたのは誰だったのか。智明さんがほんとうに愛した女性は誰だったのか。

「あなたは人の話を聞かないのね。わたしはもう調査の必要がなくなった、とそう言ったのよ。あなたの報告を聞かなければならない義理はない」

義理がなくても聞いていただきます。あなたが私の調査を打ち切りにしたのは、智明さんの死亡が「事件性なし」ということで処理されることになったからではないですか。警察が介入してくる恐れがなくなった。それでいざというときに誰かを警察から守るための事実を蒐集（しゅうしゅう）しておく必要もなくなった。そういうことではないですか。あの病院にはあなたの会社も出資しているそうですね。いろいろと融通がきいた。そういうことじゃないんですか。

「だとしてもあなたにそれを責められなければならないいわれはないわ。これは法的にも何ら問題のない契約解除のはずだから」

おれは法律の話をしてるんじゃない。そうじゃないんだ。そうじゃないことはあなたにもわかってるはずです。

「どちらで下りる？　エレベーター？　エスカレーター？」

どちらでも。

「じゃぁ、エスカレーターがいいか」

はい。

「話は手短に済ませてもらえるかしら。ちょっと予定がおしてるのよ」

智明さんが入院なさっていた病院の看護師さんに話を聞きました。どうやら表向きの智明さんの病状には嘘の気配が濃厚だ。その病状が悪化して急死にいたった、という発表にも疑問がある。智明さんはマンションから病院に運び込まれた直後に胃洗浄されています。つまり智明さんは何か飲んではいけないものを飲んだ。おそらくは何かの毒物を。それで、胃洗浄をしたものの事後の経過が悪くてとうとうああいうことになってしまった。看護師さんはそう言ってました。私が考えるにもしかしたらあれは心中だったんじゃないですか。

「それはまた突飛なことを思いついたものね。笑っちゃう」

笑ってくださってけっこうです。でも話だけは聞いていただきます。

「いいわ。つづけて。で、智明さんは誰と心中しようとしたというの」

あなたの、イスラエルのお嬢さんと。

「……」

お嬢さんは高校のときにイスラエルに行って以来、一度も帰国なさっていないそうですね。それはあなたが許さなかったからではないですか。あなたも一度もイスラエルに行こうとはしなかった。つまりお嬢さんはイスラエルに追放された。ていのいい島流しにされたんだ。智明さんとは腹違いとはいっても兄と妹なのだから。あなたとしてはそうする以外になかった。

「……」

ハイファは大きな港町だ。あなたの会社の支社がある。私が思うに、その支社の人間はお嬢さんのお目付役を仰せつかってもいるんじゃないですか。智明さんが病院に急送されるのと前後してあなたはスマホでハイファの支社に何度も電話を入れている。スマホは固定電話とは違う。スマホで話をするのは大声で自分の話をふれまわっているようなものです。その気になれば第三者がいくらでもその内容を知ることができる。おそらく智明さんとお嬢さんとは日時をしめしあわせて一緒に毒物を飲もうとした。それをすんでのところで支社の人間がとめたのではないですか。それで、お嬢さんは命拾いした。でも智明さんはああいうことになった。それでお嬢さんは葬儀のときにこれで最後ということで棺のなかのスマホに電話を入れた。そういうことではないですか。

「……」

わからないのは、どうしてあなたは事前にそれを知っていて、お嬢さんだけを助けて、智明さんをそのまま放置していたのか、ということです。あなたは智明さんを見殺しにしたんだ。

「……」

どうして何も話してくださらないのですか。私の推理が間違っているならそう指摘してもらいたい。

「……」

今回の調査で、ある人が「嘘は一人に三つまで」とそう言いました。たしかに会う人、会う人、みんな嘘ばかりだった。だけど、智明さんと、お嬢さんの愛だけは真実だった、おれはそう信じたいと思っているんです。せめてそれぐらいは信じなければやりきれない。とそう思っている。

「……」

あなたは何もいわずにそうやって車に乗って行ってしまうんですか。ほんとうにそれでいいんですか。何もおっしゃりたいことはないんでしょうか。ほんとうに、ほんとうにそれでいいんですか。

＊

あなたと会うときはいつも雨が降る。

「そういえばそうだな。次に会うときにもやっぱり雨が降りますかね」

いえ、これでもうお会いすることはないと思います。

「どうして？　調査は終わったのですか」

はい、あらかた。もっとも清水さんからクビにされたので、いずれにせよ調査は終わりにせざるをえなかったのですが。

「それでぼくにお別れを言いにきたわけなのですか。いや、そんなはずはないな。何かまだぼくにお訊きになりたいことがおありなのでしょうか」

あなたは智明さんが清水さんのお嬢さんと恋仲だったのをご存知だったのでしょうか。

「……知ってました。知りたくはなかったですけどね。やめろ、やめろ、バカな真似はするな、いずれ行き着く先は地獄なのだから、とそう忠告したのですが。運命というのでしょうか。行き着くところまで行かなければ彼らの想いは止みそうになかった。いまではぼくは自分の忠告をむしろ浅はかなことだったと後悔しています。行き着く先は地獄かもしれないが、それはあの二人にとって何より甘やかな地獄だったはずなのですから」

ご自分の忠告を浅はかなことだったと後悔した。だから智明さんに心中のための毒物を渡したわけなのですか。あなたの勤めていらっしゃる病院に行きました。それで薬物を管理なさっている医局の方にお話をうかがいました。医局からすこし劇薬がなくなっているそうです。

「隠すつもりはありません。智明に頼まれたんです。何とか都合がつかないか、って。ムリなことをいうなよ、とそう言ったんですが、結局、押し切られてしまった。どうしようもなかった」

私もフットサルをやってみようかと思っています。

「どうしたんですか、急に」

私もフットサルをやって雨に濡れたコートを見ればあなたの気持ちがすこしはわかるかもしれない、と思うからです。反射するネオンのきらめきを見ればあなたの想いをすこしは察することができるかもしれない。

「あんたは何を言ってるんだ。疲れているんじゃないのか」

最初、私は、お嬢さんが、智明さんと同時刻に薬を飲もうとするのを誰かが制止したのだとばかり思っていました。そうじゃなかった。お嬢さんは薬を飲んだ。ただ智明さんと違うのは、ぐっすり眠ったあとで、何の後遺症も残さずにスッキリ目を覚ました、ということでした。

「彼女と話をしたんですか」

電話をかけました。スマホの番号を突きとめるのに苦労しましたが。それでわかったことは、お嬢さんのほうから智明さんに狂言の心中を持ちかけたということでした。それでお母さんの気持ちを鎮めることはできないまでも、智明さんがイスラエルに渡るのを黙認してくれるのではないか。智明さんがイスラエルに渡ってお嬢さんともども二度と日本に帰らないと約束すれば。あなたが具体的にどうやったのかはわかりません。でも、あなたは智明さんに薬を渡すとき、お嬢さんのそれは睡眠導入剤にし、智明さんのそれは劇薬にした。

「まさか智明の体にあんな致命的な後遺症が残るとは予想もしていなかった。痛いめにあってすこし懲りればいい、とそう思っただけなんだ。まさか、あんなことになるとは考えてもいなかった」

考えてもいなかった。でも結局は殺すことになった。動機は何なんですか。あなたはつまるところ智明さんを愛していたんですか。

「動機はぼくにもわからない。彼を愛していたのか、と問われれば、そうかもしれない、そうでないかもしれない、としか答えようがない。でも嫉妬からじゃなかった。嫉妬からしたことじゃなくて、ただ、ほかの誰でもない、ぼくにあんなことを頼むなんて、智明はどこまで人に甘ったれてるんだ、とそのことに無性に腹が立った。それだけです。――それでどうします？　ぼくを警察に突き出しますか」

私が探偵ならそうするかもしれません、でも私はしがない調査員でそこまでの義務は負っていない。今回の報酬をすこし貰いすぎました。それでこの近所の、どこか、雨に濡れたコートを見ながら酒を飲める店を探して、そのカネを使い果たすまで、思い切り飲んだくれるつもりです。明日にはこの調査のことは忘れます。いつもそうしていますから。もしよかったらご一緒しませんか。

「いや、遠慮しときましょう。あなたと飲むと悪酔いしそうだ」

そうですね。やめといたほうがいいかもしれない。それではこれで失礼します。どうか、お元気で。

「探偵さん」

はは、あなた、それ、わざと言ってるでしょ。何ですか。

「あなたはいつからぼくのことを疑うようになったのですか」

ここ二、三日のことです。なぜですか。

「ぼくはまたあなたが、智明が病院に運び込まれて『殺すのは慈悲か』とつぶやいた、とそうおっしゃったとき、すでにそのことに気づいているのかと思ってました」

それはまたなぜですか。

「ぼくの専門は耳鼻科なんですよ」

雀野日名子

生贄（いけす）の女王

●『生贄(いけす)の女王』 雀野日名子(すずめのひなこ)

今回の隠し球といってもいいのかもしれない。

雀野日名子は《異形コレクション》二度目の登場となる。初登場は長い休みをとる寸前の第48巻『物語のルミナリエ』に収録した「下魚(げざかな)」。この作品は北陸の漁師町を舞台にした一種の怪談であり、生々しくも厳粛とした、実に不思議なムードの幻想譚だった。

雀野日名子は、2007年「あちん」で『幽』怪談文学賞短編部門大賞を受賞し、翌年受賞作を含めた同名の怪談集でデビュー。また同年の2008年「トンコ」で第15回日本ホラー小説大賞短編賞を受賞した実力者。本格的な怪異を描いた『あちん』収録作に対し、「トンコ」は、家畜の豚の視点での脱走劇をホラーに仕立てた怪作であり、短篇集『トンコ』収録の三作はいずれもホラーの概念を揺さぶるような野心作揃い。この方向性は、前作「下魚」からも強く感じられ、《異形コレクション》復刊の際は、必ずや雀野日名子をと、愉しみにしていたのだった。

しかし——《異形》休刊中に、雀野日名子は別名義での執筆を宣言、別名義は公表せず、雀野日名子名義の凍結も宣言されていたため、当初、再登場は不可能と思われた。

ところがである——これが、《異形コレクション》ならではのシンクロニシティ——〈秘密〉の交渉をはじめた瞬間から、状況は一転——今回の収録が可能となった。

デビュー前から《異形コレクション》の読者だったという雀野日名子が満を持して放つ最新作——この怪作は、異形の概念すら揺さぶってくれるかもしれない。

メグミが紹介された仕事先はデパ地下の鮮魚売場だった。案内されたバックヤードではマスクや白帽子を身につけたパート従業員が四人、パック詰めや値札貼りをしている。メグミが挨拶すると四人は何も言わず、一様にきょろんとした視線を向けた。

「彼女らもあなたと同じですよ」

ずんぐりむっくりした売場主任が物腰柔らかくメグミに言う。

「彼女らの事情に首を突っこんじゃいけません。あなたの事情だって聞かないんですから」

メグミと同じということは、男から逃げてきた女たちなのだろう。

ずぶ濡れで海辺にうずくまっていたメグミがとある男に拾われたのは半年前のことだ。「リエル」と名付けられて狭い部屋に閉じこめられ、残飯を与えられた。男の虫の居所が悪いときは内股に煙草（たばこ）の火を押し付けられ、悲鳴を上げると今度は二の腕に押し付けられて黙らされた。一列に並ぶ火傷の痕を見て男はゲラゲラ笑い、仲間を呼んで見世物にした。そもそもおまえのような生き物は飼われているしかないんだ、自分がどこから来たのか何者なのかは知ろうとしないほうが身のためだと、男は目でせせら笑った。自分がこの世に生まれた意味があるとしたらこの男に飼い殺されるためなのだと、メグミは言葉を話せないながらも理解するようになった。
あるとき、彼は何日間か留守をした。これが最初で最後のチャンスだと思い、メグミは真夜中にもかかわらず裸足で脱出した。四日間飲まず食わずだったメグミは路地裏に迷いこんだところで体力が尽きたが、ちょうどそこは古い診療所の前だった。年老いた医者は何も尋ねずにメグミを治療するといくばくかの現金と地図と茶封筒を渡し、列車でこの街まで行ってこのデパートの誰々に会い、この茶封筒を渡しなさいと、メグミに分かる言葉で説明したのだった。

老医者の薬で声を取り戻したメグミは遠い見知らぬ街に来て、鮮魚売場のバックヤードで働くことになった。接客や魚の処理は主任たちがするし、マスクや白帽子で顔を隠しながらの仕事なので周囲の目に怯えずに済む。誰もが互いの事情を聞かず、黙々と自分の作業をした。ただ黙々と。

鮮魚売場の呼びものは活魚水槽と組み合わせた生簀だ。群青色や深緑のタイルが水族館の雰囲気を感じさせるが、泳いでいる魚はアジやヒラメのような見栄えのしないものばかりで、覗いていく買い物客はあまりいない。

だがこの日は、戎橋(えびすばし)さんというパート従業員が一匹のイワシを見つめていた。主任が生きたまま仕入れてきた顔つきの鋭いイワシだ。買い求めようとした客もいたが主任は「売約済みでございます」と詫び、デパート側が仕入れたイワシを勧めていた。

閉店後、客の姿が消えて店内照明が四割ほど落とされると、主任は戎橋さんに魚とり網を渡した。戎橋さんは網を受け取ると生簀に向かった。例のイワシに視線を定めた戎橋さんだったが網を入れる勇気がないのか、身をすくめるばかりだ。

すると主任が網を取ってイワシをひょいとすくい、網ごとバックヤードに運んでまな板に置き、戎橋さんに出刃包丁を差し出した。

マスクと白帽子のあいだからのぞく戎橋さんの目は包丁とまな板とを往復していたが、主任が再び促すと意を決したように包丁を受け取った。

まな板の上で跳ねるイワシを押さえつけた戎橋さんは、包丁を叩きつけるようにして頭を落とすと、血抜きもはらわた取りもしないままイワシを切り始めた。包丁の動きは次第に荒々しくなり、やがて我を忘れたようにズタズタにした。他のパート従業員三人も主任といっしょにそれを見つめていた。

ようやく手を止めた戎橋さんは包丁を置いてマスクを顎まで下ろし、原型のなくなったイワシを手づかみで口に入れた。鋭い顔つきの頭も噛み砕くと、イワシの血が付いた手でマスクを口に戻した。三人のパート従業員はそれを見届けると持ち場に戻り、一日の後片付けと明日の準備を始めた。三人のうち、岩島（いわしま）さんはわずかに震えていたが。

主任は戎橋さんに「心願成就おめでとうさん」と茶封筒を渡すと、メグミに「ここでのことは内緒ですよ」と人差し指を口に当ててみせ、「あなたはもう少し先になるでしょう」というような意味のことを言った。

翌日から戎橋さんは出勤せず、彼女のゴムエプロンや白帽子は処分された。

その後もメグミは、こういうことをたびたび目にした。閉店後、主任が個人的に仕入れてきた鮮魚をパート従業員が自己流で切り刻み、はらわたや鱗(うろこ)が混ざったままの状態で食らう。そして主任にお祝いの言葉と茶封筒を渡され、翌日から来なくなる。

このデパートのバックヤードでは茶封筒を持参した者がそれぞれの事情を抱えながら働いている。事情が変わればまた新たな茶封筒を手に去っていく。主任はこれまでに何通の「紹介状」を受け取り、何通の「紹介状」を書いてきたのだろう。

彼の本業は別にあるのかもしれない。北欧料理店にカモメの卵を納入したりジビエ料理店にイタチの肉を届けたりしているらしいと、休憩室で小耳に挟んだことがある。メグミの聞き間違えかもしれない。そもそも主任は「彼」なのか「彼女」なのかも分からない。ずんぐりむっくりの体型も声も中性的で、マスクと白帽子のあいだから見える目は表情の読みづらい細い三日月形だ。よだれかけを付けたらお地蔵さんになるかもしれない。

この日もひとり、パート従業員が職場を去ることになった。先日、戎橋さんがイワシをぐちゃぐちゃに刻んだのを見て震えていた岩島さんだ。

この日のために主任が仕入れてきた鮮魚は丸々としたブリだった。気弱そうな岩島さんだったが、イワシの四倍ほどもあるブリがまな板に載せられると満身の力で頭を切り落としにかかった。大暴れするブリが出刃包丁を跳ね飛ばすと岩島さんはブリを両手で押さえつけて嚙みついた。ブリはのたうち回り、岩島さんは嚙みつき続け、何分かして動かなくなるとようやく顔をあげた。臓物をくわえたままの口は血脂（ちあぶら）まみれだった。

後片付けを終えた岩島さんはみんなに頭を下げ、茶封筒を持って帰っていった。ロッカー室に戻ったメグミは、岩島さんが財布を置き忘れていることに気が付いた。急いで追いかけると、大通りを挟んだ停留所でバスに乗る岩島さんが見えた。呼んだが行き来する車の音のほうが大きく、バスは発車してしまった。

メグミは停留所に行き、時刻表でバスの行き先を確認した。バスの正面に表示されていた番号と照らし合わせると漁港行きだと分かり、メグミは次の便を待った。

三十分後に来た最終バスの乗客はメグミだけで、運転手は胡散（うさん）臭そうな視線を向けた。車内には『自殺防止月間』というポスターが貼られていた。

バスを降りて夜の漁港を見渡すメグミを、ひんやりした生臭さと黒い波音が包みこむ。この懐かしさは何なのだろう。懐かしいのにどうして思い出したくないんだろう。

オレンジ色の常夜灯に導かれるように歩きだしたメグミは、防波堤の突きあたりにたたずむ岩島さんの姿を見つけた。「岩島さん、これ、忘れてるです」と財布を掲げて小走りするが声が届かないらしい。

そのとき、沖合を見ていた岩島さんが、服を着させた風船から空気が抜けていくかのようにしぼみ始めた。

「岩島さん？」

ブルゾンやスカートがぱさっと崩れ、抜け殻のように残る。何の冗談なのかとメグミはわけがわからず、あたりを見回したが岩島さんの姿はない。ブルゾンのポケットから茶封筒が顔を覗かせていることに気づいて引っぱり出してみると音がした。入っていたのは「紹介状」ではなく小銭だった。

抜け殻となったブルゾンがもぞもぞと動き、一匹のイワシが這い出してきた。防波堤の縁まで這っていったイワシはちゃぽんと海に落ちる。そこに黒い魚の影が近づき、一瞬でイワシを食いちぎって去っていった。

「そういう約束ですから」

メグミが振り返ると、釣り竿を担いだ主任がいた。主任はクーラーボックスを置くと、岩島さんの衣服を拾い集めた。

「無念を晴らしたら海に帰ってもらいます。私を訪ねてくる母魚にはそういう約束をしてもらってます」

メグミの聞き間違いでなければ、主任はそういう不可思議なことを言った。

「生まれたばかりのわが子らを食われた母魚たちです。強い生きものが弱い生きものを食うのは自然界の決まりです。それに反したことをしたら代償を払わなくちゃなりません」

岩島さんの衣服をたたんでクーラーボックスの横に置いた主任は腰を下ろし、ちゃぷんちゃぷんと小波の寄せる黒い水面に釣り糸を垂れる。メグミは現実なのか夢を見ているのか分からないまま、主任に尋ねてみた。

「主任、最初の日に私に言いました。私、彼女たちと同じですと。私も本当は魚ですか？」

主任はホホホと笑った。

「あなたには戎橋(エビすばし)や岩島(イワシま)って名前は付いてないでしょう？　でも同じ。食われる立場だから私のところに来ました」

「私、もう少し先になると言われました。どういう意味ですか？」

主任はホホホと笑うばかりだ。

釣り竿が反応した。主任が糸を巻くと魚の影が浮かびあがり、サバが跳ねた。主任は糸をたぐりよせてサバをつかむと、いとも簡単にクーラーボックスに収めた。

「味沢(アジさわ)」さんと「可児江(カニえ)」さんが二人がかりでホシザメを殴り殺した翌日から、鮮魚売場のパート従業員はメグミだけとなった。生贄や活魚水槽の魚はデパート側が仕入れるものだけとなり、母魚たちの「恨みの儀式」もなくなり、数日後には中条(ちゅうじょう)さんという男性従業員が入った。

鮮魚士見習いの中条さんはバックヤードで黙々と魚をさばき、主任は接客をし、メグミはシール貼りや品出しの作業をする。閉店時刻が訪れれば他の売場と同じように後片付けと翌日の準備をして終わる。そしてメグミは四畳半のアパートに帰って水風呂を浴び、心ゆくまで眠る。あの男が夢に現れて飛び起きることもあったが、小舟で海に漕ぎだす夢を見るほうが多かった。夢のなかのメグミは自分の本当の言語で、おそらく周囲の誰も理解してくれない言語で、海の生きものたちに話しかけた。私はどこから来たの？　魚でないなら私は何者なの？　どうして私は私のことを知ってはならないの？　水面を疾走するイルカたちも高らかに宙を舞うトビウオたちも、答えてはくれなかった。

中条さんは決して口を開かない人だった。だがマスクと白帽子のあいだから見える大きな目は愛嬌があって優しく、若い親子連れが来るとしみじみと眺めたり、小さな子でも食べやすいように小骨を丁寧に取り除いてからパック詰めにしたりする。子を持つ親なのだろう。こういう平凡な形の「親の愛」を見るとメグミの心は安らぐ。自分が将来、親になるかは分からない。だがわが子の無念を晴らすことに生きる悲しい親にはなりたくない。

鮮魚売場に運ばれる魚の種類は、その日の海の状態によって異なる。この日、中条さんは大量に運ばれてきたハタハタとカレイの処理に追われていた。だが途中で手を止めた。隣でパック詰めしていたメグミがまな板を見ると、開いた腹から小さな虫のようなものが大量に溢れだしている。気持ち悪くて目を背けると、主任がホホホと笑った。

「オキアミという小さな海老の仲間です。ハタハタはオキアミで朝の腹ごしらえをした直後に漁師の網にかかったのでしょうね」

二百匹さばいたハタハタとカレイのうち、十六匹の腹から未消化の小海老や小魚っぽいものが出てきた。中条さんはそれら未消化のものを大きなビニール袋に入れて持ち帰り、翌日から来なくなった。

数日後、主任は中条さんのゴムエプロンやゴム長を始末しながら「明日から新しいバイトさんが入ります」とメグミに言った。「中条さんは海に帰りましたから」と。メグミは耳を疑った。

「中条さんも、お魚だったですか？」

「ひとさまの事情を知りたがっちゃ、いけません」

「なぜオスの魚、子どもの仕返ししますか？　オスの魚、卵、産まないです」

「海にはいろんな魚がいましてねえ。オスが子育てする魚もいれば、わが子の仕返しよりも、食べられたわが子を探しにここに来るお魚さんもいるのです」

主任は中条さんの作業着を片付けるとポリ袋の口を結ぶ。大柄サイズのゴム長だけはなかなか収まらなかった。

「中南米のジョーフィッシュには、そこそこ大きいのがいますからねえ」

主任は中南米の「チュウ」とジョーフィッシュの「ジョー」に力を入れて言い、両腕を軽く広げてみせる。ハタハタやカレイの何倍もの大きさがあった。

「自分より小さな魚に、負けるですか？」

「メスと同じ定めを背負うことは、メスと同じハンデを背負うことになるのですよ」

その日の帰り、メグミは花を買って漁港に行った。戎橋さん、岩島さん、味沢さん、可児江さん、中条さん――出会った名前を思い浮かべながら。

平日は夜釣り客がほとんど来ないにもかかわらず、防波堤に座る人影があった。海に帰ったはずの中条さんだった。メグミの足音に気づいた中条さんは振りむいた。

決して口を開かない彼は海に戻ることへの迷いを目で伝えてきた。その手にはロト7のくじが握られている。たしか、一等が当たれば強者になれるくじだ。何日か前、この街で史上最高額の一等が出たらしいと休憩室で従業員たちが騒いでいた。

中条さんの目にアッという絶望が浮かび、体がみるみるしぼんでいく。顔が襟の内側へと吸いこまれていき、まだ縮みきっていない手でメグミに捕まろうとする。メグミはとっさにつかんだが、するりとメグミの手を抜け、袖の中へと吸いこまれてしまった。抜け殻になったパーカーの下から大きな目の魚が這い出し、分厚い口をパクパクさせながらバス停のほうへ戻ろうとした。だが突然に風が吹いてぽちゃりと海に落とされた。黒い水面が小さく波打つや別の魚の影が浮かびあがり、大きな口で丸呑みにすると尾びれをちゃぽんと揺らして水底へと消えていく。ロト7のくじだけがいつまでも漂っていた。

メグミはそっと花を投げ落とすと中条さんのパーカーやズボンをたたんで抱え、来た道を引き返した。バスは既になく、漁港から歩くことにした。今夜の潮風は重くベタついていた。打ち寄せる波音もザラついて聞こえた。

砂浜の近くを通りがかったメグミは、波打ち際でカモメの群れが騒いでいるのを見た。目を凝らすと、卵からかえって波打ち際に向かうウミガメの子どもたちを襲っていた。

メグミの足元を猫のような生きものが横切った。ウミガメの卵をくわえたイタチが茂みのほうへ消えていくところだった。


多胡(たご)さんという若い女性が鮮魚売場の従業員として雇われたのは、主任が貧弱な雌ダコを釣ってきた翌日だった。塩ゆでや酢の物に使われるマダコという蛸で、生簀に入れると器用に逃げだすかもしれないというのでふたの付いた活魚水槽に入れた。

多胡という名前から考えると蛸の化身なのだろうが、これまでの親魚とは違う殺気だった視線を向ける相手は主任が釣ってきた雌ダコだった。蛸は共食いをするらしいから、多胡さんの子どもはこの雌ダコに食べられてしまったのかもしれない。

だが雌ダコのほうはそんな殺気などお構いなしで、黒い横線の入った金色の目をくるりと動かしながら活魚水槽のなかを泳いでいた。水槽の底に置かれた帆立貝に近づいて揺さぶり、中身がないと知ると投げ捨てて素焼きの壺へも近づいてみる。同じく空っぽだと知ると壺から離れ、すい、すい、と勢いをつけて泳ぐ。まるで自分だけの海を手に入れたかのように。

突然、水槽の底で眠っていたヒラメや水草の陰でじっとしていた小魚がそわそわし、マダコはもがくような仕草をし始めた。活魚水槽の裏側に立つ多胡さんがエアポンプのコンセントをぶらぶらと振りながら、敵意満々の目をマダコに向けている。主任が多胡さんの手からコンセントを取って元どおりに差す。それでも多胡さんはマダコを睨みつけたままだった。

バックヤードに戻ってきた主任は「メスの蛸は母性愛がとても強い生きものなのです」とメグミに話しかけた。

「何も食べずに何百個もの卵に息を吹きかけて、新鮮な空気を送り続けるのです。そうしないと卵が死んでしまいますからね。卵からかえった子ダコたちが旅立つのを見届けたら力尽きて命を終えるのです」

どうして自然界は親魚たちに悲しい決まりを与えるのだろう。

「でも卵を産んだら後は知らん顔、自分の力で生きろという母ダコもいましてね」

「卵、みんな死んでしまうです」

「一匹ぐらいは生き残るでしょう。でも母ダコにされたことは忘れんでしょうねえ」

水槽の雌ダコは吸盤を広げたりすぼめたりして悠々と泳いでいた。

その日、多胡さんはまたもやエアポンプのコンセントを引っこ抜いた。するとマダコは素焼きの壺をつかみ、多胡さんのほうを向くやいなや水槽の壁に叩きつけた。壁がひび割れるやガラス片を散らして水が噴き出し、開店準備をしていた近くの売場の従業員たちが一斉に見た。

残った水のなかで口をパクパクさせるヒラメや小魚をよそに、雌ダコは体を膨らませて空気を吸いこんだ。

水槽を破壊したマダコは生簀に移され、透明アクリルのふたをかぶせられた。水槽の何倍も広い「自分だけの海」を手に入れたマダコは、すい、すいと生簀の隅から隅までを堪能し、ひとまわり大きな素焼き壺に潜りこんで八本の腕を思う存分に伸ばして寝た。

閉店前と閉店後の餌の時間になると、他の魚たちを蹴散らして自分が独占した。気性の荒いフグが体を膨らませてマダコを威嚇（いかく）し、鋭い歯で嚙みついてくると、マダコは血管を浮きあがらせ、フグのくせにマダコ様に歯向かうつもりかと言わんばかりに素焼きの壺で押さえつけ、気絶させた。自分より大きな魚が生簀に来て我が物顔をすれば、マダコは八本の腕を広げて飛びかかったり墨を吐いたりし、自分こそが最強の存在だと誇示してみせるのだった。デパ地下の従業員のあいだでは、このマダコはいつしか女番長と呼ばれるようになった。

主任はマダコの管理を多胡さんに任せていた。エアポンプや水の管理装置を触らないこと。他の魚の害になったり生簀の水を悪くしたりするものは入れないこと。そういう条件付きで。

多胡さんはこのマダコをバックヤードのまな板に載せることはしなかった。少なくとも刺身包丁でひといきに絞めるつもりはないようで、毎日じっとマダコを見ているのだった。

自分だけの海を手に入れたマダコは、今度は「海」の外の世界に興味を示し始めた。メグミが売場に刺身パックを並べたり、主任が干物を包んで客に渡したりする様子を、透明な壁にへばりついたマダコは金色の目をくるりくるりと動かしながら観察していた。

かつての自分もああいう好奇心いっぱいの目で外の風景を眺めていたようにメグミは思う。どこから見ていたのだろうと記憶をたどろうとするとあの男の顔が蘇り、思わず火傷の痕を作業着の上から押さえるのだった。

あの男が煙草を押しつける場所は脇の下から二の腕の内側と、両脚の付け根に近い内股と決まっていた。恥ずかしくて誰にも見せられないだろうと計算していることは、メグミにも分かっていた。


多胡さんはマダコの視線がよく届く場所に蛸の刺身や蛸のマリネを置いた。調理された同族を眺めながらマダコは平然と餌を食べていた。すると多胡さんは子ダコのような形をしたイイダコの佃煮をずらりと並べてみせた。マダコはそれがどうしたと言わんばかりに、なおも餌をむさぼっていた。

数日後、多胡さんは自分で釣ってきたウツボを生簀に入れた。鋭い歯と何でも嚙み砕く顎を持つ、凶暴な顔つきで蛇のような大きな魚だ。侵入者の様子を見に壺から出てきたマダコにウツボは速攻で絡みつき、相手の動きを封じて執拗に鋭い歯を立てた。「おやおや」と主任が腕まくりして二匹を引き離したときには、マダコは八本のうち五本の腕を食いちぎられた後だった。これを見ていたヒラメは怯えて砂底へ潜りこんで目も出さなくなり、小魚たちは狂ったように生簀を右往左往したあげく、水草の陰に頭を隠して尾びれを震わせた。

痛めつけられたマダコはねぐらにしている壺までウツボに奪い取られ、エアポンプのそばでうずくまっていた。この街に逃げてくる前の自分の姿と重なり、メグミは壺の代わりになりそうなプラスチックのバケツをマダコのそばに置いてやった。マダコが入りかけると多胡さんはバケツを取りだして逆さにし、マダコをウツボのそばに振り落とした。ウツボはマダコにカッと口を開け、また噛みついた。多胡さんは、このマダコをどうするか決めるのは自分だといわんばかりに、黒のカラーコンタクトを入れた金色の目でメグミにすごんできた。

いつもなら生簀の騒動は従業員のあいだでちょっとした話題になるのだが、この日のデパ地下はマグロ解体ショーの準備で開店前から慌ただしく、生簀に気を配る者はいなかった。

マグロの解体ショーには大勢の見物客が集まった。生簀の前に用意された作業台で、ふたりの職人が三百キロ超のマグロの頭を手際よく落とし、さくさくと腹を割いて身をまっぷたつにすると、見物客は歓声をあげて拍手した。鮮魚売場の隣にある精肉売場や惣菜売場の従業員も、品出しする手を休めて見物していた。

生簀のヒラメは解体ショーが始まると砂底に完全に潜ってしまったが、小魚たちは水草の陰に隠れつつショーを見ていた。マグロにわが子を食われながらも何らかの理由で「紹介状」を手に入れられなかった親魚なのかもしれなかった。

解体ショーが中盤に差しかかる頃、見物客が生簀を見てざわめきだした。腕が三本だけになってしまったマダコが壺のほうへと這っていき、ウツボを引きずり出したのだ。ウツボはマダコに激しく嚙みつき、マダコは嚙みつかれながらもウツボに腕を巻きつけ、頭をねじ切った。見物客の悲鳴にマグロ職人たちは手を止め、視線を追って生簀を見る。胴体だけとなったウツボはなおも暴れていたが、マダコに腹を割かれて胴体をまっぷたつにされると、内臓を散らして漂うばかりとなった。

さっきまでマダコがエアポンプのそばでうずくまっていたのは、酸素を体内に取りこんで体力を回復させるためだったのだろう。きっと体力を充電させながら、職人たちがマグロを解体する手順を金色の目に焼き付けていたのだ。牙をむいたまま動かなくなったウツボの頭を小脇に抱え、その胴体を食い尽くしたマダコは、奪い返した壺に悠々と身を横たえた。

多胡さんはバックヤードからそれを見ていた。これまで以上の殺気を目に宿らせて。

「さあさあ、大トロと中落ちをご奉仕いたしますよ。先着十名様でございますよ」

主任が即売会を始めると見物客の関心はそっちに移ったが、マダコを見つめたまま微動だにしない人たちもいた。

その夜、デパ地下の従業員が逮捕された。夫の首を切り落とそうとしたのだという。同じような事件が一晩に四件起き、うち二件で夫は死亡した。いつも夫婦仲を自慢していたのにと、取材に応じた人たちはショックを隠し切れない様子だった。逆に、仲の良さを自慢したがる夫婦ほど何かあるのだと顔を隠してしゃべる人もいた。

だがすぐに明らかになった共通点があった。マグロ解体ショーの後もいつまでも生簀を見ていたことと、逮捕されたときに瞳が極端に細くなり白目が金色に染まっていたことだ。薬物検査の必要がありますねとコメンテーターは言っていた。


生簀には魚の種類に合わせた餌が入れられる。だが「生簀の主」であるマダコは他の魚の餌まで平然と食べるので、多胡さんはオキアミの肉団子を与えることにした。

マダコは味を確認するかのように吸盤で肉団子をこねまわした。ヒラメがおこぼれにあずかろうと近づいてくると、ヒラメの分際でこのマダコ様と同じものを食うつもりかと言わんばかりに威嚇し、一片たりとも取らせなかった。それぐらい肉団子には執着を見せていたのだが、ある時からあまり食べなくなった。

さすがにウツボに腕を五本も食いちぎられたら衰弱するのだろう。多胡さんは餌を食べなくなったマダコを見下ろし、小石でもぶつけるように肉団子を投げ入れた。

ある日、多胡さんを見あげたマダコは肉団子をつかんで投げつけてきた。ちゃぽんと生簀から飛んできた肉団子は、またちゃぽんと生簀に沈んでいく。二度、三度と肉団子を投げつけてきたマダコは、やがて排水口の金網へと肉団子を押しこむようになった。

閉店後の片付けをしながらそれを見ていた精肉売場の従業員が、合挽きの肉団子を生簀に落としてみた。マダコはつかむやいなや平らげ、金色の目をくるりと回すと催促するかのように腕を伸ばし、生簀の壁を叩く。鮮魚売場の従業員は「女番長はグルメだね」と笑った。

デパ地下の従業員たちは様々な餌を持ってくるようになった。合挽き肉に飽きて投げつけるようになったマダコには牛肉団子が与えられ、牛肉団子も投げつけるようになればフィレ肉の団子が与えられた。

いつしかマダコのあだなは女番長から女王様へ、「餌をやる」の言い方は「お食事をお持ちする」へと変わり、マダコに気に入られようと多胡さんを押しのけて生簀を覗いた。

女王様が最もお気に召したのが、漬物売場の従業員が自宅で作る軟骨入り団子だった。女王様は実に満足気で、ウツボに食いちぎられた腕もみるみる生えそろい、貧弱だった体はふたまわりも大きくなった。

数日後、漬物売場の従業員を含む三人が逮捕された。容疑は夫や義父の死体損壊だった。三人の目は金色に変色して瞳は細くなり、薬物の検査をするとのことだった。

三人の勤務先が報道されなかったので、デパートはいつもどおり営業を続けた。多胡さんは檻のような虫かごにマダコを追いこんでエアポンプから遠ざけ、餌を一切やらなくなった。

衰弱死させるつもりらしい。メグミはせめてマダコを虫かごから出してやりたかったが、多胡さんはいつもにらみを効かせているし、シフトが入っていない日でも生贄を見張りに来るのだった。

マダコは餌を求めることなく眠るばかりとなった。だが金色の目に死の気配はなく、体力を温存するためにあえて仮死状態に入るだけのように思われた。

この頃からメグミは、火傷の痕がうずくようになってきた。ドラッグストアで説明書きがよく理解できないまま買ってきた薬だから塗っても良くならず、イボのように腫れていくばかりだ。煙草を手にゲラゲラ笑っていたあの男の顔がよぎり、悔し涙がにじんでくる。だがあらゆる面であの男は圧倒的に強く、どれだけ悔しくても憎くても、メグミはこの街でひっそりと隠れているしかないのだ。

月日が流れ、デパ地下では冬の味覚イベントが開催された。鮮魚売場にはカニや伊勢エビが運びこまれ、主任は大漁旗やPOP（ポップ）で盛大に飾りつけた。多胡さんは強化ガラス仕様になった水槽にマダコを移し、カニや伊勢エビがよく見えるように位置を調整した。そして水槽を殴りつけてマダコを叩き起こした。

ゆるりと動いたマダコはカニや伊勢エビを見て飛びつくかと思われたが、金色の目を鈍く動かすだけだった。伊勢エビやカニは高級魚として売られるが蛸にとっては珍しくもない餌のひとつにすぎないことを、メグミは主任から教えられた。「珍味中の珍味を覚えたからなおさら」と冗談ともつかないことを言い、主任はホホホと笑った。

多胡さんは主任が置いた値札を片っぱしから撤去し、自分が作ったものに置き換えた。「5千円」と書かれたものは「5000円」に。「2万円」は「20000円」に。マルを数えないと千か万か分からないのではお客様が困りますと主任は元に戻そうとしたが、多胡さんに無言ですごまれて肩をすくめていた。

蛸がきょろりと目を動かしたのは、値札を見た買物客たちが「おお」「わあ」と感嘆の声をあげたときだった。多胡さんはカニの初競り価格を大々的に書いたのだが、「5百万円」と書くより「5000000円」と書くほうが高値に見えるようで、買物客はカニを崇拝するかのような表情を浮かべる。近くにいた従業員たちも「自分の給料がみじめになってくる」とため息をつく。

すると水槽の壁に張りついたマダコが買物客に向かって、吸盤が一列に並ぶ八本の腕を見せつけるような仕草をした。だが買物客は蛸に目をくれるはずもなく、カニや伊勢エビを見てうっとりとするばかり。多胡さんはというと嘲(あざけ)るような視線を水槽に向けていた。

閉店後、メグミはマジックペンとボール紙の切れ端を借りて「50000000円」の立て札を作り、水槽のそばに飾ってやった。おそらくマダコは「0(マル)」の数が多いほど価値ある存在だとみなされると考えたのだ。だから「0」の数なら負けないと吸盤を誇示してみせたのだろう。

　多胡さんが立て札を撤去しに来た。掃除していた惣菜売場の従業員が多胡さんを止め、立て札を水槽の横に戻した。

「夢を見させてくれよ。蛸なんてのは高級な地物でもないかぎり、丸茹でにして数百円の値札しか付けてもらえないじゃないか。お客がいない時にこの立て札を飾ったって誰の迷惑になるでもないだろ？」

　彼はエプロンのポケットから渡されたばかりの給与明細を出すと、胸のボールペンでマルを書き加え、「これで時給８０００円だ」と笑った。それを見た他の従業員たちも「だったら俺は時給８００００円な」「どうせなら時給８００００００円に」とふざけ半分に真似した。

　マダコがやにわに水槽の壁を叩きつけた。「５０００００００円」の立て札が倒れてメグミが置き直すと、マダコはまた水槽を叩いて立て札を倒した。

「女王様は五百万円ではお気に召さないんだ」

　従業員たちはマルを書けるだけ書き足して五百億円にした。立て札を見たマダコは金色の目をくるりと動かすと悠々と泳ぎ、従業員たちに八本の腕の吸盤を掲げてみせた。

「五百億、五百億！」

「女王様は五百億！」

「俺らの時給は八千円！」

「俺らは年収八億円！」

従業員たちは水槽に向かって両腕を掲げる。何ごとかと集まってきた他の売り場の従業員たちも、いきさつを知ると笑ってコールに加わる。閉店後は照明を落として売場全体がやや暗くなるからか、女王様に向かって高らかに腕を掲げる従業員たちの目がことごとく金色に光り始めていた。


やはり薬が合わないのか、メグミの火傷の痕は熱を帯びるようになってきた。水風呂で冷やしてから出勤したメグミは、デパ地下の従業員が少ないことに気がついた。昨日「女王様」コールをしていた二十五人のうち十八人が、自分にはもっと価値があるはずだと辞表を出したらしい。これまで文句ひとつ言ったことのない従業員ばかりだった。人事担当者は「このデパートは一度お祓いしたほうがいい」と頭を抱えているという。

この日主任は茶封筒を用意した。メグミは難しい文字があまり読めないが、「多胡さま」の表書きは読めた。胸騒ぎがした。

お昼前に北海道から『たこまんま』という珍味が入荷された。ぶどうのような房状になったヤナギダコの卵で、マダコの卵と形が似ているらしい。何人かの買物客が「珍しい」「懐かしい」と欲しがったが、主任は「売約済みでございます」とにこやかに詫びていた。

多胡さんは水槽の前に『たこまんま』のパックを並べた。女王然と構えるマダコは『たこまんま』を眺めながら、従業員たちに「献上」された雲丹やアワビをちゅうちゅうと食べていた。マダコを観察する多胡さんの目には殺意や怒りよりも、哀れみの色が強く表れていた。

閉店後、マダコが壺で眠ったのを確認した多胡さんは、水槽にそうっと大きな鏡を沈めると力いっぱい叩いた。起こされて壺から出てきたマダコは鏡に写る自身を侵入者とみなしたのか、排除しようと飛びかかった。当然、鏡のそれもマダコに襲いかかった。水槽のマダコは鏡のなかのマダコに吸盤をめりこませ、鏡のマダコも水槽のマダコにぴったりくっついて離れない。水槽のマダコは全身の血管を浮き立たせ、鏡のマダコも全身の血管を浮き立たせ、水槽のマダコは相手の息の根が止まるのを待ち、鏡のマダコも相手の息の根が止まるのを待ち、ついには互いが互いの腕をねじ切り、青緑色の血が靄のように広がった。

締めつけていた吸盤が一気にゆるみ、マダコは水を蹴ってその場を離れようとした。だが丸い胴体がふわふわと揺れるばかりで動かない。水中に漂う八本の腕が自分のものだと気づいたのか、マダコはつかもうとする。つかめるはずもない。それでもマダコは鏡に向かい、ぷうっ、ぷうっと墨を吐く。次第に墨の勢いは弱々しくなり、右にふらつき左によろめきながら水槽の底へと沈み、動かなくなった。

多胡さんは水槽に手を入れると胴体だけになったマダコを引きあげ、バケツにぽとんと落とした。そして主任に渡された茶封筒とバケツを持ち、デパートを去っていった。売場はどこも新春初売りの準備で慌ただしく、「女王様専用の海」から主が消えたことに気づく者はいなかった。

メグミは「あとで戻るです」と主任に断って多胡さんを追いかけた。ちょうど漁港行きのバスに乗るところだったが、メグミが呼ぶ前にバスは発車してしまった。

メグミは停留所に乗り捨てられている自転車にまたがり、慣れない足つきでペダルを漕ぎ、何度も転倒しそうになりながらバスを追った。多胡さんが多胡さんであるうちに伝えなくてはいけないことがあった。

ようやく漁港に着いたメグミは、チェーンの外れてしまった自転車を降りた。オレンジ色の常夜灯をたよりに防波堤に目を凝らす。いた。まだいてくれた。バケツを足元に置いた多胡さんはまだ、人間の姿を保っていた。

メグミは自転車を横倒しに置くと「多胡さん、多胡さん」と呼びながら走った。

「多胡さん、今日、私は見ました。たこまんまに、そのマダコはフウッフウッて息かけることしてました」

多胡さんがゆっくりとメグミを振り返る。

「だからそのマダコ、自然の決まりを破ることしてないです。多胡さんはそのマダコ、治してあげるです。そうすれば、親ダコを殺すことならないです。自然の決まり破ることならないです。主任見逃してくれます」

多胡さんはうつむいて目を押さえる。涙がこぼれたのではなく黒のカラーコンタクトを取ったただけだ。外したコンタクトを指で弾いてバケツに落とすと「ヒョットコ」と言った。

「買い物客が水槽に向かってヒョットコの口をしてみせた。それを面白がって真似てみた。ただそれだけ。こいつはそういう蛸」

普通の人間のように流暢に言葉を話す多胡さんは、爪先でバケツを小突く。

「それに、死ぬときに目で探していたのは私の姿じゃなくて、あんたが書いた五百億円の立て札」

多胡さんはさらに力をこめてバケツを蹴る。横倒しになったバケツからマダコの死骸が転がった。そのまま海に蹴落とそうとしたとき、死骸がやにわに多胡さんのブーツにへばりついた。腕は八本とも生えそろっていた。

多胡さんの体がみるみるしぼんでいき、コートのなかへと吸いこまれていく。セーターもジーパンも抜け殻となってぱさりと崩れ、メグミが立ち尽くしていると、コートがもぞもぞと動いて蛸が現れ、ブーツにへばりついたままのマダコに組みついた。二匹はこんがらがったまま相手をコンクリートに打ちつけたり押さえつけたりし、腕を鞭のように振りかざしながら右へ左へと転がる。メグミが二匹を引き離そうとすると何本もの腕が足に絡みついた。マダコたちはメグミの足につかまったまま取っ組み合いを続け、メグミはずるずると防波堤の縁へと引きずられていき、やがて二匹もろとも海に転落した。

メグミは漂っていた。

不思議と呼吸ができ、夜にもかかわらず海には柔らかな光が満ちている。視界の隅をすいすいと蛸が横切っていく。ああよかった、主任は多胡さんを見逃すことにしたのだ。女王様はどこだろう。きっと大丈夫。あのタコは簡単に死んだりはしないだろうから。

海流に身をまかせることにしたメグミは、これからの居場所を海のなかで探してみようと考えた。主任には後で戻りますと言ってしまったけれど、ごめんなさい。

漂う海草がメグミの小柄な体を包みこむように隠してくれ、メグミはマッコウクジラの遠い歌声を聞きながら時を過ごした。勢いのいい潮流に乗ったときは腕を広げ、海そのものを手に入れた気分に浸ってみた。イワシの大群とすれ違った時は、群ごと丸呑みする真似をしてみせた。

ようやく思い出したのだ。あの男に拾われる前の自分はエメラルド色の尾びれを持つ人魚だったことを。何十もの同族と大海を旅していたことを。まだ人魚の体に戻りきっていないけれど、自分は海に帰ってきたのだ。

メグミはとある蛸を見た。ぶどうの房のような卵の塊のそばに座り、そっと息を吹きかけたり、撫でるように汚れを払っていたりしている。少し離れた岩陰では、分厚い口を膨らませて大きな目をきょろきょろさせるジョーフィッシュがいた。膨らみすぎて閉まらない口のなかから、無数の稚魚が顔をのぞかせている。

潮の流れがいささか勢いを増し、メグミを包む海草がゆらゆらと揺れた。その拍子にメグミはふわりと砂底に落とされた。海草に腕を伸ばしたが、届かない距離まで流れ去ってしまった。

潮の流れが不安定な場所に落とされるのも定めだし、見知らぬかなたまで流されていくのも定めなのだ。そしてメグミは今、着地したこの一帯を居場所にするように定められた。

水温も水質もほどほどに良く、魚たちが集まって卵を産み育てる砂底には、穏やかで静かな時間があることをメグミは知っている。これからはここで月明かりや海底の花を眺めて過ごそう。人魚の体に戻ったら、もう少し向こうの岩場や海草群まで散策してみよう。

マダコが息を吹きかける卵の房が小刻みに震えだし、半透明の子ダコが次々に体を押し出し始めた。黒い粒のような目を動かしながら体を膨らませたり、すぼませたり、を繰り返した子ダコたちは、輝きながら一斉に水中に飛びだした。

ほぼ同時に、父魚の口から顔を覗かせていたジョーフィッシュの稚魚たちも海へと飛びだした。何百もの金色銀色が水中を乱舞する光景にメグミは目を奪われた。メグミは両腕を広げ、砂底でふわりふわりと飛び跳ねながら子ダコたちの舞を真似た。

「何か」が起きたのはそのときだった。

乱舞する稚魚や子ダコにハタハタたちが近づき、やにわに十数匹を丸呑みしたのだ。

稚魚の群は大混乱に陥った。右往左往する親魚をよそに、ハタハタは容赦なく生まれたての命を飲みこんでいく。ちっちゃな尾びれや吸盤すら生えそろっていない腕を、ちろちろと口から出したまま。そこに柴犬ほどもあるカサゴが大口を開けて突進し、一瞬でハタハタを丸呑みにした。

カサゴは勢いを落とすことなく稚魚の群れに突っこみ、かたっぱしから吸い尽くしていく。稚魚や子ダコを追い回す魚の数はみるみる増え、あれほど多く乱舞していた金色銀色の子どもたちはわずかな数を残すだけとなり、そのわずかな生き残りも次々に魚たちの腹へと消え、あるいはどこかへと押し流されていく。

そのカサゴの前に何本かの糸が垂れてきた。糸の先にくくられた肉片にカサゴは反射的に食いついた。カサゴは糸だけ食いちぎろうと全身を揺さぶったがそのまま引きあげられていき、水面の向こうへと消えていった。

やがて水面にかすかな濁りが広がり、カサゴの臓物や頭が沈んできた。砂底から飛びだしたヒラメが臓物に食いついて破ると、黒い粒のような眼を開いたままの子ダコや稚魚が、ぞろりとこぼれ落ちてきた。

メグミは水を掻いて近くの岩陰に逃げた。ウツボと鉢合わせになった。カッと開かれた口の大きさと鋭い歯に全身の血が破裂しそうになり、水を蹴って違う岩陰へと逃げこんだ。そこでは死骸食いの魚と言われるシャコが無数に蠢(うごめ)いていて、白くぶよぶよした塊が見え隠れした。さっきまで卵の房に息を吹きかけていたマダコだった。卵の抜け殻が垂れ下がる岩陰で横たわるマダコが、シャコに食われながらもかろうじて動いているのは、最後の息が残っているからなのか、水流に揺られているだけなのか。

その場を離れようとメグミが背を向けると、目の前に大きなホオジロザメがいた。食い足りないという顔つきでメグミを凝視している。

メグミの全身から力が抜け、その場で佇んだ。

メグミはこの海に帰ってくるまでずっと思っていた。自分が生まれた意味があるとしたらあの男になぶり殺しにされるためなのだと。そうではなかったのだ。自分が生まれついて持った定めは、強い者の腹を満たす存在になることだったのだ。あの男に捕まえられようが逃げて海に戻ろうが、自然の決まりがメグミに与えた定めは同じだったのだ。

ホオジロザメが鋭い歯で囲まれた口を開ける。自分の本当の行き先を見つめるメグミを何かが背後から抱えこむ。うねうねと波打つ数本の腕には傷ついた吸盤が並んでいた。

わが子よ、と背後のものが囁いた。

おまえは食われるために生まれたのではない。自然の掟に組みこまれるために生まれたのではない。おまえは私の娘だ。それを決して忘れるな――。

デパートに足を踏み入れたその男はほくそ笑んだ。

〈あなたのところから逃げてきたリエルって女ですけどね。メグミと名乗ってうちで働いてるんでございますよ〉

そう知らせてきたのは鮮魚売場の主任だ。

ようやく見つけたぞ。俺が職場に泊まりこみになったのをいいことに逃げやがって。俺がブローカーから買ってやったのに恩知らずめ。

まさか俺のことをべらべら喋ったんじゃないだろうな。いや、あいつは日本語がろくに話せない。それにガー語かチャー語か忘れたが、東南アジアの少数民族語なんて通訳できるやつはいない。そもそもあいつは俺に買われるまでのことをきれいに忘れてる。まあ、記憶障害になったのは監禁虐待で脳が萎縮したからだなんて暴露されちゃ困るけどな。『キャリア官僚の裏の趣味』だのと週刊誌に書かれたら一巻の終わりだ。

それにしてもよくあんなボロい木造船に何十人も積んできたことだ。溺死を免れたのはあいつだけだったか。『やさしいにほんご』だの生活の手引きだのが船底から出てきて、それぞれ日本名まで決めていたようだが、密入国者は事情のいかんを問わず、入管送りだからな。

エメラルド色の新品のスニーカーを履いて上陸の準備をしていたようだが、運のない者はそういうもんさ。

男はエスカレーターで地下食品売り場に向かう。あいつがどんな顔をするか想像するだけで血が騒ぐ。

鮮魚売場に着いた男は笑い出さずにはいられなかった。何だよこれ。

水族館なみの巨大な活魚水槽が設置され、大入道のような蛸が鎮座している。水槽の中にはド派手な電飾まみれの龍宮城が設営され、クラゲだの熱帯魚だのをはべらせる巨大蛸は、サメに似た小魚たちに体の隅々をついばませて皮膚の手入れをさせている。人間様よりいいご身分じゃないか。

水槽の前に置かれた立て札もふざけたものだ。「御蛸さま」ってなんなんだ。「御蛸さまの御御足（おみあし）」が一グラム四万円ってコカインより高いってか？　おい、ありがたそうに買ってる客たちがいるぞ。何のご利益を求めてるのか知らないが、まんまと足元に付けこまれるから下級国民なんて言われるんだ。肝心の蛸まで馬鹿にして、ヒョットコみたいな口をして見下ろしてやがる。ああ、水槽にへばりついてるガキどもを見てるだけか。にらめっこにらめっこと喧（やかま）しい保育園児どもだな。デパートなんかに社会見学に連れてくるな。

ところで主任ってやつはどいつだ。あいつだな。ずんぐりむっくりしたゴムエプロンの、オッさんかオバはんか、どっちだ。

「どうも。うちのリエルはどこです」

男はにこやかに主任に声をかける。振り返った主任は「これはこれは旦那さま」と低姿勢で目を細めた。

「しばらくお待ちを。御蛸さまのティータイムでも間近でご覧になっててください」

つくづくこの鮮魚売場はどうかしている。

腹の中で笑う男の頭上から八本の腕が水槽を越えて伸びてきた。お、おい、なんだよ、お――。ぬるりと巻きとられた男は一瞬で水槽に引きずりこまれ、助けろと叫ぶがごぼごぼと口から泡がこぼれるばかり。ガラス壁の向こうでは客たちが金色に目を輝かせて蛸を仰いでいる。めりめりとへし折られる男が鼻先で見たものは、煙草を一列に押しつけた痕のような歪な吸盤だった。

皆川博子

風よ　吹くなら

●『風よ　吹くなら』皆川博子

《異形コレクション》第1巻『ラヴ・フリーク』から、極上の幻想譚を寄稿し続けてくれている皆川博子の最新作をお届けできる幸福。

2010年代以降の皆川博子は、『U』『海賊女王』のような歴史大作、『開かせていただき光栄です』（第12回・本格ミステリ大賞受賞、このシリーズ最新作が2021年6月発売の『インタヴュー・ウィズ・ザ・プリズナー』）のようなミステリーと大長編を世に問い続け、2015年の文化功労者選出後も、快進撃はますます好調。一方で、短篇、掌篇も《異形コレクション》発表作品のほとんどを収録する日下三蔵編『影を買う店』『夜のリフレーン』などの〈純粋幻想文学作品集〉にまとめられ、宵闇色の読書を愛好する者たちにとって、うれしい福音を与え続けてくれている。

その最新作である本作は、原稿用紙換算にしてわずか7枚の枚数でありながら、現実世界が昼間には見せてくれない〈秘密〉、生者には見えない地上の〈秘密〉を、濃厚なイメージで幻視してみせた作品である。まるで、文字で綴られた能楽——それも「夢幻能」である。すでに異界に属しているかのような語り手が、われわれ現世の読者に、静寂の中で世界の〈秘密〉を垣間見せてくれる本作。能楽の奥義を究めた世阿弥の『風姿花伝』に「秘すれば花なり。秘せずば花ならず」との言葉があるが——なにはともあれ、感じとっていただきたいのである。皆川博子の心の叫びを。これは、私たちの物語。

公園にいる。

正確に言えば、かつて公園であった空き地、だ。

かつては確かに公園であった。その証しとして、木製のベンチが一基ある。ベンチの傍に、かつては藤棚であったものの残骸がある。

藤棚の下には、池があった。

たわわに咲き枝垂れる花房は水底より水面にのび、時に、それらは剣の切っ先の群がるさまとも見えた。これらの花が寒冷の冬も枯れ落ちずにあれば、氷柱とも見えたであろう。月淡き夜、鍾乳洞の中に佇む気配をも与えたであろう。縦に二つに断ち割れば、断面は肉食獣の鋭い歯の連なりに見えはしないか。そうは見えないと、影が言った。藤棚の下には、池があった。底なしの池であったよ。影を池に潜らせたことがある。どこまでも深く、広く、それは地下の海であったと、戻ってきた影は慄えながら言った。影にかわって、水に沈んだ。底に行き着くことはなく、周囲はひたすら、水であった。地の裂け目からのぞく地底湖であろう。進めば洞窟の入り口が仄かな明るみを見せるのだろう。ひとすじ、海に続く流れはないか。かすかな汐の気配はなかったか。藤棚の下に戻った。影は少し皺ばみ、藤は枯れ、池は土に埋もれた。

夜の駅にいる。

人の姿が絶えると、駅は二つに折りたたまれる。大きな本の頁をたたむように。二つ折りの本の表紙は板のように厚く、夜がこぼした幾つかの星を象嵌する。灯りの乏しい街を歩いて、昼は何時も鎧戸をおろしている店を訪れた。二つ折りにした駅を店主に渡した。ほかの駅も二つ折りにされ、表紙に星を象嵌され、運び込まれ、並べられ、星空が連なった。朝になれば消える。新しい駅が——ボール紙みたいに簡単に折りたたまれる駅が——線路沿いに設置される。沢山の人々がプラットフォームに群れて、その一つ一つは皮膚の中に命を充たしているはずなのだけれど。命の総量は、肉体という容器の総容量をはるかに凌駕すると思うのだけれど。そして一つ一つの命は個別のものだと思うのだけれど。集まりそして散り散りになる命たちの痕跡は、折りたたまれる駅には、残らない。

野原にいる。

正確に言えば、かつて野原であった場所だ。一枚の茣蓙の上で、子供たちは大人の真似をした。いずれ大人になれば嫌でもせねばならぬことを、なぜ、楽しんで真似ていたのか。茣蓙を巻くように野原を巻くと、その下は水で、さらにその下に火の層があり、影と一緒に水と炎の境目まで潜った。焼け縮れた層にいた。コンクリートの四層の建物が並び、壁は亀裂(きれつ)が走り、幾つかの窓はガラスが無く、斜め十字に板が打ちつけられていた。窓にガラスがある部屋には、まだ住人が残っている。私も住んでいたことがある。街が焼き尽くされ、穴居を余儀なくされた者たちのために、行政が急遽(きゅうきょ)造成したアパート群である。監獄に似ていた。水泡(みなわ)のような歳月を経て、建物は半ば崩れた。住人は老い、多くは死んだ。肉体の中にあった不可視のものは、どうなったのか。ただ、失せるのか。少しの間、失った肉体を思って泣き、そうして消えるのか。

　不可視のものがどうなったか。私はわかる。今、私がそれであるからだ。私は不可視なので、断ち割った世界の断面が視(み)える。幾つもの、幾つもの、層が重なる。火があり、水があり、戦があり、戦は大理石の断面のようにどの層にも広くあるいは細くあるいは濃くあるいは薄く、流水模様を描き、続く。

　空(から)の揺籃(ようらん)に枯葉が積もる。七分目まで砂を充たされた広口の硝子壜(ガラスびん)は、一尺ほど突き出た出窓におかれる。野の蟻が数匹、無造作に壜に移される。蟻の巣作りは硝子壜の外から観察できる。それを教えてくれた従兄(いとこ)は、戦場に行かされた。我が大君に召されたる　命栄(は)えある朝ぼらけ　讃えて送る一億の　歓呼は高く天を衝(つ)く　いざ征(ゆ)けつわもの　日本男子　ラジオから始終流れていた。哀しい旋律の歌であった。幼い弟が火をつけた鼠花火を硝子壜に入れ、蓋をした。従兄はソ連の捕虜収容所（ラーゲリ）に入れられ、飢えながら労働につかされた。三年後に復員し、一流会社に就職し結婚したが、何かに怯え、暴れ、納戸に隠れるようになり、医者が投与した鎮静剤を服用した後、心臓が停止した。嫁が医者に頼んで強すぎる薬を与えたのだと、伯母は陰で言い、泣いた。従兄の配偶者はたいそう物静かなひとであった。

公園にいる。影はベンチに焼きついて残る。

私は私にくちづけし、消える。

小中千昭

モントークの追憶

●『モントークの追憶』小中千昭（こなかちあき）

映像世界において、現代のホラー・シーンを書き換えてきた脚本家・小中千昭。20年前には、深夜放送のアニメ『ｌａｉｎ』脚本で、現代のスマホ社会、SNS社会を先取りしたかのようなビジョンを展開し、その再評価も話題となったが、なによりも小中千昭の先駆的で斬新な視点は、ホラー・フィクションを考えるうえで欠かせない。《異形コレクション》の読者にとっても、忘れえぬ数々の恐怖を、小説の形で提供してくれている。第2巻『侵略！』で脚本形式の「夜歩く子」を発表して以来、主にショートショート、短い短篇小説の形式でご寄稿戴（いただ）いていたのだが、今回は、重量級の作品である。野心作であり、問題作ともいえるかもしれない。

題材は２０２０年という特異な年に顕在化したこの世界の異様さ。「陰謀論」「フェイクニュース」「パンデミック」そして「世界の変容」を目（ま）の当たりにして、世界の「現実」の奥にある〈秘密〉を追及していこうとする主人公の視点の物語である。不確実なこの世界に「フィクションでできることはないか」と問い続ける登場人物の言葉は、そのまま作者の姿勢でもある。

なお、本作には、数多くの「史実」とともに「都市伝説」や「陰謀論」も言及されるが、ファクトチェックは読者にゆだねたい。ただ一点、クライマックスで登場する「施設」は実在のものであり、グーグルアースで外観を閲覧することも可能である。少なくとも、現時点では。

吉祥寺駅近くのショッピング・ビルの前で、私はぼんやりと行き交う人々を眺めていた。例外なく皆、顔をマスクで覆っている。私のように待ち合わせなのか、近くに佇(たたず)む人は一様に己(おのれ)のスマートフォン画面を見つめている。

街の風景がこうも劇的に変わるのを見るのは人生で二度目だ。２０００年代初頭の携帯電話時代までは、こうではなかった。今は全ての顔がマスクで覆われ、街の人々の表情も判らないが、去年までだったら、マイクつきイヤフォンで談笑している女性の姿などよく見掛けたものだ。スマートフォン以前だったら、見えない人物と会話をしているなど「おかしな人」としか見られなかっただろう。

「どうも」

口元だけ覆って鼻を出した西畠(にしはた)が小走りにやってきた。

「いやいや、御無沙汰」

「どっか入ろう。まだメシには早いかな」

小説やエッセイを書いている西畠と、脚本を主に書いている私とほぼ同業のよしみで、時折会っては無駄話をする関係だった。しかし今回までには二年近くも間が開いていた。

2020年のCOVID-19（新型コロナ感染症）パンデミックで、一時は緊急事態宣言が出され、萎縮し息を潜める生活が半年以上も続いた後だった。もうそろそろ自粛もいいだろうという秋頃に、久々に西畠から会おうとメールが来たのだった。

「いやぁ、仕事が最低でも三つは潰れたわ……」

先に愚痴を漏らしたのは、映像業界に身を置く私から。

「つたくこんなもん！」

喫茶店の席に座るなり、西畠は忌々しげにマスクを外した。

「ウイルス感染症にマスクなんて、何の役にも立たない。自己免疫を下げるだけだって」

それは知っている。布はおろか不織布のマスクでも、ウイルスの粒子サイズは難なく透過する。しかし風邪をひいた人間の飛沫は浴びないで済む。

「マナー、だからな……」

「俺たちはいいんだ。大人はな。子どもは可哀相だぞ。脳に酸素が充分行かないまま成長期を過ごす」

それは——、確かに深刻だ。こんな時代を生きたのは、百年前のスペイン風邪を経験した世代以来なのだ。

「先が見えないのは辛いよな」

「先なんてない。これで終わり。詰んでる」

「え？　でも感染者は減ってきてるし……」

「感染者？　ＰＣＲテストの陽性者はそれ以上でも以下でもない。小滝さん、まだテレビのニュースとか見てるのか」

「――いや、あんまり……」

　そもそもあまりテレビは見ない生活だが、最低限のニュース、海外報道はチラチラと見ていた。しかしひたすらパンデミックの恐怖を煽るばかりの報道には辟易していた。本当に凄まじいパンデミックが起こっているなら、そこら中で人が倒れ、始終サイレンが鳴り響き、野戦病院が続々と建てられていく筈だ。しかし私の知る限りの狭い人間関係で、その病気になった者はいなかった。

「日本人の重症化が少ないのは、やっぱりＢＣＧ（結核ワクチン）かな。遺伝子的なものだという説もあるけど」

「それは俺にもまだ判らない。しかしな……」

　今行われているリアルタイムＰＣＲ判定が如何に不確実なものか、ＷＨＯが異常なまでに早期にこのテストを推奨した経緯、そもそもＰＣＲ検査を発明した人物自身がこのテストは感染症の判定に使うべきではないと言いながら、昨年急逝亡くなった――という話を立て続けに言い立てた。

「じゃあ、病気なんてないんだと？」

「少なくとも日本では、インフルに近いものはあるんだろう。今年のインフル感染者は例年の六〇〇分の一だ。厚生労働省のHPで見れば判る」

「それは交差免疫っていうやつでは？」

複数のウイルス感染症は同時に流行らない傾向があると、どこかで読んだ。

「最初は中国武漢、そしてすぐにイラン、北イタリアでバタバタと人が倒れた。これが全部同じ病気だと、誰も証明してない」

「いやそれは流石におかしい。SARS-Cov-2というコロナ状のウイルスが共通項にあるんだから」

「それがな、誰もそのRNAウイルスを単一で分離・純粋化してないんだわ」

「は？」

西畠は、普通には陰謀論としか聞こえない話を始めた。

陰謀論——、Conspiracy Theoryという言葉は、ジョン・F・ケネディ大統領が暗殺された後に、CIAが創り出した言葉だ。後を襲った元・副大統領リンドン・B・ジョンソンが、『暗殺は孤独な狙撃者による犯行』だったと一般大衆を納得させる権威づけの為に、ウォーレン委員会を設置した。その最終報告書の結論に疑問を抱かせず、異説を排除する意図でCIA内部連絡文書に記された用語だった（現在は開示されている）。つまり、「陰謀論」

という言葉自体が一つの陰謀なのだ。しかし今は「根も葉もない悪意ある噂の論」という意図で持ち出される用語となっている。

パンデミックについては私も、何かおかしいとは感じていたので、じっくり耳を傾けたが、しかし納得がいかない。

「じゃあ、ＰＣＲテストが世界を無茶苦茶にしたってことなのか？　それが本当だったらもっと騒がれてる筈だろう。マスコミでなくても――」

今起こっているのは《パンデミック》ではなく、ＰＣＲテストの《ポジティヴ・ケース》(陽生)の氾濫(はんらん)だというのか。

「《Casedemic》(ケースデミック)とかでググってみなよ。異端な説はファクト・チェッカーとやらが否定した記事が検索上位を独占している。恐ろしい情報統制だ」

近年俄に台頭したファクト・チェッカー組織の数々は、通信社やメディア自身が設置しているか、または第三者機関を自称しているが、いずれもが大投資家らの資金提供を受けているのだそうだ。殆(ほとん)どの人が使う検索エンジンは異説を排除してユーザーを誘導する措置が採られているという。ネット検索も、自らDuckDuckGoといった独立サーチ・エンジンを選ばねば、求める情報が得られなくなっていた。

「で、これの目的は何？　世界中ロックダウンさせて、経済を壊滅させて、一体誰が得するんだ？」

「――そもそもロックダウンという言葉もさ、元は刑務所の用語なんだぜ。都市をロックダウンさせる事を、普通何て呼ぶ？　戒厳令だろ？」

それは確かにそうだ。日本はあくまで自主的に留まっているが、ヨーロッパなどでは警察権力が威圧的に市民の行動を抑制している。幾度か何万人規模のアンチ・ロックダウン・デモが数国で実施されたが、ＭＳＭ（メイン・ストリーム・メディア）は全く無視をするか、〝極右団体のデモ〟というレッテルを貼って唾棄していた。

「じゃあ、いわゆる影の権力的なものが、チップを入れてコントロールするまで行くのか」

去年までだったら、「新世界秩序」的な陰謀論も冗談として笑えたのに。

New World Order――、最初にこの言葉を使ったのは、第一次大戦後のウッドロウ・ウィルソン大統領だった……。

ペットにRFID（電波ＩＤ）チップを埋め込む行為も、国によっては義務化されつつあるが、スウェーデンの或る〝進歩的〟なグループの人々は、自主的に電子チップを掌に埋め込み、自分達が生活する施設の解錠から自販機でのクレジット購入まで、掌をかざすだけで済ませている。

1センチはあろうかというカプセルを体内に入れたいと思う人間は少数派だろう。

だが、米ＦＤＡ（食品衛生局）は２００４年に、人体に埋め込むことを認可している。

「今はもっと進んでいる。量子ドットのタトゥーを入れる。スタンプ感覚でインストール出来るんだ。それでワクチンを接種したかどうかの判定が行われる」

生体パスポートか……。海外に行くにせよ飛行機に乗る時に、そうしたものが必要な時代が来るのか。日常生活が音を立てて変わり果てていく感覚だ。人類２．０――、テクノクラートによる自動的なトランス・ヒューマニズムが始まろうとしている。

西畠は、Microsoftが主導してマイクロチップによるデジタルＩＤを普及させるプロジェクト（ID2020）に着手しており、既に発展途上国では実施も始まっているという。２０１９年、つまりパンデミックが世界で起こる前年に、このID2020を予防接種の証明にも転用するプロジェクトをスタートさせていた。

同社は更に、生体ユーザーのデヴァイスと結合して、その生体の生活行動に従って発行されるという仮想通貨の特許（特許番号WO2020060606）を既に取得していることや、アメリカ大手通信会社が、それをインストールすれば他人が人間をコントロール可能となるナノ・インプラントのルーティング・ポリシー特許（US10163055B2）を取得している事まで教えてくれた。マイクロチップによる人体の管理・強化はＤＡＲＰＡのスーパー・ソルジャー計画から始まっている。２００２年には米国立科学財団と商務省が、ナノ、バイオ、情報、認知といった技術の統合によって、人間自身のパフォーマンスを高めるという目標を公表（CTIHP）していたし、それはある程度まで実現に迫っているとは思っていたものの、我が身でそれを心配するのはまだ先のことだろうと、高をくっていた。

『1984』『すばらしい新世界』の実現はもう明日に迫っていた。

「けど、そんなすぐに無理だろ？　なんで今年になって急に世界中でやってるんだ」

「——一つには間違いなく来月のアメリカ大統領選でアメリカという一つの国の代表選ではあるが、全世界的な影響も無いではない。しかしそれで、他国の人々の生活も生涯も台無しにするというのも無理がある。

「——まあ俺は金融関係には正直疎いんで、あまりはっきりは言えないんだが、2008年の世界恐慌から結局、立ち直れてないっぽいんだわ。金融絡みだとは思う。まあとにかく、来月の選挙が終わればパンデミックもなくなるさ」

私は唇を曲げて黙り込むしかなかった。西畠の思考は判らないではなかったが、しかし結局それでは結論を得ようがない。だが、メディア——、昨今はテレビや新聞などのマスコミをMSM（メイン・ストリーム・メディア）と呼ぶらしいが、それがアテにならないというなら、西畠はどういうところから情報を得ているのかというと、オルタナティヴ・メディアという、企業に属さない独立ジャーナリストの発信からだという。その彼らを世は「陰謀論者」と蔑(さげす)む——。

しかし、大手のSNSに於ける個人の発言すらもMSMと異なる見解は排除されており、どんどん得られる情報が乏しくなっているのだという。異説や警告を発しようとするアカウントは根こそぎ削除され続けているらしい。

「確かに『ワクチンが出来るまではノーマルには戻れない』っていう論には納得出来てない」

いわゆる〝専門家〟の話を黙って拝聴しろと言わんばかりのＭＳＭや、国際機関すらも全く信頼出来ないのだから。

「そもそもだ。SARS、MERSのワクチンすら作れなかったのに、なんで全く新しい遺伝子組み替え型ワクチンなるものを、みんなに受けさせられると思う？」

確かに、特に日本では『遺伝子組み換えでない』と表示された食品が多い。それだけ忌避感がある筈だ。

「どうやって、受け入れさせるって？」

「その手始めが、マスクの強制じゃないか」

ああ……、確かにマスクは、「私は服従している」という証にもなっている。

それに、今年のパンデミック初期に喧伝された『ステイ・ホーム』なる《ダブル・シンク》（『１９８４』で創出された言葉・現実の統制を意味する二重思考）。あれで飼犬的な存在となった感覚がある。

「それからロックダウン。各国で足並みを揃えるのをロックステップと呼ぶ。そういう計画書は既に流出している。そしてワクチンだ。製薬会社は迅速な供給をする替わりに、損害賠償は実施国の政府に委ねる契約になっている。それで抵抗感を薄めていく」

「爆発的に実施が進めば、マスクと同じさ。そうやって異物を身体に入れる事に抵抗を無くしていけば、ナノボットまではすぐさ」

マスクの強制は、やがてワクチンの強制へ至るのか……。それまではマナーだから、と普通にしていたマスクが、だんだん忌まわしいものに思えてきた。

私が黙って考えていると、西畠は声の調子を変えてきた。

「いや、今日はそんな話をしたくて呼んだんじゃない。ちょっと面白いところを見つけた。とりあえず、どっかメシ食えるところに行こうか」

我々は、ニューヨーク風の本格的なピザを供する事で人気のある店に移動した。若い頃、アメリカ合衆国を友人と二人で横断した時、ニューヨークのピザと、シカゴのピザを食べ比べた筈なのだが、その味蕾の記憶もすっかり薄らいでいた。西畠が提案してきた店の中で、私がそこを選んだ。

「俺さ、今んとこ越してから、近所を散歩する趣味なんてなかったけど、地域の役所のスピーカーで毎日毎日『不要不急の外出は避けましょう』とか大声で怒鳴りつけられたら腹がたってさぁ」

よく判る。パンデミックの間に、取材を二件受けたが、どちらもリモートでという申し出だった。私は都心部の喫茶店で直接会って話したいと、我が儘を通した。それを話すと、西畠も同意した。

「だもんで、ちょっと遠くの方まで足延ばして歩いたりしていたんだ。そしたら、見つけた」

西畠は自分のスマートフォンを出して、写真画像を表示させた。

「え？　何これ」

それは住宅街の奥に覗いている、巨大なすり鉢状の二機のレーダー・アンテナだ。

「横田（基地）の方か？」

「いやだから近所だって。Ｆ市。70年代まで米軍が使っていたらしい」

吉祥寺からやや西方の、西畠の家近くという事か。

「へえ、都内にもこういうのが残っているんだなぁ」

皿の上で既に切り分けられた薄くクリスピーなパイ生地には、チーズがこれでもかと溶けており、宅配で食べるものとは全く別種の食べ物だった。

西畠は次々に画面をスワイプして見せた。様々なアングルから撮ったアンテナと、その下で木々に囲まれた廃屋が、幾つも建っているのが判る。

「もうとっくに日本に返還されてるんだけど、なぜか未(いま)だにこの辺だけは手つかずなんだ。あ、これだともっとよく判るぞ」

西畠はスマートフォンでGoogle Earth（グーグル・アース）を立ち上げ、航空写真のようにリアルな、住宅街の中にそそり立つ巨大なレーダー・アンテナと、尖塔（せんとう）一本がそそり立つ光景をぐるりと周回させて見せてくれた。精緻な3Dモデルで描写されている。

「Google Earthって、元はCIAが作ったんだっけ」

「そう、Keyhole。元々は軍事用途で開発された」

それにしても奇妙な風景だった。現代の東京にこんな遺棄された軍事基地、それも巨大なレーダー・アンテナが草むらの中に残っているなんて。

「これ見て、何か思い出さない？」

西畠が意味ありげな笑みを浮かべて問うてくると、判った。

「アレか。モントーク。〝キャンプ・ヒーロー〟」

それだ、と西畠は指を振った。

アメリカ、ニューヨークの南、長い半島の北端にあるモントークは、風光明媚（めいび）な場所だが、そこにはかつてキャンプ・ヒーローという空軍施設が置かれていた。巨大な0773式SAGEレーダーを頂いたメインの建物は現在も廃墟として残っている。

そのモントークの地名を、我々に知らしめたのは、1990年代になって出版された書籍『モントーク・プロジェクト　謎のタイムワープ』（学研プラス　1993）と、矢追純一（やおいじゅんいち）ディレクターが当時手掛けていたテレビ番組の特集からだった。

モントーク・プロジェクトというものが本当にあったのかについて、理性的な人なら否定するのが普通だ。物証はおろか文書もない。しかし証言者は異様なまでに多い。

このプロジェクトを説明するには、1943年にまで遡（さかのぼ）る必要がある。〝フィラデルフィア・エクスペリメント〟と言えば、映画にもなったし知っている人もいるだろう。艦船をレーダーから不可視にする為に、強力な電磁界で覆う実験をフィラデルフィアの軍港で、駆逐艦USSエルドリッジを用いて行われたというもので、元々はニコラ・テスラの発想に端を発していたのだが、この時にはフォン・ノイマンが指揮を執（と）ったと言われている（あくまで都市伝説的な話ではあるが）。

実験の結果、エルドリッジはレーダーからばかりでなく、その場から消失してしまい、暫（しばら）くしてからおもむろに再び現れたのだが、乗務員の多くは正気を失うか、命を落とし、鉄の戦艦構造物と肉体を融合させてしまった者までいたという。

この概要を公表したのはUFO研究家のモーリス・K・ジェサップだが、カルロス・アレンデという謎めいた男からの情報に基づいていた。そして間もなくジェサップは自殺してしまう。

後にアレンデを見つけた人によると、アレンデ当人はとても信用のおける人物ではなかったらしく、フィラデルフィア・エクスペリメント自体も与太話として忘れられつつあった。

しかし90年代になり、プレストン・ニコルズという科学者が書籍で明かしたところによると、フィラデルフィア・エクスペリメントが実際には〝プロジェクト・レインボー〟という計画であり、戦後も形を変えて継続していたというのだ。

それが、ヴィルヘルム・ライヒ（フロイト派中でも極めて異端的な精神学者）のオルゴン・エネルギー、気象コントロールの概念（当然これらも疑似科学とされている）を採り入れた〝プロジェクト・フェニックス〟となり、60年末には既に閉鎖されたフォート・ヒーローと呼ばれる施設でモントーク・プロジェクトが始動する。

当初は巨大なレーダーのもたらす電磁波を用いて、資質のある被験者の意識で様々な実験が行われたという。基本的にはマインド・コントロールに関するものであり、従って60年代以降の実験はＣＩＡが展開したMKULTRA計画のサブ・プロジェクトであったようだ。

この話が厄介なのは、プレストン・ニコルズという人物も記憶を操作されており、自分がプロジェクトの実施者の一人であったことを何年も忘れていたところにある。しかし、被験者だったダンカン・キャメロンといった人々と再会して、計画を思いだしていったという。

MKULTRA全般について詳述する余地はないが、冷戦時代に始まるＣＩＡの計画は、ペーパークリップ作戦で米国に誘致されたナチスのテクニックをルーツにするものの、MKがドイツ語のMind Kontrolの略だという通説は間違いで、単なる符合らしい。旧日本陸軍の７３１部隊が蓄積していたバイオ／ケミカル兵器の情報も戦後占領期に接収され統合されている。だから我々日本人にとって無縁ではない。

プロジェクト・フェニックスは当初、ホームレスを誘拐しては実験していたが、徐々に実験の規模を拡大して、幼い少年を多く集めては非人道的な実験をしていたという。後になって自らを〝モントーク・ボーイ〟だったと称する〝生存者〟が何人も名乗り出ている。

中でも強い能力を持っていたのがダンカン・キャメロンだった。更にはフィラデルフィア実験でタイム・トラベラーとなったアル・ビーレック（2011年に死去した）といった人物などが現れて、次第に如何なる実験が行われてきたかが判ってくるのだが――、遠い過去、未来、火星などに意識トラベルするだとか、エイリアンと遭遇するとか、次第にその内容は狂気を帯びていく。

だから、プレストン・ニコルズが語ったようなことが全て実際にあったと〝信じる〟人は殆どいないと思われるのだが、何故かモントークには今も破壊されることなく、レーダーを頂く廃墟ビルが建っており、本来はその地下に広大な地下施設が設置されていたようなのだが（80年代に近くに住んでいる少年が、その時には侵入出来た地下部分をビデオで撮影している）、今は全てコンクリートで埋められ、地下には何も無いという公的な説明の通りとなっている。そして現在でも外部からの来訪者を遮断している（向こう見ずのYouTuberが深夜に潜入した動画などは近年もアップされている）。

「しかし、この東京のは関係ないんじゃないか」

「そうとも言い切れない。MKULTRAっていうのは、米国内よりも国外の方で盛んに実験していただろ」

有名なのはカナダ・マッギル大学でユーイン・キャメロンによって行われた人格破壊（デパターニング）と人工人格形成（サイキック・ドライビング）実験だ。最終的には失敗のまま終わり、1988年になって、当時の被験者に賠償が支払われた。

今の言い方ならオフショアとなるが、米国内法の軛に従わないで済む為か、多くのサブ・プロジェクトが海外で行われ、その中に日本も入っていたのは明らかになっている。ただ、ではどういう実験が行われていたかなどの詳細は、CIAの非道な作戦の数々が明らかになった1973年に資料の殆どが、当時の長官リチャード・ヘルムズの命によって抹消されてしまったため、暗闇の中に封じられている。

「そう言えば……」

私は自分の関心領域からその名前を呼び起こした。

「オズワルドも日本にいたんだよな」

リー・ハーヴェイ・オズワルド――。

ジョン・F・ケネディを〝単独で暗殺〟したとされる男。

「え、そうなのか」

「うん。厚木基地に海兵隊員として二年くらいいたんだ。U2偵察機のレーダー監視員として勤務していたんだけど、日本にいる間に、ソ連に亡命する計画が始動していたようだ」

「へえ、知らなかった」

オズワルドは海兵隊を除隊して間もなくソ連へ亡命するも、そこでソ連内務省幹部の姪と結婚して、すぐに米国へ帰国する。こうした奇矯な行動歴から、オズワルドはＫＧＢに洗脳されたスパイ暗殺者という〝経歴（カヴァー）〟が作られる。

一介のレーダー監視員が、亡命出来るまでのロシア語を、日本にいる間だけで習得するなど、完璧なお膳立てが整えられていた状況は、ＯＮＩ（海軍調査部）やＣＩＡの後ろ盾なくして出来るとは到底考えられない。

「それも、一種のマインド・コントロールだな」

「――確かに」

オズワルドは何らかの崇高な使命感を持っていた筈だ。そして故郷のニューオーリンズに戻ってからダラスへと至り、映画館で逮捕されて初めて自分がPATSY（おとり）だと悟ったのだ。

ジャック・ルビーに警察署の地下通路で撃たれたオズワルドの苦悩の表情は忘れられない。自分が何の為に存在していたのかを悟った人間の顔だ。

「ほら」

西畠が今度は動画を表示させた。

「えっ、中入れるのか？　立ち入り禁止なんだろう？」

「まあそうだけどさ、ここまで来たら帰れないだろ」

スマートフォンで撮られているにしては、割と見られる映像だ。最近は手振れ補正も優秀になっている。

パラボラ・レーダー二基は地面のコンクリート基礎に直接建っているが、そのすぐ近くに、四階建て程の朽ち果てたビルがあった。

「似てるっちゃ、似てるな……」

勿論、キャンプ・ヒーローとの比較だ。

「ただ、電気は来てないようだった」

キャンプ・ヒーローには、久しく廃墟となっている筈の建物に、１９９０年代、新たに高圧電源ケーブルが引き込まれていたという挿話を思い出す。

「まあ特に、何もなかったんだが……」

西畠は、あのレーダー基地に思いを馳せたように遠くを見て言った。

「録音出来てないんだけど、ここにいたら、なんか変な音、っていうか振動を感じてさ」

「……」

「それに触れてると――、ああ、俺はこんな感じなんだなっていうのが判ってきた気がしてな……」

どういう意味なのか測りかねていると、西畠はまた話題を変えてきた。

「なんかさぁ、現実の方が信じられない変異を起こしちまってるよな」

その意味は痛い程に判る。我々は真実を追い求めるジャーナリストなどではなく、所詮は虚構を生み出す作家だった。イマジネーションを人一倍働かせねばならないのに、現実の把握すらも危うくなっている。メディアも、ネットの表層も、到底信頼出来なくなったら──

「けど──、今みたいな時って、フィクションの方が真実を曝け出せるのかもしれない」

それを口にした時の私に去来していたのは、ジョージ・オーウェルの『1984』やオルダス・ハクスリーの『すばらしい新世界』というフィクションだ。書いたそれぞれ当人の思惑は真逆であったようだが。

いや、既にそうした世界に我々がいるのだとしたら、書くべきはソルジェニーツィンなのか……？

「そんなのが書ければなぁ……。ああ、前に小滝さんが書いた20年前のアニメが、まるで今の時代を描いてるってネットで再評価されたとか言ってたよね」

私が脚本を書いたのは、1998年に1クールだけ放映されたマイナーなアニメだが、その頃はまだ物好きが手を着ける程度だったネット接続が広く使われている状況を描いたものだった。その先に何があるのかを模索しながら。

ネット空間の中で、無数のアバターがそれぞれ勝手な独り言を喋っている場面があったのだが、今のTwitterそのものだ、と見えなくもなかった。

想えばあの頃の私は、PowerBookを公衆電話のISDN回線でモデム接続して、さして差し迫っている訳でもないのに電子メールをチェックしていたっけ。携帯電話からスマートフォンへの変化は、ただ流されるままに移行していった。そして、街を歩く人の風景が変わったことに気づいた。今は、全員がマスクをしているという変化を見ている。

「凄い進歩だ、振り返ってみると」

私は半ば冗談で言ったのだが、西畠は黙って自分のスマートフォンの液晶を見つめていた。何も表示していないのに。

「年明けたらまた会おう。そうだ、新しい家にはまだ来てなかったよな。何か作らせるから」

西畠は数年前に、随分若い細君と一緒になったことを想起した。あまり気が進まなかったが、私は頷くと手を振って、西畠と別れた。

一度振り向いたが、もう西畠の姿は見えなかった。例外なくマスクをして歩いている人々は、一様にボール・ギャグを嚙まされているような気がした。街の看板を見上げて、サングラスを掛けてみた。ジョン・カーペンターの映画『ゼイリブ』の世界だと思った。

今、これから、フィクションで何が出来るのだろうか。

翌月になって、アメリカの大統領選は終わったが、何だかはっきりとしない決まり方に見えていた。西畠の言ではそれでパンデミックは収まる筈だったが、それどころか日本の主要都市は二度目の緊急事態宣言が出され、飲食店は20時に閉まることになった。

一方、ワクチンは先行してmRNAを用いた二社の実験的なものがイギリス、続いてアメリカで緊急承認となり、接種が始まった。先端的医学の進化によって安全性は担保されている、という《ニュースピーク》（『１９８４』用語）がＭＳＭで喧伝されている。他の手法を用いる後続も承認されていくのだろう。

「三密を避ける」といった概念が《ニューノーマル》と謳われている。

過去の歴史に於けるパンデミックでは、急激な多量の死亡者を出しながら蔓延し、ウイルスが次第に毒性を弱めて最終的には宿主と同棲となるか、持続性の免疫抗体がしきい値に到達することを集団免疫と呼んだのだが、今回のパンデミックの数年前にＷＨＯ（世界保健機構）は、パンデミックの定義から死亡者数の条項を削除していた。

パンデミックになってから、ウェブサイトに於ける記載で集団免疫の項目も、その定義を大幅に削除してワクチンへの依存性を高めている。ワクチンの定義は旧来のそれに加えて、遺伝子操作の項目が付け加えられた。

飛行機で大気に有害な物質をまき散らす〝陰謀論〟の『ケムトレイル』は、ジオ・エンジニアリングというテクノロジーとして普遍的なものだとも知った。世界人口の過剰を杞憂(きゆう)する優生学の理念も、今はソーシャル・エンジニアリングとか生命倫理学などと、その呼称を変えていた。

これらを〝陰謀〟とは呼べまい。全く隠されていないのだから。だが、声高にこれらを糾弾する声も出ないのは何故か。パラノイア状態に陥っていく。

一方、米大統領選のゴタゴタは後を引いており、ネットで拡散される〝異説〟はオカルト性というかスピリチュアルな要素が強いものの声が大きくなっていた。

病とワクチンについて、冷静に現実の状況を語ろうとしている情報を得たくとも、極端な陰謀論にマスクされてなかなか表出してこない。

そうしたディスインフォメーション（情報操作）なのか？

だが、もし現在の世界状況が何者かに仕組まれた謀略なのだとしても、それが計画の通りに進んでいるとは到底思えなかった。制御不能状態で暴走している。

こういう事を考えてしまうのも、ある種のマインド・コントロールなのかもしれない。

詐欺的な戦争行為だった湾岸戦争以来、New World Orderという言葉を多用したジョージ・H・W・ブッシュ大統領は、１９９０年に「脳の10年間」を宣言し、脳の解析に新たなパラダイムを迎えた。その後時代を下ってバラク・H・オバマ大統領は「ブレイン・イニシアチブ」を推し進め、そして今がある。人間の脳を支配するなどという神経中心主義はこうした思想で模式化されてきたが、一人ひとりの脳は違うのだと、私は今も考える。

しかし――

一個人で煩悶したところで、進められている事は進んでしまっている。


誰にとっても陰鬱な冬となって、2021年になった。

秋頃には再開し始めていた映像業界の打合せも、再び先延ばしとなった。配信の映画を観ていても全くのめり込めず、リアルなものを探して代替的な動画サイトを梯子するのが日課になってきていた。YouTubeなら大抵の海外動画にも、自動翻訳の日本語字幕が表示出来るのだが、YouTube以外のサイトにそんな機能は全くない。英語のヒヤリングがこの歳になって、少し鍛えられてきた気がする。

そんな頃に、知人からのメールで驚愕する。西畠が昨年の暮れに亡くなっていたのだ。

いったいなんで……。

知人によれば、F市の中央線駅ホームで飛び降りたのだという。

決して親友という関係でもなかったが、互いの仕事を尊敬し、思いやる友人であった。秋に会った時にはそんな素振りなど全く――

西畠は結婚していたが、子どもはいなかった。細君の逸美(いつみ)とは、数度顔を合わせた程度なのだが、メール・アドレスを知っていたので連絡をとった。

50日も経っているので迷惑かとも思ったが、焼香だけでもさせて欲しいと申し出ると、「どうぞいらしてください」と返事が来た。

地図アプリを見ながら、ようやく西畠のマンションに辿り着いた。見回したが、その辺からは件のレーダーは見えなかった。

「小滝さん――」

もう喪服という感じではなく、淡い色のニットを着ていた。ショートボブの前髪で隠れがちな瞳は、やはり暗い色をしている気がした。

「この度は――」

特定の信仰もないらしく、リビング奥のコーヒー・テーブルに西畠の額縁写真と、小振りの花瓶が置かれていた。私は前に正座して、掌を合わせて目を閉じた。西畠のことを想う程、疑問が湧いてくる。とても「祈る」気分ではなかった。

『こんな感じなんだなって判った』と西畠は言っていた。一体何が判ったのだ――。

「こちらでどうぞ」

逸美夫人がソファ前のテーブルで紅茶を注いだ。

「お酒の方が良かったかな」

「いや、まだ夕方だし」

少しばかり世間話、というかやはり昨今のパンデミックの話になってしまうのだが、一通り当たり障りない話をした後、私は意を決して西畠が命を絶った理由を訊いた。

「もともと鬱っぽい人だったし……。それでずっと世間もこんなでしょ……」

「――だけど、それを言ったら……」

「そうよね。そんなの、みんな苦しんでるんだから、一人だけ一抜けするなんて――」

彼女の声に険を感じた。

「冷めちゃいましたね」

近づいた時の逸美の吐息には、わずかにアルコール臭が感じられた。

西畠が結婚して一〇年も経っていない。逸美と西畠には年齢差があり、彼女はまだ三〇代半ばといったところだ。そんな年齢で、自由業の亭主に先立たれたのだ。昼間から酒くらい呑みたくなるのも当然だろう。

結局、すぐ後になって逸美はワインのボトルをテーブルに置いた。付き合わざるを得まい。

「小滝さんは、西畠と同じ世代？」

「ぼくの方が三つ上、かな。もう初期高齢者です」

「そんな風には見えない」

少し甘えた声で逸美は私に吐息を吹きかけた。

空いた私の前の皿に手を伸ばした逸美の身体が近づいて、止まった。

私はソファで身動きも出来ず、どうしたものかと考えていたが――、

「逸美さん――、大丈夫？」

私の干からびた声を待っていたように、逸美は私の肩に顔を埋めてすすり泣き始めた。

全くそんな予定ではなかったのに、結局その夜は西畠の家で明かすことになった。

逸美に導かれるまま、私は彼女を抱いて、束の間だけ、西畠の死とパンデミックを逸美の脳から消せたのだろうか。自分の倫理感などに最早価値はない。

小柄で痩せぎすの軀だが、逸美を抱き締めると自分よりも体温が高くて心地がよい。ああ、こうやって他者と触れあうのはいつ以来だろう――。今、脳にオキシトシンというホルモンが分泌されているのだろう。

私がその先に進めることを躊躇していると思われたのか、逸美は甘い声で「大丈夫だから」と囁いた。

「私、子ども産めない軀なの。だから西畠は私と一緒になったの」

西畠という名を口に出され、私は利己的にも気分を削がれた気がしたが、逸美の唇が私の目蓋を吸うと、もう考えるのを止めて、私の意識も肉体も、逸美の柔らかい膚に包まれていく――。


夜中になって、逸美が傍らで寝ている間に、私は眠れないままベッドで横たわっていたが、やはりどうしても気になって、西畠の仕事部屋を覗いてみることにした。

生前のまま乱雑に書類や本が床で山を作っている。

デスクの上には執筆用の大型ノートＰＣがあった。

スリープから復帰させてみると、パスワードを要求された。

私は暫く考えて、ある言葉を打ち込んだ。

「MONTAUK」（モントーク）

ＰＣのデスクトップが表示された。

何か手掛かりになるもの――

「それ、持っていっていいですよ」

背後から冷ややかな逸美の声がして、私の心臓は冷たい手に掴まれた気がした。

「もう西畠はいないんだもの……。あの人が何を考えていたかなんて、これからの私には関係ない」

西畠のPCを持ち帰り、保存されているファイルは全てチェックをしてみたが、殊更原稿のような文章で、西畠自身が書き残しているものは見つけられなかった。異常なまでに多かったのは、あのレーダー基地の写真と動画だった。何日も通い続けたらしい。昼間のものもあれば、夜間に撮ったものもある。

キャメラを置いて、自分自身を写した動画があった。

『聞こえる……。聞こえるぞ……』

一体何が？　ヘッドフォンでモニターしていても、違和感のある音は聞こえない。

映像の中の西畠はフラフラと歩き回り、まるでそこに何かが降り注いでいて、それを浴びているような動作をしていた。

「西畠――」

ふとディスプレイに映る彼に呼び掛けてしまう。

と、画面の中の西畠がまるでそれを聞いたかのように、いきなりキャメラ前に走ってきて、顔を近づけた。

「判るよな？　な？」

悪寒が背中を走った。

恐ろしくなった私は思わずディスプレイを閉じてしまった。

西畠が同意を促したのは、逸美に対してではあるまい。モントークというパスワードでPCを遺したのも、私に対するものだったからだ。

まるで何かの呪いでも掛けられたかのように、私はその日以来、西畠の残留思念につきまとわれ始め、ひと時でもそれが離れなくなってしまった。

矢も楯もたまらず、F市の地図を見ながら、レーダー基地跡に足を向けたのは数日後だった。

住宅街の奥なので、街道を通り過ぎる者には視界に入らない。路地の奥まで行くと、やっと金網の柵で囲まれた公園のような場所が現れる。同じ方向を向いた巨大なレーダーが二基、そそり立っていた。見回して人目がないのを確認し、西畠がそうしたであろう通りに私も金網をよじ登って、敷地の中に入った。これでもう法を犯している。

モントークのSAGEレーダーも、ここのレーダーも、とうにその任務は衛星に移管している。手入れがされていない雑木林の中に、幾つかの建物跡がある。完全に屋根が落ちてしまった、奥行きの長い建物もあった。

その中でやはり、最も異様な姿をした四階建て程の建物が私を惹きつける。

廃墟マニアや心霊オタクが何かの伝説を語っていても不思議ではないのだが、レーダー基地についてのそれは聞いた経験がない。

ドアが半開きになっていたので、中には容易に入れるのだが——、

「なんだこれは——」

風雪に曝され傷んだ壁が一部落ちているのだが、普通の鉄筋ではなく、メッシュ状の金網が壁の割れ目からザクザクの切れ目を見せていた。不用意にそこを通り抜けたら、首でも切ってしまいそうだ。

「——そうか……」

ここはレーダー施設なのだ。管理をしていた建物なのだから、電磁波から建物内部の人間を保護するファラデー・ケージ構造（金網に包まれた空間）になっていても不思議ではない。

だが——、これは本当にレーダーの電波から内部の人間を保護する為なのか。それとも、内部の何かの力を、レーダーに干渉させないようにするものなのか——。

この破壊跡は、何者かが力任せに侵入したかのようにも見える。

モントーク・プロジェクトがある時点で強制終了となったのは、ダンカン・キャメロンが高いマインド・コントロール制御を受けている間に、想念の中から生み出した〝ビースト〟（ニコルズらが〝ジュニア〟とも呼んだ巨大な黒いヒューマノイド）が出現して暴れ回ったからなのだという。映画『禁断の惑星』で描かれる〝イドの怪物〟そのものだ。虚構と現実の境界が侵食している感覚だ。そもそもモントーク・プロジェクトだって普通な感覚で受け取れ

ばフィクションなのだが。しかし今、私はそれが日本でも起こっていたのかもしれないという現実に直面している。

ここに長くいるべきではない、という気がしてその建物から離れた。ここで誰が、どんな虐待的なマインド・コントロール実験を行っていたとしても、それを暴こうなどという勇気を私は持ち合わせていない。

では、なぜここへ来たのか――。

動画の中で、西畠が私に語りかけたところを見つけた。

レーダー・アンテナの近く、少し広くなっている空間だ。

そこで私は耳を澄ました。何か電磁波的な音が聞こえるのかもしれない、と思ったが、外耳道(じどう)から伝わるのは風音だけだった。

いや――、耳というよりも――、側頭葉で感じる。恐ろしく低い音――。

人間が聴き取れる音の最低域はせいぜい16Hz（ヘルツ）までだ。人間の脳波の通常活動時であるベータ波が14~30Hzの帯域だ。それより低い周波数のパルスが、ここでは起こっている気がした。今はただ無駄な鋼鉄の構造物にしかなっていない二基のレーダー・アンテナが、風の向きや強さで共鳴しているのかもしれない。

超低周波ELF帯の中でも、6.67Hz、6.26Hzは、それに曝された人間に混乱、恐怖、不安、頭痛、不眠症を引き起こすマインド・コントロール周波数だ。建物の構造でこうした音が鳴るケースが、いわゆる〝幽霊屋敷〟〝心霊スポット〟と認識されている場合もあるのだろう。

人間の脳には未だに不可解な領域がある。fMRIなどで幾ら脳の活動を可視化したところで、それが何かを客観的に示しているなどといった断定は今も出来ないのだ。

そうした無駄な知識で解釈しようとしても、このレーダー・アンテナ近くに立っている私自身の感覚は、単に無根拠な恐怖だけを味わってはいなかった。

恐怖や攻撃性、憎悪といった感覚を生成する扁桃体(へんとうたい)は、物事の認識を司(つかさど)る前頭葉と連携しているのだが、単に恐怖などの負のものばかりではなく、幸福感や性的な興奮などにも反応するという。

徐々にそれが判ってきた。一体私は今、何を感じているのか——。

そうだ、「判る」という感覚だ。

昨秋、西畠と再会した時以来、ずっと私を捉えていた感覚——、街の人々の姿、ネットワークの発展と、その見えない網にぶら下がっている個人個人という現実——。ひたすらその〝進化〟に瞠目(どうもく)させられてきたが、この先にはどんな進化が待っているのかという漠然とした期待と不安を抱いていたと思う。

だが、パンデミックが始まってから顕著になった、社会の脆弱さ、メディアの空虚さ、人々に共有されている概念に日々絶望感を募らせてきたのだが、私は自分が最も恐れていることがなにか、それを想定するのを避けていた、と気づいた。

そして、ここに立ってそれが判った。西畠が判ったように。

人間はこれ以上、進化はしない。

ここが進化の終端なのだ。


若い頃までは、今後どれだけ人類が進化した存在になるのかを想像出来た。自分の世代では無理でも、後の世代が遠宇宙にまで冒険に出ていくのだろうとも夢想出来た。テクノロジーが全ての人々を幸福に、安寧に暮らせる生活を実現するだろうとも。

しかし、そんな未来はない。いや、何らかのカタストロフによって、一挙に地球が滅亡するという話ではない。

ただ、知性体としての人類は、今が終わりなのであり、後はナノボットのインプラントだとか、何らかのマインド・コントロールによるトランス・ヒューマンとなって、外部より〝制御〟されるだけの存在になっていく。

夕暮れの駅までの道すがら、私はレーダー基地跡で得た自分の考えを必死に否定するロジックを探した。

しかし、見つからなかった。

ホームの終端近くに立って、ぼんやりと看板を眺めながら、私は考えていた。

西畠は言っていた。「ああ、自分はこんな感じなんだな、って——」

それが判ったとして、この感覚を他者に伝えようという意欲はなかった。

判って貰えるとも思えない。

あのELF帯のパルス——(いや、計測機器で測った訳ではないので事実ではないのだが)に触れることで、私の脳で何かが変わってしまったのだ。

以前のように、未来に希望を持てるマインド・コントロールを解かないで欲しかったとすら思う。だが——、
ホームにアナウンスがあった。電車が入ってくる。

西畠がどうして、線路に飛び降りたのか、今は判る。

では、私は——?


ホームに入ってくる電車のヘッドライトをぼんやりと見つめていると、そこに吸い込まれそうな感覚になった。しかし——

「あ」

小さく声を出してしまった。

電車を待つ人の中に、異質感があった。

何が変なのか、やっと思いが至った。マスクをしていない、中学生くらいの小柄な少女がいたのだ。

イヤフォンで音楽を聴いているらしく、聴いている唄に合わせているのか、小さく唇も動いていた。

見知らぬ人の口元を直接見るのは久しぶりだ。

少女は自分がマスクをしていないことすらも意識していない。灰色の制服を着ている姿は、私が20年前に書いたアニメのヒロインを思わせないでもなかった。

唄のフレーズの合間で、深く息を吸っているのが判る。

そう、そうだ。鼻孔(びこう)から空気を吸うんだ。そうして自己免疫力を高めるんだ――。

電車が到着して扉が開くと、少女はポケットから丸めたマスクを取り出し、面倒そうに顔を覆って乗り込んでいった。

自分が乗る筈だった電車が走り出していくのを、私は長い間、馬鹿のように見送った。

私が勝手に一人で絶望しても、何の意味もない。

どの道、この先長く生きる歳でもなかった。

私は自分のマスクを外して、ポケットにねじ込んだ。
冷たい空気が肺を充たして、脳に酸素が充分送り込まれていく。
状況が変わることを、いや、何か変える為のことを考えよう。

平山夢明

世界はおまえのもの

●『世界はおまえのもの』平山夢明(ひらやまゆめあき)

うっかりと口に出してしまうと災厄が降りかかる。それも、最も許しがたい形で。

実に怖ろしい〈秘密〉の有り様が描かれた本作は、平山夢明が久々に書きあげた本格ホラーといえるだろう。題材は、古典的な〈悪魔テーマ〉に分類されるものであり、また、前作に引き続き「蠱惑(こわく)の本」のホラーともいえる。しかも、魅力的なのは、本作の主人公が心理士というところである。

いうまでもなく、平山夢明と心理学・精神医学は、実に深い繋がりがあり、《異形コレクション》参加でも、「怪物のような顔(フエース)の女と溶けた時計のような頭(おつむ)の男」(第19巻『夢魔』)、「実験と被験と」(第27巻『教室』)、「オペラントの肖像」(第34巻『アート偏愛(フィリア)』)などで、心と精神の領域を扱っている。

『異常快楽殺人』の著者でもある平山夢明は、多くの殺人者や異端者にインタビューも試みているが、かつて私自身も、その栄誉にあずかったことがある。『異形コレクション讀本』で氏のインタビューを体験させていただいた時のことだが、知性に満ちて、レクター博士のように鋭く、心の深部の〈秘密〉の領域にまで切り込んでくる犯罪心理学者の面影を、確かに彼の中に感じたものである。

さて、知ってはいけない秘密を知ってしまった心理士が物語る本作。

なによりも恐怖を密かな愉しみとする者にとっては、至福の秘宝となる筈である。

a

「安心するがいい。あんたは……」

その日、男は会うなり、私が死ぬと告げた。

正確には『今年の誕生日に死ぬ』と云った。

云い終えた男の顔は長年の鬱憤(うっぷん)を一気に晴らしたかのように晴れやかだった。そこには相手の反応に対する警戒心も怖れもなく——満足感すら窺(うかが)えた。

私は静かにペンを置いた「それだけですか？　それが本当にあなたの仰(おっしゃ)りたい事ですか？」

「そうだ。珍しいタイプの脳溢血(のういっけつ)だ。家族の誰にも気づかれず、この世から去る」

通常なら、ひと波乱ある場面。男と私は五年来の知り合いだ。毎週、決めた時間に会い、世間話をする。彼は私については多くは知らない。が、私は彼の名前や住所を知っている。

そう、私はカウンセラーであり、彼は病者(クライアント)なのである。

「が、そうではなくなった」男はニンマリと微笑んだ。「俺が救ってやった。安心しろ」

男は歳破（サイハ）と云った。

主訴は不眠、不定愁訴、自殺念慮。カウンセラーとしてはありきたりな患者であり、外見も中肉中背、神経質そうで顔色が悪いという以外、夕方会っても晩には忘れてしまうほど印象の薄い男だった。通院当初から歳破は主訴の他、時折、挟む何か意味不明な虚言以外何も語らなかった。否、実際には我々は様々な話をした。政治、芸能、スポーツ、趣味など。バーや喫煙所でなら当たり前に交わされるだろう類い（たぐ）の他愛ない世間話なら掃いて捨てるほどした。また歳破は如何（いか）にも心的病者らしい運命論者でもあった。世の中には運命を司る神が居、それが宇宙の全てを支配しているという信仰に近い観念をもっていた。が、それ自体、主訴の自殺念慮に直結しているとは考えられなかった。私は彼の本心を探るべく様々な心理検査や傾聴技法を試みたが、歳破はそれをやんわりと如何（いか）にも依頼人（クライアント）らしい物腰で躱（かわ）し逃げた。

人は自身の問題に向き合う事を無意識的に忌避（きひ）する。問題とは往々にして彼自身の存在理由に直結している場合が多いし、それが歪みを生じさせているとしても、歪みそのものが彼や彼の生活を生かしている場合も多いからだ。つまり問題を直視し、是正する事は現実の生活の改革や自身の信念の否定に繋がる事が多い。故に問題があったとしても通常は見て見ぬふりをし、生活の破綻しないところでほどほどに困り続ける事を人は望む。

歳破もそのタイプであろうと判断した。が、そうした見立てがあったにも拘（かか）わらず私は困惑した。彼は〈話さなかった〉のだ。勿論、これが面接当初であれば珍しくはない。寧ろ、開始早々、深刻な悩みを打ち明けてくる者の方が珍しく、通常は三回、四回と重ねていき互いの間に〈信頼関係〉が形成された辺りから〈問い掛け〉、意識されない悩みの真の姿を炙り出していくのだ。そうなれば治療計画も立ち、具体的な手技をもって当たる事ができる。

歳破もそうであろうと楽観していた。が、実際には今迄、出会った事の無い難物であり、ある意味、手に負えない患者でもあった。とにかく彼は主訴に拘わる悩みに触れようとすると、まるで貝が一瞬で足を引っ込めるように自分の殻に潜ってしまう。私のクリニックでは一時間当たり一万五千円を診療代として設定し、本人の来院の場合であれば保険が適用される。しかし、歳破は保険を使わなかった。世間話に終始すると当然のように支払いを済ませて帰る。薄々、勘付いた事務スタッフが困惑する様子も窺えた。この状態が五年ほど続き、遂に彼からの私への死の予言ということに相成ったのである。原因はわからなかった。ただ歳破が明らかに、ここ数回の面接では苛立ちを見せていた事は確かだった。世間話にも集中できない様子で、自分で振ってきた話題を突然、拒否したり、いつになく沈黙する場面も増えた。勿論、私はこの変化に期待していた。歳破の内面に常ならぬ大きな変化が生じたのは明らかで、遂に彼が張り巡らせていた自我防衛の壁が崩れ出したと直感した。今がこのぬるま湯のような非成長的関係から次の段階へ踏み出す好機と捉えた私は『次回で進展がなければ一旦、診察を中断しましょう』と提案したのだ。ポイントは『しませんか？』という疑問調ではないことだ。そうであれば彼にYES、NOの主導権を渡すことになる。が、私は敢えて断言した。〈そうすべき〉というメッセージを暗に忍ばせたのだ。

歳破は一瞬、動揺を見せた。が、それは何かの拍子に浮かんだ池の魚のように、直ぐさまいつもの憮然とした表情の中へと沈み込んだ。が、それで充分だった。メッセージは伝わったとの確信があった。彼はゆったりとした長椅子に身を委ねたまま、診療室をぐるりと見渡した。小さな声で〈……そうか〉と頷き、殊更（ことさら）、潑剌（はつらつ）と「では」と立ち上がったのだ。

「世間話はもう結構。次回は本当にあなたが語りたい事を……」

私の言葉を歳破は背中で聞き、二週間後の予約を済ませて帰った。

その後、金曜の診療終了まで平穏な時間が過ぎていた。診療記録を付け終えた私は机で一服した。普段は吸わないが時折、軀（からだ）が欲する場合がある。紫煙を目で追いながら歳破の何か問いた気（げ）だった表情を思い浮かべ、げんなりしていた処へ残っていたらしい受付から内線が入った。普段、物静かなトーンで話す事を心がけている彼女の声が感情で裏返っていた。

歳破が死んだとの報（しら）せであった。

b

自宅で服毒した歳破は検視、行政解剖の結果、事件性の無い事が証明された。通話記録、所持品検査の中で通院を知った刑事が病歴や所見を尋ねに事情聴取にやってきたが、型どおりの訪問といった印象だった。歳破に家族は無かった。問診票には妻と長男、長女とは時期を分けて死別とあった。親戚との付き合いも無く、謂わば天涯孤独の状態であったのだ。

しかし数日後、歳破の件で刑事の再訪を受けた。風采の上がらぬ藪睨みの刑事は犯罪性はないと云い置いた上で実は歳破には最近まで付き合っていたらしい女性がいたのだという。知っていたかと訊ねられたので全くと答えると刑事は、でしょうなと頷き、実はその女性も歳破の死の前日に死亡しています、事故死でしたと告げた。歳破と違って女性の死は痛ましいものだった。工事現場でクレーンを使って荷揚中、建材が鉄製ロープが切れたことで落下。彼女は二トンもある鋼材の下敷きになってしまった。それが自殺の遠因にもなっているのですと刑事は首を振り、それから出し抜けに『先生は彼の生活の糧をご存じ？』と云った。

はっきりした心当たりはなかった。話では親の遺産が相当にあるとのことだったし、申告された住所は都心のタワーマンションである。実際、歳破はおしゃれだった。五十代という実年齢を感じさせぬセンスで服装も季節感を巧く取り入れ、帽子、腕時計、革の手袋も一般の人間が購うものよりは数段、上のものであろうと感じた。そして何よりも彼は自費診療だったのだ。一度も滞らせず、都度都度、現金で支払っていく時点で彼の云う〈親の遺産がある〉という言葉を疑う気持ちは消えていた。

『でも彼は無職でしたよ。最後に働いたのは今から二十年も前。外食チェーン店の雇われ店長。そこをクビになってからは何もなし。就労の形跡は皆無なんです』刑事は驚いてみせた。

〈親御さんが相当な素封家(そほうか)だったと聴きましたが〉という私の答えに刑事はにべもなく『いいえ』と云い、『御両親は東北の農家でしてね。耕作地も地主から借りたようなもんです。まあ、昔で云う処の小作人です』

私は沈黙するしかなかった。

刑事は私のその反応を見、こう付け加えた。

『歳破さんの自宅からは大量の現金が発見されました。かなりな額です。何千万っていうね。それがスーパーなんかのレジ袋に突っ込んでありました。まるで燃えるゴミみたいにね』

やはり何かの犯罪に関わっていたのですかと問うと刑事はその可能性も薄いと首を振った。犯罪の場合には必ず何らかの跡が残るという。被害届は勿論、反社会組織同士の毟(むし)り合いですら噂になり、業界の耳目(じもく)は注目する。また昨今のデジタル社会では人の目以外にも防犯カメラ、SNS等ありとあらゆるものが鑿(のみ)で彫ったように犯罪の痕跡を残してしまうのだという。

『あれだけの額を一度に強盗(タタ)けば必ず目に付きます。女であれ、男であれ共犯者がいれば金の使い方でバレる。貯金の為に犯罪を犯す人間はいませんから。また犯人を見つける事は不可能でも、犯罪の事実そのものを消し去る事はできません。経理や直接金銭をやりとりする部署の者がたまに永年掛けて横領するなどはありますが、これも内部では相当、問題になっている事が多い。外部に漏れるまでに時間がかかるという程度のことです。しかも、彼には就職した形跡がない。脅迫を行っていたような痕跡もないのです』
全てのカードを出し尽くした私には『では、どうしてそんな大金を』と問う以外なかった。
初めて刑事がニヤリとした。『博打(ばくち)ですよ。競馬、競輪、競艇、パチンコ。ありとあらゆる合法的な賭博と更に宝くじです。ニュースになるほどの額では決してありませんが。これは場内の監視カメラの映像や職員の証言、宝くじ売り場での払い戻し記録で裏が取れています。歳破さんは博打と宝くじで生活しておられたんです。完全に合法です』
なかば冗談にしか聞こえない話に困惑する私に刑事はポツリと云った。
『先生、これは個人的な質問なんですが。博打に勝ち続けるコツなんてあるんですかねえ』

事件から数週間後、期日指定で私宛の郵便物が届いた。差出人に心当たりはなかったが、取り敢えず私は受け取ることにした。段ボール色の素っ気ない包み紙で表にはスタンプや〈指定日まで厳重保管〉などと配達業者が書き込んだらしい手書きの文字、管理用のバーコードシール等が貼られていた。中には何重にもガムテープを貼り回した別の包みがあり、開けると鳥肌のぷつぷつ浮いた焦げ茶色の冊子が出てきた。大学ノートほどの大きさで、革のような表紙には文字のようなものが凸凹(でこぼこ)と浮かし込んであったが判別はできなかった。中は表紙と同じ素材でありながら更に薄手の、いや手触りからすると革と云うよりも〈皮〉に近いものが綴(と)じられていた。書き込みはなく嗅いだ事のないスパイスっぽい香りが仄(ほの)かにした。歳破だと直感した。彼は最後のセッションでの言葉に悪感情を募らせ、結果、自死し、置き手紙のつもりで送ってきたのだ。私はそれをゴミ箱に投げ込んだ。

家では妻のヒルコが娘のアサミ、息子のヨルヒコが待ち構えたように私の四十回目の誕生日を祝ってくれた。

『ぱあぱ、おめでど』

口が巧く回らぬヨルヒコが精一杯の笑顔で云い、涎(よだれ)をヒルコがそっと拭く。

「ありがとう」自分がこうして多少なりとも心身の健康を維持し、時折、幸せを実感できるのは全くもって家族の御陰だと感謝する。

翌日、机の上にあの〈歳破の本〉が載っていた。『ゴミ箱に捨てたんだが』と受付に云うと彼女は何もしないという。なので今度は彼女に処分を御願いし、診療を開始する。

――が、その次の日にも机に〈歳破の本〉は戻っていた。

c

「これ、また机に載ってたんだけど」

本を一瞥した受付嬢はそれとわかるほどハッキリと驚愕し、その直後ニヤリとした。

「なんですか？　先生」

「なにが？」

「そういうの」受付嬢は私が手にしている〈歳破の本〉を指差した。「また何かのテスト？」

「まさか」即座に否定すると受付嬢が顔色を変えた。

「わたし、ちゃんと昨日捨てましたけど……」

机に戻った私は午前中に予約がないことを確認し、ドアに鍵を掛けた。

〈歳破の本〉はそこに在った。

私が廃棄しようとし、受付嬢も又、処分しようとしたが机に戻ってきたものだった。改めて頁を捲ってみる。すると小さなメモが挟まっていた。やはり歳破からだった。

『先生、俺は自殺したろ？　長い間、世話になった。こいつはプレゼントだ。精々、大儲けしてくれ。俺はもう生きるのに飽きた。使い方は簡単だ。先生が心から幸せにしたい奴の名前を書けば良い。それだけだ。あばよ』

私は溜息を吐いた。やはり歳破は私のようなカウンセリング・クリニックよりは精神科への受診が必要だったのだ。何度か提案はしてみたものの本人は通っているような口ぶりを示すだけで、私自身、その部分を確かめずにいた。彼は手の施しようのない所にいたのに私は彼の自由診療費を当てにし、日延べを繰り返し、遂には最悪の事態に落とし込んでしまったのだ。だが、この商売にはそうした側面は付きものでもあった。選択権は患者にあるのであり、こちらが首根っこを捕まえてきたわけではない。いつものようにそう自分を慰めると私は皮の頁を見た。脳裏に刑事の言葉が蘇った。

——歳破さんは博打と宝くじで生活しておられたんです。

私自身、どちらも全く興味がなかったが娘の将来、自分と妻との老後の事などを考えるとふと軽い衝動が起きた。

〈先生が幸せにしたい奴の名前を書けば良い〉メモにはそうあった。

万年筆を取ると私はヒルコとアサミ、そしてヨルヒコの名を書いた——が、何も起こらなかった。変わった事と云えば皮であるはずなのに頁の面(おもて)に垂れ滲む事なく、インクを能(よ)く吸ったことだ。まるでゴクリと呑み込むように妻子の名が一頁目に記載された。試しに自分の名を書いてみたが、インクが詰まってしまったのか書き込むことはできない。ペンを変えてもみたが遂に自分を書き込むことはできなかった。

その日の午前中、私は待った。何を？　吉報である。買った憶えのない宝くじ当選の知らせ、今では数多(あまた)ある参加した憶えのないネット企業からの景品、アンケートへの答礼品。両親は既に死別していたので遺産というものは無いが、なにかそれに代わる至極(しごく)真っ当で自分で納得できるような助成や協賛金。

しかし、日常はその眉を毛筋ほども動かす事なく過ぎていった。当然の事だが軽い失望を覚えつつ、私は午後の診療に忙殺された。

夕方の診療を終えた私は抽斗に投げ込んでおいたままの〈本〉をいつのまにか取り出していた。自分でもどうかしているぞと自問しつつ、頁を繰って目を見張った。

妻のヒルコ、アサミ、ヨルヒコの順に名があり、それぞれに短い文が赤字で添えてあった。

『とまるたいまつ、もえてもえてみんなくろこげ』

『うそのおおさまそうりそうりとものかげからずどん』

『けちゃなみにあらわれどんぶらこ』

童謡なのか、それとも何かの諺だろうか。辛うじて意味が取れたのは二行目の〈嘘の王様。総理総理と物陰からズドン〉だけであった。頁にカラクリでもあるのかと調べてみたが、可怪しな処はなかった。

「ねえ、聴いてる？」

不意に問われ、我に返った。

ヒルコが拗ねた表情で覗き込んでいた。

帰宅後、私はアサミの進学について相談をされていたのだった。

「小学校受験はまだ早すぎるからって諦めたけれど、中学は絶対にね」

私は自身の経験から中学受験には反対だった。が、ヒルコは高校受験をするまでの気力も体力もないと云う。提示されたカリキュラムは子どもの時間の殆どを奪ってしまうようなものだった。平日は帰宅後、夕飯用の弁当をもって予備校に詰め、土日も家庭教師や模擬試験だという。中学受験の不合格がトラウマとなり、その後、大学受験まで影響した私にとって胃の重くなるような内容だった。しかし、私と違って地方で大病院を経営する父を持つヒルコにとって子どもに掛ける時間は彼女曰く『有効且つ効果的に使いたい』のだと云う。子育てだけで終わってしまうような人生を彼女は嫌っていた。それに障害を持って生まれた末っ子のヨルヒコの扱いについても我々の意見は対立していた。私は家族一緒に暮らしながら成長を見守りたいと云ったのだが、ヒルコはある程度の年齢になったら専門の施設に預けながら社会適応を探るという道を主張していた。私は話がヨルヒコの件まで広がるのが怖かった。いつもそこへ行くとふたりは険悪なムードになったし、今の私にはそれに対抗するエネルギーがない。今回もヒルコは既に理論武装して挑んで来ていた。

「まあ、無理だと思ったらいつでも変更すれば良いじゃない」

そのひと言で私は早々に白旗を揚げた。所詮、家庭を切り盛りしているのは彼女であり、私は働き蜂なのだと投げやりな気分になった。

「なあ、莇生（アゾウ）って殺されると思うか？」

何気に雰囲気を切り替えようと、珈琲（コーヒー）を入れている妻の背にそう問うてみた。

「何の話？」

「いや、莇生便志（べんし）だよ。首相の。暗殺とかさ」

「全然、わかんない。どうして？」

「なんかそんな話がツイッターで流れてきたから」

「そんなの出鱈目に決まってるでしょ。なんのサイト見てんの？　よしてよ」

そう云うと、いつもの屈託の無い表情でヒルコはコロコロ笑った。

翌日、娘が死んだ。

d

慟哭と絶望、そして狂乱の数日が過ぎ、私は漸くクリニックの閉鎖を決めた。

あの日、ダンスレッスンに向かう途中、妻が運転する車から建物の入口へと送り出したその正面で暴走してきた軽自動車に撥ねられたアサミはそのまま壁と自動車に挟まれ、磨り潰されるようにして死んだ。

遺体の首から上は六十パーセントしか残っておらず、棺桶には布の袋が頭部だった所に置かれた。それは交通鑑識の隊員が『リトミック・スクール』と書かれた看板から刮ぎ取ったり、加害車両のボンネットに載っていたもの、地面に散らばっていたものを拾い集めてくれた内容物で、娘の軀が壁から引き出せないと観念した妻が搔き集め、救急車が到着するまでスカートの裾で包んでいたのも含まれていた。

運転していた老婆のブレーキとアクセルの踏み間違いというあまりにもありふれた事故だった。駆けつけた病院で鎮静剤を打たれ眠っている妻の両手の爪は無くなっていると聞かされた。半狂乱状態から一転虚脱し、温和しくなったのを見て油断した瞬間、爪の間に残る娘の血を洗わせたくないと囓り食べてしまったのだという。

田舎から上京した義父母がアサミの葬儀を終え、暫くすると妻とヨルヒコを〈暫くウチで診るから〉と帰省させていった。私も反対はしなかった。

呆然としていたままの朝が来、夜になり、そしてまた朝が来たが、食事も動く事もしていない日があった。鏡に映った己が姿に慄然とした私は髭を剃り、僅かな食事を摂った。

寂しさを紛らわす為だけに付けたテレビを見るともなくぼんやり眺めていると突然、全身の血が沸き立った。

画面では興奮したキャスターが〈大変な状況になっています〉と告げていた。

即座にヘリコプターからの空撮になると暗闇の中、火炎を噴き上げて燃えさかる巨大な建物の様子が映し出された。画面下に大規模化火災を告げるテロップと場所が出た。

ホテル・レインボー・トーチ炎上中――死者重傷者多数。

現場リポーターがオリンピックを当て込んで立てられた街さながらの規模を誇る巨大ホテルの燃えさかる様に声を震わせていた。

それを立ち竦みながら見、無意識に呟く自身の声を私は聞いた。

「……とまるたいまつ、もえてもえてみんなくろこげ……」

部屋を飛び出した私は歳破の本を探しにクリニックに駆け込んだ。

混乱したまま本を開げた私は〈あっ〉と短い声を上げた。

頁が変わっていた。

以前は名前の代わりに文章が三つ並んでいた所が今や残った文章はひとつ。私の筆跡でヒルコの名とアサミがあるが、アサミは何者かによる訂正線二本で名が消されていた。

「なんだこれは……」

呟く私のスマホが鳴った。義父からだった。話がしたいというので承諾する。声が暗かったのでふたりに何かあったのかとギョッとしたがそうではなかった。

会話を終えてから、私は冷静になろうと備蓄してある安定剤を呑み、机に戻った。

本は凝っと拡げられたままでいた。頭を整理したかった。

三つの予言の内、ホテルの火災は実現した。蒜生は生きている。ヒルコは生きていてアサミは死に、ヨルヒコは生きている。予言が実現したのでヒルコは生きていると仮定するならば、アサミは何故死んだのか？　予言の発動が上から出現した順番であれば本来、全ては今夜から始まるのであろう。

しかし、アサミの名によって出現した予言は抹消されている。何故か……。

その瞬間、ショックと動揺で胃が激しく殴り付けられた。私は吐き戻ってくる胃液を手で押さえ込みながら手洗いに駆け込むと泣き崩れながら嘔吐した。

――私が娘を殺したのだ。

あれは〈秘密の予言〉。沈黙する事で実現されるのだ。もし本の契約者がその守秘義務を破り、口外すれば記名された人間が命をもってその咎を贖う。

総理の予言はアサミの名前のすぐあとにあった。故にアサミは死んだのだ。

歳破はそれを伝えなかった。私はまんまと奴にはめられたのだ。

私は震える手で表紙の文字を改めて調べる事にした。エンボス加工というのであろうか革には触れると文字に似たものがあった。薄い紙を当て鉛筆で凸凹を写し取ってみると外国文字でタイトルらしい〈Sacrificium〉と、副題のような小さな文字が浮かび上がった。ネットで調べ、知らずに呻き声が漏れた。

羅甸語だという、そのタイトルの意味は――生贄。小さな文字は『Cave quid dicis, quando, et cu〈何を、何時、誰に云うかを注意せよ〉』だった。

尻餅を付くように椅子に腰を落とした私は再び頁を捲った。

現在、残されているのはヨルヒコの予言だけだった。

『けちゃなみにあらわれどんぶらこ』

何のことだかわからなかった。波に洗われと云うことは津波のような災害を意味しているのだろうが〈けちゃ〉がわからない。今朝なのか、それともあだ名なのか。とにかくこれを誰かに相談することはできない。子どもをふたりも殺すことはできない。

――今、この手にあるのは絶対に『口にしてはならない書』そのものなのだ。

翌日、自室に居るとチャイムが鳴った。義父だった。招じ入れると立ち尽くしている。座るように勧めたのだが、娘や孫の居ない空間で男同士相対するのは初めてだったので、互いに居心地が悪かった。

「単刀直入に話させて欲しい」と義父は云い、ヒルコと別れてくれと告げた。義父曰く、ヒルコの精神状態は未だに元に戻らず、治癒するまでには相当の時間が掛かるだろうとの事。その間、私をひとりのままにしておくのは忍びないと云う。が、言外にホッとしたニュアンスのあるのも私は聞き逃さなかった。義父は元々、医師ではないカウンセラー如きに娘をくれてやるのは猛反対していたのだった。ヨルヒコの世話にしても私の傍に居るよりも環境は父親と離ればなれになることさえ除けば、義父のほうが遥かに良い。これを機に捻れを戻すつもりなのだという魂胆は伝わってきた。私は色々と抵抗する気力を失っていた。そして心の何処かでこれは当然の報いなのだという声もしていた。

私が承諾する意思を示すと義父は持参していた離婚届に署名を求めてきた。書き終えると仕事用鞄から、厚みのある風呂敷を取り出した。キッチンのテーブルで転がったそれの中身は札束だった。

「二千万ある。これで娘を自由にしてやって欲しい。勿論、ヨルヒコとの面接権は約束する」

「手切れ金ですか」

「そう受け取って貰って構わん」義父はそれだけ云うと届けを鞄に仕舞い、出て行った。

私はソファに軀を投げ出すと笑った。頭の何処かで歳破の精々、大儲けをしろという言葉が蘇っていた。あの金は、火事で無辜（むこ）の人間を無事、焼死させた事への〈本〉からの報酬なのだ。あまりの残酷、理不尽、莫迦莫迦（ばかばか）しさに湧き上がる笑いが抑えきれなかった。

夕方、テレビで緊急速報が入る。バリ島でマグニチュード7強の地震が発生し、二百三十四人が家屋の下敷きで死亡。その後、襲った津波は隣接するジャワ島まで巻き込み、犠牲者は千人を越えるという。けちゃは彼の国で行われている呪術的な舞踏〈ケチャ〉を指していたのかと冷たい理解が背筋をゾッとさせる。

私は立ち上がると歳破の本を開いた。ヨルヒコの後ろにあった予言は消えていた。

良かった！　本当に良かった！　予言が実行された御陰で息子は助かった。私はその場で両手を合わせると、どこかの神に感謝した。

見返すとヨルヒコの名の後に〈35.674927 139.763403〉という二種類の数字が浮かび上がっていた。これは緯度と経度を指しているのではないか……ネットで調べるとやはり宝くじ売り場であった。『歳破が正業に就いてはいなかった』理由がこれだ。しかも、テーブルの上にはまだ義父の置いていった風呂敷包みがあった。盤石だと信じていた家族の絆がまるで巨大な洗濯機に投げ込まれたように、アッという間にバラバラになってしまった。全てはあの歳破という男のせいだった。私は奴の顔を思い返した。が、そこに恨み辛みの感情は読み取れなかった。常に憂鬱な顔で診療室に入ってくるが、約一時間の私とのたわいのない会話で徐々に表情は和らぎ、時にはホッとした顔で出ていく歳破が単なる復讐として、これを送る筈が無いと頭の何処かが呟いていた。

——ならば何故？

私は顔を上げるとグラスに氷を入れ、ウィスキーを注ぎ、一気に呷った。噎せつつも酒精が喉を灼く感覚が心地よかった。

数杯、立て続けに呷ったところで、ふと私は思いつき万年筆を取ると、新たな名前を書き込むことにした。

「アサミの復讐だ。ざまあみろ」

そう呟いて書き始めたのは娘の命と引き換えに生き残った政権史上最もグロテスクな男の名だった。処が吸い込まれる筈のインクは表面を滑って記載されない。何故だと何度も繰り返したが結局、首相の名は〈本〉に載ることはなかった。別の頁なら可能かと、次々に挑戦してみたが駄目だった。きっと、微塵も幸せになって欲しいとは思っていないからだろう。

「……畜生」

そのままソファに倒れ込んだ私はいつのまにか寝入ってしまっていた。気がつくと既に陽は傾いていた。時間は午後六時を回っている。十二時間以上、寝ていたのだ。

ふらつく頭をどうにか引き起こし、また本の頁を眺めて絶句した。

新たな予言があった。

ヒルコ——『ぱぱはねどこでくろこげし』

ヨルヒコ——『ままはねどこでくろこげし』

「なんだこれは」

読み返せば読み返すほど頭が混乱した。本は私とヒルコの死を予言していた。我々ふたりがベッドで黒焦げになるという。理解が出来なかった。

「わからん……」自分がそう呟く声が聞こえた。

日頃から様々なことを相談していた友人や先輩の顔が浮かんだ。が、今回それは不可能だった。相談しようにも口外した途端、予言は不発となり妻子は惨死する。しかし、沈黙を続ければ予言は現実となり私とヒルコは黒焦げとなるのだ。自らの致命的な迂闊さからアサミを死なせてしまった以上、私は死ぬことは怖くはなかった。

が、ヒルコは？　予言を停止させればヨルヒコは死ぬ。生まれつき脳に障害を持って生まれた彼をこのような理不尽な形で死なせるわけには断じていかなかった。彼は生まれた瞬間から、ありとあらゆる理不尽さに小さな軀と心を蹂躪され尽くしているのだ……。

私自身に選択権があるのだとすればヒルコと私が死にヨルヒコは義父の手で養育されながら成長して欲しい。その財力は義父には充分にある。

此が手前勝手な云い分なのは重々承知している。が、他に妙案が思いつかなかった。

私達は死ぬのか。だがどうやって？　別々に？　それとも一緒に？　ヒルコは実家に戻っている。彼女がこの先、私と寝室を共にすることはないだろう。それとも、この〈本〉がヒルコと私との生活を束の間でも復元させ、その上で死を決意しろというのか……。

考えがまとまらないままふたりの様子が気になり、私は連絡をした。

聞こえてきた彼女の声は緊張し、会いに行くという私を酷く警戒した。

〈なぜ？〉

「話があるんだ」

〈どんな話？〉

「逢って直接、話したいんだ」

〈嫌よ。わたしにはもう話す事なんかない。あなたを見ると思い出すから。逢いたくないの。本当に辛いの〉

「その気持ちはわかる。だけど話したい。本当に大事なことなんだ」

〈汚いから見たくないの〉

「え？」

〈食べ方。いつも口から何か破片が飛ぶし、肌もがさがさして毛穴が粗いし。そういうの長い間、本当に本当に命懸けで我慢していたのね。あなたの醜い顔、食べ方、慇懃無礼な腐ったオカマみたいな話し方、動物の肛門みたいな笑顔、そういうゴミのような記憶をやっと忘れかけてきたのに、また思い出すようになるのが辛いのよ。わかる？　人は憶える努力はできても、忘れる努力はできないものなのよ〉

「どうしたどうした？　今そんな話をする場合じゃないだろ」

〈場合よ。今はその場合〉

「ちゃんと話し合ってないじゃないか」

〈そんな事云っても、もうパパは離婚届を出しちゃったし、役所の知り合いに相談して朝一で処理してしまったわよ〉

「なんてことだ……」

〈でも本当にあなたは吐き気がするほど醜いから。外も中も。それは判った方が良いわよ。これは老婆心〉

「本気じゃないよな？　何かに云わされてるんだ？　アサミの事でまだ普段の君じゃないんだ」

〈云わされてるとは思う……でも、それはアサミの死じゃないの、私の本心。正確にはアサミの死でもっと自分の人生を大切にしようって思い直すことができた。だって死んだら元も子もないって心底知ったから。醜いものや汚いもの嫌いなものを我慢するなんて無理〉

「だから逢わないって云うのか」

〈イエス〉

「私やおまえだけじゃなく。ヨルヒコの将来にも関わることなんだ」

〈男でもない、社会的にも平均以下のあなたに相談するならパパのほうがマシだわ〉

「何てこと云うんだ、おまえは」

〈じゃあね。ちょっと眠くなっちゃったし、こんな会話、無駄だから。元気でね。好きよ〉

一方的に通話は切れた。何度か掛け直したがヒルコは出なかった。

「ううう」

猛烈な耳鳴りと目眩（めまい）に襲われ、私はソファに倒れ込んだまま長い間、動けずに居た。

ヒルコとは根本的に価値観が違うことはアサミを妊娠した頃からわかっていた。が、そんなことはどこの夫婦にでもあることだし、母親になれば変わるだろうと思っていた。が、ヨルヒコが生まれ、障害のあることがわかっても、彼女は変わらなかった。

「そんなに嫌いなら何故、一緒になったんだ……」食い縛った歯の隙間から声が漏れた。

と、その時、ひとつのどす黒い解答がぽつんと浮かんだ。

『パパは寝床で黒焦げ死』これを回避すればヒルコは死ぬ。となれば自動的にヒルコは本の罰を誘引し、その罰とは即ち、ヨルヒコの予言『ママも寝床で黒焦げ死』となるのではないだろうか？

e

翌日、昼過ぎに私は新幹線を使って移動すると、ヒルコの実家の前に居た。早朝から何度も掛けたのだが相手は出ず。もう直接、彼女を捕まえるより他に方法が無かったのだ。敷地は石垣に塀を取り回した豪壮なもので一種『要塞』のような趣（おもむき）を感じさせる。義父の実家は古くからの名家で屋敷の地番もまるまるひとつを占める。正面玄関でもある檜（ひのき）の数寄屋（すきや）門（もん）に取り付けられた監視カメラに映らないよう注意して私はヒルコが出掛けるのを待った。近くのコインパーキングにレンタカーを駐めてあった。ヒルコを追跡し、タイミングを見て近づき、こちらから一方的に予言を告げてしまう計画だった。

暫くするとヒルコが高級外車を運転して現れた。私は車に戻ると目当ての交差点に向かった。ヒルコの実家から繁華街に向かうにはこのルートしかないのだ。案の定、彼女の車が現れ、私は尾行を始めた。ヒルコは地元では有名なデパートで買い物をすると荷物を店員に運ばせ、寿司屋で遅めのランチを取ると再び、車に戻る。自宅に戻るルートであれば声を掛けるポイントは私のなかで練ってあった。

が、そうではなかった。ヒルコは私の知らないルートを走り出した。高速に乗ったのだ。この先には大型のアウトレットがあるが……と訝しんでいると彼女はランプを下りた。また胃が重くなった。この辺りはラブホテルが乱立する地元では有名なエリアなのだ。なにやら不穏な悪寒で目の前がチカチカしてきた。しっかりとしろ！　と頭を振った途端、横から飛び出してきた別の車と衝突しそうになった。相手が怒声を上げ、激しくクラクションを鳴らしながら走り去った。ハッとした時にはアサミの車は消えていた。慌てた私はアクセルを踏みながら、ゲテモノのデコレーションケーキのような色彩と外観の建物の間をぐるぐる行ったり来たりした。しかし、駐車場の目隠しカーテンのせいで中が見えない。

私は車を路上に置き一軒一軒、確かめることにした。すると八件目のラブホにヒルコの車があった。私は燃えるような頭で何度も目の前にあるナンバープレートを記憶のものと照合させ、それは合致した。「なにをやってるんだ……莫迦野郎」

アサミが死んでまだひと月も足っていない。しかも今や自身と息子の命まで懸かっているこの正念場にアイツは暢気に浮気をしているのだ。否、勿論、離婚をしたのだから、この時点では浮気ではないが……その瞬間、電流が全身を走った。義父の異常とも云える迅速な離婚の強要の意図がわかったのだ。義父はヒルコの相手を知って元々不満のあった私との離婚を早めたのだ。全ては早々に再婚させるためであり……。いや！　違う！　単なる浮気ならまだしも、結婚相手が数日で見つかる筈がない！　ヒルコとその男の関係は既に前から存在していたのだ！　それも義父公認で！

全ての疑念や謎が氷解した瞬間だった。そうか、そうだったのか、ヒルコのあの無残な電話での物言いも痛い所を突かれぬためのものだったのだ。憤怒が私を突き上げていた。元々、腰の引けていたぼんやりとした殺意が今や金属のように硬く、機関（エンジン）のように突き上げた。ヒルコに電話をした、出るはずがないと思った私の不意を突くように〈……はい〉と気怠（けだる）い声が響いた。

「パパは寝床で黒焦げ死だ！」

そう云うと突然、目が覚めたかのように〈やだ！　なにこれ！〉と悲鳴がし、切れた。

「ふん」私は鼻を鳴らし、車へと駆け出した。「ざまあみろ！　殺（や）ってやった！　俺は殺ってやったんだ！」

今すぐにでも、私はこの手で部屋ごと焼き払ってやりたかった――本気だった。

「駄目ですよ」その警官は云った。

呆然と車の横で立ち尽くす私を他所（よそ）に警官はバインダーに提出した免許証の内容を書き込み続けていた。

「駐車場なら、幾らでもあるでしょう」その警官はちょっとしたジョークのつもりなのか、辺りのラブホを見回した。レンタカーの窓には駐禁のステッカーが貼られていた。

「消火栓の上だもの」警官が指した先にはマンホール型の消火栓の蓋が在り、レンタカーのタイヤが載っていた。

〈はあ〉と私が間抜けな声を出した途端、轟音と共に地面が揺れた。尻餅を付いて見上げた空には墨のような黒煙が噴き上がり、猛烈な破裂音が立て続けに始まった。警官はバインダーを放り出すと駆け出し、パトカーが続いた。私の事など忘れている。

立ち上がってもまだ尚、猛烈な爆発音と地面の震動、そして火炎が見えた。走った先に窓という窓から火を噴く建物があった。数分前、ヒルコの外車が駐まっているのを確認したあのラブホだった。

ポリタンクを何処かの児童公園に捨て、レンタカーを返した私は即座に新幹線に乗ると自宅に引き返した。座席に身を沈めてもまだ、どすんっという爆破の衝撃が残っていた。当然、火事の件は大きなニュースになっている筈だったが、私は見る気が起きなかった。それよりも本の結果の方が気になっていた。部屋に着くなり確認する。

「良かった……」まずは安堵の溜息が漏れた。

アサミの上に記載されていたはずのヒルコの名に訂正がされていた。そしてヨルヒコの名の後に〈35.69745 139.786256〉と、また新たな宝くじ売り場の座標が表示されていた。息子の命は助かったのだ。ヒルコの実家から連絡はなかった。義父母は大いに動転し、悲嘆にくれているのだ。自ら引き起こした残酷な計画の結末を身を以て知ったことだろう。私は歪んだ満足感に浸る自分に抗うことができなかった。シャワーを浴び、酒の用意をしてから徐にテレビのスイッチを入れた。報道を確かめる気になっていた。
最終的には死者は三人。重軽傷者は従業員を含めて六人との事だった。原因は地下に溜まっていたプロパンガスへの引火だが、建物自体の違法建築が被害を大きくさせたとのことだった。何度も消火の場面が流れ、ヘリコプターによる空撮もあった。そして神妙な顔をしたキャスターが再び消火活動の映像に被せるように事故の痛ましさを説明し、死者のテロップが画面下に流れた。画面には妻以外、ふたりの名があったが、どちらが相手なのか見当が付かなかった。次に救急搬送された重傷者についての報告となった。その中で危篤状態を脱したと見られる四人の負傷者の名が出た時、私は手からグラスを落とした。
モツイチゲントウの名があった。モツイチは妻の旧姓であり、ゲントウは義父その人の名だ。何故？　何故、義父がヒルコと同じラブホに同じ時間に居たのだ……偶然なのか？　それとも……。私はクラクラする頭を何とか取りまとめながら机に戻り、メモに書き写していた予言を見直し、あまりの衝撃に湧き上がる笑いを抑える事ができなくなった。
ヒルコ――『ぱぱはねどこでくろこげし』
ヨルヒコ――『ままはねどこでくろこげし』
「なんだ、そのまんまじゃないか……そのまんまだったんだ！　あっはははは」
ヨルヒコのママはヒルコであり、ヒルコのパパはゲントウなのだ。

私は吐き気を催すまで笑い、実際に吐いた――奴らはきっと婚前からの関係だったのだ。

f

義母は泣いていた。私はヒルコの実家に赴（おもむ）くと即座にヨルヒコを引き取ると宣言し、荷造りを既に終えていた。これからはふたりで世間の片隅でひっそりと生きていこうと決めていた。資金はあった。ここに来る前、本に教えられた宝くじ売り場へ行くと、色々なくじの中、赤い色で紹介された籤（くじ）があったので気になりそれを購入した。また義父からの二千万も手つかずのままだった。それに受取人名義の書き換えを済ませる前だったヒルコの生命保険金も私の元に支払われるだろう。義父は両眼が焼け潰れてしまったので病院はもう他人に売らざるを得ないし、またショックから失語症に罹（かか）っていると義母は云った。

短い挨拶の後、私はヨルヒコの手を取って立ち上がった。

玄関まで見送った義母がポツリと『あんたに孫を任せるなんて全く情けないことになってしまいました』と云った。

義母は以前から義父の威を借りて私を見下すような言動の多い人だった。

私は一礼をしてから、ふと思い出したように『ヒルコはいつからお義父（とう）さんの女だったんですか？』と訊いた。

義母は普段は青白い皺の寄った首元から耳までを真っ赤に充血させ、私を睨み返した。

『もう済んだことです』

実母も認めた関係——私は最初から世間の目を眩ます為の当て馬だった。


ヨルヒコとの生活は素朴であったが楽しく、今迄になく充実していた。

好きな場所へ行き、好きなものを買い、好きなものを食べた。

予言はそれからも次から次へと生まれては消えた。

曰く『びっぐべんあしもとだいばくはつ』

『しながわのかあぶをまがれないでんしゃはすってんころりん』

『みーしゃのくにふねがしずんでこどもがみんなぷかぷか』

『ひつじのくにでやまかじこどものびょういんがまるやけ』

『せかいのやねでだいじしん』

『まるでぃぐらでてろこどももおとなもよみのくに』

『ぼっちゃんだいじしんでしまがどんぶらこ』…etc.

予言が実行される度に〈本〉は報酬をくじで時には競馬競輪などで与えてくれた。やったことはなかったが当たるように人や券売機がそれとなく誘ってくれ、その通りにすれば難なく大金が手に入った。予言については頭が痛かった。海外や知らない土地での予言なら大して気にもならなかったが、行ったことのある場所や日本での予言が実行され、特に女子どもが多数犠牲になると胸が痛んだ。が、それを知っているからと云って口にすることはできない。そんなことをすればヨルヒコは死ぬ。たったひとり残された我が子を自らの手で殺す親はいない。要は私には哀しむこと以外できることはないのだ。

　近所の居酒屋でふたり並んで飯を喰い、私は少々の酒を呑んで亭主や女将と他愛のない話ができていれば、それだけで充分に幸せだった。ヨルヒコの軀のこともあり、自然と行き易い店、行き難い店ができた。そのなかで『いちぼ』という居酒屋が私もヨルヒコもお気に入りだった。六十手前の親爺と二十歳過ぎのひとり娘で切り盛りしている店で、マリヨというその子はヨルヒコの相手を能くしてくれた。ヨルヒコも『おねいちゃん』と彼女がいると上機嫌で甘えている。まるでアサミを思い出しているような様子に、私はこの店と出会わせてくれたのも従順に協力している私に対する〈本〉の力なのかとも思った。いつの間にか〈本〉が告げる惨劇は遠い画面やネットの向こうでの出来事のように私には慣れたものになっていった。良心が痛むかどうかは、日本人が含まれているかどうかがひとつの基準となっていた。

　判で押したような単調な日々が過ぎていったが、私は充分すぎるほど幸せだった。

　が、さすがに翌月の予言を見た時には喉から呻き声が出た。

『かいさんこんさーとまるこげてこのよからみんなかいさん』

厭な予感がし、ネットで調べると二週間後、全国的アイドルグループの解散コンサートが行われると出ていた。日本中を回った最終ステージがその日であり、五万五千人分のチケットはソールドアウト。ファンの間では十万円を超える価格での転売行為までが横行しての争奪戦となっていた。

街を歩くと若者の誰も彼もがグループのファンに見えた。この中の何人かは確実に死ぬのだ。まだ人生を充分に生きたとは、とても云えない子ども達だった。そんな憂鬱な気持ちを見透かしたのかある日、亭主が悩みがあるなら聞くよと云ってくれた。が、当然、話せる筈もなく曖昧にしていると〈うちにゃ良い話があるんだ〉とマリヨを呼びつけ、〈来月、こいつ結婚するんだ〉と云った。いつもは快活なマリヨも頬を赤らめて頷いた。急ですねと云うと亭主は〈これなんだよ。最近のガキは参っちまうよ〉と自分の腹の辺りを手で丸く動かした。〈やめてよ!〉とマリヨは叩く振りをする。その晩は店を閉めてから亭主と酒を酌み交わした。マリヨの母親は彼女がまだ小さい内に自動車事故で亡くなったという。

婿になる男は料亭に勤めているが、結婚を機に『いちぼ』に入ってくれるんだと亭主は目を細めた。〈どこで知り合ったんだい?〉と訊くとマリヨは〈ファンクラブ〉と笑った。私は背筋の冷たい予感を抑えつつ〈誰の?〉と問うと、聞いたことのない答えが返ってきた。デスメタルバンドだという。思わず笑ってしまうと〈これから有名になるんだから!〉とマリヨは頬を膨らませた。

予言の日、私はさすがに家で凝っとしているのに耐えきれずヨルヒコを連れて京都へ遊びに出掛けることにした。バス停で待っているとクラクションが鳴った。見るとマリヨだった。運転席には若々しい青年が座っていた。どこへ行くのかと問われ、行き先を云うと駅まで送ってくれるという。疲れが見えるヨルヒコの体調を思えばありがたい。礼を云って乗り込むと案の定、青年が婚約者だという。口下手だが芯のある男に感じた。ふたりはとても幸せそうで私の心も和んだ。亭主は良い後継者が見つかって幸せ者だと思った。これからは良い呑み友達になれるはずだと思うと私の心も躍った。

駅に到着すると荷物を下ろした私は土産を楽しみにとマリヨに云った。窓から手を伸ばした彼女は〈旅行楽しんできてね。私達は解散コンサートを楽しんでくるから！〉と云った。目の前が真っ暗になった私はよろめきながらマリヨの窓にしがみついた。〈なんだって？どうしてだ？〉と云うと語気の荒さに驚いたのか〈だって彼が大ファンなのよ〉と言い訳するように云った。〈男の癖に男性アイドルが好きなんて、あたしと結婚しなけりゃ誤解されるところよ〉とマリヨは笑った。青年は〈歌が良いんだよ。それに彼らの生き方も〉と言い訳した。〈違う！　駄目だ！〉と私は叫んだ。ふたりの顔に困惑と不審が浮かんだ。〈どうしたの？〉〈そのコンサートは行っちゃいけない！〉〈どうして？〉マリヨの問いに私は口元まで上がってくる言葉を吞み込み、絶句する他なかった。〈とにかく絶対に行くな。御願いだ！　行かない約束してくれたなら百万！　否！　一千万でもやる！〉するとマリヨの顔が笑顔になった。〈なにそれ？　ドラマのセリフ？　うふふふ。行こっ！　じゃあね〉マリヨが青年の肩を小突くと車は去って行った。狼狽える私にヨルヒコが〈パパ、どうしたぁ〉と呟いた。

その夜、私はホテルの部屋から店に電話をしたが繋がらなかった。画面では史上最悪の大惨事という言葉を何度もキャスターがくりかえしていた。出火原因はまだ不明だが全ての防火シャッターが出火直前に作動し、避難経路を封鎖した為、満場の観客の殆どが蒸し焼きにされ、また消火活動も突入に手間取り、大幅に遅れたのだという。

三日後、娘と孫、後継者の三人を一度に失った亭主は、店の小上がりで鴨居にぶら下がって死んでいるのを出入りの酒屋に発見された。

火事から私は亭主と顔を合わせるのが怖く店に近づかないようにしていた。ニュースでは惨事の模様がそれから延々と一ヶ月近く続いた。

私には為す術がなかった。そうだ仕方なかったんだと云い聞かせた。

ヨルヒコの屈託のない寝顔だけが、そんな私を支えてくれていた。

g

私はヨルヒコを連れて都会を離れ、引っ越しを決めた。マンションを売り払い、海の見える静かな場所に一軒家を借りた。天気の良い日はヨルヒコを連れてドライブをし、観光地を巡り、土地のモノを食べて回った。予言は続いていたが、もうあまり気にならなかったし、〈本〉自体、以前のように開くことはなかった。読んでも悲惨なことばかりだし、国内や海外でも日本人が犠牲になったかどうかしか関心が及ばなくなっていた。思えば人類の歴史なんてものはこういうものなのだ。私がその中のひとつやふたつを止めたからと云って何になる。流れを止めようと爪楊枝で川の流れをかきまぜるようなものだ。なので〈本〉を開くのは記載された座標を書き起こし、生活費を受け取りに行く為だけになった。

が、ある日、私は〈本〉を開いたまま身動きができなくなった。

「ぐぅぅ」

皮の頁には新たな予言があった。

ヨルヒコ──『あわれよるひこ※ちゅうにば◎ばら』

「なんだ……どういうことだ!!」

これが予言か？　判別できない文字があった。とてつもない恐怖が胃を鷲摑みにした。何故だ？　何故、息子の名が？　ヨルヒコは予言自体の依り代であり、担保でもあるはずだ。その彼が予言の対象になってしまうのか？　自己壊死も甚だしい。

「おい！　いったいどういうことだ！」

私は答えるはずもない本の頁に握り拳を叩き付けた。

その時、ヨルヒコの呻き声が聞こえた。部屋を見てみると額に汗を一杯浮かべている――熱が酷い。声を掛けてみたが返事が目を覚ます様子がなかった。私は救急車を呼び、ヨルヒコは入院することになった。担当の小児科医は全身状態がとても良くないと告げた。

「原因はなんです」

「今の処、確定的なことは何も。食中毒やアレルギーなど他の外部要因も調べましたが……とにかく枢要部の臓器が何かに攻撃を受けているような状態になっています。とにかく全力を尽くしてみますが今後、四十八時間が山です。お父さんも、もしもの時の覚悟は御願いします」

ＩＣＵに運び込まれたヨルヒコは硝子越しに見るほかない。既に様々な器機が装着され、酸素カバーが顔を覆っていた。

「ヨルヒコ！」

俺は叫んだが中にいた看護師が首を振って〈止せ〉という素振りを見せただけだった。

――〈本〉のせいだ。

俺は部屋に戻ると〈本〉のヨルヒコに対する予言が相変わらず判別不能なのを見、床に叩き付け、踏み付けた。

「ふざけるな！　今迄、誰がおまえの為に己の魂を犠牲にしてきてやったと思ってるんだ！　俺はおまえの為にひとでなしになってやったんだ！　他人の命を屁とも思わない人間になってやったんだ！　そのお返しがこれか！」

本は何の反応も見せず転がっているだけだった。が、俺はその様から何やら不貞不貞しさと嘲りをひしひしと感じた。

「よし！　見てろ」

俺は〈本〉を引っ掴むと裏庭で灯油を掛けて火を点けた。忽ち、火は革表紙を舐め尽くし黒い煙と火炎が立ち上る。嗅いだことのない厭な臭いが立ち込め、鳥たちが猛烈な勢いで飛び立つと何度も煙の周りを行き交った。

と、その時、ヨルヒコの容態が急変したとの報せが入った。

俺が病院に駆けつけると担当医に呼ばれ、今夜、緊急手術をすると告げられた。最悪、幾つかの臓器を取り出さなくてはならず、その場合には重い後遺症が残ることもあると。

呆然としながら俺は長い廊下を行ったり来たりした。依然、ＩＣＵに居るヨルヒコに声を掛けることも出来ず、ただ遠くから硝子越しに眺めることしか出来なかった。

本は始末したのだ。あの本はもう壊れていたのだ。きっと予言の書としては限界が訪れそれで故障を引き起こしたのだ。そうだ、そうに違いない。俺は自身に云い聴かせるように何度も頷き、また待合の椅子に腰掛けてはメモした『あわれよるひこ※ちゅうにば◎ばら』を眺めた。文は〈哀れヨルヒコＸ中にばＸばら〉と読める。ばＸばらは、ばらばらで良かろう。が、問題はＸ中だ。なに中に息子はバラバラになるのか？　宇宙、水中は今の処、考え難い。

火中？　建物が燃え上がるのか？

誰に相談する事もできず、居ても立っても居られず、俺は売店に行くとフルーツ牛乳を飲んだ。するとヨルヒコの担当をしているという看護師が声を掛けてきた。彼女が云うにはこの病院には小児専用の手術施設があり、先生の技術も高いという事だった。安心して欲しいとの意味だったのだろう。看護師は俺を案内すると、ここですと微笑み、戻って行った。子どもを安心させる為だろうか白い鉄製のドアに、ひまわりやチューリップの絵があった。傍のソファには暗い顔をした若い夫婦が座っていた。と、俺の目がひと際大きなシールに釘付けになった。それは宇宙船のシールだった。俺の脳裏に〈×ちゅう〉が蘇った。あれは〈うちゅう〉ではないのか？　もしくは〈術中〉……。

突然、脳裏に人の声がした。『哀れヨルヒコ術中にばらばら』

俺は感電したように立ち尽くした。畜生、予言は生きているんだ。如何にも油断させるように看護師を使い魔にしやがったけれど。俺は欺されない。〈本〉の手口は散々、知り尽くしてるんだ！

俺は車を正面玄関に付けると病室から白衣とマスク、ヨルヒコを覆う毛布を集め、車椅子を用意して〈時〉を待った。夕方の看護師の交代時、俺は白衣にマスクを付けるとヨルヒコ奪還に取りかかった。手術の為なのか点滴は外され、装着されている器機はなかった。俺は難なくヨルヒコを抱き上げるとＩＣＵを出た。入口の監視はなかった。ヨルヒコは俺に気づくと〈かえりたいよぼく〉と云った。〈ああ、そうしよう。パパと帰ろう〉と答えると安心したように微笑んだ。

俺はヨルヒコを連れ帰ると荷造りをし、車で出発した。県境を越え、高級キャンプ場のコテージを借りた。俺はヨルヒコから目を離さず、予言と戦うつもりだった。水中からも火中からも、術中からも、宇宙からさえヨルヒコを守るつもりだった。ベッドに横になったままヨルヒコは熱い息をしていた。病院から連絡があったので知り合いの病院で診せることにしたと一方的に告げ、切った。あそこは駄目だ。既に予言に支配されている。

翌日も翌々日も、俺はヨルヒコから一瞬も目を離さずに居た。食事は全て宅配で届けさせ、玄関で受け取るだけだった。

深夜、シャワーを浴び、ヨルヒコが寝ているのを確認すると、俺はテレビを点けた。と、緊急速報が入った。

『成田空港を飛び立ったボーイング機が沖合で爆発』

俺とヨルヒコの呻き声が重なった。

予言は生きていた――哀れ、夜、飛行中にばらばら――だったのだ。

「ヨルヒコ！」

額が燃えるように熱かった。

h

息子は死んだ。医者に診せる間もなく、「パパ、あちゅい」と云ったのが最期だった。

俺はヨルヒコの死体を山中に埋めると自宅に戻った。ヨルヒコは自分が治療の機会を奪った為に死んだのだ。取り返しの付かぬ慚愧が腸を抉る。

俺は自分も死ぬことにし、一旦、家に戻ることにした。

――机の上に本が在った。

以前と全く同じ様子でずっとここに居ましたという感じで〈本〉が戻っていた。

「どういうことだ……」震える手で頁を開いて〈げえ〉、俺は絶句した。

頁は忌まわしい災厄、災害、事件、事故、疫病の禍々しい予言で埋め尽くされていた。

しかも、名前の項には嘗て俺と多少でも関係のあった人間の名がびっしりと書かれているのだ。俺は本を取り落とした。

――〈ふ〉と空気が揺れ、何かが鳴った。

そしてそれは低く暗い透き通るような音に変わった――〈本〉が嗤っていた。

俺は耳を塞ぐと外へ飛び出し、膝を突いて号泣し、力なくへらへらと笑い崩れた。

軀が芯まで冷え切った時点で我に返り、部屋に戻った。

〈本〉は以前と比べ欠片(かけら)も変化がなかった。

記載、列挙されている人間はいずれもこれまでの人生に於いて俺に厭がらせをしたり、不快な態度を取ったり、冷たかったり、無視したり、軽蔑したり、見下げてきた連中ばかりで謂わば、俺の人生の〈陰(いん)のアルバム〉となっていた。

俺は顔に積もる冷たい土を払いのけもせず静かに横たわるヨルヒコの顔を思い出し、〈本〉に誓うように呟いた。

「そうか……おまえはそんなに俺を救世主にしたいのか……わかったよ」

俺は学生時代、初めて本気で好きになって付き合った女を横取りし、妊娠させ、捨てた男の名があるのを確認すると〈命の電話〉に掛けた。柔らかで優しい生真面目な女の声がした。

俺は〈アフリカで地震が起きて山の数だけ人が死ぬ〉と告げた。相手が微かに驚きを滲ませ〈今おひとり？　どこから掛けてらっしゃるの？〉と云うのを確認し、通話を切る。

翌日、予言は消え、あの男の名前には訂正線が入っていた。

以降、俺は国内だけではなく、世界中の人間をあらゆる災いから救った。

が、虚(むな)しかった……人を救ったのに何の手応えもないのだ。

俺はいつの間にか自分が酷い不眠と自殺念慮に囚(とら)われだしているのに気づいた。

ある日、死にに赴いた街でカウンセリングルームとあるのを見つけ受診した。

相手は如何にも自信に溢れた男だった。

「どんなお悩みですか」と云うので俺は適当に予言の幾つかを披露した。

俺は男が気に入った。男には家族があり、表向きは幸せそうだったが、内面には家庭内での不満が渦巻いているのを俺は察知した。そう、俺もカウンセラーだったのだ。それぐらい、よく判る。

今後、俺は奴の名が予言に登場するまで通い続けよう。

そしてもし奴に関するものが現れたら、この究極の〈秘密の本〉をバトンタッチするのだ。

『あんたが幸せを願う、大切な人の名前を書けば良い』と。

そうだ。こういうメッセージも添えることにしよう。

――『The World is Yours（世界はおまえのもの）』

【異形コレクション&シリーズ関連書籍】

●《異形コレクション》シリーズ

廣済堂文庫

書名	通巻
『ラヴ・フリーク』	I
『侵略！』	II
『変　身』	III
『悪魔の発明』	IV
『水　妖』	V
『屍者の行進』	VI
『チャイルド』	VII
『月の物語』	VIII
『グランドホテル』	IX
『時間怪談』	X
『トロピカル』	XI
『GOD』	XII
『俳　優』	XIII
『世紀末サーカス』	XIV
『宇宙生物ゾーン』	XV

光文社文庫

書名	通巻
『帰　還』	XVI
『ロボットの夜』	XVII
『幽霊船』	XVIII
『夢　魔』	XIX
『玩具館』	XX
『マスカレード』	XXI
『恐怖症』	XXII
『キネマ・キネマ』	XXIII
『酒の夜語り』	XXIV
『獣　人』	XXV
『夏のグランドホテル』	XXVI
『教　室』	XXVII
『アジアン怪綺(ゴシック)』	XXVIII
『黒い遊園地』	XXIX
『蒐集家(コレクター)』	XXX

●《異形コレクション綺賓館》——古今の傑作と新作書下ろしの饗宴——

光文社カッパ・ノベルス

第1巻『十月のカーニヴァル』

第2巻『雪女のキス』

第3巻『櫻憑き』

第4巻『人魚の血』

●《異形コレクション傑作選》（光文社文庫）

『涙の招待席』——テーマ別傑作アンソロジー——

●《異形ミュージアム》

徳間文庫

第1巻『妖魔ケ刻——時間怪談傑作選』

第2巻『物語の魔の物語——メタ怪談傑作選』

●《タロット・ボックス》——タロットカード精華集——

角川ホラー文庫

第1巻『塔の物語』

第2巻『魔術師』

第3巻『吊された男』

●『夢魔たちの宝箱　井上雅彦の異形対談』（メディアファクトリー）

異形コレクション参加作家20人との対談&座談会

●『異形コレクション讀本』（光文社文庫）

十周年を記念する特別篇

光文社文庫

文庫書下ろし
秘密 異形コレクションLI
監修 井上雅彦

2021年6月20日 初版1刷発行

発行者 鈴木広和
印刷 堀内印刷
製本 榎本製本

発行所 株式会社 光文社
〒112-8011 東京都文京区音羽1-16-6
電話 (03)5395-8149 編集部
8116 書籍販売部
8125 業務部

ISBN978-4-334-79208-4 Printed in Japan

組版 萩原印刷

光文社文庫　好評既刊

讃岐路殺人事件　内田康夫
イーハトーブの幽霊　内田康夫
恐山殺人事件　内田康夫
上野谷中殺人事件　内田康夫
終幕のない殺人　内田康夫
長野殺人事件　内田康夫
長崎殺人事件　内田康夫
神戸殺人事件　内田康夫
横浜殺人事件　内田康夫
小樽殺人事件　内田康夫
幻香　内田康夫
多摩湖畔殺人事件　内田康夫
津和野殺人事件　内田康夫
遠野殺人事件　内田康夫
倉敷殺人事件　内田康夫
白鳥殺人事件　内田康夫
萩殺人事件　内田康夫

日光殺人事件　内田康夫
若狭殺人事件　内田康夫
鬼首殺人事件　内田康夫
ユタが愛した探偵　内田康夫
隠岐伝説殺人事件（上・下）　内田康夫
教室の亡霊　内田康夫
化生の海　内田康夫
博多殺人事件 新装版　内田康夫
姫島殺人事件 新装版　内田康夫
しまなみ幻想 新装版　内田康夫
ザ・ブラックカンパニー　江上剛
銀行告発 新装版　江上剛
蕎麦、食べていけ！　江上剛
思いわずらうことなく愉しく生きよ　江國香織
花火　江坂遊
屋根裏の散歩者　江戸川乱歩
パノラマ島綺譚　江戸川乱歩

光文社文庫　好評既刊

光文社文庫　好評既刊

光文社文庫　好評既刊

狼は復讐を誓う 第二部アムステルダム篇 大藪春彦
獣たちの黙示録(上) 潜入篇 大藪春彦
獣たちの黙示録(下) 死闘篇 大藪春彦
ヘッド・ハンター 大藪春彦
春宵十話 岡潔
伊藤博文邸の怪事件 岡田秀文
黒龍荘の惨劇 岡田秀文
海妖丸事件 岡田秀文
月輪先生の犯罪捜査学教室 岡田秀文
誘拐捜査 緒川怜
神様からひと言 荻原浩
明日の記憶 荻原浩
あの日にドライブ 荻原浩
さよなら、そしてこんにちは 荻原浩
誰にも書ける一冊の本 荻原浩
海馬の尻尾 荻原浩
純平、考え直せ 奥田英朗

泳いで帰れ 奥田英朗
向田理髪店 奥田英朗
グランドマンション 折原一
鬼面村の殺人 新装版 折原一
猿島館の殺人 新装版 折原一
黄色館の秘密 新装版 折原一
丹波家の殺人 新装版 折原一
模倣密室 新装版 折原一
棒の手紙 折原一
劫尽童女 恩田陸
最後の晩餐 開高健
ずばり東京 開高健
サイゴンの十字架 開高健
白いページ 開高健
狛犬ジョンの軌跡 垣根涼介
トリップ 角田光代
オイディプス症候群(上・下) 笠井潔

光文社文庫最新刊

出絞(でしぼ)と花かんざし	佐伯泰英
ランチタイムのぶたぶた	矢崎存美(ありみ)
鎮憎師(ちんぞうし)	石持浅海(いしもちあさみ)
緑のなかで	椰月(やづき)美智子
ブレイン・ドレイン	関 俊介
ちびねこ亭の思い出ごはん キジトラ猫と菜の花づくし	高橋由太
秘密 異形コレクションLI	井上雅彦・監修
馬を売る女 松本清張プレミアム・ミステリー	松本清張
沈黙の狂詩曲(ラプソディ) 精華編Vol.2 日本最旬ミステリー「ザ・ベスト」	日本推理作家協会・編
白昼鬼語 探偵くらぶ	谷崎潤一郎 日下三蔵・編
濡れぎぬ 決定版 研ぎ師人情始末(十一)	稲葉 稔
斬鬼狩り 船宿事件帳	鳥羽 亮
潮騒の町 新・木戸番影始末(一)	喜安幸夫
お蔭騒動 闇御庭番(八)	早見 俊